MINGUO TONGSU XIAOSHUO
DIANCANG WENKU

豆蔻女郎续集

民国通俗小说典藏文库·冯玉奇卷

冯玉奇 ◎ 著

中国文史出版社

目　录

第一回

无可奈何从容不迫
谁能逆料绝处逢生

关天池夫妇送李麒俊走后，两人心中真有说不出的欢喜。天池望着嘴里喷出来的一圈一圈烟雾，呆呆地想了一会儿心事，大概是得意极了的表示吧，他竟呵呵地笑出声音来，把烟灰弹了一弹，望着关老太满显皱痕的脸，说道：

"那真是意想不到的事情，我们会收了一个干儿子，而且还有一万元钱带过来，使我又可以把咖啡店的范围扩充，今年我们的运气可真不错。虽然百年之后，也总是麒俊和丁香的好处，不过眼前瞧着，总叫人喜欢。"

关老太道：

"可不是？我所最喜欢的就是丁香从此可以不离开我了，好在李麒俊这个孩子生得模样儿着实不错，丁香嫁给这样一个夫婿，也不能说委屈她了。那么回头丁香回来了，我们要不要先告诉她呢？"关天池沉吟了一会儿，说道：

"我想且慢告诉她，待麒俊一万元钱拿来了，然后便可以商量结婚日期，到那时候，丁香自然会知道的。因为麒俊的话究竟真假如何，还是一个问题，我们岂可以完全相信他？万一他说的全是谎话，那我们不是要上当了吗？"

关老太道：

1

"上当这一句话怎么说？我们的目的，原不在人家的金钱，只要孩子人不错，我总喜欢的。"

关天池道：

"那么丁香这么一个美的姑娘，难道就白白送给他吗？"

关老太瞪他一眼，说道：

"咦！你怎的说出这个话来？你难道在丁香身上还要赚一笔钱吗？那么人家给我做儿子，你一些不费气力地既有儿子又有媳妇，这难道还不算便宜吗？"

关天池笑道：

"起初我原也没想到这一层，被他说有一万元钱给丁香作聘礼，因此我也转到钱的念头来了。"

关老太把那张瘪嘴一鼓，很不乐意地道：

"你也真想不开，一个人只要吃得饱穿得热也就是了，钱太多又有什么用？死了也不好带了去，即使给你带了去，也没有用处呀。"

关天池摇了两摇手，笑道：

"好了，你别说死了，我还想做几年人哩，你就给我取个吉利。"

正说时，一阵皮鞋脚的声音，丁香和秋航瞧了影戏后已回家来了，于是关天池夫妇就不再谈话，问丁香在哪儿玩。丁香把《铁血红骑》的说明书拿出，说道：

"和一个同学在瞧影戏。"

天池忙问道：

"是男的还是女的？"

丁香两颊盖了一层娇红，睃他一眼，娇羞地嗔道：

"姑爸，你这话……当然是女同学，哪儿来男……"

说到这里，因为自己的话未免有些违背良心，觉得太不好意思了，遂一骨碌转身奔到自己的卧房里去了。晚上，丁香躺在床上，两手紧紧地环住了自己的酥胸，心里想着秋航对自己解释赔不是的话，真是有无限的甜蜜。房中虽然是熄着灯光，但天空是清朗的，月亮姑娘的脸庞更是圆得那么可爱，清辉而含有柔软性的光芒，从玻璃窗外透进了一层薄纱的帷幔，像水银那样地照射到丁香的床头。她那露出被外的粉颊仿佛玫瑰花朵那么艳丽，使她一颗充满青春的处女心灵，更会爆发出热情的爱火来。她静静地细想，秋航所以肯爱上我，一半是全仗狄老太对我有一种特殊的好感，所以我欲完成我的愿望，必须对狄老太特别地亲热，今天原想去拜望她，不料在门口偏遇见了秋航，因此也没有进里面去坐一会儿，那么明天是应该去望她一次了。丁香想定明天到狄老太那儿去，不料次日咖啡店里的生意偏特别忙。因为近来丁香天天出去，今天在繁忙中若再出外，那自己也有些交代不过，所以决定过了今天再说。关天池夫妇倒很喜欢，因为今天李麒俊假使拿了一万元钱来了，不是叫丁香可以大家谈谈吗？谁知这天李麒俊也没有来，倒叫关天池夫妇俩眼巴巴地等候了一整日。

第二天下午，李麒俊在父亲那儿取到了一万元的一张支票，兴冲冲地到可可咖啡店来了。但是丁香却又到狄老太家里去了。秋航这天自听了白豆蔻的《漂泊歌》，后来又在舞场中相聚了半天，因此一颗心便完全到白豆蔻身上去了，自然没有在家。狄老太见了丁香，便很亲热地握住她手，说道：

"陆小姐，你有两天没来了，我正在记挂你哩。很不凑巧，秋航又出去了，你坐会儿，也许他就回来的。"

说着，便自去倒茶。陆丁香听她这样说，心中倒是一呆，暗想：前天我和秋航一块儿在瞧影戏，难道秋航没有向母亲告诉过吗？那么大前天我到维纳斯咖啡馆里去瞧秋航的事，狄老太一定也不知道了。丁香凝眸想着，狄老太已倒上一杯玫瑰茶放在桌上，两人也在椅上坐下，果然不出丁香所料，狄老太说道：

"陆小姐，那天你来，秋航不是到维纳斯接洽去了吗？现在这件事情是接洽妥当了，你大概还不知道吧？"

其实丁香是早已知道了，因为狄老太既然这样问，也就假装含

3

糊地笑道：

"那真是一件令人喜欢的事，以后狄先生大概就在维纳斯演奏了。"

狄老太点头道：

"馆主人原欲和秋航订三年合同，秋航想到大戏院里发展去，所以没答应他。"

陆丁香道：

"将来外界名声一好，人家都要出重金来聘请哩，所以合同倒是不和他订好。"

狄老太笑道：

"话虽这样说，但不知道究竟会红不会红呢。"

陆丁香一撩眼皮，乌圆眸珠一转，说道：

"伯母，那你放心，我去听过狄先生的音乐队，敲奏得真好极啦，那还怕不红起来吗？"

说到这里，猛可理会自己既然承认没有和秋航碰过面，那么秋航的音乐队演奏得好不好，自己如何晓得呢？这句话未免是露了马脚，因此慌忙缩住了，红了两颊，却握着杯子去呷玫瑰茶。幸而狄老太却并不注意到这些，自管笑呵呵地道：

"但愿应了陆小姐的话，这才是我们秋航的幸福了。"

陆丁香笑了一笑，放下茶杯，又问道：

"狄先生今天是到什么地方去的？"

狄老太呆了一会儿，良久，方道：

"他也没有告诉，我也没有问他，大概是瞧牛小狮去的吧。"

丁香一面点着头，一面心里暗想：这可不见得，我猜一定是赴李茜珠的约会去，因为李茜珠那夜也会到维纳斯去，显然两人的感情也不在我俩之下的。想到这里，觉得一个男子总喜欢见一个爱一个，李茜珠她现在还是学生时代，而且家里也很有钱，那么我和她角逐情场，自然是定遭失败。丁香这样一想，心里就有些酸素作用，全身顿时怪不自在起来。狄老太见丁香颦蹙蛾眉，仿佛很纳闷的样子，以为她两次来我家都不曾碰见秋航，所以心里很不快乐，遂笑道：

"陆小姐，维纳斯在什么地方？你可曾去过？假使秋航今天不回来，晚上你就到维纳斯瞧他去好了。"

陆丁香被她这么一说，心中倒不好意思起来了，遂立刻装出很高兴的神情，掀着酒窝儿，笑道：

"伯母，今天我是特地请你瞧影戏去的，你有没有兴趣去呀？"

狄老太笑了一会儿，说道：

"我是好久不出门了，说起来叫人笑话，虽然我是住在上海近十年了，但却像乡下人一样地不常出外，那还是新年里，秋航陪我去瞧一趟绍兴戏后，就没有出去过。"

丁香虽然听她没有很快地答应，但却也没有拒绝，而且听她这话中还很高兴的样子，显然她愿意我陪她一同去，只不过不好意思罢了，遂笑盈盈地说道：

"那是很难得的，伯母今天应该赏我一个脸，我知道老成人都爱瞧绍兴戏，因为绍兴戏有情有节，什么"私订终身后花园""公子落难中状元"，结果总是大团圆。所以我们今天也瞧绍兴戏去好不好？"

狄老太因为丁香的话说到自己的心眼儿里，所以格外地欢喜，便也答应同去。换了一件元色绸的旗袍，和丁香一同到卡德大戏院，瞧的是全部《玉堂春》，演到伤心地方，狄老太真的落了不少眼泪，直到王公子探监认妻一幕，方才破涕为笑。陆丁香瞧了，觉得《玉堂春》虽然受尽万苦千辛，结果究竟夫妻重圆，这剧戏苦中带甜，倒也瞧得很吉利，想着自己和秋航，但愿也有和《玉堂春》最后胜利那样的一日。丁香只管想着心事，也忘记招呼狄老太了，倒是狄老太说道：

"陆小姐，你一同和我回家吃饭去吧。"

丁香这才如梦初醒,笑道:

"我原要送伯母回家的。"

说着,已出戏院,遂讨两部人力车,一同回到鸿怡坊。丁香送狄老太到门口,便停住了步,说道:

"伯母,我饭不吃了,改天来吃吧。"

狄老太忙回身道:

"已到我家了,你还客气什么?况且时候原也不早了,快和我到楼上去。"

丁香因生恐姑妈记挂,遂笑道:

"因为我出来时候没有关照姑妈,恐怕她老人家要担忧,所以我该早些回去才是。"

狄老太听她这样说,不好强留,遂嘱她明天再来,方又回身送她走出门外而别。狄老太眼瞧丁香出了弄堂,遂走进屋子里来。只见房东太太说道:

"狄老太出去在外边吗?三点钟光景的时候,有个姓李的小姐来望过你,见你们全不在家,便匆匆地走了。"

狄老太知道李茜珠也来过了,一面点头道谢,一面自到楼上,心中暗想:茜珠她的人也很好,但家里太有钱了,什么都不免带着贵族化,和我们有些不相称。想着,因为天已黑了,要紧做饭,遂把这个心事也丢过一旁了。丁香回到家里,赵莲蓉望着她先哧哧地一笑,但丁香也不理会她,只管走上楼去。在扶梯口遇见阿芸,不料阿芸望着丁香也很神秘地笑。到此,她那一颗芳心方才有些疑惑起来,便瞅她一眼,怔怔地问道:

"阿芸,你笑什么?"

阿芸毕竟只有十五岁的一个小孩子,被丁香这么一问,她也不回答,反而咯咯地回身笑着进房中去了。丁香暗想:这妮子发疯了,好像拾到了海宝贝,竟有这样高兴。想着,一脚也跨进了房中,只见姑爸、姑妈坐在桌旁,满脸也含了春风得意的神气,向自己微微地笑。丁香以为自己和狄秋航的秘密被他们发觉了，不免两颊盖上了一层红晕，一颗芳心别别地乱跳，但表面上却竭力镇静了态度，向两人叫了一声姑爸、姑妈。关老太向她招了招手，叫她坐在身旁，含了笑容，柔声地问道：

"丁香，你有一个男朋友不是名叫李麒俊吗？"

陆丁香呆了一呆，凝眸沉思了一会儿，摇头道：

"姑妈，我并不认识他呀。"

关老太听她这样回答，也是一怔。天池早呵呵笑道：

"丁香，你不用隐瞒，现在这个时代，男女社交公开，有一个男朋友要什么紧？"

陆丁香的两颊愈加娇红了，颦锁了柳眉，正色道：

"姑爸，我真的没有这样一个朋友呀！否则，在姑爸的面前还用瞒得了吗？"

天池奇怪道：

"就是天天来喝咖啡的这个大学生呀，你和他不是谈过话了吗？怎的却说不认得呢？"

其实陆丁香倒不是撇清着，因为李麒俊对于她根本没有印象，所以也不把他放在心上，今被姑爸这么一提醒，方才记得了，遂眸珠一转，说道：

"哦！原来是这个人吗？姑爸，他是一个主客呀，因为天天来喝咖啡，所以脸有些认识，却没有什么'朋友'两字可说呀！"

关天池夫妇听她这样说，还以为她是害羞的缘故，两人脸上这才又显出笑容来。关天池说道：

"丁香，你这孩子到底还老不出脸，就干脆地说一声是朋友，那也没关系。现在我告诉你一件欢喜的事吧，你的年龄也不小了，为了你的婚姻问题，我和你姑妈也不知操了多少的心血，因为你姑妈不舍得你离开，所以欲给你找个入赘夫婿。后来我们探听那个姓李的大学生和你感情很好，所以前天我叫他上来问他，到底爱不爱你，他说真心爱你，愿意先给我做了干儿子，并拿过来一万元钱给你作聘礼。你姑妈和我听了都很欢喜，因为这么一来，你既可做我们的女儿，又可以做我们的媳妇了。况且那李麟俊的品貌也不错，现在大学读书，将来前途就更不错，最好的就是他有一万元钱送过来，这是很难得的事情。丁香，你想，这不是一件天大喜欢的乐事吗？"

关天池说一句，丁香的心就跳一下，脸上也加上了一层红晕。听到后来，那颗芳心几乎要从口腔里跳出来，两颊更涨得绯红，雪白的牙齿微咬着薄薄的嘴唇皮子，鼓足了勇气，说道：

"姑爸，我和姓李的根本并不相识，怎么就和他谈起婚姻问题来呢？况且他的底细全不知道，岂可以含糊地做事吗？"

关天池满肚的高兴，被她这么一说，仿佛泼了一盆冷水，一时倒弄得哑口无言，向关老太望着，呆呆地出神。关老太抚着丁香的手，温和地说道：

"问是问得很详细了，他说和你很要好，现在你怎么不爱他吗？丁香，你别着急，我告诉你，他的父母是全没有了，共有四兄弟，已分了家产，哥哥都娶了妻子，只有他还没定亲，因为他非常爱你，所以情愿给我们做儿子，和你结婚后随在我们的身边。我正愁着将来要远离开你，对于这样两全其美的事情，当然非常赞成，我想这孩子也长得不错，你为什么却不爱他呢？"

丁香听了这话，因为在维纳斯咖啡馆里是曾经遇见过他的妹妹，显然他说的全是一篇鬼话，一时气得柳眉倒竖，鼓起了两腮，娇声嗔道：

"姑妈，他这个人完全是骗子，他肯真心地给你做干儿子吗？他说的全是鬼话，我怎么肯含糊地嫁给他？姑妈假使舍不得我离开，那我情愿一辈子也不嫁人，永远伴着你是了。"

关天池喝了一口茶，向丁香很严肃地说道：

"你何以知道他是骗子？他拿得出一万元钱，他就是好人。人家拿出一万元钱来，难道到我们这儿来骗一个儿子做做吗？"

陆丁香听了这话，心头有些隐隐作痛，觉得世界上的人大都是见钱眼开，想不到自己姑爸也是这样的一个人，遂冷笑了一声，恨恨地说道：

"拿得出一万元钱来就是好人……要知道这班纨绔子弟，就是拿些钱来蹂躏我们女界的同胞啊！姑爸、姑妈，你们两位老人家抚养我成人，原该听从你们的话，不过像这种没人格的少年，我无论如何不愿嫁他，这是我的终身问题，我当然须郑重地考虑。姑妈所以不舍得我离开，当然是为了爱我，现在你们要强迫我的婚姻，那爱我不是反变成害我了吗？"

关天池夫妇想不到素来沉默寡言的丁香，此刻却这样豪爽起来。关老太皱了眉头，显然有些为难，凝望着丁香道：

"你一向很听从我的话，怎么现在就不听了呢？因为我们已经答应他了，而且一万元钱他今天也送来了，你的姑爸也已把它收了，你想，这事情如何是好呢？"

丁香噘了嘴，哼了一声，说道：

"什么？你们已收了他一万元钱？这……这简直是出卖我的身子了……"

说到这里，两颊由红变成了青，气得柔和的目光也会冒出火星来。在关老太的初意，倒是真的一片爱护丁香的心，后来关天池为了贪图这一万元钱，所以也不征求丁香的同意了。不料丁香偏偏反对这头婚姻，而且说出这一种没良心的话来，关天池这就也动了怒，猛可把手在桌上一拍，桌上那两杯茶顿时倒了一地。因为是突然之间，倒把关老太和丁香大吃一惊，回头望时，只见关天池圆睁环眼，大骂道：

"放你的臭屁！姑爸费了多少心血抚养你成了人，好意给你配人，你怎么说出如此黑心的话来？照你说，姑爸是给你卖到窑子里去吗？究竟是别人家的女儿，所以才有这种含血喷人的话，真正气死我了！"

说着，跳脚不已。丁香虽然也自知失言，但从来也没有被姑爸这样辱骂过，想着总是无爹娘的苦，一时伤心已极，不禁放声大哭，站起身子，奔到自己的卧房里去了，伏在床上，悲悲切切地哭个不停。关天池兀是以拳击桌，怒气冲冲地骂道：

　　"长齐了羽毛，自己就会飞了吗？天天到外面去胡闹，一个女孩儿家不知羞涩，真是有败门楣。做长辈的给你做的事难道会错吗？"

　　丁香在里面听了这话，更是悲伤，因此愈加哭得凄切。关老太急得连连摇手，说道：

　　"你给我少说几句吧！本来我们做的事也不对，预先不是应该和丁香要商量商量吗？"

　　关天池说道：

　　"我们养她到这么大，难道连这些主意都做不得吗？什么连出卖她的身子的话都说出来了，你想，这不是太气人了吗？"

　　关老太道：

　　"你气耐一耐，这句话是她说错了，我去劝劝她，小孩子懂得什么？你就原谅了她吧！"

　　关老太说着，便走到丁香的卧房，坐到她的床边，用手轻轻拍着她的腰肢，叫道：

　　"丁香，你别哭了，起来吧，姑爸的脾气你难道还不晓得吗？"

　　丁香从床上坐起，早已哭得泪人模样了，向关老太望着，说道：

　　"姑妈，我自小没了爹娘，全仗你两老人家抚养成人，本当你两老人家肯替我做事，那我岂敢违拗吗？但这个姓李的是个专门玩弄女性的浪子，他有的是金钱，一万两万不算什么稀奇，但我总不能为了一万元钱而丢送我前途的幸福。姑爸假使疑心我外面有情人的话，那我就一辈子不嫁人，永远伴着你，这样总好了……"

　　说到这里，眼泪便像断线珍珠般地掉了下来。关老太见她似海棠着雨般的脸庞，一时也起了同情的伤心，说道：

　　"丁香，你快不要哭呀，我被你哭得心酸。事情且慢慢商量，因为姑爸已收了人家一万元支票，原是给你做嫁妆用的，如今突然悔约了，当然也很难向人家说话。不过照姑妈眼光瞧来，这孩子还在学校里读书，恐怕是很正当的人吧。"

说着，拿了手帕亲自给丁香拭泪。丁香正欲再说话，早听关天池在外面又大声地说道：

"人是我养大，也就由我做主，我叫她长她就长，我叫她短她就短！胆敢反对我做的事，那简直是混账！我就是养一只狗吧，养了这么多年，它也会听主人的话呢！哼！我要把你嫁给他，看你有什么办法？"

丁香在里面听姑爸这样蛮不讲理地大声地说着，觉得是无可理喻，心中暗想：难道我就这样忍痛屈服在这残暴的黑暗势力下面了吗？不！我绝不作无谓的牺牲！不自由毋宁死，我得起来挣扎，在这万不得已的环境下，我是只好出此下策了。丁香想定主意，遂收束了泪痕，装出很温柔的神情，拉着姑妈的手，含泪说道：

"姑妈，你出去劝劝姑爸吧，叫他别生气了，我总愿意嫁给他是了。"

说到这里，忍不住泪水又夺眶而出。关老太一听丁香这样说，喜欢得了不得，立刻走到外面来，向天池说道：

"你不用发脾气了，丁香她已答应了。"

天池犹在怒气冲冲，忽然听了这话，倒是一怔，遂悄悄地问道：

"可真的吗？"

关老太笑道：

"当然真的，难道我还和我开玩笑不成？现在你该进去向她说几句好话，可怜这孩子真也被你骂怕了。"

天池说道：

"本来我是多么地爱她，只要她不违拗我，我还会去骂她吗？"

说着，两人到了里面房中，天池又向丁香含笑道：

"既然你答应了，那么姑爸的话你也不用放在心上，姑爸给你做事，原也为你的好，人家一个大学里的学生子，怎么会是骗子呢？这个你尽管一百二十个放心，姑爸活了五十多岁，眼睛里瞧见的人可多着哩，谁是好人，谁是歹人，那还有个不知道吗？姑爸的脾气你总也该知道，吵过就完了，你也不用伤心，看这几年来，我可曾骂过你一句吗？"

丁香听了，暗想：反正有钱给你，在你眼睛里瞧着总是好人。心里虽然这样想，但口里却说道：

"姑妈、姑爸养我到这么大，本来像自己父母一样，就是骂几句也应该的，只是我这十二年来，受了两老人家天大的恩惠，真叫我心里难受，也只好待来生报答了。"

说到这里，激动了无限的伤心，那泪便像雨点儿一般落下来。丁香这几句话当然是含有深刻的意思，关老太虽然不会理会到这许多，但听了这话，心里也不知为什么缘故，自然而然地会感到伤心起来，眼皮一红，淌下泪来，说道：

"本来好好的事情，丁香总太孩子气了。"

丁香微微地叹了一口气，觉得到底不是自己亲生的父母，所以他们是一些也不会了解自己的心理。三人呆呆地坐了一会儿，关老太见时已不早，阿芸已开上饭来，遂叫丁香坐着一块儿吃。丁香既已打定了主意，于是装作毫没事情的样子，依旧谈笑如常。关天池夫妇以为丁香姑娘脾气古怪，遂也不加以注意了。

第二天起来，丁香依旧到楼下去做事，在九点半的时候，李麒俊匆匆又来了，一见丁香，便上前握住她手，笑道：

"丁香妹妹，我们现在可是一家人了呀！"

丁香心中暗暗骂声讨厌鬼，口里却笑盈盈地说道：

"可不是？那么你请到楼上去坐呀。"

李麒俊望着她倾人的笑脸，说道：

"那么我们一块儿上去吧。"

于是两人到了楼上，关天池夫妇见两人手挽手很亲热地上来，显然两人是很要好，这就满心欢喜，一面让座，一面倒茶。大家商量结婚日子，照李麒俊意思，说反正没有什么亲戚朋友，就对天拜了四拜，然后祭了祖先，拜过干爹、干妈，就此成亲，可以省却许多费用。丁香听了这话，明知他是心存恶意，所以如此办法，但自己既已预备出走，因此也就附和着说好。关老太虽然感觉得这样简单，未免太以草草，但丁香本身既然喜欢这样，于是也就不再另出主意，只说道：

"那么准定在哪一日结婚呢?"

李麒俊沉思一会儿，向丁香瞟了一眼，笑道：

"我想拣日不如撞日，明天的日子倒很好，下午我放晚学出来，就此成亲好不好?"

丁香故作羞涩之态，红晕了脸，低低地说道：

"我不知道，你喜欢明天，就明天也不要紧。"

关天池夫妇见丁香今天忽然又如此柔顺起来，想着昨夜她倔强的样子，那显然女孩儿家是喜欢假惺惺作态，到此也不禁望着她扑哧一笑，说道：

"那么就准定明天，今天里面这间卧房该好好儿收拾收拾了。"

这时，李麒俊的心里，真是乐得心花怒放，颊上的笑容就始终没有平复过。因为上课时间已到，只好作别走了。下午两点钟模样，丁香换了一身旗袍，向卧房四周望了许久，不免又淌下泪来，遂慌忙用手帕拭了，又装作没有事儿一样地跨步出房，向关天池夫妇说道：

"姑爸、姑妈，结婚的日子就在明天，我想此刻去买些日用的东西，虽然家里样样都有，但到底短少了几件。"

关天池夫妇忙道：

"这倒是真的，那么你拿一百元钱去，早去早回，别叫我们担心事。"

丁香本欲不拿这一百元钱，但又生恐他们见疑，因此只好伸手接过，放在袋内，一面连声答应，一面向两人叫声"姑爸、姑妈，我走了"，于是便走下楼去。当她步出可可咖啡店的门口，只觉得有股子辛酸冲上心头，再也忍不住她那满眶子里的眼泪滚滚地掉下了脸颊。丁香暗自泣了一会儿，但一个人在路上边走边哭究竟不成样儿，遂忙收束泪眼，坐了车子，先到狄秋航的家里去。不料秋航齐巧又到白豆蔻那儿去了，丁香见去三次不遇秋航，心中万分灰心，便欲告别就走。狄老太见丁香今日神情大变，心里十分奇怪，以为秋航不在家中，所以她不快乐，因此还连连埋怨秋航，今又见她没坐下便要走了，遂留她说道：

"陆小姐，你忙什么？既来了，就多坐会儿。你今天为什么这样不快乐？难道心中有什么不如意的事情吗？"

丁香虽欲尽倾吐，但羞人答答地又说不出口，因此强颜欢笑，说：

"没有什么事，回头再来吧。"

狄老太留她不住，也只好让她走了。陆丁香走在马路上，觉得这么偌大的一个上海，竟无自己安身之所，在万分悲伤之余，因此起了厌世之念，遂到药房里去买安神药片，但药房中职员见她这个悲苦的神情，便诘问她买了谁吃，都起了疑心。丁香神经失常，言语颠倒，因此职员们不肯出售。丁香没法，只好退了出去，也不管东西南北地只是低头走路。这时日影已斜，暮云四布，她不知不觉地竟已踱到黄浦江的旁边来了。丁香凭着铁栏，远望海天相接，白茫茫的一片，波涛高涌，澎湃不绝。临风独立，陡忆已死的父母，觉自己身世之可怜，不禁掩面而泣。泣了一会儿，觉江风扑面，肌骨生寒，一时模模糊糊地正欲跳下江去，忽然听得耳边有人急促地呼丁香之声，遂忙回眸望去，突见秋航，这正仿佛是见了亲人一样，猛可伸手扑了上去，环住秋航的脖子，呜呜咽咽地哭了起来。秋航因为得知丁香要嫁人的消息，已经很是不快，后来又得知白豆蔻被抢的消息，心中更加惊骇莫名，正在神经错乱之间，陡见丁香欲跳江自尽，当然他要没命似的奔上去把她抱住了。两人泣了一会儿，秋航先说道：

"陆小姐，你不是到我家里去过吗？为什么立刻就走呢？你走后不多一会儿我就回家的，母亲告诉了我，我急急向你那儿赶去，谁知你没有回来，同时在一个姑娘口中得知你将要做新娘了的消息，我方才明白母亲曾告诉你所以伤心的原因了。陆小姐，你在江边做什么？难道要做弱者的表示了吗？唉！那你何苦如此？快跟我一同回家吧，到家里我们再细细地谈。"

陆丁香这时又万分地难为情，低了粉颊没有回答，两眼的泪水只管扑簌簌地落下来，手让秋航拉着，大家喊了人力车，一同坐车到鸿怡坊里去。狄老太忽然见秋航拉了丁香的手又回来了，丁香的颊上还沾着丝丝的泪痕，一时倒不禁为之愕然，连忙抢步上前，拉住丁香的手，急急问道：

"陆小姐，你……你……到底为了什么事情啦？和家里人吵了嘴吗？你和秋航又在哪儿见面的呀？"

秋航见丁香低了粉颊默不作声，遂悄悄地说道：

"我和陆小姐在黄浦江的栏杆旁遇见的，不知她受了家里什么委屈，所以竟痛不欲生了。唉！陆小姐，你真……"

秋航说到这里，可是再也说不下去，虽然自己明知丁香是为了不肯嫁别人才决心抛家出走，但三人面对面的，又怎好意思向母亲说出来？所以他顿了一顿，又望了丁香一眼，说道：

"陆小姐，你和我母亲细细地说一会儿吧。事到如此，也不用伤心了，我此刻要到维纳斯去，回头再见吧。"

丁香听他说"事到如此，也不用伤心了"这两句话，显然他已经明白了一切，同时还带有深切地在安慰我的意思，一颗芳心自然是无限感激。狄老太见秋航说着话，又向自己丢了一个眼色，这就知道事情必有蹊跷，秋航一定为了避免陆小姐的难为情起见，所以他先出外去避一避了，遂应声说道：

"你只管自去，陆小姐我会招待她的。"

说着，便拉了丁香的手，很亲热地走到里面一间房中，倒盆脸水，先给丁香梳洗。秋航急急地奔出了鸿怡坊，他可不是到维纳斯去，跳上人力车，立刻叫他拉到三友小筑，三脚两步奔到十五号门口，伸手按了电铃。那胸口的这颗心，跳跃的速度直超过平日三分之二的快了。这时，里面有人问了一句谁呀，跟着这问话的声音，人早已奔了出来。秋航见是林英，便开口慌张地问道：

"林英，你家小姐的受伤到底如何了？她的人现在哪儿啊?"

林英见了狄秋航，也不及开门，就先回答道：

"狄少爷，我家小姐现在卡隆医院里特等病房十六号，我方才从医院回来呢，伤势是颇重，但幸没有生命之危险……"

狄秋航一听这话，也不等她说完，立刻翻身就走，奔出三友小筑，坐车急急到卡隆医院里去了。

第二回

藕断丝连移花接木
蛇心佛口借刀杀人

这几天学校里放着春假，李茜珠闲着无事，兴冲冲地到狄秋航家里来，原意是想和秋航同去瞧一场电影，不料秋航既不在家，连狄老太都走出去了。你想，李茜珠的心中是多么懊恼啊！两条弯弯的柳眉便微微地蹙在一起，玉洁可爱的牙齿咬着她殷红的嘴唇皮子，做个沉思的模样。一会儿，方才堆了满面的笑容，向房东太太又温和地问道：

"那么狄老太是和狄先生一块儿出去的吗？"

房东太太被茜珠这样一问，倒是愣住了一会子，这意态显然她是没有知道。还是她八岁的女儿倒瞧见的，站在门口奔过来告诉道：

"妈，我瞧见的，狄先生出去，狄老太和一个年轻很美丽的姑娘一块儿走的。我问她们到哪里去，狄老太笑着说瞧戏去的。"

房东太太这才又笑道：

"阿囡瞧见的吗？这就是了，狄老太瞧戏去了，李小姐来得不巧，明天再来吧。"

李茜珠意欲再问一声那年轻姑娘是怎么样的一个人，但恐怕人家心里讨厌，所以点头道了一声谢，便匆匆地回身走出去。从十八号大门走出弄口那一段路是走得相当快，待走出弄口的时候，那两脚会懒洋洋起来，同时在她口中又会吐出一口郁勃的气来，心头有些感到了失望的悲哀。天气虽然是很晴朗，云淡天青，风和日暖，人行道上那几株街树绿绿的叶儿长得非常茂盛，但眼瞧着旁边一对一对年轻的男女，这在李茜珠的心中更会感到了一阵烦恼。低了头，暗自细细地思忖：这个年轻美丽的姑娘是谁呢？莫非就是那天维纳斯咖啡馆里遇见的这个陆丁香吗？这真奇怪了，丁香是她家什么人呢？难道本来有亲戚关系吗？否则，哪里会和狄老太这样熟悉亲热吗？想到这里，茜珠的脑海里立刻又浮映出丁香的容貌，觉得剪水秋波盈盈欲活，眉不画而翠，唇不点而红，芙蓉其颊，杨柳其腰，模样儿的艳丽确实是胜过我一倍，尤其那颊上掀起的笑窝儿，更是我所及不到的地方。假使我是狄秋航的话，当然也要舍茜珠而纳丁香了。虽然我和秋航是有过去悠久历史的认识，在这五年来，我是绝对没有更变我爱的方针，瞧了目前我对待秋航那一片真挚情谊，他当然也未始不明白我是那么地痴情，照良心问题而说，秋航实在不应该不爱我，但男子的心到底是狠的，他见了丁香笑，怎么还会想到茜珠的哭呢？李茜珠这样一想，也不知打哪儿来的一股子辛酸，眼泪便会扑簌簌地淌下来。一会儿，忽然又想起这个陆丁香我哥哥不是也认识她的吗？据哥哥说，和她是非常地要好，不过照陆丁香的态度看来，显然她和哥哥是十分冷淡。这在丁香的立场上说，正如狄秋航一样，她难道不去爱秋航，倒反而去爱我哥哥吗？当然丁香一个聪敏的姑娘是绝不会那样傻，哥哥有妻子的人，他的失败是理所应该。但我呢？十三岁的时候，小心灵中就只有狄秋航那一个人，这五年来的相思，结果还被丁香硬生生地夺了去，这叫我如何能够甘心呢？茜珠心里当然是非常痛恨丁香，丁香简直是我的仇敌，仇敌的地位本来是势不两立的，有了你就没有了我，有了我就没有了你。不过茜珠姑娘她不是个泼辣成性的女子，而且她还是个胸中雪亮的人，她觉得爱情这样东西是不能勉强的，即使用尽了种种方法把秋航和丁香硬生生地离开，秋航的心中还是不会来爱上

18

我的，况且这种小人的行为，亦非我辈所干的事情。因此，茜珠只怨自己的命苦，一路上尽管地淌眼泪，但聪敏的人她就会想明白过来，觉得自己未免是太喜欢伤心了。一切的事情，根本还只不过自己一个人猜想而已，怎么就肯定是确实了吗？房东女儿所说的这个美丽的姑娘，究竟是否是陆丁香，那还是一个问题呢。凭我一片真挚的情谊，是真心爱上了秋航。秋航能够接受我的爱，固然是我的幸福，就是他另有所爱，我也只好各有姻缘莫羡人了。茜珠既然彻底地一想，她就收束泪痕，一个人自到国泰戏院里去瞧一场《战地鸳鸯》的影片，这部影片叙述了一对青年情侣在战场上浴血奋斗的情形，悲壮激昂，令人热血直贲。最后战事结束，少年不幸阵亡，临死与彼情人永诀一幕，缠绵悱恻，又令人黯然魂销，声泪俱坠。因为对白动人、表情逼真的缘故，所以大半妇女都为之失声啜泣，剧未终均掩面匆匆离去。

茜珠是个多情女，同时又是个失意人，岂能不一挥同情之泪？因此便闷闷坐车回家。茜珠回到家里，先匆匆地走进上房，只见母亲悄悄地和保镖王昶说着话，王昶连声地说知道，一见茜珠进来，王昶便匆匆地退出去了。茜珠问母亲什么事情，李太太镇静了态度，说道：

"没有什么，我听说近来各处盗匪众多，吩咐他们随时要小心一些。"

茜珠点头道：

"这是因为穷人太多了的缘故，唉！有钱人不肯救济救济贫民，还要投机操纵，害得民不聊生，怎不要盗匪天天增加起来呢？"

李太太道：

"你爸爸倒是很慈善的，前天不是捐助三万元钱给上海慈善救济会吗？"

李茜珠道：

"这是理应如此，金钱太多了又有什么作用呢？假使富人个个肯慷慨解囊的话，穷人也就都有事做，有了事做，也就都有了饭吃，个个都有饭吃，还会发生抢劫的事情吗？所以有钱人雇用保镖，绝不是根本的办法。"

李太太听女儿这话，仿佛忘记了她本身是个富家的女儿，这就忍不住笑道：

"那么照你这样说起来，不是把所有的钱都应该分给穷人吗？但是中国穷人太多了，假使你把所有家产都捐完了，恐怕社会上反而要增加一个穷人。因为杯水车薪，那是无济于事的，而你本身不是却反变成一个穷光蛋了吗？"

茜珠听母亲这个论调，不禁失声笑了，说道：

"那么依母亲说，还是一钱不捐比较好吧。"

李太太道：

"我也没有这个意思，不过穷人实在太多了，所以也救济不了这许多。"

李茜珠口里虽没说话，心里可就暗想：真因为有钱人都是这样的存心，所以穷人也更苦了。这时，丫鬟梅心端着一盘八宝饭进来，见茜珠也在，便笑道：

"正巧，小姐，你甜的最喜欢吃，今天该多吃一些了。"

说着，把两副银制的筷子和八宝饭都放在桌上，茜珠母女两人便坐下吃起来。李太太吃了一口，望了茜珠一眼，说道：

"你爸爸是越老越糊涂了，穿西服倒不要说了，连留了近十年的胡须也剃去了。你想，这人可不是在作死吗？"

茜珠颦蹙了眉尖，乌圆眸珠转了转，说道：

"我想爸在外面总有女人吧？"

李太太道：

"我听人家说，他是迷恋着歌女白豆蔻，所以天天夜里十二点回家。前天我和你爸说，索性把那白豆蔻叫到家里来给我瞧瞧，究竟生得怎么样美丽，你爸欢喜，便把她讨回来，那总可以不用天天深

20

夜回来了。你爸听了我这话，骨头就会轻得没有四两重，你瞧着，这两天那个狐狸精就会到我家里来呢！"

李茜珠想了一会儿，说道：

"白豆蔻人家是个年轻的姑娘，恐怕不会爱上爸爸吧，这都是爸爸在痴心妄想呢。"

李太太把嘴一噘，说道：

"你把这种歌女瞧得人格这样高吗？她们这班烂腐货，只要有钱到手，老的也好，少的也好，还管什么爱不爱呢？我猜想着，你爸爸要没有和白豆蔻发生过关系，准可以打我的耳光。"

李茜珠听妈妈怒气冲冲竟大声地骂了起来，便连连摇手，说道：

"别高声地嚷着，叫下人们听了笑话。一个有家产的男子，吃喝嫖赌，本来是难免的，你就是天天和他吵闹，他不来理你，你有什么办法？所以我说母亲还是好好儿地劝劝父亲比较不伤感情。"

李太太道：

"自从那夜我和他大吵后，就一直没有和他吵过嘴。我的意思，恐怕他夜半三更回家，在外面偷偷摸摸后受了寒，这可是玩的吗？所以我倒情愿把你父亲心爱的人讨转来，这样总可以叫我不用担心了。"

茜珠对于母亲这几句话，觉得是母亲真心疼爱父亲的一片好意，不过男人家既然这样喜欢拈花惹草，就是生了病也是活该，母亲还去爱惜他做什么呢？但仔细一想，一个女子对于丈夫真所谓痛痒相关，叫母亲又怎能不操心呢？想到这里，未免有些感到神秘的意味，这就忍不住嘴角旁露着笑痕来。李太太却又说道：

"明天假使白豆蔻来了，你倒给我向她探听探听，看她和你爸有没有发生过关系。"

李茜珠抬起头来，放下手中的筷子，忍不住扑地一笑，说道：

"那叫我怎样开口相问呢……也好，我随机应变地问问她是了。"

梅心见小姐吃好了，遂拧上手巾，给她擦嘴。李茜珠站起身子，便回到自己卧房去了。茜珠经过哥哥房门口的时候，忽听里面有男女说话的声音，以为哥哥也在家里，遂跨步进房，口里叫道：

"哥哥……"

刚叫了一声哥哥，这就瞥见房中坐着一个少年，却并不是哥哥，乃是嫂嫂娘家的表阿哥朱惠民。嫂嫂似乎在淌眼泪，一见茜珠，便擦了擦眼皮，含笑站起来，说道：

"珠姑在瞧影戏回来了吗？你哥哥没有回来呢。这位是我的表哥朱惠民，这位就是我家茜珠姑娘，你们还没有见过面吧？"

朱惠民听方雪琴这样介绍着，便站起身子来，和茜珠行个鞠躬礼。茜珠一面还礼，一面秋波转了转，说道：

"前年嫂嫂的父亲做寿，我们是已经遇见过一次了。朱先生，你请坐。"

朱惠民"哦"了一声，笑道：

"不错，不错，李小姐的记忆力真好，光阴真快，一忽儿便过去两年了。"

说着话，大家便都坐下来。李茜珠道：

"朱先生现在哪儿读书？"

朱惠民道：

"我现在大通贸易公司里办事了，李小姐还在求学吧？"

茜珠点了点头，说道：

"我在青海中学读书，这学期才可以毕业哩。说起来朱先生真不应该，去年听说你是讨了尊夫人了，怎么喜酒也不给我们喝呢？"

朱惠民听她笑盈盈地说起这个事情来，却把脸立刻笼罩了一层愁容，却是深深地叹了一口气。茜珠瞧此情景，倒是怔住了一会子。方雪琴带了感叹的口吻，向茜珠告诉道：

"珠姑，你快别提起了，提起这事情，会叫表哥伤心的。他的夫人娶来不到半年，竟和他永别了，你想，这件事多么不幸。唉！世界上要好的夫妻便要死了，不要好的夫妻偏冤家似的对着，那老天

22

真也太会作弄人了。"

茜珠听了，这才恍然大悟，本来尚欲问一问生什么病死的，因为见朱惠民低下头仿佛在垂泪的神气，遂也不便再引起人家的伤心。同时觉得嫂嫂这几句话也是有感而发的，想起哥哥追求陆丁香的情景，自然也怪不得嫂嫂难受，因此也不免轻轻地叹了一口气。朱惠民似乎也感到茜珠是给自己在扼腕，遂抬起头来，向她望了一眼，不料茜珠的明眸含了无限的柔情蜜意也在向自己脉脉地瞟，四目相接，大家都感到十分难为情，便又低下头来。这时，红桃端上一盘炒面，方雪琴叫两人一同来吃。茜珠笑道：

"我在母亲那儿刚吃过八宝饭，朱先生和嫂嫂吃吧。"

朱惠民含笑站起来，说道：

"表妹太客气，我还一些不饿呢。"

方雪琴瞅了茜珠一眼，笑着嗔道：

"珠姑你这人就不该，就是你吃过了，也得给嫂子陪陪客人，如今被你这么一说，人家可不好意思吃了呢。"

茜珠微红了两颊，向惠民瞟了一眼，笑道：

"我这人就喜欢爽快，一些不会闹客气，那么嫂嫂既这么说，我就陪着吃些，朱先生，大家坐下来吧。"

朱惠民听她这样说，心里倒是荡漾了一下，于是三个人一同坐下。方雪琴瞅着两人，似乎也有了一个感觉，因此望着两人也只管哧哧地笑。朱惠民被她笑得难为情，便吃了几筷子，向两人点点头，离座又到沙发旁去了。方雪琴笑道：

"表哥，你这算什么意思？人家大大的面子，陪客还坐着呢，怎么你倒先离座了？"

朱惠民忙说道：

"我饱了，李小姐和表妹多吃些儿吧。"

茜珠笑着不说什么，只把银筷子夹着面上一只一只虾仁吃，吃了两只，也放下筷子。方雪琴回眸笑道：

"怎么你也不吃了?"

李茜珠笑道:

"我本来是真的吃过点心了,嫂嫂自己多吃一些吧。"

方雪琴听了,又向朱惠民瞟了一眼。惠民当然觉着茜珠所以吃面,是为了陪自己的意思,一时对于茜珠小姐也自然而然地会发生了一种好感。这时,茜珠便欲回房去梳洗,方雪琴忙道:

"红桃面水就端来了,嫂嫂房中胭脂、香粉都有着,你就这儿洗吧。"

茜珠睃她一眼,向惠民点头说声"朱先生坐会儿",便到自己卧房去了。茜珠步出房门的时候,还听到嫂嫂一阵嘻嘻的笑声。走进自己卧房,拿热水瓶倾在面盆内,很马虎地擦了擦嘴,坐在写字台旁,意思是想拿本书来看。但心里却在暗暗地想:真可惜,新婚未及一年,就硬生生地拆开了,大概夫妻感情很好吧,所以他会显出这样悲伤的神气。如此看来,人间的一切都是空虚的,已经成功夫妻了,尚且要死别了,那何况还未订过婚呢?茜珠这样想着,心中的妒忌陆丁香也就浅了许多。一会儿又想着朱惠民这个少年,处处倒是显出很忠厚的样子,这也奇怪,一个人的性情人品愈好,他的遭遇却愈恶劣失意的,所以老天也未免太欺侮人了。茜珠独个儿只管在给惠民表示同情,忽听后面有人笑道:

"珠姑,你在想什么心事?怎的我走进房来,你就一些也不觉着?"

茜珠红晕了两颊,回眸过去,一撩眼皮,笑道:

"我早知道了,因为你走得那么轻,我要看看你又闹什么玩意儿,所以才不理你的。"

雪琴嘴噘了一噘,笑道:

"不见得,天也昏黑了,怎不亮了电灯?显然在想心事。"

茜珠站起身子去开了室中灯光,白了她一眼,笑嗔道:

"想心事就想心事,那也不是犯法的事呀,我何必要瞒你?"

24

雪琴听她这样说，便弯了腰哧哧地笑了。茜珠的两颊更娇红得可爱，走上去打她一下，嗔道：

"拾到了什么好东西，就这样地高兴？哥哥被外面女人抢去了，我瞧你又要眼泪鼻涕了。"

雪琴鼓着腮子，啐了一声，说道：

"我现在想明白了，真不再为他胡调而伤心了。一个人说得好就劝劝他，那才有意思；如今我的话仿佛像耳边风过，那还有什么可劝呢？我绝不能那样傻，自己不找些快乐解解闷，就是气出病来了，有谁会给我出一滴眼泪呢？反正不是我对不住他是了。"

茜珠听嫂嫂现在口气大转变了，一时觉得，照此下去，势必要到离婚为止了，不过仔细想来，实在也怪不得了嫂嫂，遂说道：

"我们校中放春假了，哥哥校中还没放假吗？"

雪琴道：

"他说要明天读过才放假，反正他天天放假，读书原不过是个名义而已……珠姑，我们不要谈起他了，一说起他，我心头火星就会冒起来的。"

茜珠道：

"不过你总得瞧在两个小孩子脸上，就忍耐忍耐，总希望他能够回心转意才是。"

茜珠是恐怕哥哥和嫂嫂间有什么变故，所以她要拉拢拉拢两人的不拆散。但雪琴似乎不注意这些，望着茜珠笑了笑，说道：

"惠民他走了，本来要向你来告别一声，后来他怕难为情，所以叫我代为向你说一声。"

茜珠因为避免嫂嫂取笑起见，所以很大方地说道：

"怎不留你表哥吃了饭走？"

雪琴眸珠一转，扑地笑道：

"是不是你要和他谈谈？那你为什么不早关照我？反正后头日子多哩，要留他吃饭也很容易的事。"

茜珠绯红了两颊，啐她一口，笑嗔道：

"你别信着嘴胡嚼了，哪是一个道理？这是你身上的亲戚，既然到你家里来，难道就不应该留人家吃饭吗？"

雪琴笑着点头道：

"这话倒也是，但他今天有人请客，所以六点前要去的。珠姑，我和你正经地谈谈，我觉得天下的事情就没有称人心的。"

说着，拉了茜珠的手，一同在沙发上坐下了。茜珠当然明白嫂嫂这时和自己来谈的一篇话至少是含有些作用的，不过自己的确也愿意听听。因此望着她她粉颊，却愕住了一会儿，似乎等待她的说话。雪琴道：

"比方拿惠民来说，他今年还只有二十二岁，比我大一岁，论相貌虽不及你哥哥那样白净漂亮，但一个男子有男子的美点，他是很刚毅的，有一种少年老成的风格，不过论性情，那我是和他自小一块儿长大，还有个不知道吗？真好得了不得，处处都显出温柔的神情。惠民人虽然这样好，但环境太恶劣了，从小没了爸妈，十二岁起就住在我家，妈妈因为哥哥只有他一点骨血，所以也把他当作自己儿子一样。照理，我和他自小一块儿长大，哥哥、妹妹亲热得很，应该是结成一对夫妇的，不过人心是势利的多，爸爸因为他无爹无娘，而且寄住我家，怎肯把一个女儿嫁给穷小子呢？所以他就把我嫁给你哥哥，这是四年前的话。那时我只有十七岁，当然一切由父母做主，因为你哥哥和我同庚，而且容貌又生得漂亮，家里又有钱，所以虽然也和惠民暗暗淌过一会儿泪，终于也是很喜欢地嫁过来，但是现在方晓得是被金钱所害了。假使你哥哥是个贫苦子弟的话，他还会成天地在外面胡调吗？惠民高中毕业，凭他的学识果然考进了大通贸易公司做高级职员，月薪一百四十元，听说今年加到二百元了，他是很知足的。去年春天里，妈妈在乡下给他拣中一个姑娘，出人意外地竟非常漂亮，虽只有小学里读过几年书，但普通书信都能写，且家中粗细活儿都会干。结婚以后，夫妇间的情爱真是非常深，而且未两月就怀了喜，这是多么欢喜的事情呢！但老天似乎不情愿人间有圆满的事，所以在去年六月里他妻子就死了。唉！珠姑，你想，我和你哥哥虽然都活着，但夫妇间是毫无情分的。惠民他们这样恩爱的两口子，一个偏偏又死了。刚才我和他想想各人的身世，同时想想从前两人的情形，心里当然是非常感触。所以我要说天下的事情总没有称人心的……"

方雪琴说到这里，忍不住又深深地叹了一口气。茜珠听了这一大篇的话，方知嫂嫂和惠民在从前确有相当的爱情，为了嫂嫂父亲嫌惠民贫穷，所以才嫁给哥哥的，现在两人弄得都如此悲惨境地，旧情人相叙，难免要感慨系之了，遂也叹口气，说道：

"哥哥现在虽然喜欢胡调，但人到底还在，将来总有明白的一天，那嫂嫂倒也不用难受的。只是你表嫂人死了，这就真叫作没有办法，不知患的什么病，竟死得那么快？"

雪琴又叹了一声，摇了摇头，说道：

"这事说起来叫人伤心，珠姑你听着，也会表示同情吧。表嫂有四个月身孕了，惠民是那样地小心嘱咐她，叫她千万别做笨重的事情，同时还给她雇用了一个老妈子，因为惠民自结婚后就搬出去自行赁屋居住。表嫂是太爱清洁了，她见老妈子做事这样不爽气，连拖地板都不会，便很生气地拿过拖把，教她应该如何拖地板，不料用力过猛，晚上就腹痛如绞，且下体见红。惠民年轻不懂事，吓得六神无主。表嫂虽知那是为了白天拖地板所以小产了，但恐惠民不舍得要责骂，所以吃些土法子去止红，但无济于事，直到惠民急得把她送到医院，表嫂已经是漏产了。漏产较生孩子更伤身子，身体好固然不要紧，但表嫂却因此失却健康，终于死了。你想，这叫惠民如何能够不伤心吗？可怜表嫂临死的时候，她拉了惠民的手，哭得泪人儿似的说道：'惠民，我害了你了。'她自己死了，还怨自己害了惠民，想见她当时的心痛真是无可形容的了。"

茜珠听到这里，女孩儿家总是心肠软的多，不免眼皮一红，也掉下泪来，叹道：

"这是你表嫂的人太好了，所以才有这种惨剧发生。大多数女子，每天只管和隔壁嫂嫂、什么楼下阿姨打牌还来不及，哪里还会去顾及仆妇的做事吗？"

雪琴沉吟了一会儿，说道：

"总而言之，那是前世的冤孽，所以今生都来还债了，唉……"

雪琴这两句话当然又是有感而说的。茜珠没有回答，却叹息了一会儿。良久，雪琴又望了茜珠一眼，说道：

"听说惠民这半年来办公回家，望着表嫂的照相，不是作了几首诗，就是淌了一会儿泪，却从没有到外面去玩过一次。我为他前途着想，觉得很是忧虑，所以总劝他再讨一个贤惠的夫人。"

茜珠听了这话，因为自己是个姑娘，当然不好意思表示什么，遂默不作声。雪琴见她有些害羞的神气，遂探她的口气说道：

"惠民的人是再好也没有了，只不过祖上没有什么遗产，但他现在也有二百元一月可赚，这样已经不容易了。其实家产又有什么用？比方拿我来说吧，你哥哥这一种行为，家产虽有千万、万万，但人生有什么乐趣呢？所以我最恨的就是金钱，都是金钱祸害了他们去花天酒地呢！我到李家四年，从上瞧下，觉得只有珠姑一个人最明达，最没有贫富的界限，所以我羡慕珠姑真是世界上的一个完人。"

茜珠听嫂嫂这样地赞美自己，抬起头来，倒忍不住嫣然地笑了，说道：

"嫂嫂，你拍我马屁做什么？"

雪琴把她纤手握来，柔和地抚了一会儿，也笑道：

"嫂嫂说话有一句说一句，从来不晓得拍人家马屁的。我猜珠姑将来找姑爷的话，对于贫富大概还在其次，最要紧的就是一个人儿吧。珠姑，你理想中的姑爷是怎么样的一个人？不知能够和嫂嫂说一说吗？"

茜珠绯红了两颊，白她一眼，笑道：

"我不知道，现在可不是谈这个事的当儿。"

雪琴当然晓得她是害羞的缘故，便紧偎了她的身子，再明显地问一句，道：

"那么像惠民这样的人才，不知可合你的意思吗？论年龄较你大四岁，很是相称；论人品是很不错；容貌也不算丑，赚二百元钱一月那也说得过去，将来希望当然还要大。只不过没有家产，你本身倒不成问题，就是怕爷爷不答应……"

茜珠一颗处女的心灵是别别地乱跳，两颊愈显娇红了，啐她一口，笑嗔道：

"嫂嫂，你一个人在说梦话是不是？"

雪琴瞧她神色并没有怒意，显然她不是完全地动气，便笑道：

"我和你说实话，你就正经起来了。一个女孩儿家谁不要出嫁？你是明达的人，当然用不到什么'羞涩'两字了。珠姑，怎么啦？你到底愿不愿意让嫂子喝这碗冬瓜汤？"

茜珠憨憨地笑了一会儿，良久良久，却依旧回答了一句不知道。雪琴见她虽没有答应，但也没有拒绝，觉得这是一个女子的终身问题，当然没有那样简单，遂也不再追问下去，笑道：

"往后你们不妨结一个朋友，假使能够情投意合的话，那自然……"

茜珠不等她说完，便站起来笑道：

"别说这些事了，我们到上房吃饭去了，省得梅心又来喊我们。"

雪琴咪咪地一笑，于是两人携手到上房里去了。晚上，茜珠睡在床上，想着嫂嫂刚才的话，心里只管暗自思忖。惠民的人倒是真的很忠厚，容貌也不错，性情虽不知道，但他对待前妻既然这样好，自然也很温柔了。年龄和秋航是同庚，秋航既然热恋丁香，那我又何必痴心地去对他呢？不过自己到底不是二十八岁了，对于婚姻问题着实还早，何苦去操那份儿心呢？茜珠这样一想，也就沉沉地睡去了。次日起来，时已十点，茜珠到上房，李太太便急急告诉道：

"茜珠，你爸爸已去接白豆蔻来我家午饭了，回头你就给我探听探听。"

茜珠笑道：

"请她到家来吃饭，这是谁的意思呢？"

李太太道：

"当然是你爸的意思，不过我也赞同的。"

茜珠对于母亲忽然这样大度起来，倒是很感到奇怪，遂点头笑道：

"好的，我就给你探听探听，但探听出来，你预备怎样呢？"

李太太被茜珠一问，倒是问住了，呆了一会儿，说道：

"假使白豆蔻愿意给你爸做妾的话，我倒也可以答应的。"

茜珠感到意外似的说道：

"真的吗？"

李太太暗自冷笑一声，想道：我要她的命。但表面上却正经地道：

"当然真的，我是因为爱惜你爸的身子。"

茜珠淡淡地一笑，说道：

"母亲，你放心，我猜白豆蔻未必会跟爸爸发生什么关系的。"

李太太道：

"这是难料的，一个歌女，虽非真心爱你爸爸的人，但她是爱你爸爸的钱呀！"

茜珠点了点头，也不说什么了，见奶妈抱着侄儿连雄、侄女月眉在旁，于是逗着他们玩一会儿。时间很快，一会儿早已十一点多了，白豆蔻没有来，李麒俊却兴冲冲地回来了。茜珠问他道：

"哥哥，今天怎的回家来吃饭了？"

李麒俊笑道：

30

"我是特地回家来瞧瞧白小姐的呀。"

李太太听了，瞪他一眼，说道：

"真是有种出种的，见了女人都会色眯眯，真气人哩！"

茜珠瞟他一眼，逗给了他一个顽皮的娇笑，忽然想着了一件事，便向麒俊偷偷地招了一下手，身子先走到小院子里去。麒俊见妹妹这个样子，不知是什么事情，遂悄悄地跟了出来。只见妹妹站在那株高大的银杏树下，兀是向自己招手，于是三脚两步地奔上去，低声儿问道：

"妹妹，什么事情啦？"

茜珠眸珠一转，拉了他手，笑道：

"那夜维纳斯咖啡馆内遇见的这位陆丁香小姐，哥哥和她到底知己吗？"

茜珠问这一句话当然是为了她本身着想，假使丁香和哥哥知己的话，自己和秋航当然尚有一份儿希望；假使不知己的话，那么丁香自然专心于秋航，自己也好死了这一条心。不料麒俊听了，却起了绝大的误会，因为今天早晨自己已到丁香家里，彼此商定明天结婚，以为妹妹问这个话，一定是雪琴叫她来探问的，因此装出很认真的态度，说道：

"从前虽然是同学，但现在也好久不见了，那夜遇见的时候，她不是很冷淡吗？所以我想她一定是另有爱人的。况且我已有妻子的人，也不能和她过分地亲热，妹妹，你说是不是？"

茜珠对于她另有爱人的一句话，当然是万分刺心，粉颊立刻涌上了忧愁的颜色，急急地问道：

"那么她另有爱人是不是一个姓狄的吗？"

麒俊当然不晓得妹妹是什么意思，故意愕住了一会子，点点头说道：

"也许是的……因为我有一天曾经瞧见丁香和一个少年挽着臂在马路上走。"

麒俊一篇鬼话听进茜珠的耳里，却是十分地相信，心中更加肯定秋航一定是爱上了丁香，一时心头无限悲酸，正欲再问那少年的脸生得怎么样，忽然见外面匆匆地奔进来一个仆妇，报告道：

　　"小姐，少爷，老爷已接了白小姐到家了。"

第三回

探真情面试芳心曲
遭横祸弹飞清白身

李麒俊一听白豆蔻到了，这就抢步先迎了出去。待走到大厅上，只见父亲和白豆蔻正从车厢里步出，李家瑞含笑叫声白小姐走好，当他抬起头来一见麒俊时，他的面孔顿时板住了，眉毛蹙在一起，瞪他一眼，说道：

"咦！你今天怎么在家里？"

麒俊笑嘻嘻的，却装作毫不介意地说道：

"现在放春假了呀，不在家里叫我到什么样地方去呢？"

李家瑞这就哑口无言，弄得回答不出，只好回过头去，给白豆蔻介绍道：

"这是我的孩子麒俊，这位便是白小姐。"

麒俊听父亲这样一介绍，立刻走上两步，伸手和白豆蔻紧紧握了一阵，笑道：

"久闻白小姐芳名，如雷贯耳，今日得亲芳容，幸甚幸甚！"

白豆蔻嫣然笑道：

"李先生，你这话太客气，因为我不惯客套，所以倒觉不好意思了。"

家瑞见麒俊握住了手不放，心里就觉得着恼，暗想：这小子倒可恶，昨天骗了我一万元钱去，今天居然违约勾引白小姐了吗？那

33

我可上了他的当了。正在恨不得上前把麒俊拉开了，就见女儿茜珠也姗姗走出来了，遂慌忙说道：

"茜珠也在家里吗？那好极了，那好极了，麒俊，你给我走开，让你妹妹招待白小姐好了。白小姐，这个是我女儿茜珠，你们快见一见。"

麒俊见父亲狠视自己，也只好退过一旁，心中暗想：我只不过和她握一握手就吃醋了，说好了不夺你，你还急什么呢？这就回白了家瑞一眼。家瑞却没注意，两眼望着茜珠和白豆蔻也握了一阵子，含笑客套了几句，方才招待到小会室里去了。家瑞待两人走后，便向麒俊很严肃地道：

"订定的条约你要破坏了吗？"

麒俊笑道：

"父亲，那你也太量窄了，我既然答应你不夺你的爱，当然我不能违约，但是说几句话总不要紧的，难道连话也不能说吗？"

家瑞点头道：

"最好当然不要说话，年轻人和年轻人几句话一说，那还了得吗？万一你虽然不去爱她，她倒来爱上了你，这不又是我的倒霉吗？"

麒俊抿嘴笑道：

"你放心，就是她爱我，我也绝不会去接受她爱的。"

家瑞点了点头，说道：

"这样才对，不过日后你要给我知道你和白小姐有什么关系，那我可不依你。"

麒俊连声说好，身子早已不耐烦似的走进小会客室里去了。小会客室是间非常精致的房间，布置得富丽堂皇，原是家瑞几个要好朋友密谈的地方。茜珠把白豆蔻接到里面，含笑说道：

"白小姐，你请坐吧。"

白豆蔻点了点头，把身上那件夹大衣脱下，丫鬟红桃早已接了过去。白豆蔻见室中那张小圆桌上预先已摆好一盘名贵的什锦糖，并四盘的水果，可见他们是存心来请我吃饭了。这时，红桃先送上一杯香茗，又递过一支烟卷。白豆蔻说声劳驾，接了烟卷，略欠着身子让红桃燃火。就在这时候，茜珠的明眸向她打量了一会儿，只见白豆蔻身穿一件灰青哔叽的旗袍，黑色的丝袜，黑漆的革履，服饰固然是相当朴素，就是脸上也十分洁净，并不涂着鲜红的胭脂，颇觉仪态万方，不像是个唱歌的女子。心中这就暗想：这样的姑娘，人家会和爸爸发生关系吗？这时，白豆蔻抬起头来，齐巧和茜珠瞧个正着，她便嫣然一笑道：

"李小姐怎不吸一支？"

茜珠虽然不会吸烟，但自己是主人，当然不能不陪吸一支。两人刚在沙发上坐下，忽见麒俊、家瑞也都进来了。李家瑞把小圆桌旁的沙发椅拉开了一些，向茜珠说道：

"茜珠，你怎不请白小姐坐到这儿来？"

茜珠听了，遂又站起，含笑向她说道：

"白小姐，我们就坐到那边去吧。"

小圆桌的四围本有四把椅子，于是四个人便在桌边坐下来，红桃把清茶也从茶几上端到桌上来，一会儿又端上四杯银耳茶。白豆蔻把烟卷放在烟缸上，纤手掠了一下云发，笑道：

"李大叔，你把我当作上客看待，那我可不好意思了。"

李家瑞忙道：

"家里原备着这些，并不是特地去买来的，白小姐别客气吧。"

麒俊把银匙拿着点了点，笑道：

"白小姐，别坐着，我们就吃些可好？"

茜珠回眸瞟她一眼，笑着也劝她吃，白豆蔻这才吃了一银匙。麒俊偷眼瞧白豆蔻的脸庞，在笑的时候，实在很有些像陆丁香，因为两人颊上同样地有一个倾人的笑窝儿。想着明天晚上便可以和丁香真个销魂，心里乐得不知所云，脸上自然地会浮着笑意来。白豆蔻见他这样涎皮嬉脸的神情，以为他是在转自己的念头，心中暗想：有其父必有其子，这句话真一些不错的。因为坐着无聊，白豆蔻便向茜珠开口问道：

"李小姐，妈妈怎么不见呀？"

正问时，瞥见室外又走进两个女人来，一个四十左右，一个二十左右，都穿得非常华贵。茜珠早站起来介绍道：

"这就是我的母亲，这是我的嫂嫂。母亲，这位就是白小姐。"

白豆蔻见李太太虽然年已四十多了，但犹涂脂抹粉，打扮得非常妖媚，从这一点看来，知道是个好炉的女子，于是连忙离座站起，含笑走到她的面前，很恭敬地鞠了一个躬，说道：

"李叔母，侄女儿来得很是冒昧，还请原谅是幸。"

李太太见白豆蔻这样清秀脱俗，已经很是不悦，又听她口齿伶俐，呼自己为叔母，以为是家瑞故意教她这样称呼，可以避人耳目，心中这就更加肯定白豆蔻和家瑞是有关系的了。但表面上不得不很客气地说道：

"白小姐，我常听到他赞美你的人怎样美、人怎样好，今日一见之下，果然名不虚传。我是很爱跟年轻的姑娘交朋友，所以到我家来玩，我是非常地欢迎。"

白豆蔻笑着，一面又向方雪琴招呼。雪琴忙着还礼，忽见麒俊也在，一时暗想：消息倒是灵通，这是谁告诉他的？因此心里对于麒俊的感情也越发冰冷了。李茜珠把手一摆，笑道：

"白小姐，你只管请坐呀。"

白豆蔻向李太太望着，也笑道：

"叔母和大嫂请坐。"

李太太点头，于是四个人又坐了下来，把家瑞和麒俊父子两人只好挤到沙发上去坐了。李太太笑问白豆蔻是哪儿人、今年几岁了，白豆蔻也很柔和地回答了几句。闲谈了一会儿，红桃便来告诉，说小船厅里已摆了席。茜珠于是请白豆蔻到小船厅里去饭餐，白豆蔻

36

随了众人，穿过几重朱廊碧槛，跨进小船厅，只见里面的摆设与小会客室中大不相同，这里四壁挂有名人的字画，一切都带着古色古香的风味。正中那张紫檀木镶大理石桌面的圆桌上，已摆好六副银杯筷，并八盘冷镶盘。李家瑞道：

"圆桌没有大小，白小姐随便坐下吧。"

茜珠拉了她手，笑道：

"白小姐和我一块儿坐，这里嫂嫂、哥哥坐，就那么挨次地坐下得了。"

红桃已把烫热的绍酒拿上，李麒俊伸手去接，却被李太太白了一眼，吓得连忙缩回了手。茜珠于是拿过那把小巧的银制酒壶，先向白豆蔻筛了一杯，白豆蔻略欠身子，说声谢谢。家瑞向红桃道：

"怎不开了窗子？这两天春气动了，就觉暖和得多。"

李太太白了他一眼，噘了噘嘴，笑道：

"你今天只穿着一件夹衫，怎么就感到这样热了？我穿着衬绒，还有些冷飕飕的呢。这大概各人的心理不同吧。"

李家瑞听她话中有因，便急得忙又向红桃道：

"你太太怕冷，那就别开了。"

李太太却向白豆蔻望了一眼，含笑问道：

"白小姐热不热？要不开了窗子吗？"

白豆蔻因为和茜珠说着话，所以对于家瑞夫妇俩的一问一答是没有听见，今听李太太向自己这样问，还以为李太太喜欢开窗子，所以倒迎合她的意思，笑道：

"近来天是真的热多了，我倒没有什么，李叔母怕热，就开窗子也不要紧。"

李太太听她这样说，还以为白豆蔻故意给家瑞辩护，心里更加可恶，但表面上又含笑向红桃说道：

"你就把窗子开了吧。"

红桃把窗子一开，那暖和和的阳光更晒了进来。白豆蔻见这间小船厅是临着花园的旁边，那和暖的春风一阵一阵地吹进来，鼻中就闻到微微的花香。回眸向窗外望去，只见园子里树林密密，绿叶成荫，小鸟飞鸣其间，颇觉逍遥自在。这时，家瑞、麒俊虽欲殷殷招待，但碍着老虎在旁，自然不能过分地客气。茜珠见白豆蔻杯中已空，于是又给她斟酒。白豆蔻把纤手盖住了杯口，摇了摇头，笑道：

"李小姐，我已喝了三四杯，再喝怕要醉了，还是我给你筛一杯吧。"

说着，便去接茜珠手中的酒壶，要给茜珠筛酒。茜珠哪里肯依，笑道：

"哪有客人替主人筛酒的道理？白小姐既然不会喝酒，我也不和你客气。红桃，你泡杯柠檬茶来吧。"

李太太笑道：

"白小姐假使会得喝酒的话，那就别做客。将来走惯了，就像自己人一样了。"

白豆蔻点头道：

"我不会客气，因为我自小就没了爸妈，所以看见年老的人，我都喜欢叫人家一声伯伯和妈妈。承蒙李大叔和叔母瞧得起我，我心里真非常高兴，觉得李叔母慈祥可亲，就像我的妈妈一样，以后侄女儿有什么不懂地方，还请叔母多多指教哩！"

白豆蔻所以说这两句话，当然也有她深刻的用意，就是向她说明，我完全是以小辈的态度对待你丈夫的，你可不用疑心的。李太太笑道：

"好说，像白小姐那么聪敏的姑娘，难道还有什么不懂的事情吗？"

茜珠瞟她一眼，笑道：

"白小姐既然这么说，那你就认我妈，做个女儿吧。"

茜珠这个意思当然也是个很厉害的办法，家瑞这就皱了眉尖，

笑道：

"只要走动得亲热些也就是了，何必要来这一套呢？"

李太太听他这样说，那是更显明的了，遂故意也笑道：

"真的，白小姐以后就常常来游玩吧，一定要认个名分也没有意思。"

白豆蔻听李太太也拒绝着，自己当然不好意思一定要给他们做女儿，也就一笑罢了。李太太见白豆蔻并不说上来，因此也就更加疑心了。这时，方雪琴见白豆蔻捧着玻璃杯只管喝着柠檬茶，那红润润的嘴唇皮凑在玻璃杯上，自有一种醉人的风韵，这就暗想：一个女子有那一种秀丽，这也无怪男子们见了，就像苍蝇见了血一样了。仔细想来，那女子实在是很可怜的，因为一个女子生得美丽，那是天然的事，这也不是人力所能强求的。譬如像白豆蔻那样服饰，而且脂粉不施，她何尝去勾引人家？但男子们都要看中她，恐怕她心中也是感到相当痛苦吧。婆婆说她和爷爷一定发生过肉体关系，不过照此刻她声声口口喊大叔、叔母的情形看来，恐怕未必有这一种事吧。都是这些色鬼在自己痴心梦想，真是杀不可赦的。想到这里，心中是只恨着麒俊、家瑞等一班色情狂，对于白豆蔻反表示相当的同情，遂拿了筷子，夹了一筷鲍鱼片给白豆蔻，笑道：

"不要尽喝茶，白小姐酒不喝，菜只管吃呀。"

白豆蔻放下柠檬杯，略欠身子，笑道：

"嫂嫂，我自会吃的，已经吃得不少了，你别夹吧，多谢你。"

麒俊瞟她一眼，色眯眯地笑道：

"其实白小姐的酒一定很会喝，我知道你是做着客。"

白豆蔻微笑道：

"李先生何以见得？我真的不会喝，你瞧我喝了三杯酒，那脸不是已经很红了吗？"

麒俊扬着眉，笑道：

"照理，白小姐颊上有这么一个深深的酒窝儿，那不是应该很会喝酒的吗?"

白豆蔻觉得这两句话未免近乎取笑性质，于是默不作答，回眸向茜珠瞟了一眼，笑道：

"李小姐的酒量也不甚好吧，还是嫂嫂会喝上几杯。"

雪琴笑道：

"我也喝不了多少的。"

李茜珠道：

"其实我们没有酒量两字可说，一碰着酒就会醉的。"

白豆蔻笑道：

"这话倒是实在，所以我们还是吃饭吧。"

李家瑞忙道：

"吃饭早哩，还有许多菜都没上来。"

李太太道：

"今天这菜都是厨房里自己烹调的，也许白小姐有些不合胃。"

白豆蔻忙道：

"李叔母这话太客气，今天这菜是好极了，喊来的菜哪有自己厨房里烹调的入味。"

待这一餐饭毕，时已一点半钟。茜珠拉了白豆蔻的手，笑道：

"白小姐到我房中去洗脸吧。"

于是两人到茜珠房中去了。在茜珠的房中，梅心已倒了两盆面水，茜珠道：

"白小姐，你请洗脸吧。"

白豆蔻点头道：

"那么我先洗了，就不和你客气。"

说着，便到梳妆台旁去拧手巾。茜珠也跟过来，在梳妆台上取盒盖儿，打瓶盖儿，笑道：

"香粉、香水、胭脂都在，你自己用吧。"

白豆蔻含笑点头，便自管擦脸。茜珠见她只略施了一层香粉，却不用别的化妆品，但瞧她的脸蛋儿，实在已经白里透红够艳丽了。她把手巾又在嘴唇皮上抿了一下，回过身来，向茜珠微微一笑，说道：

"李小姐，你自己洗吧。"

茜珠道：

"那么你坐会儿，我不招待你了。"

白豆蔻忙道：

"别客气，我觉得李小姐人很好，倒愿意跟你结个朋友，只是怕高攀了。"

李茜珠回眸瞅她一眼，笑道：

"你说这话，又不是存心愿意和我结朋友了。"

说着，也很马虎地擦了一个脸。白豆蔻见她两颊白嫩得好像吹弹得破，未免惺惺相惜，两人一同坐下。梅心又来倒上两杯玫瑰茶，然后把洗脸水端着走出房去。茜珠因为受了母亲的嘱托，便探探她的口气，说道：

"白小姐每夜戏要演到十二时后才可以休息，这也很辛苦的吧？"

白豆蔻眸珠一转，频频点了一下头，说道：

"可不是？但吃了这一碗饭，那有什么办法？"

茜珠道：

"不过白小姐的名声也红到极顶了，恐怕全上海没有一个人不知道吧。"

白豆蔻叹了一声，说道：

"一个女艺人，名声无论好到如何程度，也只不过是个女艺人罢了。虽然在你听来，未免觉得我自视太低，不过像我们这种生活确实是很痛苦的，四面的环境又这样恶劣，到处都布摆着危险的陷阱。你和他们翻脸吧，这是他们的世界，你在他们势力范围下是无法反抗的；假使你和他们胡调吧，这固然对不住自己的良心，而且也太失了自己的人格。李小姐，你想，在我们这样的处境中是多么为难啊！你是个幸福的人，当然不晓得社会的黑暗、人心的万恶。他们把女性是视若粪土、俯拾即是那么容易，因为他们有的是金钱啊！不过话又得说回来，有些女子固然是金钱所买得到的，但也有些女子，恐怕是买不到的吧。李小姐，我们是年轻的人，我们有相当的知识，虽然我和你处境的好坏是有天壤之别，但我有坚强的意志，来沉着应付我这四周的魔鬼。”

白豆蔻说到这里，脸色是非常严肃。李茜珠听了她这一篇话，那全身会感到一阵羞惭的热燥，暗想：果然不出我的所料，人家是个有理智、有头脑的姑娘，她肯跟一个四十多岁的老头子胡调吗？母亲这种醋是瞎吃的。遂也很表同情地说道：

“白小姐这话不错，我们女子在现时代的社会上和男子是成个对立的地位，我们绝不能让男子视为附属品一样，我们需要艰苦的环境来磨折，那么我们才能够成功社会上的一个完人。白小姐是发扬艺术的一个人才，你那出《流连》的戏我也欣赏过了，觉得白小姐的表情入木三分，尤其逃亡一幕，歌那《难民歌》的时候，更令人涕泗滂沱。所以白小姐虽然是个舞台上的女演员，间接地至少有益于国家，所以我希望白小姐能够奋斗到底，将来自有光明的前途。”

白豆蔻听她这样说，情不自禁地握住她手，紧紧地摇撼了一阵，笑道：

“当然，我们一个年轻的人是需要恶劣的环境来磨折，同时也更需要像李小姐么一个知己来慰藉。我觉得李小姐虽然生长在贵族的家庭下，但却没有贵族小姐么奢华的思想，这是使我感到深深佩服。”

李茜珠听她这么说，一时也感到她特别地可亲，笑道：

“不过在我心中也是同样地感到佩服，像白小姐在那样恶劣的环境中，能够认清你人生的目标，保持你固有的纯洁，这岂又是一件容易的事呢？”

说着，两人的手握得更紧，甚觉意气相投，大有相见恨晚之慨。

就在这时，红桃匆匆来道：

"小姐，太太说怎不请白小姐到上房里去坐坐呢？"

茜珠拉了她手站起来，笑道：

"我们只顾说话，就忘记母亲他们要性焦了。"

于是和白豆蔻一同又到上房来，见爸爸、哥哥、嫂嫂都在，李家瑞笑道：

"白小姐和我们茜珠倒很说得来吧。"

白豆蔻掀着笑窝儿，转着乌圆的眸珠，说道：

"可不是？我和李小姐要结拜做姊妹了。"

李太太听她这样说，一时又觉十分稀奇，暗想：假使白豆蔻存心要给家瑞做小老婆来，她怎么肯和茜珠说结拜姊妹的话呢？这样看来，也许她和家瑞没有什么关系的吧？不过有着她这个狐狸精在，就会叫家瑞和麒俊两人心神不定的，倒不如叫她死了干净吗！茜珠听白豆蔻这样说，便一撩眼皮，很得意地道：

"很好，我们拣个日子，准定结为姊妹了吧。"

家瑞听了，急得摇了摇头，笑道：

"你俩站在一起，倒是很像一对姊妹的……"

说到这里，意欲阻止她们的结拜姊妹，但这又哪里说得出口？因此咽了一口唾沫，却顿了一顿说不下去了。大家坐着，一面嗑着瓜子，一面谈着话。白豆蔻见时已三点敲过，遂站起来要回家了，家瑞忙道：

"早哩，吃了点心走吧。"

李太太道：

"这样性急干什么？那么我也不和你客气，以后常来玩吧。红桃，你叫福根备车，送白小姐回去。"

白豆蔻笑道：

"我一定常来拜望你老人家。李小姐，你有闲也来我家玩玩，地址是静安寺路三友小筑十五号。"

茜珠一面送她出来，一面笑着点头道：

"好的，我改天一定也来拜望你。"

这时，家瑞、麒俊、李太太、方雪琴等也都送出大厅。白豆蔻回眸笑道：

"各位留步吧。这样客气，那不是反叫我不安吗？"

说着，又向众人弯着腰鞠了一个躬，方才步下石阶去。福根早开了车厢，白豆蔻跳上车子，福根关上车门，便慢慢开了出去。只见白豆蔻在车窗内还摇了一下手，逗过来一个妩媚的娇笑。李家瑞道：

"王昶今天怎么不见？"

李太太忙应道：

"他今天有些私事，所以早晨在我那儿请一天假。"

家瑞点了点头，也就不说什么，这里大家都回到上房里去。茜珠说道：

"妈，白小姐这个人可不是一个平庸的女子，我和她交谈过几句话，就知道她有坚强的意志、冷静的头脑，确实是个富贵不能淫、威武不能屈的姑娘，所以你们倒不要看轻她是个唱歌的女子。我想和她交个朋友是很好，若要在她身上占些便宜，那可万万不能吧！"

茜珠说到这里，故意和家瑞很神秘地笑了一笑。家瑞红晕了两颊，点头道：

"这个当然，你瞧人家这一种大方的气派，可像一个歌女吗？所以我很看重她，常以长辈的态度来照顾她一些，不料你妈就疑心我有什么作用。现在请她来给你们瞧过，听人家声声口口地喊我们大叔、叔母，要如我存着恶意的念头，我还对得住自己的良心吗？"

家瑞这两句话是被茜珠这一笑硬逼出来的，茜珠点了点头道：

"爸爸这话不错，人家一个二十岁的姑娘，虽然为了生活相迫而做了歌女，但人家到底还要图个将来呢。就是人家是个老实的姑娘，也不应该去欺侮人家，何况白小姐是个不可侵犯的女子呢？其实母

44

亲尽可以放心，像白豆蔻这种女子，爸爸就是把全部家产都送到她手里，她也不会动一动心的，而且她也未必会接受你的金钱。"

家瑞听女儿这样说，想起白豆蔻把三万元钱捐助慈善救济会的事，觉得茜珠真是个厉害的姑娘，一时那颗心就跳跃得厉害，两颊也更热辣辣起来。表面上竭力镇静了态度，笑了笑，嗔怪她道：

"茜珠这孩子说话就不顾前后，你当爸是什么人了？就会把全部家产都送到女人手里去吗？"

茜珠秋波滴溜地一转，很顽皮地把舌儿一伸，笑道：

"我不过是一个比方，又不是说爸爸啦。妈，你说是不是？"

李太太听了茜珠告诉后，知道白豆蔻和家瑞确实没有关系的，一时良心上仿佛有件什么东西在猛击一下，颇感到极度不安，所以坐在沙发上只管呆呆地出神。今听女儿向自己这样问，遂又镇静了态度，把嘴噘了一噘，白了家瑞一眼，说道：

"你也不用装假正经，白小姐因为看你不上眼，所以不肯和你胡调。在你不是曾经竭力追求她过吗？女儿的话恐怕是说到你的心坎儿上去吧！还要摆什么做爸的架子？哼！"

麒俊瞟了家瑞一眼，忍不住也笑了。家瑞被麒俊一笑，更觉坐立不安。李太太却狠狠白了麒俊一眼，骂道：

"你笑什么？父子两人是一只袜筒里的，你是年纪轻啦，总还要图个上进呢，千万别瞧你这断命的爸爸好样子。"

麒俊不敢回说一句，回眸偶然向雪琴望了一眼，只见雪琴却在暗暗冷笑，一时便白她一眼，心中暗骂一声贱货，你别得意，明天我和陆丁香结婚，将来慢慢就和你离婚，看你把我有什么办法？雪琴见麒俊眼睛白着自己，心里又怨恨又悲酸，便也恨恨地白了他一眼，噘了噘嘴。不料正在这个当儿，忽见门房间里的阿庆脸色慌张地奔进来，口吃地报告道：

"啊哟！老爷，太太！不好了，福根把汽车开出公馆的大门，约莫五十码光景，忽然拥上暴徒数人，竟拔枪向车厢内连放数响，现在白小姐已受重伤，暴徒逃逸无踪，福根问老爷把白小姐送到什么医院去？"

这骤然来的消息，真仿佛是个晴天中的霹雳，家瑞、麒俊、茜珠、雪琴四个人都大吃了一惊，不约而同地"啊呀"了一声，都跳了起来。只有李太太心里明白，因为她的良心已曾经有了一度觉醒以后，今得此消息，她只觉内心一阵惨痛，浑身便会颤抖起来，急急地说道：

"茜珠，麒俊，你们快出去瞧吧！看白小姐的伤到底要不要紧？你们立刻把她送到医院里去吧！快去！快去！"

茜珠、麒俊对于母亲会这样地着急，一时倒出乎意料之外，但在这迫切的时候，也没有去加以思索的工夫，两人早已飞步地奔出去了。待茜珠、麒俊两人奔出了大门，只见中西探捕已围着福根的汽车在问话，两人立刻奔上去，向车厢里一望，见白豆蔻已昏厥在血泊之中了，两人心中一酸，几乎要淌下泪来。这时，救护车也到，看护们把白豆蔻从汽车里抱出，抬到救护车上。茜珠见西捕要带福根先到捕房去报告，于是叫哥哥坐了汽车一块儿去，自己跳上那辆救护车，便伴了白豆蔻一同到卡隆医院去了。救护车在半途上，白豆蔻悠悠醒转，只觉臂上疼痛非常，浑身血渍怕人，茜珠伴在旁边却在暗暗垂泪，遂微睁星眸，向茜珠低低叫声李小姐。茜珠见白豆蔻醒转，心里便一欢喜，遂摇了一摇手，轻轻说道：

"白小姐，你别说话，闭着眼养一会儿神，一会儿就到医院了。"

白豆蔻点了点头，心里自然十分感激，不禁也淌下一滴泪来。一会儿，汽车到卡隆医院的大门停下，看护们把白豆蔻抬进候症室，先由一个医师验诊了一回，知道臂膀尚嵌有一颗子弹，需用手术方可钳出，不过现在恐流血过多，所以要待明日开刀，此刻先注射了一枚止血针。茜珠吩咐他们抬到特等病房，看护知道十六号病房空着，于是把白豆蔻送到十六号病房。茜珠一面打电话给爸爸，说已把白小姐送到卡隆医院，一面问医师，这条手臂会不会成残废。医师道：

"这伤是很轻微的，不要紧，你放心好了。"

茜珠这才放下心来，遂走到十六号病房里，只见白豆蔻躺在床上，看护小姐拿了药水、棉花在给她左臂上揩血渍，然后用纱布包裹扎好。她见茜珠颦蹙柳眉、忧形于色的意态，便微微一笑，说道：

"李小姐，白小姐的伤不要紧的，你放心好了。"

茜珠点点头，一面问她姓字，知道姓王名叫慧芬，遂叫声"王小姐，对于白小姐请你加倍地服侍，那很使我感激了"。王慧芬笑道：

"李小姐，你别客气，看护病人原是我们的天职。"

这时，白豆蔻便低低喊茜珠过去，茜珠忙到床边，问道：

"白小姐，你此刻觉得痛吗？"

白豆蔻摇了摇头，说道：

"注射了止痛的针，倒不觉十分痛，大概没有什么关系，你放心是了，因为我觉得精神还好。李小姐，我真对你不起，累你奔来奔去辛苦了，此刻你最好给我打个电话回家去，叫阿妈林英来一次，电话是四二二四二。"

茜珠道：

"白小姐，你快别这样说，我对于白小姐的伤真担着抱歉哩！那么我此刻就给你去打电话吧！"

白豆蔻点头说声劳驾，茜珠于是走到电话间里去了。茜珠打好电话出来，在走廊里齐巧遇见爸爸和妈妈很惊慌地走来，一见了茜珠，便急急地问道：

"白小姐的伤怎么样了？她在哪一间病房里呀？"

茜珠道：

"伤在左臂里，弹子还嵌在里面呢！"

李家瑞蹙了眉尖，忙道：

"那么怎么办呢？不知道要成残废吗？"

茜珠道：

"我问过医生，他说弹子要明天用手术方可钳出，生恐流血过多，对于精神方面够不到。假使子弹可以安然钳出的话，我想大概不至于会成残废吧。"

李太太叹了一口气，急急地也问道：

"那么假使子弹钳不出的话，对于生命不知危险吗？"

茜珠道：

"这如何晓得？爸，妈，你们在白小姐的面前，千万不要露出忧愁的样子来，使受伤的人要更惊慌的。"

李家瑞点头答应，于是三人一同走到十六号病房里。白豆蔻见李家瑞夫妇亲自到来，心里颇为感激，乌圆眸珠在长睫毛里一转，频频点了一下头，表示谢谢的意思。李太太坐到床边，先亲热地叫道：

"白小姐，你伤处现在可觉得痛吗？"

白豆蔻伸出那只右手来，去握着李太太的手，说道：

"大概不要紧的，李叔母，你放心，多谢你，劳你亲自前来瞧望，那叫我心里真是感激。"

说着，也不知为什么，竟眼皮红起来。李太太一颗泼辣狠毒的心到此完全被感动了，再也忍不住她那眼眶子里的泪水涌了上来，十分亲热地抚着她手，仿佛很疼爱的神气。白豆蔻因为她的慈爱模样，使她想起了自己的母亲，因此那泪便像雨一般地落下来，哽咽着道：

"叔母，今天这枪击的事情真有些令人奇怪，我自海外归国，为时仅三个月，一向对人是很客气的，想来并无结怨小人，不知谁和我有这么深的冤仇，竟下得了如此毒手？唉！这未免也太忍心了吧！"

李太太听到这里，一颗心仿佛有什么小刀在割一般疼痛，她全身一阵热燥，额上、眼里汗和泪都一齐交流了，说道：

"可怜的孩子，你真受了委屈了。我想你既没有结怨小人，大概是强盗抢劫吧。"

茜珠听了，心直口快地道：

"既然是盗劫，为什么要开枪杀人呢？"

李家瑞也搓着手叫稀奇，一会儿，又说道：

"我请白小姐吃一次饭，不料竟发生如此不幸的祸事，那叫我心中如何对得住你呢？唉！这真可恨可恶极了，竟有人和一个弱女子作对，那真可杀极了！"

大家愈骂得厉害，李太太心中也更觉得痛苦。白豆蔻见李太太含泪满面，当然是不会晓得她所以流泪的原因，还递帕儿给她擦拭，说道：

"叔母，你别为我太伤心了，我这伤是很轻微的。"

李太太听了这话，几乎忍不住失声要啜泣起来。这时，麒俊也从捕房回来，到医院来瞧白豆蔻，一会儿，林英也来了，见房中这许多人，还以为小姐已经完了，因此先哭起来。李太太不知是谁，心中又惊又痛，后来方知是白豆蔻的仆妇。茜珠把详情告诉，林英方知小姐并没生命之虞，方才收束泪痕，伏在床边，只是淌泪。大家见林英如此忠主，想见白豆蔻的为人，都也凄然泪下。

这时，看护王小姐来关照众人暂退，切勿有伤病人的精神。李家瑞于是到账房间先付一千元钱，方才和李太太、茜珠、麒俊一同回去。这里白豆蔻叫林英也回家里去，说院中自有看护服侍的，你明天给我烧些小菜来。林英听了，答应自去。白豆蔻于是静静地养息了一会儿，看看日影已斜，病房中笼罩了一层阴影，独自思忖，想不到自己会遭此奇祸，忍不住又伤心落泪。正在万分悲凄之间，忽见病房门开处，推进一个少年来。白豆蔻再也想不到狄秋航这时会来，到此也不禁为之破涕嫣然了。

第四回

豆蔻梢头谁能不爱
丁香吐艳我见犹怜

在病房中本来是很静悄的，尤其在那暮色降临宇宙的时候，这就更显得含有凄凉的意味。白豆蔻是个富于感情的姑娘，对此寂寂黄昏，细想身世之可怜、遭遇之不幸，安得不泪流满颊吗？不料正在独自伤神，忽然房门外会推进一个少年来，而这个少年正是自己心头唯一安慰的人，因此也就情不自禁很兴奋地仰起身子来。狄秋航急得连连摇手，当然他是叫她切勿仰起的意思，同时他三脚两步地早已到了床边。果然白豆蔻的双眉顿时颦蹙起来，脸上显出很痛苦的样子。狄秋航自然明白她是触痛了受伤的地方，于是情不自禁地伸臂去环在她的背部，一手按着她的胸间，让她慢慢地躺了下来。白豆蔻躺在秋航的臂上，一寸心灵仿佛是得到了无上的安慰，明眸脉脉地含了无限的柔情蜜意，凝望着秋航的脸部，微微地点了点头。白嫩的颊上浮现了一圈又喜又羞的娇晕，嘴角旁掀起一丝笑意来，低低说道：

"秋航，你怎么知道我受伤？你又怎么知道我在卡隆医院里？"

狄秋航忽然听她呼自己名字，知道她是要和自己显得亲热的表示，因为她是仰着脸，自己是俯着身子，两人面对面的距离也只不过四五寸远。只觉白豆蔻口脂微度，细香扑鼻，令人有些心神欲醉。在得知白豆蔻受伤的消息，心中是急得几乎要哭出来，及至瞧见了白豆蔻人以后，方知受伤并不深重，心中仿佛又落下一块大石，便柔和地道：

"我是从晚报上瞧见你受伤的消息，因此急急赶到三友小筑去询问林英，方才知道你在这儿的。豆蔻，你的伤在哪儿？这究竟是怎么一回事呀？我骤然听到这个不幸的消息，豆蔻，我的心真为你碎了。"

白豆蔻听他这样说，心里又感激又悲伤，忍不住深深地叹了一口气，明眸里又淌下泪来，说道：

"我的伤是在左臂上，子弹还嵌在肉里，医师说明天方才可以施用手术，把子弹钳出，至于究竟是怎么一回事，连我自己也不知道。唉！我想自己到上海也不过三个月，又没有和人结怨，谁会来要我的性命呢？这事情是太令人不明白了。"

秋航的眉尖是紧紧地锁着，把右手去揭开被，只见白豆蔻的左臂是用纱布包裹着，心里代为一阵疼痛，不免也掉下一滴眼泪来。不料秋航的泪水齐巧落在白豆蔻的粉颊上，白豆蔻当然是感到心头，慢慢地把右手伸上去，用指去抹秋航脸上的泪痕，带了眼泪，犹掀着笑窝儿，柔媚地说道：

"你不要难受，我这伤不妨事的。"

说到这里，立刻脑海里有了一个感觉，暗想：万一那条左臂断了，那岂不是成了残废？一个残废的姑娘，还能叫人心里喜欢吗？白豆蔻既然这样一想，觉得自己的幸福将在今日那一霎时丢送了。本来她是安慰秋航不要难受，此刻她自己的眼泪却像雨点儿一般落下来，叹息道：

"即使成了残疾吧，那也是我的命……"

话还没有说完，她不禁已啜泣起来。秋航见她忽然又这个模样，当然也有些明白她所以又伤心的原因，一时也被她引得落下泪来，一面拿帕儿给她拭去颊上的泪，一面劝着她说道：

"豆蔻，你别哭呀，这伤绝不会成残疾的，那你只管放心吧。"

白豆蔻想着自己孤苦伶仃，由北国逃亡到海外，再由海外漂泊到上海，好容易在这人海茫茫中找到了一个知音，不料自己偏偏又遭了横祸，万一秋航因我残疾而转变了爱的方针，那我的一生也不是完了吗？因此越想越伤心，越想越悲痛，虽然秋航这样劝慰她，但她依然呜咽地啜泣着。秋航见她似海棠着雨，更觉楚楚可怜，遂又柔和地道：

　　"豆蔻，你别哭了呀，你再哭我的心也碎了。就是成残疾了吧，那也没有办法的事情，只要没有生命的危险，这实在是已经大幸了呀！你为什么这样想不开呢？"

　　白豆蔻见秋航两颊是涨得红红的，眼泪也只管由眼眶子里涌上来，知道他的手臂给自己背部压着一定很吃力，于是把身子微侧了一下，让秋航手臂缩了回去，哽咽着道：

　　"假使成了残疾，倒不如死了干净嘛！"

　　秋航听她这样说，意欲切实地安慰她几句，但觉得又不好意思说出口，因此支支吾吾地顿了一会儿，方才两手合着她白胖胖的纤手，温柔地抚摸了一会儿，说道：

　　"好好儿的又为什么要说死？你死我就跟你一块儿去。"

　　白豆蔻听了这话，她的两眼顿时定住了，眼皮下的长睫毛里是涌满了泪，模糊地凝望着秋航，倒是愕住了一会子，芳心暗想：我所以伤心，是恐怕他因我成了残疾而不爱我了，现在他说我假使死了，他也情愿跟我一块儿死……这样情深如海，他显然绝不会因我残废而变心的。白豆蔻有了这一层考虑，她的一颗芳心在得到无上安慰之余，又感到了万分的甜蜜，觉得狄秋航真不啻是我生命中唯一的亲爱人，她颊上酒窝儿微微一掀，挂着泪珠儿，又娇媚地笑了。秋航觉得她这一笑，真是妩媚到了极点，也不禁破涕笑道：

　　"豆蔻，你想，死尚且愿意一块儿死，那还用再说别的吗？"

　　白豆蔻听他再补充一句，那是更加得意，不禁眉儿一扬，酒窝儿愈没有平复了。但猛可想到，一个女孩儿家在一个自己认为爱人的面前就这样地哭笑无常，那究竟是太难为情了，因此立刻瞅他一眼，便又别转脸去。秋航当然知道她是害羞的缘故，心中这就觉得白豆蔻对待自己一片痴情，真也是可怜了。两人静悄悄地各自想了一会儿心事，白豆蔻听秋航一些没有动静，心中好生奇怪，遂偷偷地绕过无限媚意的俏眼，斜乜了他一眼，谁知齐巧和秋航瞧了一个正着，于是两人不约而同地笑了。秋航俯着身子，又去抚摸她纤手，说道：

"下午我也曾来望你过，林英告诉我，说你上午就出去了。你可就是到李家瑞家里去午餐吗？"

白豆蔻眸珠转了转，点了点头，忽然又鼓起了两腮，表示很愤激的样子，说道：

"是李家瑞用汽车来接我的，否则我真不高兴去了。他说他的太太愿意和我交个朋友，我因情意不可却，自然只好应酬一次。不料下午回家，才出李公馆大门，就遭到这意外的不幸。你想，这事情不是叫人心里可恨吗？"

狄秋航蹙了眉尖，凝眸沉思一会儿，说道：

"那就真奇怪，这情景既不像盗劫，又不像绑匪，明明是个暗杀。但你既没有和人结过冤仇，谁要来暗杀你呢？"

白豆蔻脸色有些愤怒，哼了一声，说道：

"可不是？要和一个可怜的歌女作对，这手段未免太卑鄙了。"

狄秋航沉吟了一会儿，悄悄地问道：

"你到李家，他的夫人对待你客气吗？"

白豆蔻道：

"因为是初次见面，当然是很客气，他还把他的女儿、媳妇、儿子都出来见我。后来发生事情后，还是他女儿李茜珠送我到医院呢。"

秋航忽然听了"李茜珠"三字，心里倒是一怔，不禁脱口问道：

"哦！她的女儿就是叫李茜珠吗？"

白豆蔻被他这么一问，当然起了疑窦，定住了乌圆的眸珠向他愕住了一会子，也问他道：

"怎么啦？你和李小姐也认识吗？"

狄秋航听她的口吻是很严肃，显然那是含有些酸素作用，意欲摇头说不是，但仔细一想，反正我对茜珠的爱有些怕敢接受，因为她是太有钱了的缘故，所以也不用瞒骗，遂点头答道：

"李茜珠是我初中里同学，因为彼此并不亲密，所以对于她的一切颇为生疏隔膜。今听你所说，原来就是李家瑞的女儿，所以我问一声，不过同姓同名的人亦很多，也许不是她吧。"

秋航心中虽然肯定李茜珠当然就是她了，因为她是非常有钱，现在李家瑞是银行总裁。前次在维纳斯见有一个少年，茜珠告诉我是她的哥哥，现在白豆蔻也说李家瑞有个儿子，那么这李茜珠还有第二个人吗？但他要避免白豆蔻追究起见，所以故意说一句也许不是她吧，不料白豆蔻因为他说得含糊，一定要问个明白道：

"天下的事情都有这样凑巧？你的同学叫茜珠，'茜珠'这两字如何写法？"

秋航听她偏要追问下去，也只好告诉道：

"东西的西字加上一个草头，珠是珍珠的珠，李家瑞的女儿也是这两个字吗？"

白豆蔻听了，噘起了小嘴儿，却逗给他一个娇嗔道：

"别假惺惺作态吧！只有我老实给你当作木人。李小姐的人很好，家里又有钱，你当初不知道很可惜，现在是应该到她家里去走走了。"

白豆蔻说到这里，粉脸上又浮现了无限哀怨的神色，仿佛欲盈盈泪下的神气。秋航瞧了，忍不住好笑，暗想：女孩儿家的醋劲可不小。遂正色地说道：

"李小姐家里我是早知道了，她也叫我去玩，正因为她家太有钱的缘故，所以我五年来从不曾去一次。你说这话，未免太看轻我，

54

你以为我是见钱眼开的人吗?"

白豆蔻听他这样说,一时也深悔自己不该和他吃醋,他连死也情愿和我一块儿死,那还去疑心他做什么呢?况且人家是五年来的同学,假使秋航真爱她的话,难道连茜珠的父亲是谁还不知道吗?见他很生气的样子,心中更加一急,意欲把话缩回来,但哪里还来得及,因此倒又淌下泪来,哭道:

"我何尝说你见钱眼开?"

只说了一句,她便掩着脸别转头去。秋航见她肩胛颤动着,显然还在啜泣,暗想:她是有伤的人,我来探望她,怎么可以和她闹起气来?这真热昏极了。遂伸手去捧她的粉颊过来,只见她兀是泪流满面,一时心中酸楚,也淌泪说道:

"豆蔻,你别伤心,我也不过声明一句,并没有嗔怪你呀,你就多心了,总是我的不好,老引逗你的伤心。"

白豆蔻被他这么一说,也不知为什么要这样心酸,她的泪就更像雨点儿一般落下来。狄秋航心酸道:

"你再要哭,我就走了。我来望你,原来是安慰你,现在不是倒反而来惹你的气吗?唉!我真太不应该了!"

白豆蔻听了,暗想:他得知我受伤消息,便急急赶来,看还有谁像他那样关心我呢?我真也太不应该了,怎么又去和他多心呢?此刻两人心中都怪着自己不好,白豆蔻因为要表示没有和他生气,所以立刻把手背抬到脸上,来回在眼皮上揉擦了一会儿,俏眼瞟到秋航脸上时,却见秋航又在笑了,因此羞得红晕了两颊,不禁又别转头去。秋航觉得白小姐这样娇憨的意态,实在还脱不了是个孩子的成分,因此心中对她更加有了一层爱怜的心。

斜阳是整个地坠下西山去了,病房里是已亮了一盏淡蓝的灯。白豆蔻笑盈盈地仰卧在床上,狄秋航柔情蜜意地伴在床旁。这时,看护王小姐端了一盘饭菜进来,放在床边的梳妆台上。狄秋航到此方才意识到时候已不早了,遂伸手瞧了一下表,不禁"哟"了一声,说道：

"已六点多了，我该走了。白小姐，我明天再来望你吧。"

白豆蔻听他这时又喊白小姐了，心中好生奇怪，暗想：难道喊一声名字，就怕被看护小姐笑话了吗？便瞅他一眼，似嗔非嗔地说道：

"秋航，你别忙，回来！"

这说话的意态未免有些命令式，王慧芬倒是为之一愕，但秋航已步到门口的了，他终于又很听话地回身过来，这回他方说道：

"豆蔻，你是不是要我买些什么东西吗？"

白豆蔻听他呼名字了，这才掀着酒窝儿嫣然笑起来。雪白的牙齿微微地咬着她红红的嘴唇皮子，憨笑了一会儿，说道：

"不是，你不能在医院里陪着我吃一些吗……也好，你就去吧，那么明天早些来。"

白豆蔻说到这里，忽然有了一个感觉，立刻又转变了话锋。秋航听她一会儿这样、一会儿那样，一时望着她不免愕住了一会子，因为她满脸是含着娇媚的甜笑，想来她不会生气，于是点点头，方才转身走出病房去了。王慧芬见两人情形显然不是一个普通的朋友，一面端饭服侍她吃，一面含笑问道：

"白小姐，这位先生是你的朋友吗？"

白豆蔻因为非常地得意，自然不肯承认是个朋友，于是摇了摇头，笑道：

"不是……"

说到这里，又觉得这回答不对，既非朋友，那么是什么关系呢？果然王慧芬也很爱管闲事，又笑问道：

"那么是表亲吧？"

白豆蔻因为秋航曾喊过自己白小姐，那么表兄妹间是绝没有小姐的称呼的，因此又摇了摇头。王慧芬见她又说不是，心里倒有些不解，这是谁呢？忽然，她灵敏地感觉想到了一个关系人来，这就

"哦"了一声，望着她的脸很神秘地笑了一笑，也就不再问了。白豆蔻听她哦了一声，又见她这个神秘神情，起初也是不解，及至仔细一想，忽然理会了，暗想：对了，她一定把秋航当我的未婚夫了。想到这里，一颗芳心只觉甜蜜无比，那玫瑰花儿般的两颊这个深深的笑窝儿也就始终没有平复的了。

狄秋航匆匆地走出了卡隆医院的大门，踏着月色走了一截路，然后跳上一部人力车，叫他拉到维纳斯咖啡店里去。秋航坐在车上，微昂了脸，望着碧天如洗过那么清洁，但其间也漂浮着几朵灰白色的云，因为夜风阵阵地吹送，那浮云也徐徐地驶行。瞧了这来去无定的浮云，使他感觉到人事的不可捉摸。白豆蔻突然会被人枪击，这真是一件令人意想不到的事。因了白豆蔻的受伤，同时又想起了陆丁香的投江自尽，这岂又是想得到的事情呢？对于陆丁香的投江自尽，我虽然没有详细地问她一个原因，不过我已明白她是为了不愿出嫁，她为什么不愿出嫁？明白地说一句，她当然是为了爱我的缘故。这样说来，陆丁香对我的痴心，又何尝不是像白豆蔻一样呢？想着刚才自己一些没有安慰她，却让她一个人留在家里，这我真觉得有些对不住她，想到这里，不免又深深地叹了口气。一会儿又想：陆丁香的姑爸要把她强迫嫁人，这对方不知是怎么样一个人，陆丁香这次赌气出走，她的姑爸不知晓得吗？否则，这事情倒又闹得很大了。一会儿又想：原来茜珠的爸爸就是李家瑞，我在华东银行办事时，大概也瞧见过他，我生平最恨的就是这班毫无心肝的资本家。可惜李茜珠偏偏是个资本家的女儿，当然她一片待我的深情也只好忍痛辜负她了。还有她的哥哥，原来家里已经有妻子的人了，有妻子的人还要热烈地追求陆丁香，幸亏陆丁香是个有头脑的姑娘，否则不是上了他的大当了吗？狄秋航这样胡思乱想地忖了一会儿，车子早已到了维纳斯的大门口了。秋航从维纳斯回家，时候已经十二点半了，当他轻轻推进房门，只见室中灯光尚明，回眸瞧床上，母亲和陆小姐却抵足而眠着，心中暗想：原来陆小姐宿在我家里了。

因为生恐惊醒了她们，于是蹑着脚，轻步地自到里面一间自己的卧房，扭亮了电灯，把大衣脱下，挂在衣钩上，坐在写字台旁，托着下颚，两眼凝望着桌上那盏台灯，却是愕住了一会子。就在这时候，忽然背后有人悄悄地说道：

"秋航，你回来啦。"

那分明是母亲的口吻，秋航立刻回过头去，见母亲睡眼惺忪地跨步进来，一手还在扣衣裳的纽襻，显然她是存心起床来和我谈谈的。于是站起身子，点了点头，低声儿地回答道：

"我才回来，因为见你们睡熟着，所以没有惊动你。"

说着话，伸手来扶狄老太，母子两人在桌边坐下来。狄秋航望了母亲一眼，问道：

"母亲，你半夜起来，冷吗？"

狄老太轻轻咳了一声，摇摇头道：

"不会冷的。秋航，陆小姐和家里闹的事情，你可有知道吗？"

秋航把手摸着桌沿，眨了两眨眼睛，说道：

"稍许知道一些，可是并不详细。我走之后，她可全告诉了母亲吗？"

狄老太点点头，脸上显出很喜悦又忧愁的神气，说道：

"陆小姐的姑爸不是开着咖啡店吗？有一个大学生名叫李麒俊的天天到店里来喝咖啡，他见了丁香，便看中了她，所以趁着丁香不在家里，便故意和她姑爸亲近，并欲拜她姑爸做干儿子。她的姑爸、姑妈因为膝下没有一男半女，对于丁香将来出嫁问题，本来就很舍不得，现在那麒俊既愿意做自己干儿子，所以便欲把丁香嫁给他，这样她姑爸不是凭空可以得着一对儿子、儿媳了吗？但照陆小姐说，那个姓李的是个骗子，他拿了一万元钱来引诱姑爸，并且就此草草成亲，那明明是个有钱人家的纨绔子弟，专门玩弄女性的败类，姑爸见了一万元钱，因此就糊里糊涂答应他了……"

狄秋航听到这里，暗想：那李麒俊莫非就是李茜珠的哥哥吗？

58

白豆蔻刚才不是告诉我茜珠哥哥已有了妻子吗？一定是的，除了他们这班人，谁有这许多金钱呢？资本家真也可杀极了，李家瑞百般地勾引白豆蔻，李麒俊又百般地勾引陆丁香，无非是多着几个臭铜钱罢了。秋航这样地一想，因了李家瑞的父子可恶，因此对于李茜珠的感情也就愈冷淡了。这时，又听狄老太接下去说道：

"陆小姐得此消息，她是竭力反对的，但是姑爸被一万元钱迷住了心，所以要实行专制手段，强迫陆小姐和姓李的结婚。陆小姐心中一气，她便故意说买物溜了出来，预备脱离家庭。当初她先到这里，我见她两眼红肿，本来就有些疑心。大概她怕难为情说不出口，同时又因你不在家中，所以她便告别走了，在马路上踱了一会儿，因为自感身世之可怜，竟起厌世之心，若没有你在黄浦江边遇见她，恐怕她真的不想做人了。"

狄老太说到这里，忍不住叹了一口气，望着秋航的脸，又放低了声音，说道：

"我瞧陆小姐所以拒绝婚姻的原因，一半当然是为了和你感情太好了的缘故，可怜这孩子的用情倒是很专，现在她是决心不回到姑爸家里去了。但是在她当然不好意思说要住在这里，所以我是留着她了……"

狄秋航虽然对于丁香也未始不爱她，但是他此刻心里是只有白豆蔻一个人，所以他听母亲这样说，便蹙了眉尖，急急地说道：

"母亲，这个你如何可以留她呢？万一她姑爸知道丁香人是在我家，那我们不是要担了一个拐骗的罪名了吗？"

狄老太想不到秋航会说出这个话来，一时倒愕住了，沉吟了一会儿，说道：

"我想这也没有什么关系吧，那又不是陆小姐的亲生父母，只不过是个姑爸、姑妈，外姓的人，他们能够束缚陆小姐的自由吗？再说你不留她，叫她一个孤苦的弱女子到哪儿去安身好呢？我以为你听了这话，一定是很喜欢，想不到你却说出这个话来，那不是叫我心中感到奇怪吗？我想你和陆小姐的感情也不坏，难道陆小姐这样性情品貌还不称你的心吗？你大概爱着李茜珠吧？虽然李小姐的品貌也是令人喜欢，但人家是个富家的女儿，你有能力养活她吗？人家吃的山珍海味、住的洋房、进出汽车，和你怎么能够相配呢？一个人总要实事求是，理想中的情人未必是理想中的妻子。情人的条件是只需美丽、有钱，并具有交际的手段，但情人的范围，也只适合于公园、戏院、舞场里的，可不适合于家庭里的。你是个经济人，娶个妻子，总要家里会做做粗细活儿才相配。假使你娶了李小姐这么一个人，她却在家享受惯的，一些事都不会干，那么你不是要苦死人了吗？像陆小姐这样的人，在外面固然是个贵族小姐模样，在家里什么事情她都能干呢，今天的晚饭也是她帮着我做的，你那件西服衬衫也是她给你烫的。我年老了可管不了你一辈子，像这样的姑娘……"

狄老太一口气会说出这许多的话来，这在秋航也是出乎意料之外的，遂不等她说完，很快地把她嘴一扪，摇了摇手，向外面努了努嘴，笑着悄声道：

"好啦好啦，母亲你轻声些，被陆小姐听见了，不是很难为情吗？我其实也不是爱上了李小姐，对于陆小姐的感情也是很好的。照母亲意思，当然是很喜欢陆小姐，但是陆小姐的心里，是否和母亲有同样的意思呢？这似乎还是个问题吧。"

狄老太听秋航这样说，便睃了他一眼，很不乐意地说道：

"你说这种话，假使被陆小姐听见了，就会叫她生气。人家对你这一份儿的情谊，你是木人，难道一些都不知道的？还要明明白白地去问人家吗？我瞧你大概还有什么意中人吧？也好，反正人家姑娘不是一定要嫁给你的，不过我喜欢她，我就愿意收她做个女儿，叫她在家里和我做伴，难道你就干涉我这一些事情了吗？"

狄秋航听了这话，急得跳脚道：

"母亲，你怎么说这个话？陆小姐肯住在我的家里，我心里喜欢还来不及，难道我会多着她吗？"

狄老太噘着嘴，咕噜着道：

"也不由你多着她……好了，你睡吧，我也去睡了。"

说着，便站起来。就在这时候，忽听外面一间房中有什么东西落在地下一般地响声。狄老太慌忙跨出了秋航的房门，走进自己的卧房，却不见有什么东西，看陆丁香依然好好儿地脸朝床里睡着，而且还有微微的鼻息之声。狄老太以为耗子作祟，也不去加以注意，走近床边，复又脱了衣服，把身子钻进被里。因为是在静夜里，生恐自己和秋航的谈话被陆丁香听了去，所以当她躺下床来的时候，轻轻地向陆丁香喊了两声陆小姐，却不见她的答应，当然丁香是熟睡着，心里很是放心，于是伸手熄了灯光，又沉沉地睡去了。

诸位，你道丁香真的熟睡着吗？那可上了她的当了。原来，丁香不但没有熟睡，而且把狄老太和狄秋航的谈话也全都听了去。当狄老太起身进秋航房里去的时候，丁香也早醒着，所以她也起身躲在房门口偷听着他们谈话。直到狄老太最后说我也去睡了，陆丁香这才慌忙也逃到床上去装睡了，因为匆忙之间，所以丁香的脚和五斗橱碰了一下。狄老太所听到的声音，不是耗子，其实就是丁香啦。丁香生恐狄老太疑心，所以她装睡在被里，还故意微微地发出鼻息之声，这淘气的丁香，到底把狄老太瞒骗过了。此刻狄老太是静静地睡去了，但丁香如何能睡得着呢？她躺在被窝儿里，除了默默地淌泪外，她心里是一阵一阵地只管思忖：狄老太真好，仿佛是我的亲娘一样，我以为秋航也总真心地爱我，所以那天在南京戏院里他还深切地向我表白。谁知他是敷衍性质，从今夜他的话中听来，显然他是爱上了李茜珠小姐。唉！一个人到底是跟金钱走吧！丁香暗暗地自语了这一句话，她的眼泪便像泉水一般涌上来，把枕衣湿了一大堆。"母亲，这个你如何可以留她呢……"狄秋航这一句话立刻又从丁香的脑海里浮上来，她一颗心是只觉空洞洞地有些作痛，她空虚的心灵已失却了现实的安慰，她只觉得自己的前途正仿佛漫漫的长夜一样黑暗。她做梦也想不到这一句话会从自己认为最亲爱的秋航口中说出来，她满肚的热望是变成了泡影，她只觉自己是孤苦得像失群的一只小鸟那么可怜。想到这里，她又暗暗地泣道：

"丁香，丁香，想不到你会苦到连安身的地方都没有了。"

说着，又暗自想道：秋航既无意于我，狄老太纵然留我住着，我又有什么颜面见他呢？丁香虽然命苦，环境虽然恶劣，我总不能依靠他人，而让人笑为弱者，凭着我一只完好的手，终得自己在社会上去找生存。丁香含泪既想定了这个主意，她便决定开始去过她的孤独生活。

不料丁香在外面一间暗暗地泣了一夜，狄秋航在里面房中也是长吁短叹地郁郁不欢了数小时。原来狄秋航眼瞧着母亲很不快乐地走出房去，他便对灯呆呆地出了一会子神，想着母亲的话，也觉得未始不是。可怜陆丁香抛家出走，孤苦伶仃的，无家可归，假使母亲不留她宿在家里，难道眼瞧着她到马路上去过夜不成？一时又想起母亲说的，"你是个经济人，娶个妻子，总要家里会做做粗细活儿才相配……"那么李茜珠固然不是我的配偶，就是白豆蔻吧，在家里生活也是多舒齐，恐怕也未必是我环境中的妻子吧，于是又想着白豆蔻的遇暴，当然是桃色纠纷的一种，虽然白豆蔻并不去爱上他们，但这一班有钱的人谁不想把白豆蔻占为己有呢？那么今日他们对白豆蔻会下得了这样的毒手，明天难道对我就不会起暗杀的心吗？秋航这样一想，把爱白豆蔻的一颗火热的心顿时又会冷了下来，但是单想着刚才白豆蔻在医院里对我那一片痴情，虽刀斧架头，我也决心要爱她到底了。

秋航想到这里，满心烦愁，伸手拿过桌上放着的那瓶玫瑰白葡萄酒，开了瓶塞，就凑在嘴里喝了一口，觉得颇为香甜，于是又咕嘟咕嘟地喝了数口。秋航本想以酒消愁，不料酒落愁肠，愁上加愁，于是愤世嫉俗、忧国忧民的情绪一起勾引上来，觉得自己既抛不掉丁香，又舍不得豆蔻，在这国破家残的年头儿，我应该把儿女私事暂丢一旁。

正在这时，忽听耳际一阵洒洒的雨声，打在玻璃窗上嗒嗒作响，因为是喝醉了酒，虽然全身热燥，但有了无限悲思，所以反感到了一阵凉意，瑟瑟地抖了一下，打了一个寒噤，手摸着两颊是热辣辣的，眼睛望着那一盏台灯的光芒闪闪烁烁的，仿佛有了无数只的灯泡呈现在眼前。狄秋航感到自己是真的有些醉了，胸口是难过得厉害，仿佛有块铅质的东西重重地镇压着，使自己几乎闷得有些透不过气。这时候，在狄秋航的心里是想哭，最好让他痛痛快快地哭一场，但是他脑子还很清楚，他不敢哭出声来，他伏在桌子上，只把他眼眶子里的泪水扑簌簌地向下流。大约有了一个钟点以后，他清醒得多了，耳听着窗外的雨声犹淅淅沥沥地落着，一时百感交集，思潮高涌，前提起笔来，抽了一张素笺，簌簌写道：

满江红 一阙

酒醒愁浓，小窗外雨声滴沥。春去也，豆蔻花残，丁香子折。自古英雄多少泪，眼前儿女总悲戚。细思量，心事怕重提，向谁说？

千般恨，空凝结，万重愤，难磨灭。问鹬蚌相争，几时才歇？我欲人头作酒杯，杀尽仇雠饮尽血。痛快时，何患温柔乡，不甜蜜？

秋航填毕这阙词，低低又唱了一遍，方才觉得一腔心事尽吐纸上，胸口略为舒畅。时壁上钟鸣子夜两下，秋航伸臂打了一个呵欠，颇觉神疲人倦，于是离了桌边，方才倒在床上，熄灯睡去了。

次日，秋航起身，虽时已近午，然天空阴沉沉的，满布着愁云，而且还落着细细的雨丝。秋航伸了个懒腰，方欲步出房去，忽听母亲在说：

"咦！陆小姐，你此刻要到什么地方去呀？我可没有多着你，你难道就忍心走了吗？"

狄秋航听了这话，心头别别乱跳，早已奔出房去，猛可把陆丁香的手拉住了。

第五回

欲去还留酸甜终是喜
得陇望蜀贪欲一场空

今天早晨的天色是亮得特别迟一些，这是因为落雨的缘故，同时又因为昨晚上彼此都想了半夜心事，所以大家都不觉贪睡了。陆丁香微睁开星眸，撩出雪白的臂膀，瞧了瞧手腕上那只长方白金手表已经九点半了，暗想：怎么已这样晚了？为什么天色兀是暗沉沉的？想来还在落雨吧。丁香想着，已是从床上坐起，披了旗袍，跳下床来，回眸见狄老太犹酣然熟睡，遂轻轻地穿上那双黑漆高跟皮鞋，移步到梳妆台旁，对镜自照，觉云发蓬松，两眼红肿，容颜憔悴。丁香瞧此，不免顾影自怜，又黯然泪下，但觉得这是别人家的府上，我总不能够老是伤心淌泪，遂收束泪痕，拿了木梳整理了一下头发，把室中一切都收拾了清洁，然后烧着了火油炉子，上面炖了一铜勺子的冷水，自己坐在旁边，手托着香腮，却是呆呆地想了一会儿心事。也不知道经过了多少时候，那搁在火油炉子上铜勺子里的水已是哧哧响起来，这可把床上的狄老太惊觉了，揉擦了一下眼皮，回眸见丁香已经起身，不但房中已收拾得很清洁，连铜勺子里的水也快开了。因为人家到底是一个客人，所以不禁"啊哟"了一声，披衣起床，说道：

"陆小姐，你怎么起得这样早？我这人糊涂，竟贪睡到十点钟了，秋航可起来吗？"

丁香见狄老太醒来，便含笑站起身子，摇了摇头，说道：

"我也才起来不多一会儿，因为今天落着雨，所以天空阴沉沉的。"

说着，方才走到窗旁把白纱帷幔拉开，明眸瞥见窗外搁着的竹竿，因为细雨不停地落下，竹竿下面就凝结着一颗一颗水珠，一会儿掉下去，一会儿又凝结起来，丁香心里有了一阵感触，忍不住微微地叹了一口气。这时，狄老太已把铜勺子里开水倒入一只小锅子里，泡了冷饭，一面把剩下的热水倾倒在面盆里，回头叫丁香洗脸。丁香道：

"伯母先洗吧。"

狄老太望了她一眼，说道：

"我等一会儿好了。"

丁香站到梳妆台旁，也就不再客气，拿面巾用香胰子擦了一些，低下粉颊洗擦了一会儿。狄老太一面把泡热的饭盛出，一面瞧丁香也不施脂粉，就只涂了一层雪花膏，然后把盆水出去倾了。狄老太暗想：为什么她这样心灰意懒了呢？就在这个感觉之后，丁香又走进来，向狄老太道：

"伯母，你洗脸了。"

说着，提起铜勺子也给她倒了一盆，然后又到楼下去开了一壶冷水，搁在炉子上。狄老太洗脸更快，待丁香拎了冷水上来，已经洗好，于是叫丁香坐下一同吃饭。丁香脸向里面一间望了望，乌圆眸珠一转，说道：

"狄先生醒了没有？要不等他一块儿吃？"

狄老太握起了筷子，正在挑着饭粒向口里送，听丁香这样说，便绷住了脸，很不乐意似的神气，说道：

"任他去，不用等他……"

说到这里，猛可觉得自己这话不对，好像和秋航生气过了似的，那叫陆小姐不是要疑心吗？因此立刻又微笑道：

"我们只管吃，回头他起来，再给他热一热好了。昨夜秋航来得晚一些，陆小姐可曾听见他回来吗？"

丁香对于狄老太一会儿恼，一会儿又装出没有什么的意态，心里哪有个不知道的吗？一时心中感激狄老太爱自己的情深，真仿佛是亲娘一样了。今听她又这样问，当然也知道她所以这样问的原因，便摇了摇头，一面坐下来吃饭，一面说道：

"我这人睡着了，就会跟木人一样，所以昨夜狄先生回来，我竟一些也不晓得。"

狄老太当然信以为真，所以心里却是很放心。两人吃好早饭，收拾碗筷，一切舒齐，已经十一点钟。丁香坐在椅上，低了头，暗暗地想了一会儿，自己总得待秋航起身后再告辞，否则不是叫狄老太心中也要疑惑吗？但时钟一分一分地过去，看见已经十一点半了，秋航却还不起身。丁香好生奇怪，遂向狄老太问道：

"狄先生平日什么时候起来的？"

狄老太笑道：

"平日也要十点左右，今天给天一落雨，他就忘记了时光了。我倒去瞧瞧他……"

说着，便走到秋航房中去，不多一会儿，又走出来，说道：

"真睡得好浓哩！想吃午饭他总该起来了。"

丁香笑了一笑，心中暗想：秋航平日十时左右就起来，照理他今天是应该起得特别早一些的，不料他反而安安闲闲地贪睡了，这是什么缘故？凝眸思忖了良久，猛可理会了，暗想：对了，他一定是讨厌我好久了，所以故意不起床，这不是明明地不愿意瞧见我吗？昨夜他就反对狄老太把我留宿，今日他又不起来，显然他不愿我住在这儿。其实我也很识趣的，所以要等你起来才走，也无非一片痴心未死，你又何苦这样地难堪我呢？所以一个人的有情没情，总要在患难中可以看出来。丁香现在是成无家可归的孤女了，你当然也不认得了。虽然我们的友谊原不深，但你对我也未始没有一度相爱

67

过，可见人心总是势利的。想到这里，心中悲酸已极，几乎又要淌下泪来，但仔细一想，秋航既然如此不情，我有何伤心之必要？因为又有一种愤恨的感觉渗入了她处女善感的心房，于是她毅然站起身子，向狄老太说道：

"伯母，承蒙你老人家爱我，殷殷留宿，侄女儿实在非常感激。但我再三考虑，觉得诸多不便，所以我还是到别处去吧。"

狄老太见丁香垂首呆坐的意态，心里已经有些防到她要不快乐，可是还想不到她会站起来要走了，一时倒吃了一惊，慌得也跟着站起来，两眼显出惊讶的目光，向丁香呆望了一会儿，说道：

"咦？陆小姐，你此刻要到什么地方去呀？我可没有多着你，你难道就忍心走了吗？"

丁香暗想：你虽不多着我，但是有人在讨厌我呢！不料就在这个当儿，忽见狄秋航匆匆地从里面房中奔出，猛可地把陆丁香手拉住了，急急地道：

"陆小姐，你走到哪儿去？我们还没有细细地说过话呢！"

秋航突然间会从里面奔出来把丁香拉住了，这在丁香心中固然是出乎意料之外，就是狄老太也是梦想不到的事情。因为是骤然之间，所以丁香倒是呆呆地愕住了一会子，用了又可怜又哀怨的目光在秋航的脸上逗了那么的一瞥，却又慢慢地垂下头来。秋航见她如此可怜的意态，良心受了一种谴责，使他有些感动，忍不住轻轻地叹了一口气说，说道：

"昨夜睡迟一些，所以今天贪睡。陆小姐，大概你怪我太怠慢你了吧？"

丁香听他这样说，却又背转身子去，脸朝着窗外，抽出一只手，抬到眼皮上去揉擦，当然她是在擦眼泪。但丁香心中又感到在狄老太的面前，自己显出这一种的意态，那算什么样儿，未免是太失了一个姑娘的身份。于是她回过身子，抬起脸，显出很自然的态度，微微地笑了一笑，说道：

"狄先生，你这话太客气了。我昨晚在你府上耽搁了一夜，已经是很惊吵了，哪还用得'怠慢'两个字吗？本来我原想待狄先生起身了再告别，后来我想狄先生吃力了，也许要睡到下午也说不定，所以我有些等不及，现在狄先生起来了，那当然更好，我就向你谢谢……"

说到这里，向秋航又弯了弯腰，她觉得满肚子怨气，到此方才透松了许多。正欲再向狄老太说话，谁知狄老太已不在房中了。秋航是眼瞧着狄老太走到房外去的，而且母亲还向自己丢个眼色，当然秋航明白母亲避走的原因，是可以给自己向丁香赔不是的机会。不过听了丁香这两句冷峻的话，心中就感到奇怪，难道昨夜我和母亲的谈话她都听去了吗？所以她心中要这样地怨恨我了。秋航在这沉思之间，丁香便高声地说道：

"伯母，我走了，过几天我再来拜望你老人家吧！"

秋航这才醒过来似的，抢上两步，把丁香已走到房门口的身子又拉了回来，说道：

"你怎么老说走了？你到底要走到什么地方去？外面的雨可落得大哩！"

陆丁香因为狄老太不在房中了，一颗芳心想着昨夜秋航的话，实在有些气愤，所以便使些性子出来也气气他，微蹙了眉尖，噘起了小嘴儿，冷笑了一声，娇嗔道：

"那太笑话了，我算你家什么人？难道就这样伴在你家里吗？上海是这么大，去的地方多哩，落雨要什么紧，就是落铁吧，我也得去走走呢！"

秋航见她薄怒含嗔的神情，不但并不生气，倒望着她娇靥反而笑起来，说道：

"我又不和你吵嘴，你何苦说这一种气话？总是我的不好，你就耐一耐气，我和你还要好好儿谈话哩。"

天下的事情，最难应付的就是厚脸皮，丁香见秋航这种涎皮嬉脸好像没气死人的样子，一时倒弄得无可奈何了，凝眸含颦地瞅他一眼，却是愕住了。秋航早把她臂上挽着的大衣和皮匣拿下来，放到桌子上去，笑道：

"陆小姐，你就别说走了，我觉得我是太不应该了，总是我说错了话，你不用当它是人说的，也就是了。"

陆丁香听他说自己不是人说的话，同时又瞧他像舞台上丑角那样的神情，一时把绷住了的粉颊几乎要浮现出笑意来，心中暗想：这种厚脸的丑态也只有男子装得出。遂瞅他一眼，依然不说话。但忽然又想：听秋航这话，他明明已知道我昨夜是偷听了他母子的谈话，所以他在向我说"总是我说错话"的话了，那么他显然已在懊悔了，换句话说，他现在想明白了，所以仍旧爱我了吗？陆丁香这样想着，到底觉得太难为情了，因此她的粉脸也就一圈圈地红晕起来。这时候，狄老太却又从房外走进来，她似乎也已明白室中空气是轻松了许多，所以脸上含了一些笑容。秋航生恐丁香再说走的话，他不待母亲开口，先笑着叫道：

"母亲，我已把陆小姐留住了，陆小姐也真会闹客气的。"

丁香听秋航自说自话，说得好体面，这就不禁为之嫣然一笑。狄老太瞧此情景，心里当然是万分地欢喜，眯了眼睛，望着丁香倾人的脸蛋儿微笑了一笑，点头道：

"这样很好，那么我去买菜了。"

丁香被狄老太这么一笑，又感到万分地难为情，暗想：狄老太她一定笑我在秋航的手腕之下，就柔顺得一头驯服的羔羊一般了。因此那两颊愈加娇红，只好也装作毫没事儿一般地说道：

"伯母，买菜我去吧。"

狄老太道：

"今天我去买，你别去了。"

说着话，已拿了竹篮和秤走下楼去了。狄老太走后，房中又只剩了两个人。秋航伸手摸着领下还未打好的领结，向丁香望了一眼，

70

笑道：

"我刚才在房里听到陆小姐要走的话，心中一急，连领结也忘记扣上了，衣服也没有穿上，真叫人好急呀！"

陆丁香听他这样说，把一肚皮的气愤也就全消了，抿嘴一笑，却逗给了他一个娇媚的白眼，说道：

"快进去穿衣服吧，别凉了身子。"

秋航觉得丁香虽然是恨着自己，但在怨恨之中，还是疼爱着自己，一颗心儿未免荡漾了一下，遂笑着进房中去了。丁香因为狄老太是买菜去了，家里是没了人，那么秋航已经起来了，除了自己，还有谁给他倒面水呢？因此拿过面盆，在铜勺子里倒了热水，并又盛了漱口水，放了牙刷、牙粉捧到房里去。秋航在房中穿好了衣服，眼瞧着丁香端了面水进来，陡然想起母亲说的，你将来娶个妻子，总要粗细活儿都会干那才对，一时觉得丁香这情景，真活像是我的爱妻，因此不免望着她愕住了一会子。丁香被他这一阵子呆瞧，当然是感到十分不好意思，这就把秋波瞅他一眼，一撩眼皮，娇嗔道：

"你呆望着我干吗？"

秋航这才"啊呀"了一声，连连拱手，笑道：

"真对不起，真对不起，怎么竟叫陆小姐服侍我了呢？"

丁香把面水放在桌上，白他一眼，说道：

"你不用对不起我，因为伯母买菜去了，我是代伯母做的……"

说到这里，猛可觉得这话不对，果然秋航笑道：

"陆小姐，你说这话，不怕罪过吗？我的年纪可要比你大四岁呢！"

丁香原是无心的，今被秋航这么一说，因此红了两颊，便别转身子去。秋航虽然不听见有她的笑声，但瞧了她两肩一耸一耸的情景，显然她是笑得这一份儿有劲的了。因为丁香这意态是太令人可爱了，所以秋航心里自然而然地也感到了舍不得抛弃。这时，秋航的心里，见了丁香，就忘了豆蔻，见了豆蔻，就忘了丁香。最最好的是两人兼爱，但事实上又怎么能够可以呢？所以秋航处身在这个环境中，是觉得左右为难极了。秋航漱洗完毕，丁香便要给他烧泡饭去。秋航拉了她手，摇头道：

"你别忙，我没有饿，反正回头就要吃午饭了，我们还是坐下来谈谈吧。"

秋航说着，便和她在沙发上一同坐下来。丁香瞟他一眼，故意问道：

"你昨夜什么时候回来的？"

秋航笑了一笑，说道：

"我回来已十二点多了，陆小姐没有知道吗？"

丁香见秋航这笑似乎含有些神秘的意思，因为是心虚的缘故，所以那两颊又不禁红晕起来，但她竭力镇静了态度，摇了摇头，却是并不作答。秋航道：

"也许你熟睡着，后来母亲是到我房中来的，她把陆小姐的事情已全告诉了我，其实我是早已经知道了一些的。昨天你下午不是先来过我家一次吗？齐巧我在外面买物，待我回家，你已走了。母亲告诉我，说你两眼红肿，仿佛很伤心的样子，叫我快到你家去看你。我听了不敢怠慢，立刻坐车到可可咖啡店，不料一个矮小的女子告诉我，说陆小姐出外买物去，她将要做新娘了呢！我一听这话，就知道你所以伤心的原因，是为了你姑爸强迫你嫁人。陆小姐，母亲说你姑爸是贪图一万元钱，所以硬要把你嫁给李麒俊，那么这个李麒俊到底是怎么样一个人呢？"

丁香听他这样问，还以为他是假惺惺作态，便噘了小嘴儿，瞅他一眼，说道：

"李麒俊就是李茜珠的哥哥，你早已知道的，何苦明知故问呢？"

秋航虽然也料到就是茜珠的哥哥，但到底没有确实，今听丁香这样说，想起白豆蔻说麒俊是有妻子的，一时也愤怒十分，绷住了脸，说道：

"果然是他吗？这小子真可杀极了，有了几个臭钱，便想任意玩弄女性了吗？唉！真是青年中的败类！幸而陆小姐没有上他的当，这小子是已经娶有妻子了的呀！"

丁香听了这话，芳心别别一跳，急问道：

"真的吗？唉！这王八我就知道他不怀好意，谁知果然如此，这种丧心病狂的青年真是杀不可赦的。狄先生，那天在维纳斯你们不是也曾遇见过了吗？"

丁香咬紧了银齿，咯咯地作响，显然她是痛恨到了极点。秋航为了要表明不是故意相问，当然他不得不正了脸色，解释道：

"陆小姐，你说我明知故问，这实在是冤枉的。那天我不是已经跟你说过吗？我和李茜珠小姐虽然自小同学，因为彼此年幼，所以对于各人的家庭都不详细，我因为知道她是很有钱，所以连她家里都不愿去一次。自学校分手后，就三年没有走动，还只有和陆小姐认识后方才又在路上遇见了她。李茜珠有一个哥哥，并已娶了妻子，这我是知道的，但从来没有和他见过面，而且连他名字也不详细。你想，假使我知道的话，那天在维纳斯还不和他招呼吗？唉！想不到茜珠哥哥是这样腐败的一个青年……"

秋航说到末了，还叹了一口气。在秋航叹气的原因，是茜珠哥哥既然这样腐败，那么茜珠一定亦是十分浪漫的。丁香瞧秋航很认真的神情，当然相信不是虚话，便也叹了一口气，说道：

"狄先生，你想，假使我意志不坚的话，那我终身的幸福不是完全丢送了吗？"

秋航点了点头，很感慨地说道：

"可不是？你姑爸也太糊涂了一些，怎么对方的身世一些都不详细，就可以把侄女儿许配给人家了呢？总之，你姑爸是被金钱迷糊心了。"

陆丁香听他这样说，觉得这是一个说话的好机会，于是便望他一眼，低低说道：

"世界上的人能有几个人不爱钱呢？所以我对于姑爸的不情，倒也怪不了他。我以为无论谁都是跟了金钱走的，什么情意恐怕都是假的吧，我就苦了没有十万八万的家产了……"

秋航也是个非常聪明的人，对于丁香这两句话，当然也要细细回味一下，觉得她这话至少是含有些了骨子的，不免凝眸想了一会儿，猛可想着了昨夜母亲对我说的话，她老人家误会我是爱上了李茜珠了，那么陆丁香现在这话，当然是说我因为李小姐有金钱所以我便爱李小姐了。奇怪得很，昨夜她既然熟睡着，怎么知道我和母亲的谈话呢？显然在我们谈话的时候，陆小姐是偷听的。秋航越想越对，因为陆小姐她突然告别要走了，而且和我好像十分生气的样子，这两点很显明就是她昨夜偷听我们谈话后所表示的证据，一时颇觉纳闷，望了丁香一眼，却又低下头来。丁香见秋航这个模样，当然知道秋航心中是感觉到一些的，生恐他听了对于自己更有了一种恶感，所以倒又懊悔不该和他说这两句话。两人静静地都沉默了一会儿，秋航忽然抬起头来，望着丁香粉颊又笑起来，说道：

"昨夜母亲和我谈了许多的话，陆小姐却只管熟睡着，那你倒也喜欢睡的呢。"

丁香忽然听狄秋航又提起这个话，心中也是一惊，暗想：莫非他也有用意吗？遂正着脸色道：

"为了姑爸强迫婚姻的事，使我想起了无爹娘的痛苦，所以我是曾经一度无限地伤心，睡在床上就像死过去了一样了。"

秋航笑了一笑，又很幽默地说道：

"当母亲要出房去睡觉的时候，外面一间房中突然有什么东西落下地去的响声，我们还道陆小姐起来了，现在想来，大概是耗子在作吵吧。"

陆丁香听他这样说，那明明是在挖苦自己，一时把她绷住了的脸再也忍不住扑哧的一声笑了出来。秋航见她笑了，很显明昨夜这响声定是丁香偷听无疑，这就拉了她手，很温柔地抚摸了一会儿，问道：

"陆小姐，你笑什么？反正你又不会做耗子的。"

丁香被她这么一说，心中是羞涩极了，连耳根子也涨得绯红，把粉颊低垂在胸前，便再也抬不起来了。秋航见她难为情得这个模样，心里当然更感到了她的可爱，不过在可爱中，同时又带了些可怜她的成分，因了她的可怜，所以也愈感到她可爱了。握住了她的手，紧紧地摇撼了一阵，柔声儿说道：

"陆小姐，我不和你说笑话了，还是谈正经的吧。那么你就安安心心地住在我家里和我妈做个伴。你姑爸既然只认金钱不认人，当然你的出走，也没有对不住他。不但你没有对不住他，恐怕他倒有些对不住你呢。陆小姐，你说我这话是不是？"

陆丁香觉得秋航说了许多话，只有这两句话才可以使自己感到一些安慰，一时心中也不知是感激呢，还是伤心，只觉有股子辛酸冲上鼻端，慢慢地抬起头来，两眼含了无限的柔情蜜意，脉脉地凝望着秋航的脸庞，终于在她的眼角旁涌上一颗晶莹莹的泪水。秋航见她淌泪，细想丁香的身世，觉得孤苦伶仃，正和白豆蔻一样可怜，不免也激起了同情的悲哀，情不自禁偎过了一些身子，把手帕去给她拭泪，凄然说道：

"好好儿的怎么又伤心了？陆小姐，你的心，你的情，我是早都知道了。刚才你对我愤怒，你对我怨恨，我明白那是你……的反应……我觉得很对不起你。不过你要明白，昨夜我和母亲说的话也并非是憎厌你。唉！我觉得是太幸福了……"

丁香听他索性赤裸裸地全嚷了出来，而且说话的神气有些吞吞吐吐，仿佛心头有无限的隐情不好意思说出口来的模样，不过从他末了一句我是太幸福了话中猜想，显然有两个女子要恋爱他，一个自然是我，而另外一个也就是李茜珠无疑了。那么以秋航的地位设想，的确是左右为难。丁香这样想着，觉得秋航固然是舍不得自己，而大半还是爱上了茜珠，因为昨夜的话，他自己也毫不隐瞒地说了出来，当然自己的希望还是少数，因此她的泪又滚滚地似雨点儿一般落下来。但彻底地一想，觉得姻缘是注定好的，我也不能强求，倒反而害秋航陷入了悲苦的境地，那爱他也不是反成累他了吗？因此哽咽着道：

"我也明白你的苦衷，想着自己失意的痛苦，当然也会想着别人家失意的痛苦，所以我也绝不会叫你过分地为难，为了自己的一片私心而陷你入悲苦的环境，这是我所不忍的。现在我是无家的孤女，承蒙伯母和你留着我，我实在是感恩不尽，虽然我有一片痴情，但是我不忍使你太左右为难，所以到那时候，我们就认个兄妹吧，也好叫我侍奉着伯母的终身……"

丁香所说"别人家"三字，当然指点李茜珠而言，但她肯这样退一步存心，可见她确实是真心爱秋航，不过话是说出了口，心中又是多么痛苦呢，于是她说到"终身"两字，再也说不下去，便别转身子，伏在沙发的臂膀上闷声儿哭了起来。秋航听她这样说法，他是感动极了，觉得丁香的多情，实在再也找不出第二个了，愈是她肯让步，秋航也就愈加不忍去负她，这就情不自禁把她弯倒的身子抱了起来，偎着她粉颊，淌泪说道：

"陆小姐，你别说这些话，最近我总不想有结……那你只管放心吧！"

丁香虽然没听他完全说出，但这已经是很明显的了。秋航为了不愿负我，同时又不愿负茜珠，所以使他存心索性不结婚的念头了吧。丁香这样想着，又替秋航难受，因此偎在秋航的怀里，默默地又淌了一会儿泪。两人经过这一场谈话，那倒也好，索性把各人的心事全都赤裸裸地告诉出来，那是很坦白的，丁香也不用再向秋航喝醋了，因为秋航已有明显的表示，最近总不会有结婚的事情。不过丁香是误会了，她只知道秋航爱的是李茜珠，但哪里晓得除了李茜珠外，秋航心中尚有一个白豆蔻呢！秋航、丁香彼此既然说明白了，于是呆呆地又静坐了一会儿，就在这个当儿，忽听狄老太在外

76

面叫道：

"秋航，你们别谈了，我买菜回来，连午饭也做好了，难道你们的话还没有谈完吗？快出来吃饭吧，看你们肚子也饿了。"

两人骤然听了这个话，方知自己在一块儿谈话，母亲在外面已经是听了好多时候了，这就相互地望了一眼。丁香把手背立刻去揉擦了一下眼皮，绯红了两颊，叫声"伯母你回来啦"，便装作毫没事儿那样地先走出房外去了。午饭后，那雨不但停了，而且天空还开起暖和和的太阳来。秋航心里不免又想起卡隆医院里的白豆蔻来，可怜她今天用手术钳子弹，不知道子弹可曾钳出？钳出子弹后又不知道对于身体会伤害吗？秋航心中既然这样忧虑着，当然他是无论如何要去望一次的，所以在两点钟的时候，他说有事情便匆匆地走出去了。狄老太待秋航走后，便问丁香道：

"陆小姐，秋航和你说些什么来？"

丁香红晕了两颊，乌圆眸珠一转，微笑道：

"也没有说什么，他叫我安安心心住在这儿……"

说到这里，顿了一顿，又接着道：

"我说伯母瞧得起我，我心里真是感激。"

狄老太当然知道这许多时候绝不会只有说这几句话，但是陆小姐既不肯告诉，自然是因为不好意思说出口的缘故，那么显然两人依然是很亲爱的。也许秋航原是很爱她吧，昨夜一定是自己误会多事了，幸亏不曾闹大，否则倒反而弄僵了。狄老太这样一想，心里甚为快慰，也就不便再问。两人又聊天一会儿，狄老太要睡个中觉，因此丁香独个儿坐在椅子上，倒是呆呆地想了一会子心事。

狄秋航坐车急急到卡隆医院，三脚两步地走到十六号特等病房，正欲握了门拳，推门进内，抬头忽然瞥见一块蓝底白字的搪瓷牌子，上书"谢绝来宾入内探望"八个字，一时倒吃一惊，不免望着那个个字愕住了一会子，心中暗想：这是怎么啦？难道白豆蔻的伤有什么变化了吗？想到这里，那一颗心的跳跃几乎要从口腔里跳出来了。

就在这时，只见看护王慧芬端了药水慢慢地走过来，秋航因很慌张地问道：

"王小姐，白小姐的伤怎么样了？如何悬上了这一块牌子呢？"

王慧芬见他愁眉苦脸的样子，便笑了一笑，告诉道：

"白小姐本来今天早晨施用手术，因为天气落雨，所以延到下午一时半才动手，现在子弹已经钳出，但人上了闷药后，要待晚上十二时后才可醒来，所以在这时间之内，一律谢绝探望的。密司脱狄，上午为什么不来？上午白小姐和我谈起，倒曾记挂着你……"

秋航听了这话，不禁跌足恨道：

"真的吗？上午因为落雨，而且我又起得迟一些……"

王慧芬见他急得这个样子，心里忍不住暗暗好笑，一面握了门拳，推门进内，一面向秋航含笑点头，就老实不客气地把房门又合上了。秋航就在她开门关门之间，探首急忙向里面床上望了一瞥，只见白豆蔻微蹙了眉峰，星眸微闭，长睫毛连成一条黑黑的线，两颊是惨白得可怜，但就在这一瞥之下，那白漆的房门便又关上了。秋航面着房门又出了一会子神，心中暗想：昨天白豆蔻原嘱我早些来的，今天累她等候了我一上午，当然她心中一定是感到失望的悲哀。一会儿又想起刚才那一瞥，可怜她是曾经过一度竭力的惨痛，所以把她两颊苍白得连血色也没有了。在这十二个时间内，也就是决定她生和死的两条路，万一她的热度只有增高，那……如何是好呢？秋航想到这里，泪水不禁夺眶而出。因为有了这一阵子的呆想，所以也没有去计算是站了多少时候。忽然房门开处，王慧芬端着药水杯又出来了，她对于秋航会没有走开，那是出乎意料之外的，所以望着他倒不禁为之愕然，嘴儿一掀，扑的一声笑出来。秋航自然也感觉到自己未免有些痴得令人好笑，这就红晕了两颊，遂又问道：

"我是等王小姐一个回话，白小姐这时候的热度是多少？"

王慧芬带了安慰他的口吻，很婉和地说道：

"热度只有一百度多一些，也不能算高，所以这情形是很好的，大概不至于发生什么变化。密司脱狄只管放心回去，晚上待白小姐醒转，我会告诉你来望过她的。"

秋航听她这样说，不但心中是放下了一块大石，而且着实还感激她能够转达的情意，因此很恭敬地向她行了一个四十五度的鞠躬礼，又说了一声谢谢，便匆匆地走出卡隆医院去了。当秋航步出卡隆医院的门口，忽然西面驶来一辆簇新的自备汽车，在医院门口停下，里面跳下一男一女，衣服华贵，不料定睛一瞧，那女的不是别人，正是李茜珠小姐。秋航想着昨天白豆蔻的告诉，当然明白李茜珠也是探望白豆蔻来的，为了避免麻烦起见，意欲只装不见地走开，谁知李茜珠早已瞥眼瞧见了秋航，先笑盈盈地叫道：

"密司脱狄，咦！巧极了，你在卡隆医院里瞧谁呀？"

秋航被她一招呼，当然不得不含笑走上去，和她握了一阵手，眼珠一转，说道：

"我瞧一个朋友，他患的是心脏病，李小姐呢？"

狄秋航所以说一句心脏病，就是避免茜珠的猜疑。果然茜珠并不疑心，也含笑说道：

"你在报上没瞧见吗？白豆蔻在我家饭餐，回去在路上不料受人狙击了。"

狄秋航故意"哦哦"响了两声，这时李麒俊也走上来，茜珠便给两人介绍一回。秋航虽然和他握着手，但心里却非常地鄙视他，不料麒俊仔细向秋航一望后，立刻也显出轻视的态度，"哦"了一声，说道：

"我道是谁，原来是维纳斯演奏音乐的。妹妹，你谈一会儿，我先进去望白小姐了。"

说着，放了秋航的手，便头也不回地进卡隆医院去了。秋航心中这一气，不禁把脸涨得血红。茜珠心中虽然恼恨哥哥，但事情已这样了，那又有什么办法？也只好低声下气地代赔不是道：

"狄先生，你别生气，我哥哥就有这一种坏脾气，你不用计较。"

秋航淡淡一笑，毫不介意地说道：

"没有关系，李小姐，你也望白小姐去吧，我还有些别的事，再见吧。"

秋航说着，点了点头，便也匆匆地走了。茜珠当然知道秋航口里虽然说没关系，但心里实在是很恼怒的，一时望着秋航远去了的后影，心中是万分地怨恨，几乎要淌下泪来。不料这时候，麒俊又匆匆走出来，向茜珠说道：

"妹妹，你不用进去了，白小姐今天施用手术，谢绝来宾探望，我们回去吧。"

茜珠自从那夜和狄秋航在维纳斯相遇后，几次到他家里去探望，都没有碰面，今日无意中在这儿遇见了，一颗芳心自有说不出的欢喜。本意欲望了白小姐后，便和秋航去玩一会儿，谁知给哥哥这么一来，那显然是破坏自己和秋航爱情的进展，自然把哥哥是恨入了骨髓。今听他对自己来说话，一时把探望白小姐伤的心早丢开了，向麒俊柳眉倒竖，杏眼圆睁，恨恨地白他一眼，娇嗔道：

"哥哥，你这算什么意思？这是我的朋友，你怎么就如此无礼？那不是太瞧不起我了吗？"

麒俊听妹妹这样责问，心中也大不乐意，冷笑了一声，说道：

"哪有什么有礼无礼？对待爸爸朋友也是如此，何况是你的，依你说见了他还要叩头不成？"

茜珠听了，气得花容失色，浑身发抖，叫了两声"好、好"，麒俊因为急于要到丁香那儿结婚去，无心和妹妹吵嘴，所以也不坐汽车，就独自走开了。李茜珠鼓着小腮，气了一会儿，猛可把脚一顿，咬着牙齿，方才恨恨地跳进车厢。从此，兄妹两人便不和睦了。

第六回

鹿为马破靴充完璧
李代桃纨绔失便宜

黄昏已降临了大地，室中已罩了一层薄暮。关老太看梳妆台上的座钟当当地已敲六点了，阿芸把饭也开上来了，但丁香还没有回家，心里未免有些焦急，暗想：买物件买了一下午，也该回来了，怎么天黑了还没回来呢？关老太独个儿正在思忖，关天池衔着雪茄烟走上楼来吃饭了，他的脸上是含了一种得意的笑容，显然他是感到十分的快乐。关老太瞅他一眼，说道：

"丁香买东西去，这么许多时候却还没回来呢！"

关天池拿下嘴里衔着的雪茄烟，用手弹了一下灰，说道：

"那你愁什么？难道她会逃了不成？我想她买好了东西，一定又在瞧影戏了，因为她近来对于影戏似乎感到相当的兴趣。"

他说着话，已在桌旁坐了下来。关老太道：

"那么我们再等她一会儿，和她一块儿吃吧。"

关天池把手抬上去，将他头上西瓜皮帽子向后推了推，笑道：

"你没有饿就等她一会儿，我要喝一些酒。阿芸，你把五加皮拿来，刚才我已吩咐下面炸两块猪排，此刻你给我去拿上来吧。"

阿芸一面把五加皮瓶拿给他，一面答应着走下去。关天池把衣袖卷了一卷，拿了酒瓶倒了一玻璃杯，然后伸手在衣袋内又摸出一包花生米，放在桌上，用两指先取了一粒，塞到口里去，回眸向关老太望了一眼，笑道：

"你要不喝一杯？"

关老太摇了摇头，瞅他一眼，很不乐意似的说道：

"你不要喝酒了，我就怕你喝酒，喝醉了，回头嗓子又大啦。"

关天池握着酒杯，喝了一口，听她这样说，先打了一个哈哈，笑道：

"你不知道，我喝酒有两种原因，一种是心里烦闷，所以喝醉了，喉咙就响起来，不过我响也响在别人的身上，可从来没有得罪过你。一种是心里喜欢，你想，今天这样喜欢的事情，我是愈喝愈高兴，哪里还会发什么脾气吗？我的好太太，来来，你也喝上半杯，陪着我助助兴致吧。"

说着，拿过酒瓶又倒了一小杯，向关老太太招了招手。关老太因为丈夫既然这样高兴，倒也不能过分地拂他意思，于是移步到桌旁，在天池的对面坐下来。这时，阿芸把炸好的牛排和猪排拿上，关天池是客气得了不得，立刻钳一块到关老太面前的碟子上，笑道：

"你吃！既有儿子，又有金钱，这真是意外的喜事。明天这个时候，我们是有儿子、媳妇了，明年这个时候，也许可以抱孙子官儿了。虽然麒俊不是我的亲生子，但丁香究竟是你嫡亲的内侄女儿，不是也很亲近吗？"

说到这里，又呵呵地笑了一阵。关老太被他说得心花也开了，那张瘪嘴这就笑得合不拢来，两老夫妇愈谈愈欢喜，关天池的酒也喝了一杯又一杯。关老太见他差不多喝了十多杯，脸上是红得像涂了胭脂，便劝阻他说道：

"好了，不要再喝了，这五加皮可比不了黄酒，性子要厉害得多，回头真的醉了，那是有伤身子的。"

关天池不敢违拗，手指着杯中，笑道：

"那么这半杯总要喝完了。"

关老太点头答应了，偶然回眸望见时钟已八点了，这就"啊哟"

了一声，说道：

"我和你谈谈说说，怎么有两个钟点了吗？那丁香为什么却还没有回来呢？不知道路上会不会发生什么意外吗？"

天池毫不介意地说道：

"今天你怎么这样胆小？丁香也可算是个老上海了，会发生什么意外吗？前天她不是也十点多回家吗？那又有什么稀奇？你放心吧，她总在十二点之前回来的。"

关老太皱了眉头，说道：

"因为我今天眼睛跳了一天，所以心里有些不自在，也不知是祸是福呢。"

关天池笑道：

"照事实上说，明明是个喜事，那你又何必疑神疑鬼呢？"

关老太听他一味地譬解着，也就放下了心。吃好了晚餐，已经是九点了。关老太喝杯茶，天池吸了一会儿烟，看看时候已近十点了，关老太心里忧虑着，所以口中又咕噜起来。关天池一面望着嘴里喷出来的一圈圈儿烟雾，心里也未免有些焦急了，暗想：前天她竭力地反对，后来忽然又柔顺地答应了，莫非她存心出走，故作缓兵之计吗？若是真的话，那么这妮子从此是不会回来了。但从前丁香是并不出外，上海又并没一家亲戚朋友，那么她出走，到什么地方去安身呢？这事情就透见得有些奇怪，难道她外面已有情人，实行同居去了吗？这不要脸的妮子，她不是明明地和我作对吗？关天池这样一想，满肚的欢喜立刻化为乌有，心中一阵烦躁，那酒气便向上涌，猛可伸手在桌上一拍，大声地说道：

"浑蛋，真岂有此理！这样晚还不回来！"

关老太低了头也正在沉思，冷不防被天池这么一来，心中倒大吃一惊，一时也恼怒起来，鼓着两腮，瞪他一眼，喝道：

"你又发酒疯了吗？你不是说她十二点之前总会回来吗？现在十二点还没有到呢，你发这断命脾气给谁瞧呀？"

关天池被她这一喝，把满腔的怒火立刻又压制下来，赔了笑脸，说道：

"我不是发脾气，因为我想着已经十点钟了，实在是应该回来了。"

关老太听他这样说，心中暗想：刚才我焦急，他还劝慰着我，现在他自己也焦急起来，显然事情是很糟糕的了。遂很忧愁地说道：

"当初我们却没有想到，这孩子因为不愿意这头婚姻，心中一气，不知会存心出走了吗？"

关天池心里是早有了这个念头，只不过不敢说出口来，今听关老太先说出来了，便望着她呆住了一会儿，说道：

"照理是不会的，但这样晚还不回来，那就叫人疑心到这一层。"

关老太听他也这样说，心中就更急了，说道：

"那么她到什么地方去了呢？在上海我们又没有一个亲戚，她到……难道她是寻短见去了吗？"

关老太猛可有了这么一个感觉，她一个脆弱的心灵会别别地乱跳起来。关天池当然也同样地感到吃惊，沉吟了一会儿，恨恨地说道：

"又不是逼她为娼妓去，好好儿的为什么要去寻短见呢？这不知耻的贱人，真叫人气死极了！"

关老太因为丁香是从小由自己抚养成人，而且长得那么可爱，心里到底有些肉疼起来。虽然这事情是我们俩人合办的，但究竟是天池出的大半主意，因此又怪到天池的头上来，说道：

"我晓得这孩子的意志是很坚强的，哪有这样容易？她经你一骂，就会立刻答应了吗？我的初意，是因为丁香的年纪也不小了，给她早些配了亲，也好叫她安了心，假使她不中意，也就不必相强。偏你受了人家一万元的钱，死活地要把丁香硬嫁给他，说什么人由我抚养长大，婚事也由得我做主，要你长就长，要你短就短。她见你用强迫手段，自然是只好暂时答应了。现在她是借买物的名义出走了，万一她真的寻了短见，这叫我怎对得住已死的哥哥呢？唉！可怜这孩子是被你逼走了，要不如你说得这样斩钉截铁，她还未必忍心出走的呢！这样说起来，丁香这孩子不是给你活活地害死了吗？"

关天池听她全怪到自己的身上来，一时也急得跳了起来，说道：

"你这是什么话？那一头婚事你不是也赞同的吗？现在事情出了乱子，你就全推到我的身上来，这我不是太晦气了吗？"

关老太被天池这么一说，倒也弄得哑口无言，定住了眼睛，望了室中的灯泡出了一会子神。忽然，又鼓着脸腮说道：

"虽然我也赞同这头婚事，但我可没有强逼她呀！你这人自己倒是浑蛋啦！见了一万元钱，头脑也昏了，什么事情都做得出来，你真是个见钱眼开的糊涂虫！"

关天池心中暗想：当初你自己也喜欢着有一万元钱，现在便一片仁义道德了。意欲回她几句，又怕事情弄僵，因此一肚皮的怨气只好向屁股眼里钻出去，苦笑着道：

"事已如此，也不用推来推去怪我一个人了，不过时候还早，也许丁香仍会回家……"

关老太不等他说完，就啐了一口，嗔怪他道：

"你瞧瞧，时钟已十一点多了，还说早哩，你真在做梦吗？"

关天池急忙回眸望去，果然已经十一点多了，暗想：和断命老太婆争了几句，怎么又过去一个钟点了吗？今夜这时光竟过得特别快啦！这时，两人心中的焦急真仿佛热锅上的蚂蚁一样，愈是焦急，愈是说来说去地争吵着。时间是无情的，不知不觉地早已到了子夜一点钟了，下面咖啡店也已打烊了，显然要丁香回家的希望是没有了。关老太想着和丁香这十二年来的相聚，原像亲生的女儿一样，如今为了婚姻问题的不自由，她竟毅然地出走了，她一个还只有十八岁的姑娘，能到哪里去呢？况且平日她又不常出外，当然也没有什么朋友，那么她这次的出走，不是存心去死的吗？丁香的脾气是

85

向来孤洁的，她不肯受人家一些委屈，可怜这孩子在此深更半夜中到底在哪里安身呢？假使她愤不欲生的话，这时候恐怕她已不在人世间了吧……想到这里，自然又肉疼又伤心，忍不住眼泪鼻涕地哭起来，口中还连连地骂道：

"你这老不死的东西，你竟有这样狠毒，见了一万元钱，你就硬生生地把我丁香逼死了吗？现在我也不情愿把丁香嫁给麒俊了，你快交还我丁香人来，否则我便和你拼命！"

说着，一面把茶杯摔了一地，一面呜咽不停。关天池被她这么一吵闹，真是急得要上吊了，搓着两手，跳了跳脚，说道：

"我的好太太，你快不要发怒了，谁晓得丁香会出走呢？否则杀脱我的头也不逼她嫁麒俊了。现在事情已到这个地步，那又有什么办法？偌大的一个上海，到哪儿去找寻她好呢？唉！好狠心的小妮子，竟会忍心真的走了，那真把我弄苦了。"

关老太把桌子一拍，又恶狠狠地骂道：

"你苦什么啦？反正你有一万元钱到手，还管她死活吗？"

关天池皱了眉头，"唉"了一声，说道：

"你这人倒是想糊涂了，现在丁香人也没有了，这一万元钱还能够拿得稳吗？"

这一句倒是把关老太提醒了，暗想：这话倒是真的，你原想贪图着一万元钱，现在弄得人财两空。这样一想，便更加肉疼，边哭边骂道：

"好呀！现在弄得人既没有了，金钱又拿不到手，真是偷鸡不着蚀一把米。现在我别的都不管，这一万元钱明天就还给人家，你只把我丁香去找回来是了。"

关天池听她把责任全压到自己的肩胛上来，因为一万元钱有些拿不稳了，所以心中也烦恼起来，把眼睛也瞪了她一眼，怒骂道：

"放你臭屁，要我到哪儿和去找丁香？这不要脸的姑娘既然会私自逃走，可见她是多么心狠，你还疼她做什么？管她死也好活也好，究竟是人家的种子。要如她有你姑妈的话，她会忍心地逃走吗？现在我别的倒也不愁，只愁已到手中的钱又要还给人家，那才叫人气哩！"

关老太听他这样说法，一时把脸气得铁青，猛可站起身子，一头向关天池撞了过去，伸手抓住了天池的衣襟，口里连喊好狠心的人，便大哭大闹起来。两人在楼上这一闹，把楼下的赵莲蓉、窦琳娜，以及厨房里的大餐司务并下灶阿三一齐都奔上楼来，一见关老太扭住老板的衣襟，大哭大嚷，大家都吃了一惊。关天池是早已吓僵了，涨红了脸，动也不敢动一动，口里只会说一句那算什么样儿。赵莲蓉、窦琳娜便上前把关老太做好做歹地劝开了，一面叫阿芸倒茶拧手巾，一面向她劝道：

"老太太，你快不要发怒了，有什么事情大家不是可以商量的吗？平日你的身子又如此衰弱，万一气出病来，那可怎么好呢？"

这时，大餐司务张大毛也把天池拉到椅上坐下，低声儿劝他道：

"老板，你不要和她们女人一般见识，到底为了什么事情啦？这样子大闹大吵，彼此不是伤感情吗？"

关天池听了，还是气得半晌说不出话来。那边莲蓉和琳娜自然也在问关老太什么事情，关老太却一把眼泪一把鼻涕地诉说道：

"我的丁香被这老杀千刀的强迫婚姻，所以她是负气出走了，下午一点钟出去，直到此刻还不回家，你们想，丁香不是在自寻短见了吗？"

众人听了，心中也很着急，不约而同地说道：

"丁香还没有回来过吗？啊哟！此刻已经一点多了，那么她到什么地方去了呢？"

张大毛还有些弄不明白，向关天池望了一眼，说道：

"老板，什么丁香已给她配人家了吗？为什么我一些也不知道呢？对方是怎么样的一个人？丁香为什么不肯呢？究竟是怎么样一回事呢？你倒说给我听听。"

87

关天池到此真有些心灰意懒，忍不住长长地叹了一口气，说道：

"这事情说起来真有些令人笑话，我俩因为丁香近来常常出外，生恐外面这种小白脸都是骗人的拐子，所以欲替丁香早日配了人家，也好叫她定了心，所以问一问莲蓉，可知道丁香外面的男朋友吗。不料莲蓉说有是有一个，这人常常来咖啡店吃东西，和丁香的感情似乎很好，所以我就和那个姓李的先认识，方知他还在新华大学里读书，家中共四兄弟，因为父母全亡，所以兄弟四人各立门户，并承认他确实很爱丁香，还情愿先给我做干儿子，然后送过一万元钱作为聘礼。我们因为没有一男半女，听了这话，当然是喜之不胜。丁香虽稍有未愿，后经劝慰于她，她也同意嫁他，并且彼此已商定明天下午后在此结婚。不料丁香这妮子口是心非，今天下午借买物名义，竟一去而不回，所以她的姑妈就和我大吵而特吵起来了。其实这又不是我一个人的主意，怎么全可以怪我的不是呢？"

众人听了这话，方才恍然大悟。关老太却早又大声骂道：

"放你的狗屁！你为什么要逼她？你假使不逼她，她难道也会出走的吗？"

张大毛摇了两摇手，说道：

"老太太，你也别动怒了，事到如此，怪老板一个人也是没有用的。现在第一个解决办法，就是那个姓李的明天来结婚了，拿什么话向他说呢？"

关天池忙道：

"可不是？我也正忧愁着这一件事情，不料她偏莫名其妙地向自己瞎闹，那又有什么用呢？"

关老太啐他一口，骂道：

"忧愁你不死，最多也不过还了他一万元钱，那还有什么大不了的吗？"

关天池道：

"不过这样子太委屈了我，既走了丁香，又被你大骂，而且还丢了儿子和金钱，这叫我如何地能甘心呢？"

关老太听了，又哭闹起来，说道：

"我不管账，你总给我把丁香去找回来是了！"

关天池把手乱抓头皮，急得也要哭出来，说道：

"那你真要我的性命了，你叫我到什么地方去找她呀？你要如再逼我，我也不要做人了。好吧，我此刻就给你找去，找不着我也不想再回来了，就给你一个老太婆去做人好了！"

关天池说完了这两句话，便真的站起身子，要走到楼下去了。关老太被他这么一来，一颗心倒更加乱跳，暗想：这断命老头若真的去寻了死，那我倒也省他不得。意欲将他拦住了，但放着众人面前又觉得不好意思。幸而张大毛已把天池一把拖住了，仍旧叫他坐下了，说道：

"你们这样闹下去，就要闹出祸水来了。老太太也不要太为难老板了，万事总得好好儿商量才对呀！"

关天池坐在椅上，还故意连说我也不想做人了。关老太到此，方才不敢再说要天池赔还丁香的话。张大毛这时又向天池问道：

"那么这个姓李的究竟是个怎样的人？他叫什么名字呢？"

天池有气没力地说道：

"叫什么李麒俊的，是个身穿西服很漂亮的少年。"

张大毛一听"李麒俊"三字，不禁"啊哟"了一声叫起来，说道：

"原来是他这个人吗？那丁香幸亏是出走了，要不然可真上了他的大当了。这小子不但有父有母，而且已讨了妻子，小孩子也生下两个了。唉！有钱人家的少爷，就拈花惹草地只喜欢糟蹋人家的姑娘，这真正是可恶极了！"

张大毛这几句话听到关天池夫妇的耳里，两人都直跳起来，圆睁了眼睛，急急地问道：

"什么？他已有妻子的吗？你怎么知道如此详细的呀？"

张大毛咽了一口唾沫，说道：

"我在这儿是做半年的事情了，在半年前我是在李公馆做厨子。李公馆可有钱啦，主人是名叫李家瑞，在大中银行做总裁，他有一个儿子和一个女儿，儿子的名字就是叫李麒俊，而且我还记得他确实是在新华大学里读书的。我因为他们虽然有钱，对待下人们却非常刻薄，所以辞职出来。现在你们说的这个李麒俊，不是他还有哪个呢？"

关天池夫妇听了这话，心中实在懊悔得了不得，都连连顿足，悔不该如此糊涂做事，想不到李麒俊果然是个骗子。关老太因为想着自己曾劝丁香，说麒俊是个正当的少年，所以格外心痛，也不再怪三怪四，便自己哭着道：

"可怜我的丁香孩子太苦命了，真委屈了你，我如何能够对得住你呢？"

天池被她悲悲切切地一哭，心中也酸楚起来，一时对于丁香的出走也深表同情，仔细想来，总是李麒俊这浪子可恶，因此愤愤地说道：

"麒俊这毫没心肝的王八，真骗得我好苦！如此说来，我们不是可以到法院里去告他一个重婚罪吗？"

关老太听了，立刻又停止了哭，说道：

"你真气糊涂了，人家还没有和丁香结婚哩，你有什么凭据去告他的重婚罪呢？"

这一句话又把关天池问住了，两眼睁得圆圆的，倒是愕住了一会子，心中暗想：现在丁香人是没有了，结婚当然是结不成功，那么这一万元钱势必要还给了他，但是我们到底太受委屈了，李麒俊小鬼也太便宜了。想到这里，便凝眸沉思了良久，忽然计上心来，暗想：法子是有一个，可以把这一万元钱不还给他，但人家不知肯答应做个代表吗？关天池这样想着，他的两眼便脉脉地向赵莲蓉身上望过来，一会儿笑道：

"我倒有个绝妙的法子，不知你们可赞成吗？"

关老太忙道：

"你还有什么绝妙的法子？你倒给我说出来。"

关天池又向莲蓉望了一眼，笑道：

"我想莲蓉是嫁过丈夫的，现在丈夫死了，一个人的身世也很可怜，所以我情愿把莲蓉收做了女儿，给丁香代嫁给麒俊，那么麒俊这一万元钱还想让他拿回去吗？这个法子是很好的，不知道莲蓉可答应吗？"

赵莲蓉本来是想看中李麒俊，无奈麒俊无意于自己，所以心就冷了大半。现在听了天池的话，虽然十分喜悦，但已经知道麒俊是有妻子的人了，所以倒又有些委决不下，因此绯红了两颊，却是垂下脸来默不作声。关老太因为丁香狠心走了，对于天池这个主意倒也很认为满意。所谓失之东隅，收之桑榆，自己膝下总要有个儿女做伴，方才不觉寂寞，因此望着莲蓉的粉颊，微微地浮现了一丝笑容。张大毛想了一会儿，却摇头说道：

"这个法子虽然是好，但是李麒俊他可不是傻子，既然出了如此重金，没有丁香人，他肯答应吗？"

关天池道：

"这个你倒不消忧虑，只要让他们成了亲后，事情就不怕了。假使他发觉不是丁香，和我办起交涉来，你就可以上来说明他是有妻子的人，那我不是也可以发脾气，告他重婚罪了吗？假使他害怕了，那么我们也就马马虎虎过去了。你想，这个办法妙不妙吗？"

张大毛笑道：

"妙是妙到极点，不过要莲蓉冒充新娘，那除非把麒俊的两眼扪住了，否则，他难道会辨别不出来吗？"

关天池又沉思了一会儿，拍手笑道：

"有了，我们假说丁香买物去还没回来，先叫赵莲蓉代一代，然后我们把麒俊用酒灌醉了，使他糊里糊涂地睡到床上去，然后叫莲蓉去服侍他，这样计划不是成功了吗？"

关老太和张大毛听了这话，忍不住笑起来，连声说好法子。窦琳娜和阿芸望着莲蓉的粉脸，也都忍不住咻咻地笑。这时，莲蓉心中暗自盘算着：你们把我身子给麒俊去玩弄，你们倒可以稳稳进益一万元钱，这你们也太便宜了。麒俊没有妻子倒也罢了，他是有妻子的人，当然也是玩弄性质，他肯真心地相爱吗？我生得这样贱吗？千生千世没有男人伴了，要白白地给人家去污辱吗？莲蓉这样想着，当然并不十分愿意了。关老太伸手却去拉住她手，柔和地问她道：

"莲蓉，你别怕难为情呀，到底愿不愿意给我做女儿呢？假使愿意这样做，我以后总不会亏待你的。"

莲蓉故作羞涩之态，忸怩了一会儿，低声儿道：

"承蒙老太太抬爱，当然是十分地感激，但我的容貌不及丁香，恐怕不堪当此重任吧。"

关老太道：

"那你不用客气，假使事情不成功，就再作道理。不过你给我做女儿这一件事，总可以定妥了的。"

莲蓉听了，依然低头不答。关天池呆了一会儿，猛可理会了，遂忙说道：

"莲蓉，我知道你的心了，现在我对你说吧，假使事情成功了，我一定分两千元钱给你存在银行里，那你总可以放心了。"

莲蓉一听这话，把那颗芳心又欢喜起来，暗想：有两千元钱可以到手，那我倒不妨试一下。就是李麒俊遗弃我了，到底还上算吧。反正我又不是一个姑娘，已经嫁过了丈夫，对于贞操问题也就丢过一旁再说了。莲蓉既然在金钱上着想，于是便笑盈盈地向关老太拜了四拜，口喊"母亲在上，女儿在这里拜见了"。关天池夫妇听她答应了，当然喜欢得了不得，连忙扶起她来，口里叫着"女儿少礼"。这时，张大毛心中暗想：莲蓉代做了一下新娘，便有两千元钱进账，那么我要来说穿麒俊已经有了妻子的话，难道就一些好处也没有吗？

想到这里，便也故意显出为难的样子，向天池皱了眉头，说道：

"关老板，我觉得很不好意思去说穿他是有妻子的人，因为前次我在他那儿还借了三百元钱呢。"

关天池是什么人？哪里会不明白他的意思吗？拍了拍张大毛的肩胛，笑道：

"老弟，你也不用说这些话了，我这人是喜欢爽快的，假使你帮我一下忙，我情愿送你五百元钱，那你总不用推三阻四了。"

张大毛一听凭空地有五百元钱，这真是意外的横财，便乐得耸了两耸肩膀，笑道：

"关老板，你这是哪儿话？我怎么会推三阻四呢？对于关老板的事，我当然是理所应该帮助的呀！"

关天池听他把话锋转变得快，心里可就暗想：可见世界上的人对于金钱是没有一个不爱的。一时生恐下灶阿三、使女阿芸和窦琳娜三人要泄漏消息，所以也把金钱塞到他们的口袋里去，使他们可以开口不得，便笑道：

"你们三人切勿走漏消息，我也赏给你们各人五十元钱，知道吗？"

下灶阿三是生生炉子扫扫地的人，每月薪水只有八元钱，今听突然有五十元钱可以到手，心里这一喜欢，顿时眉飞色舞，笑得咯咯有声，身子前俯后仰，竟跌倒在地上了。众人见他这个情景，一时也不禁为之捧腹大笑。关天池问他这个做什么啦，阿三涨红了两颊，自己也觉得不好意思，手摸着屁股，很快地站起身子，笑着道：

"关老板，这是我因为太喜欢了呀！"

众人听了，望着他又不禁笑了起来。这时已敲子夜两点，关天池见既已商量定妥，也就满心欢喜地叫大家各自去睡。这一夜里，赵莲蓉就睡在丁香的房中。一宿无话，到了次日，大家照常做事。直到下午，下面方才打烊，门口贴着一张"家有喜事，休业半天"的条子。楼上早已收拾得清清洁洁，单预备李麒俊到来，便可以依计行事。

且说李麒俊在卡隆医院门口和妹子赌气分手，急急坐车到可可咖啡店，一见门口贴着一张红纸，写着家有喜事休业半天，一时乐得心花怒放，便很兴奋地伸手敲了两下门。不到一会儿工夫，就听有人在里面问道：

"是谁呀？"

李麒俊连忙答道：

"是我，你快开门。"

随了这句话，里面阿芸开出来，一见麒俊，便笑盈盈地叫道：

"李少爷来了吗？"

李麒俊点了点头，跨步进内，阿芸关上牌门，遂在前领路，口叫李少爷走好，于是两人到了楼上。关天池早已迎在扶梯口，笑嘻嘻地叫道：

"麒俊为什么不早晨来呀？"

李麒俊抢步上前，深深鞠了一个躬，说道：

"本来早晨来的，后来被一个朋友绊住了。干妈呢？"

说话时，已走进房中，只见关老太很忙碌地点着花烛，房中收拾得焕然一新。李麒俊十分快乐，又向关老太连喊干妈。关老太也满脸堆笑地叫他坐下，阿芸给他大衣脱下拿去。这时，赵莲蓉的头发已烫得最新式的飞机形，打扮得花枝招展地从新房里走出，笑盈盈捧着一碗莲子茶，放在麒俊旁边的茶几上，叫声李少爷用茶。李麒俊抬头见莲蓉今天也打扮得如此艳丽，觉得也有一种醉人的风韵，不免向她紧紧望了两眼，欠了身子，说了一声劳驾。莲蓉对他横眸嫣然一笑，却又姗姗地步进房中去了。麒俊觉得她走过去后，便有一阵细香飘到鼻中，真使人有些神魂颠倒，心中暗想：莲蓉今天一定做傧相，所以也大出其风头了，我瞧莲蓉的容貌、身段已经是美到十分，可见丁香的丰韵真要叫人废寝忘食、不想富贵功名了。想到这里，那脸上的笑容也就没有平复的时候了。这时，莲蓉在房中又端出一盘糖果，麒俊见莲蓉走路的姿态更是婀娜动人，一时未免有些想入非非，目不转睛地只管向她呆瞧。莲蓉故意秋波送情，脉脉含笑，逗给了他一个妩媚的娇嗔，说道：

"李少爷，丁香烫发去了，她还要去买些东西，大概就要回来的，一回来就可以和你行交拜礼了。到晚上洞房花烛的时候，可真要乐死你了。"

说完了这两句话，立刻又显出万分娇羞的神气，又到房里去了。麒俊暗想：莲蓉倒也是个可人儿，我先占了丁香，然后再向她亲热亲热，我瞧她倒是非常容易上手的，只要送一千元钱给她买些衣料物品，还怕她不跟我跑吗？想到这里，觉得只要有钱，那鲜花实在是采不完的。这时，天池在他旁边坐下来，和他谈天了一会儿。莲蓉又端着两碗猪油白糖团子出来，说李少爷用点心。麒俊见今天都是莲蓉亲自招待，心里未免有些过意不去，笑道：

"今天都叫赵小姐自己动手，那我怎么敢当呢？"

莲蓉向他很甜蜜地一笑，说道：

"这事情本来都是丁香招待你的，如今丁香烫发去，我和丁香是个很要好的姊妹，所以一切我都是做代表了。"

莲蓉说到这里，两颊娇红得可爱，便哧哧笑着逃进房中去了。关天池向麒俊望了一眼，笑道：

"她和丁香是结义姊妹，感情很好，平日我也很瞧得她起，所以今天都叫她出来招待你，表示亲热些。"

麒俊道：

"干爹这样相爱，那真叫我感恩不尽了。"

关天池又叫他吃点心，待吃好点心，时已四点。关天池一瞧手表，故意皱了眉毛，向关老太望了一眼，说道：

"已到结婚时候了，丁香这孩子怎的还不回来？真太小孩子脾气了。"

关老太道：

"我想吉期不能错过，反正莲蓉和丁香是要好姊妹，就先暂时代丁香拜一拜好了，你瞧怎么样？"

　　关天池拍手称妙，于是把莲蓉喊出来，向她笑道：

　　"丁香还没回来，我瞧你做姊姊的就暂时代拜一拜吧。"

　　莲蓉故作娇羞万状，忸怩了一会儿，说道：

　　"那怎么可以呢？"

　　天池笑道：

　　"你瞧房中又没有别人，那要什么紧？吉期不能有误，阿芸快来扶着赵小姐吧。"

　　麒俊这时早已乐糊涂了，当然不好表示什么意思，况且心里原存了一种奢望，最好今夜两个人都给了我，那岂非更快活死了吗？所以他见赵莲蓉并无异议，便也厚着脸皮站起来，双双地对天先拜了四拜，然后面对面行相见礼，再后拜祖先，又拜关天池夫妇两人。一切舒齐，房中已摆酒席，麒俊坐了首位，关天池夫妇坐在左首，莲蓉坐右首相陪，手握酒壶，殷殷相劝。那时，麒俊心花已放，开怀畅饮，不禁酩酊大醉。关天池口喊"姑爷干儿子，你醉了，我扶你进房去息息吧"。麒俊"嗯嗯"响了两声，早已人事不省。大家见计划成功，不禁大喜，把麒俊扶进房去，然后向莲蓉附耳说道：

　　"你得曲意温存，百般体贴，总要叫他乐得没有话可说才是。"

　　莲蓉通红娇靥，含笑点了点头，只好羞人答答地步进房中去了。

第七回

结孽缘殢人娇作态
还旖债快慰琴儿心

　　赵莲蓉羞人答答地走进房中，正欲关上卧房的门，忽见关老太又很快地走进来，递给莲蓉一条雪白的西湖毛巾。莲蓉不解何故，虽然接着毛巾，倒是向她愣住了一会子，但关老太却望着她粉颊很神秘地一笑，匆匆退出房去了。莲蓉经她这么一笑，猛可理会过来，一时两颊更加红晕，而且那一颗芳心也别别地跳跃得愈加快速了，遂急急关上房门，回眸向床上望去，只见李麒俊烂醉如泥，两眼紧闭，鼻声鼾鼾，显然他是真的睡得熟透了。自己心中想想，也觉得有趣好笑，于是轻步地走到床边，伸过手去，先摸了一下麒俊的脸颊，倒是颇觉滑腻，想见麒俊皮肤甚为细腻的，一颗心不免又荡漾了一下，只感到甜蜜无比，遂把麒俊身上的衣服都一件一件地脱了去，用那条粉红色的绸被给他轻轻盖上了。自己伸手去解旗袍纽襻的时候，心里忽然有了一个感觉，为了两千元钱，替丁香做了一夜新娘，麒俊假使稍会有些情义的话，也许他会爱怜我吧？万一他破脸无情，那叫我怎么是好呢？想到这里，不免又胆怯起来，两眼凝望着麒俊的脸庞，呆呆地又出了一会子神。

　　就在这时，麒俊突然一个转身，口中"哎"了一声，模糊地还说了两句"我爱你呀"。莲蓉急得倒退了两步，立刻伸手到电灯的机钮上把室中灯光熄了。就在这一黑暗之下，随着室中又透着一些些

97

亮光来，莲蓉回头向窗外望去，原来那绿绸帷幔还没有拉拢，遂移步到窗边，伸手拉着帷幔，把玻璃片全遮蔽了。两眼从隙缝中瞧到天空那一颗光圆的明月，是显得那么皎洁，使她脑海里不觉又想起和前夫新婚那夜的一幕。

　　他是个多么强壮的身子啊！但是天下的事情真不可捉摸，这样强壮的人会病了，病是每个人都要生的，那没有关系，可是想不到病了半个月，他就会死了。唉！这我的命实在太苦了，假使我丈夫还在的话，今夜我又如何地会去闹这一件代做新娘的事来呢？想到了这里，心里倒有些酸楚，于是她的眼泪也会在眼角旁涌了上来。经过莲蓉这一阵子的思忖，也不知经过了多少时候，只听桌上的座钟叮叮地已敲了九下，使她意识到时候已经不早，若再迟延下去，万一他醒转来发觉自己不是丁香，这事情不是糟糕了吗？这样一想，于是她把旗袍脱去，放在床头边的一把椅子上，慢慢地掀开被，把身子轻轻地睡进被窝里去。麒俊的脸是向着外面的，虽然他是熟睡着，但莲蓉的身子触着他的肌肤时，那颗心会立刻跳跃得厉害起来，她固然不敢把身子去亲近他，连她呼吸也不敢自然地透出来。她觉得今天这个事情做得实在太使自己难受了，身子虽然是躺在温暖的被窝儿中，但被褥上仿佛有几枚针放着似的，只觉浑身感到了极度不舒服，于是她心中开始有些隐隐作痛起来。

　　就在这个时候，突然麒俊的一条手臂撩过来，虽然他是在醉中，似乎他心里也已明白自己摸着的软绵绵女人的身子，定是丁香无疑了。他还记得丁香是烫头发去了，因为没有回来，所以只好叫莲蓉代一代，现在丁香不但已回来了，而且还睡在我的身旁，心中这一快乐，真把他心花儿都乐开了，猛可把莲蓉身子紧紧搂在怀里，闭着眼睛，先把嘴凑过去吻莲蓉的香。因为他既然闭着眼睛，把嘴竟凑到她的鼻子上，在糊里糊涂之下，他还以为丁香把舌尖伸出来给他吮吻了，所以衔着她的鼻子，连连吮着，口里还含糊地说道：

　　"丁香，我的爱人，你烫头发回来啦？怎的要这许多时候呢？我等得你好心焦呀！说来真有趣好笑哩，因为恐怕有误吉时，所以叫莲蓉小姐代着你行结婚礼，你想，那不是滑天下之大稽吗？幸而你莲蓉姊姊也真好，她羞人答答地竟答应了。我想，你们反正是要好的结义姊妹，何不两个人都嫁给我呢？好妹妹，你会喝这个醋吗？"

莲蓉听他含糊地说了这么许多的话，起初也不理会，只"嗯嗯"地应着，直听到末了几句，心里不觉又喜欢起来，暗想：原来这个人也并不是专心爱丁香的，他是见花折花，实在是个贪得无厌的少年。那么回头就是发觉我是莲蓉，大概他也不会十分地恼怒吧？这样想着，心里便放下了一块大石，所以躺在麒俊的怀里，相倚相偎，柔顺得像头驯服羔羊似的，但是麒俊吮着自己的可不是小嘴儿，却是鼻子，被他小孩儿吮乳一般地这阵子狂吮，当然痒丝丝地感到十分地难熬，这就忍不住扑哧地一笑，把脸微微一仰，小嘴儿凑上去，齐巧和麒俊接个正着，于是两人这才甜甜蜜蜜地吻住了。因了这么的一吻，世界上也就多结了一个风流孽缘。

次日，莲蓉睁眸醒来，已是红日满窗，回头见麒俊犹酣然熟睡，想着麒俊酒后兴浓，放浪于形骸之外的情景，一颗芳心真是又喜欢又羞涩。不过麒俊发觉自己并不是丁香，那我应该用什么方法去对付他呢？于是紧紧偎着麒俊的胸怀，凝眸含颦地却是默默地思忖了一会子。就在这个当儿，忽听麒俊"哎"了一声，同时又"咦咦"起来，两手把莲蓉的脸捧来一瞧，顿时"啊哟"了一声，说道：

"怎么？丁香怎么就换了你啦？昨夜和我睡的不就是丁香吗？咦！真奇怪，你……你到底是怎么一回事呀？"

莲蓉见他两眼睁得圆圆的，脸上并没一些笑意，显然他心中是感到十分惊异和不乐，遂立刻愁容满脸，蹙了眉尖，一时也不知道她哪里来的这许多眼泪，竟扑簌簌地滚了下来。一面把软软的身体紧贴着他，显出无限柔顺的样子，一面泪眼模糊地凝望着麒俊，呜呜咽咽地泣道：

"你醉了，我好意来服侍你，不料你把我硬当丁香，一定要……

我可怜你醉后的神情，所以一时糊里糊涂地答应了你。我平白地受了你的委屈，你一些没有爱怜之心，却还要恶狠狠地责问我，我可也是个姑娘家呢，难道就这样地下贱了吗?"

说到这里，更是哭得伤心。麒俊被她一哭，这就哭糊涂了，心中暗想：难道醉后我果然弄错了吗? 不过丁香为什么不来服侍我，却叫莲蓉来代替，这事就有些蹊跷。遂又问道：

"那么丁香昨晚难道没有回家来吗?"

这一句话倒叫莲蓉不好回答，愕住了一会儿，方才点头道：

"她没有回家。"

麒俊究竟可不是骇子，他凝眸仔细一想，顿时恍然大悟，不觉冷笑一声，说道：

"好一个金蝉脱壳之计，我竟被这头子骗去了。莲蓉，你也不必伤心，你也不用隐瞒，可不是丁香不爱我，所以避走了，故意说买物未回，叫你来代做新娘，是不是? 怪不得行交拜礼的人也是你，原来是你们做好的圈套。否则，天下哪有这一种代拜天地的事情呢?"

说完了这两句话，犹怒气冲冲的，十分恼恨。莲蓉听他完全猜着了，一时倒大吃一惊，索性收束泪痕，也向他从实告诉道：

"李少爷，你既然明白了，我就告诉了你。关老板答应你这一头婚姻的事情，他可没有征求过丁香的同意。丁香得知这个消息，便竭力反对，大概她在外面是另有情人的。关老板因为已答应了李少爷，同时又收了李少爷的一万元钱，所以他一定要丁香嫁你，用强迫手段去恐吓她。丁香无奈，只好答应了，不料丁香的答应是假的，她在前天下午竟悄悄地出走了。关老板夫妇这就急得了不得，所以把我认作了女儿，预备代丁香嫁给你。现在生米已成熟饭，我一个女孩儿家的幸福全交给了你，活着是你的人，死了也是你的鬼，你若要抛弃我，我是只有死路一条了……"

莲蓉说罢，把两手紧搂他的身子，又呜呜咽咽哭起来。麒俊一听果然不出我之所料，心中愈加大怒，恨恨地说道：

"好一个老奸巨猾的东西，既然丁香不肯答应，他就可以回绝我，现在把你来做替身，不是明明地来欺骗我这一万元钱吗？真是浑蛋东西，我非和他办交涉不可！"

莲蓉听了这话，心里真的勾引起无限的悲酸和怨恨，眼泪如雨一般落下来，泣道：

"你这话太以欺人了，丁香就这样值钱，偏我就值不到一万元钱吗？同样地是个女人，丁香身上到底多长了一件什么呢？唉！我的贞操全交付了你，我也是因为心中爱你，不料你如此无情，那叫我还做什么人呢？我是一定要死在你的眼前，也好叫你明白我是从一而终的女子。"

莲蓉口里虽然这样说，但身子却显出无限风骚的意态，把两条玉臂又紧环住麒俊的脖子，小嘴儿凑到他的口边，甜甜蜜蜜地给他温存。麒俊原是个好色之徒，他之所以爱丁香，也无非爱丁香的色，岂真心爱丁香的人呢？至于躺在床上的时候，女人的色倒还在其次，因为这个当儿，麒俊是需要欲的了。就是色稍会减差一些，只要有柔媚的手腕，当然同样地会使一个男子死心贴地地拜倒在她的旗袍角下了。莲蓉既然知道麒俊不但是个好色之徒，而且还是个欲中魔王，所以她就利用这一点，要把麒俊作为自己的俘虏，实非使用柔媚的手段不可。果然麒俊在此温柔乡中是完全屈服了，他脑海里浮上了昨夜莲蓉的风流意态，令人魂销的动作，觉得像这种女子，虽然容貌不及丁香，实在也够令人神魂飘荡了。想到这里，又见她柔顺得像头可怜的绵羊一般，心里不免也怜惜起来，遂低下头，吮吻着她的嘴唇，柔情蜜意地温存了一会儿，说道：

"莲蓉，你快不要伤心了，我心中并不是恨你，我实在恨的是断命这个老东西呀！承蒙你这样地爱我，我心里当然十分感激，怎么会抛弃你呢？所以你只管放心，我绝不会待你错的。不过这老东西也许把丁香另配了他人，他又可以多赚一万元钱，那也说不定，在我这里，却把你来冒充。虽然你的才貌也未必比丁香丑，但说定的原是丁香，现在却换了别人，这不是太叫人生气了吗？所以对于你，既然已和我同衾合被，我总不会负心你，不过在这老东西的面前，我实在要好好儿发作一下不可哩！"

莲蓉听他这样说，方才转忧为喜，心中暗想：只要你不忘了我，管你向关天池发作不发作？遂挂着眼泪娇媚地笑起来。但仔细一想，若让他和天池去办交涉，万一天池事情闹输了，那么我这两千元钱不是也没有到手了吗？这样想着，于是她故意把身子忸怩了一会儿，撒娇似的说道：

"不，你最好不要和老头子去吵闹，因为他已收我做了女儿，那你就是他的女婿了，你和他吵闹，我心里就会感到不安。所以你若真心爱我的话，还是省了这些事情吧。"

麒俊因为她风骚得厉害，把自己完全迷住了，遂笑道：

"你放心，我也不是认真地和他吵闹，不过丁香究竟是到哪儿去了，总该叫我详细明白了才是呀，你说对不对？"

莲蓉把颊儿紧贴着他脸庞，柔声说道：

"丁香没有把她嫁给别人，她是真的私自出走了。我想她既然不爱你，你又何必去想念她？男女两个人要彼此相爱，那才快乐有趣。她心里不爱你，身子就是给你想到了手，恐怕也是毫无趣味吧。假使她不笑不说也不理睬你，那么她纵然和你睡在一起，你也不是等于和一个木头人睡觉一样吗？你想，抱了木头睡觉有什么意思？所以我劝你想明白一些，千万还是快死了这条心吧！"

麒俊听她这样说法，觉得这话倒也不错，遂搂着她发狂似的吻了一会儿，笑道：

"那么你是真心爱我的了，所以不但有说有笑，而且奋勇迎战，几乎把我的灵魂也被你浪出了。"

莲蓉啐他一口，故作娇嗔似的去拧他大腿，麒俊连连告饶，莲蓉这就忍不住咯咯地笑起来。两人相依相偎地又默默地温存了一会儿，因为时已近午，遂披衣各自起床。莲蓉开了房门，笑盈盈先走出房去。这时，关天池夫妇两人坐在外面房中，各怀鬼胎，正在暗暗忧愁，忽见莲蓉开门走出，面带喜色，这才放下了一块大石，连忙悄声儿问道：

"事情怎么样了？"

莲蓉向他们摇了摇手，丢了一个眼色，意思是叫他们别声张，一面故意高声地叫道：

"阿芸呢？快拿脸水上来，少爷起来了呢！"

关天池听她单喊"少爷"两字，显然莲蓉已用手段把他迷得服服帖帖的了，心中不觉大喜，遂忙向莲蓉打躬作揖地道谢。这时，阿芸把面水端上，莲蓉含笑亲自接过，拿进房去。关老太又忙着备好桂圆汤和点心，待麒俊、莲蓉洗漱完毕走出，关老太早已把点心拿上，口喊"姑爷用点心吧"。麒俊这时肚子已饿，且先吃了点心。莲蓉又亲自给他泡上一杯香茗，麒俊喝了一口，方才板住了面孔，把眉毛一蹙，向关天池很严肃地说道：

"干爹，你这个手段对付我，未免太辣一些了。我诚心诚意地给你做干儿子，原意是爱上了丁香姑娘。现在你把丁香另嫁别人，却故意做好圈套，叫莲蓉来做代替，那你不是明明欺诈我一万元钱吗？如今我问你，你到底把丁香嫁给了谁啦？"

关天池被他这么一问，先急急地辩解道：

"我的好姑爷，你千万别误会了，丁香她是私自出走了，我假使把她另嫁他人的话，那我绝没有好结果的。因为我要把丁香硬嫁给你，所以害得我的侄女儿没有了。现在我把莲蓉代替，也是为了爱你缘故，你不要含血喷人吧！"

正在说话，忽见楼下走上张大毛来，大毛一见麒俊，故意显出惊讶的神气，直叫起来道：

"咦咦！你不是李家少爷吗？你家里是已经有了少奶的呀，怎么可以到这儿来做姑爷呢？"

李麒俊突然见了张大毛，心中大吃一惊，立刻把满面的怒容消失了，两颊涨得血红，弄得支吾不能所对。关天池到此，方才以失败的地位占了优势的地位，顿时把桌子一拍，圆睁了环眼，大声说道：

"什么？他是已经有了妻子的人吗？那真岂有此理了，你拿金钱来侮辱人家的姑娘吗？好好！我立刻和你法律解决，告你一个重婚之罪，看你还有什么理说！"

莲蓉听了，也故意粉脸失色，掩面而泣，猛可奔上去，投到麒俊的怀里，呜咽着道：

"好！好！你原来是个有妻子的人吗？我还是个姑娘呢！你不是害了我的终身吗？"

这时，李麒俊反吓得脸无人色，一面抱住了赵莲蓉的身子，一面心中暗想：这……可怎么是好呢？原来张大毛这小子是在这儿做大餐司务了吗？那可糟了，关天池万一真的告我重婚罪来，我在爸妈那儿固然说不出一个理由，就是我的名誉不也都要破产了吗？这样一想，刚才凶狠的神气立刻化为乌有了，愁眉苦脸地把莲蓉身子扶住了，向她温柔地央求道：

"莲蓉，我的好妹妹，你快不要伤心呀！虽然我已娶了妻子，但我总不会抛弃你的。你做做好事吧，绝不要叫你干爹去告我，我情愿不再追究丁香的事，而且我也爱你到底的，你放心吧！"

莲蓉听他这样可怜地向自己哀求，便也收束泪痕，瞟他一眼，说道：

"你要负心了我怎么说？"

麒俊急道：

"要如负了你，绝不好死，那总好了。"

莲蓉这时一颗芳心方才乐得甜蜜极了，遂回身向关天池说道：

"爸爸，既然他能爱我到底，那你老人家就饶了他吧！"

关天池却不肯罢休，犹怒气冲冲地说道：

"天下哪有这样容易的事？我为了他，已经逃了一个丁香，如今又把你这可怜孩子牺牲给了他，他一些不见情，反而凶恶地来责骂我，现在幸而天有眼睛，张大毛齐巧会走上来说明了，那我岂肯罢休吗？哼！哼！这浑蛋东西，我若不叫他去吃几年官司，他也不知道我的厉害呢！"

这时，张大毛却又故意做好道：

"关老板，我这个李少爷虽然家有妻子，但情义是很有的，所以只要他不负心莲蓉，你也就饶了他吧！"

关天池兀是不肯答应，一面向关老太说道：

"你想气人不气人？他用了这个欺骗的手段来糟蹋我的女儿，我女儿难道是窑子里的妓女不成？就任他随意地玩弄吗？"

麒俊听他一定不答应，这就急得几乎要哭出声音来，站起身子，拉了莲蓉的手，低声地说道：

"莲蓉，你若不救我，我是要吃官司了。你难道会忍心我受苦吗？"

莲蓉回眸道：

"那么我俩一同跪求吧，也许他老人家可怜我答应饶你了。"

事到如此，还有什么办法？麒俊也只好厚了脸皮，和莲蓉向关天池夫妇俩跪了下来，口喊"干爹，你就饶了我吧"。关天池原是恐吓的性质，今见两人双双地跪在面前，心中反而忍不住好笑，但犹紧绷住了脸，默不作声。关老太究竟心肠软，便说道：

"我们为莲蓉这可怜孩子终身着想，就饶了姑爷吧。不过莲蓉待你这样情深，姑爷也切勿抛弃了莲蓉才好。"

麒俊忙说道：

"刚才我已向莲蓉亲口赌了誓，那我怎么会抛弃她呢？老太太，你只管放心是了。"

关天池蹙了眉尖，哼了一声，说道：

"饶你也不难，但是从今以后，你得归莲蓉每月二百元钱做生活费，否则，不是太委屈了莲蓉这孩子了吗？"

麒俊听了，心中大喜，不觉笑道：

"只要你老人家能够饶我，就是三百元钱一月也答应的，况且莲蓉待我不薄，将来我有钱，自然都会交到她手里去的。"

关天池听他这样说，知道莲蓉昨夜的旖旎风光，所以两人也会生出一些爱情来了，那么将来我倒还可以沾一些光哩。于是也乐得做个人情，说道：

"如今我瞧在莲蓉的脸上，就饶了你，以后要如遗弃莲蓉，我不是还可以到法院去告你吗？所以你得写一张笔据给我，否则你中途停止生活费，我又向谁去说呢？"

麒俊听他答应，对于按月付三百元月钱的凭据，那有什么关系？遂和莲蓉站起，答应写了一张笔据。关天池方才又满脸堆笑地口喊姑爷，十分地客气。张大毛见天大的事情被自己一句话果然已风平浪静，于是使命完成，也喜喜欢欢地走下楼去做事了。这里阿芸也开上饭来，关老太夫妇和麒俊、莲蓉挨次坐下。天池说道：

"从今以后，你也不用喊我干爹，只喊我岳父是了。"

麒俊哪敢说半个不是，遂连说遵命。饭毕，麒俊、莲蓉携手回房洗脸，莲蓉故意投在他的怀中，又娇媚地道：

"从今我是你的人了，你可不能抛弃我的。"

麒俊抱住她身子，在她颊上吻了一个香，笑道：

"你放心，我总不会忘记你的恩爱。"

莲蓉绕过无限媚意的俏眼，逗给了他一个娇笑，说道：

"那么你今夜明夜都要宿在我这里的……"

说到这里，两颊忍不住又赧赧然起来。麒俊想着昨夜的欢情，哪有不答应的道理，自然含笑点头，一面捧过她粉颊，一面便凑到她红润润的嘴唇上甜甜地吻住了。麒俊在此温柔乡中，兼之莲蓉曲意奉承，贴心温存，当然是要此间乐不思蜀了。大凡天下的事情都有一个报应，所谓淫人妻女，妻女淫人，这是一定的道理。麒俊在外面既然这样喜欢拈花惹草，对于本身而说，实在有丧道德，玩弄女性，确实是每个青年极端不应该的事情，不过麒俊如此好色，当然这些风流的事情也会应到自己身上来。

当白豆蔻被枪击的那一天，茜珠是陪着豆蔻到医院去，麒俊和福根一同到捕房去报告情形，后来李家瑞得了茜珠从卡隆医院来的电话，也和李太太匆匆地去了，因此家里只剩了方雪琴一个人，独自坐在房中，手托香腮，暗暗地想道：白豆蔻被狙，害得麒俊也没了魂儿一样，照此下去，麒俊和白豆蔻不是总也有一日勾搭上手的吗？那么今生今世我要和麒俊恩爱的日子恐怕也不会再有的了，因了自己的嫁错了丈夫，所以她的脑海又想起表哥朱惠民来。本来我和表哥原是心心相印的一对，都是为了爸爸的阶级观念太深，因此弄得我如此可怜。现在我是生离，表哥是死别，各人环境都好不凄惨，怪不得昨天和他说起前情，我俩都要伤心落泪了。想到这里，固然替自己伤心，同时也替表哥可怜。一会儿又想起表哥昨日见了茜珠姑娘，好像很醉心的样子，我曾和他说笑话，要做介绍人，喝这一杯喜酒，他听了也不拒绝，只管傻笑。我瞧他这意态，显然是很欢喜，也许他真爱上了茜珠吗？那么成人之美，也是一件好事，我总要竭力地给他帮一个忙才好。方雪琴正在暗想，忽见红桃进来报告道：

"少奶，朱家表少爷来了。"

随了这一句话，只听一阵皮鞋声，那朱惠民便走进房中来。雪琴抬头望去，见惠民今天又换了一套簇新的西服，头发梳得雪亮的，正是十分漂亮，心中暗想：表哥从前是不常来的，现在居然两天接连地来了，那还不是为了茜珠姑娘的缘故吗？想着，忍不住暗暗地好笑，一面站起身子，一面招呼道：

"表哥，你今天瞧我来的呢，还是瞧茜珠小姐来的呢？"

朱惠民劈头就被她这样一问，倒是通红了两颊愕住了。红桃早已倒上两杯玫瑰茶，扑哧地笑道：

“少奶，你这又何必明知故问呢？不是叫表舅少爷心中难为情吗？”

雪琴听红桃也这样说，忍不住愈加哧哧地笑了。朱惠民向红桃望了一眼，笑道：

“红桃倒也人小心不小了，你难道晓得我所以到来是为了你的珠小姐吗？”

红桃被惠民这么一说，自己先难为情起来，啐了一声，便红了两颊，笑着逃出房外去了。雪琴俏眼白他一眼，笑着道：

“老站着干吗？坐了不要你出凳子费的。”

惠民一面脱了大衣，一面在沙发上坐下了，说道：

“妹夫呢？”

雪琴叹了一声，说道：

“不要提起他，为了人家女子的事，他就忙得最起劲。表哥，你也来得不巧，茜珠小姐也不在家里呢。”

说着，秋波斜乜了他一眼，又向他微微地很神秘地一笑。惠民微红了两脸，摇了摇头，笑道：

“我可不是特地为了珠小姐来的，表妹总喜欢瞎取笑我的。”

雪琴噘了噘嘴，呸了一声，说道：

“罢呀，从前就没见你接连地来过两次。”

惠民拿了杯子，喝了一口玫瑰茶，笑道：

“表妹，你别说这些了，刚才你说妹夫为了别人家女子的事情忙得起劲，到底是怎么一回事呢？”

雪琴遂把白豆蔻的被狙之事约略告诉了一遍。惠民方知他们都到医院中去了，一时对于所以被狙的原因也猜测了一会儿，却深以为奇。这时，雪琴也在他坐着沙发的旁边坐下来，望着他憨笑了一会儿，说道：

“表哥，我问你，你到底爱不爱茜珠呢？”

惠民把茶杯放到茶几上去，回望了她一眼，却是含笑不答。雪琴接着笑道：

"不用害羞，在我面前只管说老实话，假使愿意的话，我总可以成全你的志愿。"

惠民很羞涩地笑了一笑，点了点头，说道：

"假使表妹肯竭力成全的话，那我当然是万分感激。"

雪琴点头"嗯嗯"响了两声，抿嘴儿笑道：

"你真有这个意思，我说你为了茜珠来的，那我可没有冤你吧？"

惠民摇头道：

"那也不能说全是为了茜珠来的，难道我就一些没有来望望妹妹的心吗？"

雪琴听他这样说，陡然回首前尘，自然十分感伤，不免把手按到他的肩胛上去，无限哀怨的目光向他脸上脉脉地凝望着，说道：

"你也还有望我的一颗心吗？唉！但是我已完了……"

说到这里，忍不住泪水夺眶而出。惠民见她伤心，自然也很难过，慢慢地把她按在自己肩胛上的纤手去握了来，温柔地抚了一会儿，说道：

"麒俊兄总有醒悟的一天，不像我那……她是一去而再不会回来的了。"

说着，也有凄然泪下之意。雪琴到此反破涕笑道：

"但是还有一个茜珠小姐来做你的夫人，那你心中不是又可以得到无上的安慰了吗？"

惠民道：

"你倒也说得一厢情愿，茜珠是何等样身份的姑娘，她会爱上了我这样毫无产业的人吗？"

雪琴摇了摇头，说道：

"所谓嫁人者原是嫁一个人，只要人好，哪管什么有产业无产业呢？假使要拣人家产业的话，那何必说嫁人，就说嫁产业，岂不是很痛快吗？茜珠是个明理的姑娘，她绝对没有贫富的阶级，所以这个你尽管放心是了。昨天你走后，我曾向茜珠探听她的意思，虽然她没有完全地答应，但也没有拒绝，不过她是很同情表嫂的死，同时也很可怜你的身世，所以只要你和她多接触接触，彼此感情也自然而然地好起来了。"

惠民见表妹这样地尽心出力地帮忙，当然是十分地感激，握住她手，不免摇撼了一阵，说道：

"表妹这样给我出力，叫我拿什么来报答你好呢？"

雪琴听他这样说，芳心倒是一动，暗想：麒俊在外面花天酒地，拈花惹草，快乐无穷，我却每天孤单单地受着凄清生活。他既无夫妻之情，我还顾全他什么颜面呢？际此高喊男女平权之时，夫妻应尽有同样的责任，做妻子的有了爱人，那是对不住丈夫的事，但丈夫在外面拈花惹草，难道就不用对不住他的妻子了吗？女子固然有贞节问题，男子就没有贞节观念的吗？这种陈旧的封建思想，把我们女子压迫得实在太痛苦了。雪琴既然这样想着，她的颊上便浮现了一朵娇艳的桃花，秋波脉脉含情地瞟他一眼，笑道：

"你要报答我吗？表哥，我因为嫁不着一个好丈夫，所以心灵中已失却了现实的安慰，假使表哥同情我遭遇的话，你就给我一些充实的安慰，来填补我空虚的心灵吧！"

朱惠民听她说完这两句话，忽然把她娇躯竟投到自己的怀中来了，一时倒猛吃了一惊，暗想：这话打哪儿说起呢？遂慌忙把雪琴身子扶起，很惊讶地说道：

"表妹，你这话我有些不解，究竟是什么意思呢？"

雪琴见他假作含糊的意态，一时把两颊涨得绯红，不觉淌下泪来，叹了一口气道：

"表哥，你以为我这人下贱吗？但是奇怪得很，我觉得自己近来性情是转变了，所以造成我转变性情的缘由，这不是我的罪恶，乃是环境造成我的命运啊！唉！表哥，我恨麒俊，我恨父亲，我恨金钱，金钱是拆散了我们这头美满的婚姻。表哥，你应该同情我的环境吧，我不希望你给我永久的安慰，我只希望你给我暂时的安慰，这不是我自甘下贱，我觉得这个样子，可以给予麒俊一个痛快的报复，因为他实在也太对不住我了呀！"

也许雪琴痛恨到了极点了吧，她咬着银齿，咯咯地作响，同时眼泪又滚滚地掉了下来。惠民虽然是表示无限的同情，但他害怕做这事情，同时他也觉得做这一件违背天良的事是有丧青年的道德，于是他红了两颊，委决不下地显出十分为难的神气，说道：

"表妹，并非我不同情你，但是我觉得这样那是太对不住自己的良心，所以这个难以应命，请你原谅……"

雪琴听他这样说，猛可把惠民抱住了，发狂似的说道：

"你答应我，你答应我，这不是你的罪恶，一切罪恶都归到我的身上来好了，但是造成我罪恶的人就是麒俊呀！表哥，珠姑的婚事，我决定帮助你美满的成功，但我的要求，你不能使我失望。明天下午，我在新都饭店等着你，你要如失约不来的话，以后那你就不用再见我的面，你知道吗？此刻你可以走了，你走了吧！"

雪琴说到这儿，也不待惠民再开口，就推他起身走出房去。惠民见表妹的态度有些失常，因此只好点头答应，怏怏不乐地回家里去了。

晚上，李家瑞夫妇和茜珠、麒俊都从医院里回来。这夜，麒俊没有出外，很早地就和雪琴睡了。雪琴告诉他，明天要回母家去一次，晚上也许不回来了。麒俊因为明天要和丁香去结婚，也是不回家的，今听雪琴这样说，心里不觉大喜，遂连声地说好。诸位记着，麒俊和赵莲蓉恩爱的那夜，也就是雪琴在新都饭店和惠民幽叙的一天。淫人妻女，妻女淫人，岂不是冥冥中的报应吗？

第八回

恨悠悠疑团终莫释
情切切病榻话缠绵

　　阳光从天空中照射进到卧房里来，整个房中的空气会增加不少的暖和。床上是躺着一个六十多岁的老者，头皮是光秃秃的，脸上似乎带了些憔悴的病容。这就是华东银行总裁樊宝之，他是现时代的一个社会闻人，也是和李家瑞角逐情场的一员老当益壮的健将，但是这几天他正在病中，所以对于白豆蔻的被狙，他是躺在床上只有干着急，只有空表示无限的同情。此刻他倚在病床的栏杆旁，眼望着强烈光线中的灰尘无数无数地飞舞着，他心里想着，白豆蔻这次的被狙击，既不像盗劫，又不像绑匪，却仿佛存心来暗杀她的，这也真奇怪了，一个柔弱的歌女，对她下这么毒辣的手段，未免是太忍心了一些。想着，忍不住暗暗地叹了一口气。一会儿，又想白豆蔻所以被狙的主要原因，那不用细想，当然是桃色纠纷的一种。但是平日和白豆蔻的接近人，除了李家瑞外，也只有我一个人，那么我既不曾吃这个醋，难道是李家瑞吃醋起的恨心吗？这倒也说不定，因为白豆蔻喊我干爹干爹地十分亲热，李家瑞以为我俩已有了暗昧的事情了吗？若果然这样，那真冤枉死人了。照理一个歌女，要近她的身子，花上一万八千那实在已经是了不得的事，歌女只不过是歌女而已，到底有什么身份呢？不过白豆蔻她与别的歌女不可同日而语，她所令人敬佩的地方，她就是不爱钱。世界上能有几个

112

人不爱钱？那我绝对地可以说一句，除了白豆蔻外，就找不出第二个人。当初在红棉酒家认干爹的时候，我和李家瑞竭力捧她的场，所以她是收入了许多的钻戒和金表，不料第二天报上就发表白豆蔻献金的新闻。可笑我们还没有理会到她是个何等有思想的女子，以为她欲在社会上博得一个良好的名誉，在她本身地位可以更加地红起来。但是从她把我和李家瑞那六万五千元钱捐给慈善救济会里看来，方才使我明白白豆蔻绝对是个不爱钱的人，同时还是个有思想、有理智的热心爱国的不平凡女子。她是不慕荣利，不求富贵，她忍痛牺牲着色相来替国家社会尽一部分的义务。唉！豆蔻，你这孩子可敬又令人可怜。樊宝之暗自说了这一句话，他感到自己的可耻，他觉得我们这班有钱人的良心是仿佛黑夜中的天空一样，凭良心说一句话，我从来不曾向慈善会里捐过钱，白豆蔻是给我造福无穷，我觉得坐汽车、住洋房的所谓高贵人，他心里的卑鄙实在及不来一个歌女那般清高。过去种种对待豆蔻的存心，这是增加我目前的惭愧和罪恶，我已经是六十多岁的人了，唉！我还在转一个仅二十岁姑娘的念头，那我的人格真比狗彘都不如了。樊宝之心中既然这样忏悔着，他的眼角旁就会涌上一点儿泪来，于是他恨暗杀白豆蔻的人，他觉得指使暗杀白豆蔻的人简直是全无心肝、杀不可赦。可怜这孩子的伤不知有生命的危险吗？偏我又生着病，否则我情愿终日地伴在她身边，来给她做一个看护。他想着白豆蔻孤苦伶仃的可怜，他又想着自己这次病中的孤独，我虽然是个儿孙满堂的人，但又何尝不如白豆蔻孤零得那么可怜呢？要儿孙来服侍我，这当然是梦想，在他们的心中，也许还在祈祷着这个老头子早死一日好一日吧。唉！那么我自己挣下的这许多家产，难道就给儿孙坐享其成吗？这固然是害了他们的终身，而且也太对不住自己的良心，怎么可以算为中华民国国民的一分子呢？在我临死之前，至少我要替国家社会尽一部分的责任。

樊宝之这时候他是完全醒觉了，他心里感到了一阵痛快，精神立刻也就好起了许多。就在这个当儿，忽见仆妇朱妈匆匆地走来，手里拿了一封信，叫道：

"老爷，你的信来了。"

樊宝之遂伸手接来，见是一只西式信封，并没有具名，字甚潦草，当然猜不出是谁的来信。于是拆开信封，抽出信笺，展开来瞧，只见寥寥数语，遂念着道：

宝之先生大鉴：

豆蔻乃一身世可怜之女郎，其所以献身于舞台为歌女者，实为环境所迫不得已也。

彼应酬友好，乃社会上之交际，亦彼之自由也。今汝年已花甲，风前残烛，垂死之人，尚欲痴心梦想，借干爹之名，求外室之好，彼因不愿，汝竟下此毒手，置一弱女子于死地，其心何酷？

兹来函警告，从此速与豆蔻分手，姑且饶之，不然，今日汝之对付豆蔻，亦犹明日我之对付汝手段时也。

特此布达，敬希醒悟！

鸣不平者手启
即日

樊宝之瞧完了这一封匿名信，两手是瑟瑟地颤抖着，一颗心的跳跃几乎要从口腔里跳出来，脸上一阵红、一阵白地叫道：

"啊哟！这是打哪儿说起？"

说了这一句话，他木然无知般地竟是呆住了。朱妈在旁边瞧老爷这个模样，倒是吃了一惊，慌忙说道：

"老爷，这信是谁写来的？他说些什么话呀？"

樊宝之呆了好一会儿，方才如梦初觉般地向朱妈说道：

"你快给我打个电话到李公馆去，请李老爷立刻到我这儿来一次。"

朱妈听了，遂答应下去。樊宝之又把那封信念了一遍，心中连喊奇怪，这是哪个写给我的？误会也不能误会到我的身上来。刚才我的猜想，还以为是李家瑞喝的醋，现在猜测起来，又是哪一回事呢？我把这一封信倒不能瞒起，一定要给李家瑞大家看看，这件事情实在不关我的，如何有人竟写这一种信给我呢？这时，朱妈又走来说道：

"李老爷问我有什么事情，我说老爷已病了三四天，心里记挂你，所以请李老爷来谈谈。他说一会儿立刻就来的。"

樊宝之听了，点头连声地赞道：

"你回答得好，你回答得好。"

朱妈对于自己这两句话会博得老爷这样的赞美，自然是出乎意料之外，不免向他呆了一呆，但老爷两眼只管凝望着窗外那一方天空，仿佛又在想什么心事一般了。樊宝之当然是在想这封信的由来，觉得疑心我去暗杀，那何不去疑心李家瑞暗杀呢？不过暗杀的地点是在李公馆的门口，人家当然不会疑心李家瑞。但疑心我的人究竟是谁呢？他和白豆蔻又是个什么的关系？樊宝之这一阵子呆想，李家瑞的汽车也就早到樊公馆的大门口了。门房一见，早开铁门，让汽车直达大厅的面前停下，家瑞原是熟客，就向樊宝之的卧房里走去。朱妈一见，便先喊道：

"李老爷来了，快请坐吧。"

樊宝之抬头一见，便从床上坐起，还没有说两句客套，就大嚷着道：

"李老弟，这真是一件稀奇的事，我已病了四天，对于白小姐的被狙根本毫无头绪，谁知却会接到这么一封信，你想，那不是叫人奇怪吗？"

樊宝之说着话，脸上是显出十分的惊骇神色，两手拿着信封和信笺，抖了这么一抖。李家瑞竭力镇静了态度，把那封信接了过来，且不先瞧信，望着樊宝之很急地问道：

"你说的是什么话？究竟是怎么一回事呀？"

樊宝之手指着信笺，气急败坏地说道：

"你快先瞧了这封信，当然晓得是怎么一回事了。"

李家瑞于是坐到床前那张沙发旁，把信笺展开，细细地瞧了一遍，抬起头来又向他望了一眼，也惊奇十分地说道：

"哟！这话打哪儿说起？那写这封信的人到底是谁呢？"

说到这里，紧锁了眉峰，也做个沉思的样子。樊宝之道：

"对于白小姐的被狙，本来我是早要去探问的，不料这两天中我齐巧患着病，家瑞老弟，其实我连白小姐如何被狙也不知道呢，怎么就有人会疑心到我的头上来呢？岂不是奇怪吗？况且我和白小姐的父女关系，还是你老弟在席间做媒介的，原是光明正大，那信中所说，简直是大放其屁。你想，我一个六十多岁的老头子，真所谓离进坟墓的时候，朝不保夕，难道还会去看中人家一个二十岁的姑娘吗？即使我去看中人家，人家也未必会来爱上我这个骷髅呀！你想，写这一封信的人，也不是太想不明白了吗？"

李家瑞听他滔滔不绝地说出这一篇话来，心里虽然也说了一句"你倒是大放其屁"的话，但表面上却不住地点头，说道：

"你这话正是呢。我想人家一定是误会的，而且这事情发生的时候，你正在病中，这就愈加不干你的事了。"

樊宝之说道：

"可不是？那么白小姐在你家吃了饭后回去，怎么就会出这一种乱子呢？不知现在人怎么样了，你的心中倒是很担抱歉吧。"

李家瑞把信放在桌上，朱妈在下面端上两杯咖啡茶放在桌上，口喊李老爷用茶。家瑞点了点头，吸了一口雪茄烟，说道：

"这也真不幸极了，当汽车开出公馆的大门，就遭暴徒三人出枪猛击，我又晓得是怎么一回事呢？幸而只伤及臂部，对于生命固然不妨害，就是子弹也在昨天钳出，我问医生，大概不至于会成残疾，

116

所以这些还算是不幸中之大幸。"

樊宝之点头道：

"真是可喜得很！唉！不知谁做这些伤天害理的事情，那真是绝子绝孙，绝没有好结果的。老弟，你说是不是？"

李家瑞道：

"和一个可怜的弱女子作对，那也太被社会上人士所笑的了。樊老哥，我想只要你问心无愧，对于这种匿名信，也不用挂在心上，不过以后对于白小姐还是少走动比较妥当，因为既然有了这种信，当然是小心些好。你的意思以为是吗？"

樊宝之摇了摇头，叹道：

"若要人不知，除非己莫为，我想这事情总有水落石出的一天。我和白小姐虽然认识的日子也不多，但彼此都是非常敬重，毫无一些私心，所以我接到这信后，若不和白小姐走动了，那倒仿佛我真有这么一回事了。我病好了，依然要和白小姐走动的，就是外界不明白要用手枪打死我，那也是劫数之内的了。李老弟，你见白小姐的时候，还请代为望望吧。"

李家瑞听他说完，好像非常感叹的神气，便点头说道：

"好的，我去望她的时候，一定会代你问候她的。"

说着，又吸了一口烟，一面又问他：

"患的什么病？大夫可曾瞧过没有？"

樊宝之把抽屉内的药方取出，交给家瑞看，说道：

"大夫天天在瞧，总是人老了，所以就有百病丛生的现象了。"

李家瑞接过药方，瞧是朱雪樵开的方子，想来樊宝之不是装病，但是李家瑞怎么会写这封匿名信给樊宝之呢？

原来李家瑞自白豆蔻被狙击后，他就好几夜没有睡觉，心中只是想着谁下此毒手把白豆蔻打伤了。在白小姐受伤后第二天，他见樊宝之素来和豆蔻走得很亲热，为什么这两天就连他人影子都不瞧见了？于是他就疑心这骤来的惨案一定是樊宝之主谋无疑的了。心里这就非常地恼恨，所以立刻写了这么一封匿名信给他，警告他不该对待一个弱女子下此毒手。但是在李家瑞的心中，他又哪里想得到这件惨案的主谋却是自己蛇心佛口的那位太太来酿成的呢？

话说李家瑞别了樊宝之，坐了汽车在归家的途上，口里是不住地吸着雪茄烟，心里却只管暗暗思忖着。奇怪！奇怪！那么枪击白豆蔻的人究竟是谁呢？樊宝之这几天中的确是病着，这当然不是虚话。从他口中这一大篇的话听来，觉得他实在也不会下此毒手的，因为他和白豆蔻到底无冤无仇，好好儿的怎么会起这个狠心呢？这件事情，真叫人百思不得其解了，莫非白豆蔻尚有其他的男朋友吗？他们因为豆蔻和我特别亲热，所以起了妒杀之心吗？李家瑞因为想不出一个确实的真情，所以甚为闷闷不乐。这时，福根回过头来道：

"老爷，要不到卡隆医院里去转一转吗？"

李家瑞点了点头，于是汽车直达卡隆医院的门口停下。李家瑞匆匆地进内，找到特等病房十六号，正欲推门进内，只见看护王慧芬出来，向家瑞摇摇手，微笑道：

"李先生，白小姐刚睡熟，对不起，你回头再来吧。"

李家瑞听看护这样说，当然不能强要进去瞧看，遂退后两步，问道：

"白小姐昨日子弹钳出后，一切情形怎么样？"

王慧芬道：

"很不错，照这情形看来，不到一个月就可以出院了。"

家瑞当然很放心，于是又点头说声再见，便匆匆出来，坐车回家。李太太见家瑞回来，便忙问道：

"樊宝之叫你做什么去？你回来的时候，可曾到医院里去望过白小姐？"

李家瑞因为太太是很真心地关心着豆蔻，所以也不隐瞒，说道：

"樊宝之这两天病着，他对于白小姐的受伤不详细，所以叫我说了一会儿。白小姐我去瞧过她，她正熟睡着，据看护告诉我，不到一个月就可以出院，臂膀也不至于成残疾，所以那真可说不幸中之大幸哩！"

正说时，茜珠姗姗地进来，听父亲在说白豆蔻，便问怎么了。李家瑞照样告诉了一遍，茜珠也很安慰，说道：

"这样我们虽然损失了一些医药费，还对得住人家。不然，那真抱歉哩。"

李家瑞道：

"可不是？这也真奇怪，谁和白小姐有这样深的冤仇呢？"

李太太听父女俩一问一答地说着，心中自然十分感触，便取了一支烟卷吸着，深深地叹了一口气。茜珠也回自己房中去了，经过哥哥房门口，遂步入房门内，见嫂嫂不在，只有红桃一人在做针线活儿，遂问道：

"嫂嫂出去了吗？"

红桃一见小姐，忙含笑站起，倒了一杯香茗，说道：

"奶奶昨天就回母家去了，今天还没有回来呢。珠小姐，少爷也真是个无赖，大概他知道奶奶宿在母家了，所以他昨夜也没有回家呢！你想，少爷不是又在外面宿娼了吗？"

茜珠因为昨天哥哥和自己闹过了嘴，心里很是气着他，便啐了一口，噘着小嘴儿，恨恨地说道：

"这种青年还会好得了吗？无怪嫂嫂要气得回母家去住两天了。"

红桃叹了一口气，说道：

"奶奶也真可怜，我瞧她一个人呆呆地老是会淌泪，这也真奇怪，像奶奶这么的容貌，也不能算丑，怎么少爷会和她一些也不和睦呢？"

茜珠道：

"那是前世的冤孽，所以今世才来做这么一对夫妻。"

两人说着，都叹息了一会儿。红桃这时把俏眼瞟茜珠一眼，忽然咭地笑起来。茜珠不解何故，也望她一眼，说道：

"你笑什么?"

红桃道:

"我想起了一件事,前天少奶的表舅少爷又来过了,奶奶和他开玩笑,问他是瞧少奶来的呢,还是瞧小姐来的。表舅少爷回答说是瞧小姐来的呢!"

茜珠不等她说完,就红晕了两颊,啐了她一口,笑嗔道:

"你这小妮子愈弄愈没规矩了,怎么和我也开玩笑了?"

红桃抿了嘴儿,哧哧地笑道:

"婢子怎敢取笑小姐?婢子只不过照样说一遍罢了。"

茜珠嗔骂道:

"人家可不会像你那样厚脸吧,你这脾气我会不知道吗?"

红桃想不到小姐料事如神,心里有趣,便更加哧哧地笑了。茜珠见她这个顽皮模样,笑着说了一声真淘气,于是便回身到自己卧房里去了。茜珠到自己的房中,对镜出了一会子神,心里暗想:昨天我和秋航在卡隆医院遇见,照理我这样热情地对待他,就是哥哥得罪他了,他也不该立刻返身就走的,可见秋航心中对于我,也根本流水无情,那么他既这样无情,我又何必要痴心相恋他呢?不过秋航和我自小同学,而我的品貌虽非倾国倾城,但到底也不是庸俗脂粉,他为什么不爱我呢?从这一点猜测,他当然是爱上了陆丁香。唉……想到这里,胸中只觉有股子怨气冲上来,使她不自然地叹了一声。因为心里不快乐,所以感觉到室中的空气是沉闷得厉害,于是她便披上了大衣,匆匆地走出公馆去,但既走到人行道上,却又觉得无处可走。就在马路上踱了那么一会儿吧,这是太没有意思了,心里想着白豆蔻身世的可怜,引起了自己十分的同情,觉得还是准定再到卡隆医院里去探望一次白豆蔻吧。想定了主意,遂坐车前往。在病房的门口遇见了王慧芬,她拿了药水,正也向房中走,见了茜珠,便含笑说道:

"你来得正巧,白小姐刚醒来,要如上午来看她,那块谢绝探望

120

的牌子还没下去呢。"

李茜珠笑道：

"那就好，否则，不是又累我白跑一次了吗？"

两人笑着，跨进房中。白豆蔻仰卧在床，眼望着天花板兀是出神。她听有人推进房来，遂回眸望去，见了茜珠，她的颊上的笑窝儿便微微地掀起，很高兴地叫道：

"李小姐，多谢你一次一次地来望我，真叫我心中感激。"

茜珠很快地步了过去，很温柔地和她握了握手，笑道：

"白小姐，你别说这些话，你好了，我们心中是多么快乐呢！"

白豆蔻听了，乌圆的眸珠转了转，频频地点了一下头，笑道：

"李小姐，你坐下，医生告诉我，说这伤不要紧，大概一个月就可以出院了，所以我并不忧愁，心里很是快乐。"

说时，王慧芬已来给豆蔻喝药水，喝了药水，豆蔻皱了皱眉头，笑道：

"王小姐，我热度是一些没有了，所以那药水最好不要喝了。"

王慧芬秋波睃她一眼，笑道：

"那药水又不苦味，喝着也不难，你别孩子气了。"

说得茜珠也笑了，王慧芬这才把药水空杯子又端出去。白豆蔻把手指着橱里，向茜珠说道：

"李小姐，这橱里有花旗蜜橘，是林英给我买来的，你拿出来可以吃，小刀放在桌上。"

茜珠摇头道：

"我不要吃。"

白豆蔻一撩眼皮，笑道：

"我想吃呢。"

茜珠听她要吃，遂给她开了橱门，果然里面有许多什物，遂拿了一只蜜橘，用小刀切成四瓣，拿了一瓣，递给豆蔻。豆蔻却摇了摇头，向她露齿嫣然一笑，说道：

"我刚才吃过一只，这一只原是叫你吃的呀。"

茜珠这才知道她的用意，一时也愈感到她的可爱了，忍不住笑道：

"你不是说要吃蜜橘吗？"

豆蔻笑道：

"因为你不肯拿，所以我哄你的。"

茜珠说道：

"那么你再吃一瓣，我也吃一瓣。"

白豆蔻听了，遂伸手接过，各人吃了一瓣。豆蔻叫她再吃，茜珠拿帕儿抿了抿嘴，摇头道：

"我够了，白小姐，昨天我也来瞧你过，因为你才动了手术，所以没有进内来望你。"

豆蔻点头道：

"我知道，王小姐在昨夜我醒转的时候，她都告诉我，我晓得许多朋友都走空的，所以很是抱歉。"

茜珠道：

"你还说这话呢，我们请你吃一次饭，不料害白小姐竟遭此横祸，那我们倒真是抱歉哩！"

白豆蔻叹了一口气，摇了摇头，说道：

"这怎可以怪得了你们呢？这班小人真心要害我的话，就是在别处，他们不是也会下手吗？不过我很觉得奇怪，因为我思量遍了，实在没有和一个人结过怨，你想，无缘无故地受人狙击，就是不幸死了，也还是个不明白吗？"

白豆蔻说到这里，心里有些悲酸，那眼眶子也不免红润起来。茜珠听了，也恨恨地骂了一会儿，一面又安慰了她几句。因为自己也是个失意的人，觉得久坐又很无聊，遂起身告别。豆蔻留她不住，也只好和她握了握手，叫她有空常来谈谈。茜珠答应，便走出病房去了。茜珠低了头，走在人行道上，心里又暗暗细想，秋航爱上陆丁香的事情究竟是否确实的，这到底还是一个问题。那天伴狄老太去瞧戏的女子，又是否是陆丁香？陆丁香和秋航究竟是个什么关系？这些我应该有个详细的明白。当然，要明白这些事情，我得向狄老太去探问不可。茜珠这样想着，于是她从卡隆医院里出来，便又坐车到吕班路鸿怡坊去了。

白豆蔻待茜珠走后，她望着天花板又呆呆地想了一会儿心事，觉得秋航还不及一个茜珠呢，茜珠今天也来望过我了，但秋航呢？唉！想到这里，忍不住又伤心起来，那眼泪早又滴湿了枕衣。但一会儿又想：也许秋航没有空吧，我倒不能错怪了他。因为王小姐告诉我，昨天秋航是来望过我的，王小姐还形容秋航那种忧愁的神情，真叫人发笑的。从这一点看来，可见秋航他是多么地爱我，他怎么会因我受伤而变了心呢？白豆蔻既然这样安慰着自己，于是她又放心了许多，抬上手去，把手背来回地揉擦了一下眼皮，清瘦的颊上自然地又会浮现了一丝笑容。经过了这一阵子的沉思，斜阳已渐渐地偏西了。白豆蔻感觉着秋航今天也许不会来了，心里自然又很哀怨，不料就在这个时候，忽见秋航手捧一束鲜花，笑盈盈地走进来。因为这是出乎意料之外的，白豆蔻当然是格外感到了喜欢，但是怪他来得这样晚了，所以故意鼓起了两腮，装出娇嗔的意态，俏眼恨恨地瞅着他，却是并不理他。秋航把那束鲜花插在桌上那只精细的胆瓶里，然后蹲下了身子，伏在床边，去握住了她的手，含了满面的笑容，说道：

"豆蔻，昨天我从门缝中瞧到你苍白的脸庞，想见施用手术的时候，你是经过一度十分的痛苦，我真为你担了一夜心事。"

不料白豆蔻听了这话，反而噘起小嘴儿，呸了一声，说道：

"替我担心事的人就会直到此刻才来呢！"

说着，明眸里含了无限哀怨的目光，向秋航逗了那么一瞥，竟涌出一颗晶莹莹的泪水来。秋航被她这么一说，便急得涨红了脸，忙说道：

"我早晨不是已经来望过你吗？因为那块谢绝探望的牌子没有卸去，那我自然不能犯规走进来。后来我找到了王慧芬小姐，向她问你的情形，她告诉我，说自施用手术后到现在，情形很好，并告诉我下午可以来瞧望了。我因为已很放心，所以下午就来晚一些了……"

白豆蔻听到这里，方才晓得上午秋航已经来过，大概王小姐忘记了，所以没有告诉我。那我和秋航生气，不是委屈了他吗？一时又感到十分不安，同时也感到十分难为情，两颊微微地盖上了一层娇红，明眸脉脉含情地凝望着秋航，自己也不明白为什么缘故，那眼泪会大颗地涌上来。秋航见她似海棠着雨般的脸，倍觉楚楚可怜，遂摸出手帕来，轻轻地给她拭去了，微蹙了眉尖，柔声儿说道：

"豆蔻，你是才好的人，快不要伤心了。一切总是我的不好，你就饶恕了我吧。"

白豆蔻听他犹这样说，心中是感动极了，把手反握紧了他，说道：

"不，我错怪了你，你要原谅我……"

秋航方才知道她的淌泪并不是憎恨我，却是为了错怪我的缘故，这就忍不住笑道：

"你怪我不早些来望你，那原是你对的，怎么说错怪我呢？好妹妹，你快给我收束了泪痕，对我笑一笑吧。"

白豆蔻见他如此柔情蜜意，连"好妹妹"三个字也嚷了出来，那一颗芳心真有说不出的甜蜜，因此掀着酒窝儿，也就破涕嫣然笑起来，但既然笑了出来，倒又感到无限的羞涩，秋波白了他一眼，立刻又别转脸去。秋航见她含泪一笑，已经是妩媚到了极点，再加上她显出这样娇羞万状的意态，这就更觉令人可爱，心里荡漾了一下，情不自禁地把她手拿到鼻子上来闻香。白豆蔻并不挣脱，尽让他温柔地闻了一会儿，方才回过头来，瞟他一眼，笑道：

"好哥哥，你早晨是几点钟来的呀？其实我早晨精神已经很好

124

了，正苦没有一个人来和我做伴呢。"

秋航听她也会喊出"好哥哥"三字来，可见她是接受我"好妹妹"三个字的表示，心里这一快乐，把他的心花儿几乎也乐开了，笑道：

"早晨我是九点敲过来的，这样说起来，都是医院不好，不过与其说医院不好，倒还是说医院太好了比较妥当，因为他们对于病人是多么仔细呀！"

白豆蔻听他说得这样有趣，遂又不禁为之嫣然失笑。秋航见她虽然脸是清瘦了一些，但依然是笑得这么好看，因此望着她倾人的娇靥，也不免得意地笑了一会儿，又低声问道：

"豆蔻，自从子弹钳出后，你的伤处还疼痛吗？医生说这条手臂会不会成残废吗？"

白豆蔻听他这样问，乌圆眸珠一转，故意显出很忧愁的样子，说道：

"痛倒没有痛了，至于会不会成残废，那很难断定，我就愁着要成残疾呢。"

秋航把手去理她额间散乱的云发，很温柔地安慰她道：

"那也用不了忧愁的，能够不成残疾，固然是好，即使成了残疾，我们亦要感谢着上帝，因为上帝到底还救了你的一条性命哩！"

白豆蔻故意又叹了一口气，很感伤道：

"话虽这样说，但一个成了残疾的姑娘，恐怕就会给人家感到憎恶吧？"

说着，又把明眸脉脉地凝望着秋航。秋航不是呆笨的人，哪有不明白她的意思呢，遂摇了摇头，很镇静地说道：

"那不是这样说，假使为了你成了残废，平日的好朋友对你的感情就会淡薄起来，这也不能算为是人类的一分子了。豆蔻，你说这话是不是？"

白豆蔻因为他不肯明显地表示，所以心里很不快乐，娇嗔似的噘了小嘴儿，逗给了他一个媚眼，说道：

"知人知面不知心，那也说不定。社会上的男子，大多数总是以色取人，能够讲真正性情的人能有几个呢？"

秋航听她这样说，心里颇觉纳闷，倒是愕住了一会儿。白豆蔻见他不回答，心里又悲酸十分，眼皮一红，竟又要淌下泪来。秋航想不到她竟痴心若此，一时感到心头，便凑过嘴去，到她的耳边，低低地说道：

"虽然社会上不多这种人，但我相信我自己就是其中的一个吧。"

白豆蔻听他这样说，觉得他已经很明显地在向自己表白了，我若再和他生气，难道一定要叫他明明白白说"我爱你"三个字吗？这不但他羞人答答地难以启齿，就是我也难为情听他这样说出来吧。这样想着，方才转嗔为喜，盈盈秋波逗给了他一个媚眼，笑道：

"但愿你言而有信，这才好了。"

说着，两人忍不住又展现一丝会心的微笑。夕阳是整个地斜西了，病房中是笼罩了一层薄暮。秋航见时候不早了，遂站起身子，说道：

"豆蔻，我走了，明天再来吧。"

豆蔻听他要走了，两条柳眉便微微地蹙起，说道：

"你要走了，我当然不能强留住你，不过你走后，我就会感到万分的孤寂罢了。"

秋航听她这样说，倒是为难了，把手抬到头上去抓了抓头发，又搓了搓手，笑起来道：

"那么我再坐会儿，待六点敲过了走吧。"

秋航这两句自己留自己的话，听进豆蔻的耳里，忍不住又扑哧地一声笑起来，秋航想想，也觉有趣，因此也微微地笑。两人亲亲热热地又谈笑了一会儿，直等六点敲后还延迟了十分钟，秋航方才匆匆到维纳斯咖啡店里去了。夜里，白豆蔻睡在床上，两眼望着窗外的天空，仿佛是洗过了那样的碧蓝一色，浮云一朵也没有在驶行，只有那一轮大半圆形的明月，显出晶莹莹怪清辉的光芒。白豆蔻对此将圆的明月，想着"宛如待嫁闺中女，知有团圆在后头"这两句诗，脑海里便会浮上了狄秋航俊美的脸庞，这就心里荡漾了一下，娇红的两颊掀起深深的酒窝儿，她那一颗处女含羞的心灵，只觉得充满了无限的甜蜜。

第九回

体贴温存会心不远
强颜欢笑情敌在前

　　陆丁香在狄秋航家里是已经住了三夜了，和狄老太真个像亲娘一样，一块儿做活，一块儿说话，亲热得了不得。狄老太为了要丁香把这个家当作自己的一般，所以无论遇到一件什么事情，她总要和丁香商量商量。偏丁香姑娘是个细心的人，处处的地方都要避一些嫌疑，所以狄老太问她的，她总没有说"不好"两字的，绝对不肯出一些主意。狄老太见她不肯发表意见，有时候会故意急得跳脚般地笑道：

　　"陆小姐，你怎么尽看我一个子干急？难道一些也不肯代我想个法子吗？"

　　丁香见狄老太发急了，也就出个主意。聪敏的人想出的主意总不见得会错，不但不会错，而且还是很得当，所以狄老太口里老是赞着陆小姐真是个能干的姑娘，谁要如娶了陆小姐做妻子，真是前世修来的福气。狄老太说这两句话的时候，总是秋航也在一块儿的，显然她老人家说这些话，是含有深刻的用意。秋航听了，也会故意装出顽皮的神气，向丁香望着哧哧笑。丁香当然是感到万分的不好意思，所以绯红了两颊，会羞得抬不起头来。今天秋航是起得特别早，但是秋航虽早，总及不来丁香的早，所以待秋航走出房来的时候，丁香早把脸水泡饭预备舒齐，她见秋航这时走出房来，似乎感到有些意外的，立刻回眸去望了望桌上的钟，只见还只有八点敲过，这就一撩眼皮，乌圆眸珠在长睫毛里一转，笑问道：

"今天怎么起得特别早？"

秋航见她腰前围了一方母亲常围的青布，很忙碌又很安闲地做着事，这情形瞧在眼里，心中就会发生一种感触，今听她这样问，便把手揉了揉眼睛，故意延迟了一会儿，其实他在暗想：我总不能告诉你所以起个早，是为了要去瞧白豆蔻的伤。所以他放下手来，望她一眼，笑道：

"因为朋友约我九点钟在大东茶室谈话，不知有什么事情商量。陆小姐，母亲呢？"

丁香当然不晓得他是说着谎，便"哦"了一声，说道：

"母亲上菜市场里去了，那么既然朋友约你九点钟碰面，你就快洗脸漱口，洗好脸吃泡饭。"

丁香随口地也喊着母亲，心里自然感到有些难为情，所以她立刻又接下去说这许多话，同时还很迅速地把脸水漱口杯都舒齐了，为的是要避去这个不好意思，不过这种说话的口吻和做事的举动，太像是个贤妻的身份了。秋航的心里当然是不住地荡漾，他虽然洗着脸，但他觉得自己实在是太幸福了。秋航洗好脸，丁香也把泡饭盛出，秋航见她只盛一碗饭，便望她一眼，说道：

"陆小姐，怎不盛碗一同吃？你已吃过了吗？"

丁香摇了摇头，说道：

"我待伯母买菜回来一块儿吃，你先自管吃吧。"

秋航听他这样说，心里有些感动，虽然是捧着碗，把筷子划着饭粒向嘴里送，但心里因为是在想心事，所以未免有些食而不知其味的了。静悄悄地过了好一会儿，秋航听丁香也没有动静，遂回眸过去望她一眼，只见她站在面汤台前，对镜也在梳洗，正在用她的手掌摸自己面孔，显然那是在涂雪花膏。不料秋航回眸过去的时候，丁香从镜中也瞧见了他，于是她便转过身子来，问道：

"你可要再盛一碗？"

说着话，伸过手来接饭碗。秋航见她虽然没有涂着胭脂，但她的两颊兀是白里透红，显出处女的青春之美来。丁香见他并不把饭碗交给自己，却目不转睛地呆望着出神，心里倒难为情起来，秋波滴溜地一转，掀着酒窝儿嫣然笑道：

"怎么啦？你可要再盛一碗吗？"

秋航这才醒来似的摇了摇头，说道：

"饱了。"

丁香于是把手缩转来，笑道：

"留些量，回头还可以在大东茶室吃些点心，不然吃饱了，吃起点心来就没有味儿。"

秋航见她这样说，便笑着点了点头。丁香便给他碗筷收拾了去，放在面盆里洗了洗，然后再用清水漂过。秋航却跟在她后面，瞧着她做活儿。丁香回眸瞟他一眼，不禁哧的一声笑道：

"已八点三刻了，你还不去做什么？失了人家的约，不是叫人等着心焦吗？"

秋航方才惊觉，笑道：

"我走了，我走了。"

说着，便回到自己房里，披上大衣，心里可就想，见了丁香，叫我又忘了豆蔻，想着豆蔻，又叫我丢了丁香。唉！那可怎么是好呢？想时，身子已跨步出了房外，向丁香招手说声回头见，便匆匆地奔下楼去了。当他跑到半扶梯的时候，忽见丁香又追着出来，说道：

"你午饭回来吃吗？"

秋航仰着头望上去，只见丁香靠着扶梯旁的木栏上，她却低了脸向下扬着，笑盈盈地问，遂回答道：

"说不定，十二点后不回来，你们就别等吧。"

丁香没有回答什么，眼瞧着秋航的身子在转弯处消失了，方才回到房中。不到三分钟后，狄老太已买菜回来，说道：

"秋航又到什么大东茶室去了吗？"

丁香奇怪道：

"你怎么晓得？"

狄老太道：

"在弄口我遇见他，陆小姐，我们快吃早饭，你饿了吧？"

丁香听她这样说，心中倒是一愕，暗想：怎么知道我还不曾吃过饭？眸珠一转，这就理会了，那还不是秋航告诉她吗？便说道：

"时候早哩，我倒没有饿，伯母到外面走了一趟，倒真饿了吧？"

说着话，一个拿碗筷，一个盛泡饭，两人便匆匆吃饭。饭毕，大家又忙着淘米洗菜，煮饭烧菜，不料十点半的时候，秋航却匆匆回来了，手里还拿着一个纸包。丁香自然很奇怪，向他瞅了一眼，笑问道：

"咦！你不是说午饭也不回来吃了吗？怎么此刻就回来了？莫非那朋友失约了？"

秋航因为在丁香面前老是说着谎，自己也觉得有些惶恐，不过不说谎，那又有什么办法？因此红了脸，只好又胡诌了几句混过去了，一面走到面汤台旁，一面把那纸包透开。丁香不知他买的什么，遂移近身子来看，见他把一盒香粉、一盒胭脂、一瓶香水都放到台子上去，还有一支唇膏，放在小抽屉里去。丁香这就心里荡漾了一下，回眸瞟他一眼，笑道：

"这个你买它做什么？不是又费钱吗？"

秋航虽然听她这样说，但粉颊是掀着娇媚的笑窝儿，那种得意的神情，知道她内心是这一份儿快乐的了，遂趁势把她手拉来，笑道：

"我因为没有见你洗脸的时候，所以也没有注意。早晨瞧你洗脸，就只用了一些雪花膏，那我就觉得一个女孩儿家的梳洗，这样是太简单一些了。陆小姐，你说是不是？"

丁香听他这样说，方才理会早晨秋航对自己呆望的原因了。因为秋航这样能够体会女孩儿家的心理，这实在是个多情的好夫婿，所以一颗芳心，除了羞涩的成分外，是只有喜悦和甜蜜，秋波水盈盈地凝望着他脸，却是娇媚地憨笑了一会儿，说道：

"那也不尽然，我向来梳洗就很简单。"

秋航把她手柔软地紧握了一下，摇了摇头，笑道：

"我不相信，我知道陆小姐也是个挺爱漂亮的人。"

丁香瞅他一眼，把小嘴儿噘了噘，说道：

"你何以见得？"

秋航笑了一笑，说道：

"你忘记了吗？那夜我和你在皇宫歌舞剧院里瞧戏，你那皮匣里的香粉盒儿不是全给我倒翻了吗？皮匣里都带着香粉，那还不能说爱漂亮吗？"

丁香猛可记得，而且把香粉还沾了他一皮鞋脚，这就不禁抿嘴扑哧地一笑，但又怕被狄老太听见了，所以向狄老太又努了努嘴，便放脱了秋航的手，和狄老太帮着做活儿去了。狄老太虽然有些听见，但故意又问道：

"秋航买了些什么来？"

这倒叫丁香有些不好意思回答，不过人家是很明白地问着自己，那我既不是聋子，如何可以不作答呢？遂红了两颊，很低声地说道：

"买了一盒香粉、香水儿……哦，伯母，油熟了，你把那条鱼可以煎了。"

丁香说着话，只见火油炉子上搁着的油锅子里，已冒上来一些些烟圈，所以她立刻又转了话锋，很快地提醒着狄老太。狄老太不慌不忙地把那几条鲫鱼放下油锅子里，只听洒的一声，接着鱼在油里便扑扑响起来。狄老太把盖子盖上了，望了丁香一眼，却继续她的谈话，说下去道：

"那倒还是秋航想得到，我就老是忘记了。这两天叫陆小姐梳

132

洗，就感到不舒服。"

丁香却想不到她还说这些事，便微微地一笑，也忙道：

"我这人是很马虎的，要不然，我自己也早去买了。"

狄老太这就不再说话，把盖子开了，那里面就会冒出迷眼的热气来。狄老太撮着嘴吹散了热气，拿镀铲把鱼翻过身。丁香早把酱油瓶拿给狄老太，娘儿俩这一阵子忙碌，一切舒齐，早已十二点半了。狄老太扬着脸，向里面高声喊道：

"秋航，吃饭了。"

不料好一会儿，却不听他答应，丁香道：

"我去瞧他在做什么。"

说着，便蹑着脚，走到秋航的房中。只见他伏在写字台旁，似乎在瞧什么东西，遂轻轻到他身后去一瞧，谁知他却并不在瞧书，原来握着笔杆，正在作那华尔兹的乐曲。心里这就暗想：怪不得他这样地出神，因为这是正经的事情，所以不敢惊断他的思潮，遂在背后站着也呆呆地出了一会子神。狄老太见丁香进去了好一会儿，不但没有把秋航喊出来，连自己也不出来了，一时心里好生稀奇，于是也忍不住移步到门口，探首去望了一眼。谁知狄秋航固然伏案疾书，丁香却也呆站一旁，心里好笑，意欲喊醒两人，但仔细一想，陆小姐既然不惊断他，谅必是什么要紧的事情了，于是又退了回来，坐在桌边也是出了一会子神。丁香站在他的背后约莫有五分钟的时候，方见秋航把钢笔放下，捧着乐曲，口里轻轻地哼了一遍调子，摇晃着头，仿佛很得意的神气。丁香这就忍不住抿嘴笑道：

"这曲子作得好极了，辛苦了，快歇一歇，吃饭去了吧。"

秋航冷不防后面有人说话，遂放下乐曲，立刻回过头来，一见丁香，便站起身子，握了她手，笑道：

"咦！你什么时候进来的？我怎的一些不知道呢？"

丁香笑得弯了腰肢，瞅他一眼，说道：

"我站在你背后差不多已五六分钟了，因为你把精神完全集中在乐曲上，所以我没惊动你。快出去吃饭，伯母一定要等得不耐烦了呢!"

秋航听了，方才知道她是站了好一会儿，心里这就感到她的可爱。两人咻咻笑着，便携手到外面房中去了。狄老太见两人这样高兴地出来，便笑问道：

"秋航在做什么? 怎的这许多时候不出来? 菜都冷了呢。"

丁香抿嘴笑道：

"他在作乐曲，我没喊他，直等他放下笔，我才开口叫醒了他。"

秋航也笑道：

"陆小姐不喊我，我自然不知道呀。"

狄老太一面把饭盛出，一面白了他一眼，笑嗔他道：

"你还怪陆小姐哩! 陆小姐她是多么细心呢，换了别个人来喊你，那你这只乐曲还能作得成吗?"

秋航一面坐下，一面望着丁香咻咻地一笑。丁香又羞又喜，红晕了脸，却逗给了他一个妩媚的白眼，于是三个人默默地吃着饭，谁也不说一句话。秋航心中暗想：陆小姐自到我家里来，她就没有喊过我一声狄先生，总是用"你"来作我的代名词，这当然是她要和我表示亲密的缘故。像这样一个美丽好性情的姑娘，居然会痴心地来爱上了我，那我真不知是什么幸运儿呢。秋航想到这里，几乎快乐得要笑出声音来，但独个儿会失笑，那究竟太不好意思，因此竭力忍住了。匆匆饭毕，说声陆小姐慢用，便很快地到房中去了。丁香待要回说一声，却已不见了秋航的身子。狄老太道：

"大概今夜需要几支华尔兹新曲，所以他连吃饭的心思都没有了。"

丁香点了点头，说道：

"所以吃人家的饭总是辛苦的，等会儿给狄先生煮些点心吃吧。"

狄老太听丁香这样说，心里对于她也就更有了一个深刻的好感，暗想：一个女子能够有这一种思想，将来对于丈夫自然有一种怜惜的心，那么夫妇间能够互相爱惜，还会发生什么龃龉吗？心里想着，不免望着丁香笑了一笑。丁香以为她一定有什么话说，谁知狄老太只笑了笑，并不说话，一时觉得狄老太的笑至少是含有些神秘的意思，两颊这就红了红，垂着脸只管吃饭，却羞涩得有些抬不起头来了。吃好这餐饭，时已一点多了，狄老太和丁香把碗筷收拾，倒了一盆面水，狄老太拧了一把手巾，拿进房去。不多一会儿，又走出来，向丁香笑道：

"果然我就料得着，他又在作曲了。"

说着，自己也洗了脸，又向丁香说道：

"陆小姐，你洗脸自己换一盆吧，我息一会儿。"

丁香点头答应，于是又倒了一盆脸水放在面汤台上，先用香胰子擦了一个脸，然后搽了雪花膏，忽然想着秋航刚才给自己买来的香粉和胭脂，我倒不妨试用一下。想着，伸手去取粉盒儿，但又恐狄老太瞧见了要笑自己，于是回眸去偷望了一眼，在她意思当然是瞧狄老太有没有在注意自己，不料狄老太却歪在床上，背着外面静静地躺着。丁香这才很放心地把香粉盒儿揭开，拿到鼻上来闻一闻，觉得幽香扑鼻，想来价钱很贵，再瞧牌子，原来是三朵美丽的花朵，这就无怪香味儿与普通不同了。遂拿小小的铜匙舀了两匙，放在手掌中，和了几滴脸水，两手合上，搓了一搓，然后方才抹到脸上去。因为丁香有好几天没有施香粉了，现在对镜一照，本来皮肤是细腻的，这就更白嫩得可爱了。一个女孩儿家原是爱修饰的多，丁香因事情都已舒齐，反正左右无事，所以索性好好儿化妆起来。她把几天没洗的头发也洗了一洗，烫过的头发经水一洗，它又会卷曲起来。丁香用香油抹了上去，在镜中望着，那一头卷曲的云发就乌亮得可爱，心里非常地欢喜，于是把两颊又微微地涂上一圆圈的胭脂。一切舒齐，又在小抽屉内取出唇膏，对镜撮着了小嘴儿，细细地涂了上去，经过这一阵子化妆，也不知费了多少时候，丁香望着镜中自己那个脸庞，也觉得仿佛是换了一个。正在掀着笑窝儿无限得意的时候，忽然从镜中瞧见秋航从里面一间房中匆匆地走出，因为是冷不防之间，丁香觉得是太不好意思了，立刻撩过面手巾，要放到嘴唇上去揩抹。谁知秋航已走到她身旁，猛可把她手中的面巾夺下了，笑道：

"好好地涂上了，抹去它做什么？"

丁香被他这么一说，真是羞涩得了不得，因为已经涂上了一圈儿胭脂，所以这就更红晕得娇艳了，秋波脉脉含情地逗给了他一个媚眼，嫣然一笑，说道：

"怪不好看的……"

秋航见她这样娇羞万状地说着，忍不住哈哈地笑起来，说道：

"不好看你搽它干吗？既搽了就别揩去。"

丁香见他这样大笑，便白他一眼，向床上努了努嘴，嗔道：

"轻些，看吵醒了你母亲。"

秋航听了，拉了她手，索性走到里面自己房中去了。两人到了房中，丁香因为避去难为情，便先问他道：

"你不是在作曲吗？走到外面来做什么？"

秋航笑道：

"作曲当然也有个作好的时候，难道你就不许我走出来吗？"

丁香雪白的牙齿咬着殷红的嘴唇皮子，听他这样说，这就不禁哧的一声笑了。秋航经她这一笑，心里不住地荡漾，两眼望着她娇靥竟是呆住了。丁香又娇嗔笑道：

"你痴了，难道今天就不认识我了？"

秋航挨近她的身旁，两手按到她的肩胛上，笑道：

"认是早认识的，但你今天就给我瞧个痛快。"

丁香啐他一口，逃到窗边去，却不肯给他瞧。窗外的阳光是暖烘烘地照射进室中来，那丁香的脸庞被阳光反映着，更觉容光焕发，仿佛出水芙蓉，又如笼烟芍药。这就情不自禁跟了过去，握了她手，笑道：

“你不给我瞧，我偏要瞧你。你要逃开，我捉住了你，那你可逃不了啦!”

丁香听他这样说，也就索性厚了脸皮，扬着脸向着秋航，噘着小嘴儿，笑道：

“我就给你瞧个爽快，那总好了。”

秋航明眸凝望着她那红润润的小嘴儿，同时闻到了她一阵一阵的细香，真叫人有些想入非非，这就凑过脸去，意欲把手去环住她的脖子，来和她接一个甜蜜蜜的长吻。不料这时，忽听外面一间房中砰的一声，这就把两人吃了一惊，秋航连忙放开丁香的手，两人一前一后地走到外面一间房中去瞧。原来母亲已起身了，因为不小心把痰盂罐打翻了。丁香于是慌忙去拿拖把，给她拖去倒在地板上的痰水。秋航说道：

“母亲怎么不多睡一会儿就起来了?”

狄老太望望桌上的钟，笑道：

“你瞧瞧，时候已四点多了，我也睡了不少时候了。”

丁香放了拖把，回身进来，却向秋航白了一眼，忍不住又低头笑了，在为秋航怪母亲为什么不多睡会儿，这句话细想起来，实在叫人怪难为情的。假使母亲再迟十分钟起身的话，当然秋航他是要吃胭脂……想到这里，可再也不好意思想下去了。秋航见丁香拿俏眼儿白自己，当然他也明白丁香所以白自己的原因，所以他也低头笑起来。当秋航低下头去的时候，他忽然又想到了白豆蔻，上午还不可以见面，王小姐嘱我下午去，我怎么就忘了呢?于是他便向母亲道：

“我此刻到维纳斯去了，因为馆主人有话和我商量。”

狄老太当然不会疑心秋航是说着谎，自然点了点头。于是秋航又到里面去披大衣，待他走出来的时候，丁香便问他夜饭回来吃吗，秋航沉吟了一会儿，说道：

“来回很不便，就在维纳斯吃了。”

说着，便微微地一笑，匆匆地走下楼去了。秋航走后不到五分钟，李茜珠正从卡隆医院望了豆蔻后到这儿来，当茜珠跨步进房，第一个瞧见的就是陆丁香。茜珠所以到秋航家里来，就是来探听秋航和丁香的关系，现在劈面就见丁香，显然自己的猜想是不错了。这时，丁香也早瞧见了茜珠，对于茜珠这个人可说是丁香心中势不两立的情敌，因为在那夜秋航和狄老太的谈话中听来，很显明的，秋航大半是爱上了茜珠，而所以爱上茜珠的原因，是为了茜珠多金钱，不过狄老太所以不爱茜珠的缘故，也就是为了茜珠太贵族了。两人心中既然都存了一种仇视的心理，所以大家都有些不情愿招呼，不过两人在维纳斯咖啡馆内到底一块儿坐着谈过话，岂可以装作不认识的样子呢？丁香这就不得不含笑站起，迎上前来，叫道：

　　"咦！咦！你不是李茜珠小姐吗？"

　　茜珠见她先向我招呼，因为自己也是个重情面的人，当然也走上去和她握了一阵手，笑道：

　　"陆小姐，正巧，你也在狄先生府上吗？"

　　在茜珠自然不晓得，丁香为了自己哥哥几乎闹成了无家可归。丁香听她这样问，心里却非常感触，但也只好点头含笑道：

　　"可不是？那就正巧，李小姐，我们好久不见了吧？"

　　这时，狄老太见了她们两人认识的，心中好生奇怪，忙笑问道：

　　"李小姐和陆小姐怎么认识的呀？"

　　茜珠一面口喊伯母，一面说道：

　　"我和陆小姐的认识，说来是很有趣的。"

　　说着，遂把那天先在弄中相撞，后来又在维纳斯中相遇的话告诉一遍。狄老太听了，暗想：原来两人都到过维纳斯的，怎么秋航和丁香就没有告诉我呢？不过仔细一想，这当然因为他们怕羞的缘故。这时，丁香倒了一杯茶，送到茜珠的面前，茜珠"啊呀"了一声，慌忙站起来，说道：

　　"我怎么敢叫陆小姐倒茶？那不是要折死我了吗？"

丁香因为在秋航家里住了两天多，一切的事都和狄老太合作，因此也就忘其所以然地竟给茜珠倒起茶来。今被茜珠这么一说，她就猛可理会过来，暗想：在茜珠心中当然以为我亦是做客来的，天下哪有客人给客人倒茶的事情吗？丁香既这么一想，她的两颊会绯红起来，但是不回答她，那倒叫茜珠见了不是要更疑心吗？遂竭力镇静了态度，装出很洒脱的神气，笑道：

"那也没有关系，李小姐也值得这样客气吗？"

茜珠觉得丁香回答的话倒是令人感到意外滑稽，暗想：你是做客来的，我也是做客来的，怎么你就给我倒茶？这种客气不是未免有些不合情理吗？于是她回眸又向狄老太望了一眼，谁知狄老太含了笑容，却是并不说话，好像丁香的倒茶是她的分内之事一样。奇怪！奇怪！茜珠暗暗叫了两声奇怪，就在这两声奇怪中，她的一颗芳心便引起了绝大的疑窦。从狄老太这种意态中瞧来，显然丁香和秋航至少是有些亲戚关系，不然哪有这样地随便吗？其实愈随便也就是愈亲密的表示。那么丁香和秋航的关系，不用说，当然较之我要密切得多，这就无怪秋航要这样冷待我了。茜珠这样想着，心里便有无限的怨恨。狄老太见茜珠、丁香两人坐在桌边，彼此低垂了头，默默地坐着，仿佛在想什么心事般的，遂先向茜珠搭讪道：

"李小姐那天不是来望过我吗？不料我齐巧出去了，倒叫你空走了一次。"

茜珠这才抬起头来，微微一笑，说道：

"听说那天伯母是瞧戏去的。"

狄老太道：

"不错，就是陆小姐请我的客呀。"

丁香听了，倒是一怔，及至仔细一想，方才记得那天曾和狄老太瞧《玉堂春》去的，遂向茜珠笑道：

"哦，那天下午李小姐也来过吗？大概你迟一些了，否则，不是一块儿可以去瞧吗？"

茜珠笑道：

"可不是?《玉堂春》倒很好瞧的吧?"

狄老太听了，便点着头，滔滔不绝地讲起《玉堂春》情节来。她老人家讲得很兴奋，但是丁香、茜珠两人却是一只耳朵进、一只耳朵出，表面上虽然是听着她讲，心里却只管思忖着。茜珠暗想：原来那天狄老太和一个美丽姑娘去瞧戏的果然就是陆丁香，这样看来，丁香和狄老太的感情也很好。意欲问一问是否是亲戚关系，不过从狄老太喊丁香为陆小姐猜想，未见得是亲戚关系，不是亲戚已经有这样熟悉，那很显明的，狄老太一定是看中丁香做媳妇了。茜珠这样想着，她心中一阵悲酸，几乎眼泪要夺眶走出来。丁香当然也有她的忖头，暗想：茜珠她也是常常来的，虽然狄老太因为她是贵族小姐，所以有些怕高攀不上，但秋航和她的感情是相当好，那么茜珠也不是一个庸俗脂粉，秋航怎么能够会不动心呢? 我是一个无家可归的贫女子，将来失败的成分也许很多的吧。丁香这样想着，心里也是很悲哀，所以狄老太虽然讲得很吃力，两个人却是一句话也没有听到耳朵里去呢! 茜珠因为已经明白秋航和狄老太确实是爱上了丁香，那么自己这条心也就可以死了。既然存心预备放弃了，茜珠倒也并不十分地伤心，显出很自然的态度，和狄老太瞎七搭八地谈上了一阵子。因为心中有气，也不再问秋航是上哪儿去了，她便站起身来告别了。狄老太道：

"既然来了，就吃了晚饭走吧。"

茜珠笑道：

"不，我还有些事情，改天再来吧。"

说着，又向丁香握了握手，说道：

"陆小姐吃了晚餐走吧。"

丁香不免微红了两颊，也只好含糊地应酬了几句。茜珠向狄老太弯了弯腰，披上大衣，便匆匆地走了。狄老太待茜珠走后，便向丁香笑道：

"陆小姐和李小姐会认识的，那我倒是想不到。"

丁香笑道：

"不但伯母想不到，就是我们自己也想不到的。伯母，我告诉你一件事，姑爸强迫我嫁的这个李麒俊，原来就是李小姐的哥哥啦，你大概还没知道吧？"

对于这事情，狄老太倒是真的不晓得，因为狄秋航是并没有告诉她，今听丁香这样说，不禁"哦"了一声，说道：

"那么李小姐晓得你就是她哥哥定的嫂嫂吗？"

丁香摇了摇头，说道：

"伯母，你以为她哥哥是正式地来娶我吗？他家里是已有了妻子，不但有妻子，而且还生了孩子哩！"

狄老太听了这话，不禁又连连"哎"了两声，脸上显出很生气的样子，说道：

"什么？他妻儿都有了，如何还可以去娶人家的姑娘呢？那真岂有此理极了，难道他家里做父母的就一些也不管吗？"

丁香鼓着两腮，噘了噘嘴，恨恨地道：

"这种有钱人家的家庭，还有什么家教的吗？李麒俊凭着家里有钱，他便在外面专门糟蹋人家的姑娘，我想，他外面做的事，家里是都瞒着的，所以他的妹妹当然也不知道了。伯母，说起来真气人，他在我姑爸那儿骗得好像，为了人家的姑娘，连父母都说全死了，你想，这种毫无心肝的青年还能算人类的一分子吗？"

狄老太听她这样说，方才又记起丁香告诉李麒俊谎说的父母已死，而且还说有弟兄四个呢，遂深深叹口气，说道：

"看李小姐的人倒很好，谁知她哥哥竟无赖到如此地步，这真叫人意想不到的。那么你姑爸也好糊涂，难道一些也不探听清楚的吗？"

丁香也叹了一声，手掠着一下云发，说道：

"姑爸是见了一万元钱迷糊了心，所以他就不管好歹地答应了。"

狄老太听了，也不禁叹息一会儿，暗想：原来有钱人家家庭内容是如此腐败，那么李小姐也许是很浪漫吧？狄老太这样一想，忽然急急地问道：

"陆小姐，那么这事情秋航可知道吗？"

狄老太所以这样问，当然她有深刻的意思，就是秋航假使知道的话，他对于李小姐也许会发生一种恶感。因为秋航最恨的是腐败家庭，那么李小姐本身虽然是好，但她既然产生在这种家庭下，秋航自然也会不赞成的。我倒希望秋航能够和茜珠发生裂痕，那么丁香这头婚姻不是稳稳可以成功了吗？狄老太既然这样存了偏见，两眼凝望着丁香的脸，当然很希望她回答的是秋航也知道。果然丁香点了点头，说道：

"狄先生知道的，对于李麒俊有妻子的话，我也是狄先生告诉我的呢。"

狄老太听了，脸上这才显出很欣慰的神气，点头说道：

"秋航知道的那就好，也好叫他明白李小姐是个那样的家庭。"

这两句话听到丁香的耳里，一颗芳心真有说不出的安慰，暗想：今日我把这事情告诉狄老太知道，其实倒是无心的，现在看来，竟是无意之中破坏了茜珠和秋航的感情了，换句话说，就是更增加了狄老太爱我的心切了。虽然背地说人坏话那是不应该的事，不过爱情这样东西是自私的，有了你，就没有了我，更何况我说的是实话，并非暗计伤人。李小姐我可不曾说她丑话，那我的良心自然也无愧的了。丁香对于狄老太会这样爱护自己，当然跟她格外亲热，两人谈了一会儿，因天色不早，于是又开始做饭了。话说茜珠匆匆地从秋航家里走出，满心头是充满了悲哀与愤恨，暗自想道：我和秋航自小同学，况且我如此深情待他，照理他实在不能负心于我，现在他居然抛弃了我，爱上了丁香，我这五年来的希望不是也成泡影了吗？想到这里，只觉悲酸万分，那两行泪珠儿早已滚滚掉了下来。但仔细一想，他既如此无情，我又何必伤心？单恋原是世界上最傻

142

的人，我难道也喜欢自寻烦恼吗？况且我早已说过，欲除烦恼须学佛，各有姻缘莫羡人。那我又何苦去羡慕人家呢？想到这里，口中便暗暗骂声好狠心的负情汉，到今日我才认识了你！骂说着，恨得咬着银齿咯咯作响，一面跳上车子，便愤愤地回家去。到了家里，只见嫂嫂雪琴正从自己房中急急奔出，似乎正在找她的神气，突然瞥见了自己，仿佛得着了珍宝似的，满脸含笑地抢步上前，握住了茜珠的纤手，急急笑道：

"我的好姑娘，你回来啦！我一听你出去了，那真把我可急死啦！"

第十回

问心惭人约黄昏后
猜谁爱偷瞧《满江红》

方雪琴因为心中痛恨李麒俊不尽丈夫之道，忠告逆耳，屡劝不听，所以在万分怨恨之余，忍痛与朱惠民做不合理的行动，予麒俊以玩弄女性的一个报复。但朱惠民是被动的，虽然他是曾经一度拒绝，然年轻的人究竟逃不过这性的挑拨，终于干了一次青年所不应该干的事情。在新都饭店里，两人一宵缠绵之后，朱惠民陡然想起了已死的爱妻，和雪琴尚活着的丈夫，他的良心受了正义极度的谴责，顿时感到了十分的疼痛和惭愧。雪琴见他闷闷不乐、愁眉苦脸的神气，因含笑握了他手，温柔地说道：

"为什么不高兴？你已给我了现实的安慰，我心头只感到无限的痛快，我觉得非这个样子不足以吐我胸中痛恨麒俊的一口怨气。惠民，我实在很感激你成全我这件报复的事儿。"

惠民听她这样说，两颊有些发红，羞惭地说道：

"虽然你是得到了现实的安慰，你是吐了胸中的怨气，但是我的心中却对不住了四个人：第一对不住我已死的妻子，第二对不住你活着的丈夫，第三太对不住你，第四更对不住我自己的良心。唉！我们是太盲从了，我心中是痛恨着麒俊那样玩弄女性的青年，不料我竟也跟麒俊同样地做了侮辱女性的罪人，这……不是太使我感到痛苦了吗？"

惠民说到这里，眼眶子里几乎要涌出晶莹莹的泪珠儿来。这两句话听进雪琴的耳中，她那一颗曾经创伤的芳心是羞惭极了，而且仿佛还有小刀在割一般地疼痛，使她两颊更绯红得像喝醉了酒，紧紧握着惠民的手，明眸含了无限哀怨的神色，凝望着他的脸庞，坚决地道：

"不！不！惠民，这不是你的罪恶，这完全是我的罪恶，但是我没有对不住麒俊，我只觉得太对不住你，使你那纯洁的品性上遭到了这一滴污点，这完全是我害了你。不过你这污点是情有可原的，因为你是同情我的遭遇而答应我的要求，所以你根本可以问心无愧。虽然我自己也觉得我是个不耻的女子，然而造成我不耻的不是我自己，那就是我不忠实的丈夫啊！惠民，你应该原谅我的苦衷，在这里我愿意替二万万二千五百万的女界同胞大声疾呼，一个贤德的妻子是需要忠实的丈夫来造成的。丈夫不忠实，绝对地就没有贤德的妻子。反之，一个忠实的丈夫同样地也是需要贤德的妻子来造成的，妻子不贤德，也绝对没有忠实的丈夫。我觉得自古以来，在'贞节'两个字里不知牺牲了多多少少的弱女子。惠民，你听了我这话，一定要认为我是不知廉耻的女子吧？但是你要明白，'贞节'两字就是忠实的丈夫来造成的，所以我并非不赞成女子的贞节，我是不赞成女子不合理的贞节，同样地也不赞成女子不合理的贤德。为了不合理的贞节和贤德，那不是把一个女子的心束缚得太痛苦太可怜了吗？唉！惠民，你把我的环境而说，你叫我怎样地贤德？你叫我怎样地贞节……"

方雪琴絮絮地说到这里，她觉得内心是痛苦到了极点，因此忍不住倒在惠民的怀里，呜呜咽咽地哭了起来。惠民想着麒俊的行为，也觉得夫妻间已无情义可说，因此抚着雪琴的背部，心中勾引起了同情的悲哀，止不住他久欲滴下而又忍住了的眼泪，滚滚地淌下了两颊。雪琴抬起满颊是泪的脸，仰望着惠民，叹道：

"还君明珠双泪垂，恨不相逢未嫁时……然而我和你原是早相逢

145

在未嫁时的，不过金钱的魔力太伟大了，它是硬生生地拆散了我们这头姻缘。唉！金钱万能，金钱万恶，惠民，我亲爱的，也许我们的缘分只不过这一些些吧，我做梦也想不到今日还会和你有这么的一天，啊！我虽然死了，也是很瞑目的了。"

雪琴说着，猛可伸手搂住了惠民的脖子，把她嘴儿向惠民发狂似的亲吻。因为两人有着过去相爱的基础，今日经过这一度轻怜蜜爱之后，同时又听雪琴这样说法，惠民心头的旧情不免又像火样地燃烧起来。但是惠民他是个有理智的青年，他觉得长此以往，彼此一定要闹成人间的惨剧，他为了避免这惨剧的发生，所以他不得不把火样的热情竭力压制下去，轻轻推开了雪琴，望着她苦笑道：

"雪琴，我们到底还是个表兄妹呀，所以我懊悔不该和你……但是……我们也许一定要了清这笔风流债吧。唉！你饶恕我，昨夜的事，我们把它当作一个春梦，从此算了，请你把那火样热的爱情，期待着丈夫回心转意的时候，去灌溉在丈夫的身上吧……"

雪琴的心里当然是感到万分的惨痛，她泪眼模糊地望着惠民，频频地点了一下头，说道：

"我明白，我明白你的意思，虽然我是那样地爱你，但绝不能为了爱你，而害了你终身的幸福。惠民，你放心，我以后总不再来缠着你，虽然我心头是感到了一种报复的痛快，但对我本身而说，究竟是太对不住自己的良心。惠民，我感谢你给予我现实的安慰，但我总也不能使你失望。对于茜珠姑娘的事，我决定竭力成全你们做一对恩爱的夫……"

"妻"字还没有说出，大概她又想着了自身的可怜吧，忍不住伏在他的肩胛上又悲悲切切地哭起来。两人相依相偎地淌了一会儿泪，雪琴忽然停止了哭，站起身来道：

"惠民，我们不用伤心，一切都是环境造成我们的命运，别哭吧。哭是懦弱的表示，从此我将不再出一滴眼泪。"

说着，她竟又笑起来。惠民知道她这笑也许是比哭更痛苦，因此望着她倒是呆呆地出了一会子神。雪琴又道：

"你呆望着我做什么？今天我就把茜珠来介绍你，你快去买三张戏票，我回家去把她请了来吧。"

惠民听了，因为不晓得她这个话是真是假，所以并不作答。雪琴却又装作毫不介意的样子，哧的一声，说道：

"你怎么啦？此刻已四点三刻了，瞧五点半一班的影戏正好，七点出来吃晚饭，有了一同瞧戏一同吃饭这一番经过，你们自然可以慢慢地接近起来了。"

惠民听她这样说，知道她是真心要成全我这一头婚姻，想起昨夜的事情，实在又很替雪琴伤心，情不自禁也站起来，握住她的手，说道：

"雪琴，你真的欲成全我吗？"

雪琴道：

"你打量我还谎你不成？"

惠民听了，红了眼皮，凝望着她的脸，忍不住又滴下一点儿泪来。雪琴虽然知道他所以伤心的原因，但她竭力避免彼此的悲哀，强颜欢笑地瞟他一眼，说道：

"别傻了，你票子买国泰的，等在门口，我和茜珠立刻就来。"

于是两人洗了一个脸，按铃叫侍者进来，算清房金，匆匆地出了新都饭店。惠民到国泰影戏院去买票子，雪琴也急急赶回家里来，先到自己房中。红桃一见少奶，便站起相迎，含笑叫了一声"少奶，你回来啦，我告诉你一件事"。雪琴凝眸含频地问道：

"什么事情？"

红桃噘了嘴儿，很生气似的说道：

"少爷知道少奶住在母亲家里了，所以他昨夜也没有回家。"

雪琴冷笑了一声，说道：

"现在他的人呢？"

红桃道：

"还没有回来过呢。"

雪琴恨恨地道：

"现在我也想明白了，管不好还管什么呢？这种人，还是让他死在外面永久地不回家好。"

说着，又问小姐可在家里吗，红桃道：

"两点钟的时候，小姐来望过少奶，因为少奶不在，所以她回自己房中去了。"

雪琴听了，急急到茜珠的房中，却是静悄悄地一无人声，知道茜珠一定也走出去了，心里不免有些着急，正欲到上房里去找茜珠，不料就在跨步出房的当儿，只见茜珠穿着大衣，肋下夹着皮匣，低了粉脸，懒洋洋地一步一步走来。雪琴心中这一喜欢，仿佛是得着了珍宝一样，立刻奔了上去，握着茜珠的纤手，急急笑道：

"我的好姑娘，你回来啦！我一听你出去了，那真把我可急死啦！"

茜珠抬起头来，秋波脉脉地瞟她一眼，也问道：

"你找我有什么事情？干吗这样急法？"

就在茜珠抬起粉颊的时候，雪琴发觉她的眼帘下尚带有丝丝的泪痕，一时心里又好生奇怪，且不回答，先蹙起了眉尖，低声儿问道：

"珠姑，你在哪儿？怎么一脸的不高兴？你哭过吗？"

茜珠被她这么地一问，倒是绯红了两颊，立刻抬上手去，在眼皮上揉擦了一会儿，说道：

"我在瞧影戏，哪里我曾哭过？你又取笑我了。"

雪琴笑道：

"我猜你瞧的那影片一定很悲哀，所以你就感到很伤心吧？我此刻请你到国泰去瞧《新月》吧！那是一张歌舞巨片，香艳热情，瞧了准可以使你满意快乐的。"

茜珠对于嫂嫂今天会这样高兴，倒有些感到意外的奇怪，不免

148

向她望了望，说道：

"你不是在母亲家里吗？什么时候回家的？"

雪琴也撒个谎，笑道：

"回来已好一会儿了，因为心里闷得慌，所以找你一块儿瞧影戏去，不料你偏也出去了，那不是叫我心中急吗？好啦，废话少说吧，你就快跟我一块儿走呀！"

说着，便把她手拉着向外走。茜珠因为知道丁香果然是秋航所爱的情人，心里又伤心又怨恨，哪里还有心思去瞧影戏？所以赖着不肯走路，说道：

"我已瞧过一场影戏，再瞧头要痛的，所以嫂嫂还是一个人去吧。"

雪琴听她不肯去，心中倒急了，意欲向她说明惠民等在那边，但仔细一想，假使说明了，茜珠一定要怕难为情，她就愈加不肯去了，遂索性鼓着两腮，噘起小嘴儿，故作娇嗔的神气，说道：

"人家请你瞧戏去，你偏不答应，在自己嫂嫂的面前，还搭什么架子呢？"

说到这里，恨恨地白了她一眼，但立刻又笑起来，含了央求的口吻，说道：

"我的好姑娘，嫂嫂难得很高兴，你就赏我一个脸吧！"

茜珠对于雪琴这两句话倒是激起了无限的同情，暗想：嫂嫂倒真的是难得高兴的。哥哥这种行为，可怜嫂嫂是多么苦闷呢！那么今天她既然有兴趣，我怎能使她扫兴呢？遂一撩眼皮，乌圆眸珠在长睫毛里一转，笑道：

"说得怪可怜的，我就答应了你吧。"

雪琴这就哧哧地一笑，把她手拉了就走，一面说道：

"好一个软心肠的姑娘，在情人那儿假惺惺作态的惯伎，怎么到嫂子面前也来这一套呢？"

茜珠绯红了两颊，啐她一口，两人都忍不住哧哧地笑了，坐了车子，急急地到国泰戏院。当人力车刚才停下来的时候，就只见国泰戏院门口的石阶上连奔带跳地走下一个西服少年来，他笑嘻嘻地抢着先付去了车资，回眸对两人望着说道：

"琴妹，你把李小姐请来了吗？真是个大面子，我是早已恭候多时了。"

茜珠骤然见了惠民，芳心倒是一怔，及至听了他的话，这才恍然大悟，暗想：原来是嫂嫂做好的圈套，怪不得她死活地要拖我来了。这就回眸白了雪琴一眼，意思是怪她不该瞒着自己。雪琴假作不瞧见，自管和惠民笑道：

"珠姑她原不肯来，后来她听说是表哥请的客，所以她就来了。"

茜珠听她这样说，芳心便急起来，绯红了脸，忙说道：

"嫂嫂又信着嘴胡说了，你何曾向我说朱先生也在这儿啦？"

惠民当然也明白雪琴是说着玩，便向茜珠弯了弯腰，笑道：

"李小姐，今天我到表妹家里去，不料表妹齐巧也在，我说下午瞧影戏去，表妹说请李小姐一块儿来。我说恐怕李小姐不肯来，不料现在果然请来了，那不是叫人喜欢吗？"

茜珠嫣然一笑，说道：

"朱先生这话太客气，我可不是什么大人物，有影戏瞧总是喜欢的事。"

雪琴听茜珠在惠民面前这样说，便扑地一笑，说道：

"那我当初正悔不该不说表哥请客的了，否则，你还会假惺惺作态说不肯来的话吗？"

茜珠不作答，却又恨恨地白了她一眼。这时，三个人走上扶梯，到花楼里去。惠民暗想：原来雪琴并没有向她提起我也在，这就怪不得茜珠要愕住了，不过听了刚才她这两句话，显然她是很欢喜，那么她对于我大概也没有什么恶感吧？想到这里，当然满心甜蜜。经过这一阵思忖，三人已到楼上，由招待到第四排五六七三只位置，惠民把手一摆，让茜珠先坐进去，然后又推了推雪琴。雪琴瞅他一眼，却把他身子一推，惠民也就厚了脸皮，坐在茜珠和雪琴的中间了。三人坐定后，先瞧了一会儿说明书，因为离开映的时间尚有一刻钟，大家这样呆坐着，当然没有意思。惠民望了茜珠一眼，这就搭讪着笑道：

"李小姐，你冰淇淋吃吗……"

不料惠民话还未完，雪琴的手就偷偷地推他的身子，惠民不解何故，就回眸过来向她望了一眼，只见雪琴的两颊是绯红的，秋波向他脉脉地瞅了一眼。惠民见她这样羞涩的意态，方才理会过来。这时，茜珠却说道：

"别客气，我不吃这些。"

惠民听她不爱吃，那是求之不得的事，遂说道：

"我们买咖啡糖吃吧。"

于是向侍者招了招手，买了三条咖啡糖，一人一条。茜珠伸手接过，说声谢谢。惠民笑道：

"那也用得说谢吗？李小姐，我们以后还是免去了客套的好。"

茜珠俏眼瞟了他一眼，抿嘴微微地一笑，却并不作答。不多一会儿，那全场灯光就熄灭了，《新月》这张歌舞巨片也在银幕上开映了。方雪琴她可不是在瞧戏，却把眼暗暗地在注意两人的举动，只见惠民的头是靠得很近茜珠的颊边，喁喁地在说片中的情节。茜珠虽然两眼是直望在银幕上，但她的颊可并不离开他，还不住地点着头，有时候也笑盈盈地低声儿回答了一句。从这情景上看起来，显见两人是情投意合，十分亲密。雪琴心里自然很喜欢，但喜欢的时候，也只不过一刹那间的，当她脑海中浮上了另一个感觉后，她心中顿时又无限地悲酸起来，也觉得自己的前途正仿佛像电影院开映的时候一样黑暗，这是谁害了我的啊？是父亲吗？是麒俊吗？是金钱吗？想到这里，那晶莹莹的眼泪便像泉水一般地涌上来。惠民和茜珠喁喁唧唧地愈谈得亲密，雪琴的心中也愈感到悲痛，于是她的脑海里又憧憬昨夜在新都饭店的一幕，惠民是那么轻怜蜜爱，体贴温情，他实在是我的心爱人啊！怎么我把自己的爱人去介绍给茜珠呢？但是我和惠民的相爱，究竟是否是合法的吗？是永久的吗？雪琴到此，她一颗芳心犹若箭直刺，感觉到极度的疼痛，她几乎要失声哭泣起来。但理智告诉她，自己并非在瞧哀情的片子，这样狂欢的歌舞巨片，自己竟看得哭了起来，那不是叫人疑心我在发神经病吗？于是她不得不把满心悲愤的情绪竭力压制下去，拿帕儿拭去了泪痕，静静地去望那片中的歌舞升平了。在影戏演到最后的一个镜头，是一对青年男女恋爱成功，拥抱在一起，接过甜蜜的长吻，就在这一吻之下，那院中的灯光便亮了起来。茜珠也许因为身旁有一个年轻的男子在，所以对于片中这一吻，那两颊也会热辣辣起来。偏雪琴把俏眼斜乜了她一眼，同时还逗给了她一个神秘的微笑，茜珠因此那一颗芳心也就更觉羞涩，垂了粉颊，把纤手只管去扯她大衣的衣襟。三人走出了国泰大戏院的门，只见街上已经是万家灯火了。惠民笑向两人道：

"我们此刻到维纳斯去晚餐好吗？听说那边有一班狄秋航大乐队十分有名，我们趁此就去聆赏聆赏，不知两位可赞成？"

雪琴先点头笑道：

"是表哥请客，那我们是没有不赞成的。"

说得茜珠也不禁抿嘴咪咪地笑了，心中暗想：维纳斯不是秋航在吗？他心狠负了我，我偏也带个男朋友给你瞧瞧，谁就稀罕你做活宝贝吗？茜珠既然这样存心，便也表示赞成。惠民心中快乐得不得了，于是在附近汽车行里坐一辆汽车，直开到维纳斯里去了。三人到维纳斯，已经七点三刻了，秋航也早已在音乐台上做领导了。茜珠故意坐到音乐台前的那个座桌上，惠民、雪琴当然是不晓得她什么用意，便请她点菜点酒。她又显出特别高兴的神气，点了五道名贵的西菜，并点了葡萄汁，一面笑盈盈问道：

"葡萄汁你们爱喝吗？"

惠民笑道：

"李小姐点得很好，我们哪里还有什么异议吗？"

说着，便交给侍者拿下去。这时，狄秋航因为要奏梵婀玲了，所以他放下指挥棒，回身面对台外来。忽然瞥见台前的那张座桌上坐着一男两女，女的其中一个却是李茜珠小姐，遂俯下身子，向茜珠含笑叫声李小姐。不料茜珠却睬也不睬他，自管和惠民笑盈盈地说着话。秋航因为茜珠明明俏眼也望到自己，但是她却假装不瞧见，一时好生纳闷，不过人家既然不答应，也就罢了，于是拿起梵婀玲，也自管演奏起来。当秋航喊李小姐的时候，雪琴和惠民当然也听见的，因为茜珠并不招呼人家，两人当然很奇怪。雪琴这就开口问道：

"珠姑，那领导的在喊你李小姐呢，你怎么不招呼人家呀？"

茜珠鼓着脸腮，噘了噘嘴儿，说道：

"这种油腔滑调的少年，谁高兴去招呼他呢？"

雪琴奇怪道：

"那么他怎的认识你啦？"

茜珠道：

"在初中部里曾经同过学，他在学校里的时候就很不规矩的。"

茜珠因为心里怨恨着秋航，所以她故意说了他几句丑话，仿佛这样子可以稍为一吐胸中的怨气，不过听进惠民的耳中，心里这一欢喜，那心花儿会朵朵地开起来，含了满脸的笑容，回眸过去，带了轻蔑的目光在秋航脸上逗了那么的一瞥。秋航虽然是演奏着梵婀玲，但两眼也注意着他们三个人，见茜珠鼓着腮，那种愤怒说话的神情，已经猜着她是在说自己丑话了，及至惠民回头来笑自己那种态度看起来，那当然是更显明了，一时也不觉很着恼，暗想：你算是个有钱人家的小姐，就这样地高贵起来。我又不曾得罪过你，你何苦如此呢？再说昨天在卡隆医院的门口，你的哥哥是那样无礼，我也没有向你显出愤怒的颜色呢，不料你倒摆这个架子给我瞧，那真是气死人了。秋航这时不免又想起母亲的话来，"你是一个经济人，你怎么能够配得上李小姐呢？"这就觉得年老人的话究竟不错。

因为心里很生气，所以奏毕梵婀玲，他就背着台前，再也不回过脸来。秋航眼睛虽然不再瞧茜珠等三个人，但耳朵总要听得见他们的话声和笑声，觉得是非常欢乐，在平时对于茜珠的笑声，也许是感到很清脆，不过此刻听了，却觉得是怪刺耳的。直到十二点后停止营业的时候，秋航回过身来，不特茜珠等三个人都没有了，就是别的客人也都走完了，只剩下侍者们扫地揩桌地忙碌着，这冷落的情景会使人感到了凄清。尤其在秋航曾经刺激的心灵上，他忍不住深深地叹了一口气，觉得人事沧桑，变幻莫测。这夜，他在归家的途上，当夜风扑送到身上的时候，他心头会感到一阵莫名的悲凉。

陆丁香自从茜珠来过后，虽然听狄老太的口气，根本对茜珠并没有意思，不过这又不是给狄老太做妻子，只要秋航本身爱她，那对于狄老太的不喜欢，这效力是极微极微的，因此她心里总觉得有块大石重压着，感到十分忧虑。晚饭后，狄老太和丁香做完了一切的事情，时候已经八点了。娘儿俩闲谈了一会儿，不觉已九点敲过，狄老太道：

"我们睡吧，时候可不早了。"

丁香道：

"伯母倦了就睡吧，我再坐一会儿。"

狄老太于是脱了衣服，自行睡到被里去。丁香坐在桌旁，手托香腮，对灯呆呆地想了一会儿心事，也不知是经过了多少时候，只听壁上的钟当当地敲了十下，丁香这才惊觉过来，暗想：我这人痴了，一个人会呆坐了一个钟点，自己想想，也不免好笑起来，回眸见狄老太却已酣然熟睡了，听了狄老太微微的鼻息之声，自己不免也有些倦怠，站起身子，两臂抬上去伸个懒腰，纤手按到嘴上又打了一个呵欠，慢步地走到窗旁，把那白纱的窗幔拉拢了。回头向左边望去的时候，见秋航房中那盏电灯还没有熄去，暗想：秋航回来至少还要两个钟点，灯开着不是白白地费电吗？于是走到他的房中，在丁香的本意是去熄灯光的，不料步入房内的时候，瞥见写字台上

154

放着那张秋航的半身小照，心里倒又留恋起来，情不自禁地移步走到桌旁，在那把转椅上坐了下来，伸手把秋航的小照拿来，呆呆地对他望了一会儿。秋航这张小照是拍得十分好，满面含笑地显出无限的柔情蜜意，一时不禁对他暗暗地说道：

"秋航，秋航，几时我才可以投入你的怀抱……"

说到这里，虽然房中是只有自己一个人，但亦觉得难为情起来，全身一阵热燥，那两颊便会热辣辣地发烧得厉害，慢慢地把照片仍旧放到原处，低垂了头，心里倒又想起白天里秋航对待自己那一种神情。他不是也有爱我的意思吗？假使他不爱我的话，他会呆望着我出神吗？我相信要不是狄老太打翻了痰盂惊觉了我们，秋航他一定要凑过嘴来吻我的唇呢！想到这里，她的两颊更娇红得厉害，一颗芳心的跳跃，在这静夜之中也觉得很清晰可闻了。不过秋航的爱我是否是真心呢？也许他真正爱的还是李茜珠呢！这样一想，她又觉得十分难过，万一将来我失败了，那么我当然不能再在这儿住下去。狄老太虽然是很爱我，但我到底不是她的亲女儿，被秋航夫人瞧着，不是要惹眼吗？唉！到那时候我只有各处去漂泊了……丁香心头有些悲酸，颊上的红晕全退尽了，夜是静悄悄的，她孤零零的，顿时感到了晶莹的泪水。忽然她又暗想：李茜珠既然和秋航多年同学，他们书信一定也有往来的，我何不探听探听他们的秘密，也许可以得到一些头绪。于是她便抽开抽屉，翻了一会儿，不料却给她翻出两张信笺来，一张是写着一曲歌词，题名为《蔻香词》，遂从头至尾瞧了一遍，当她瞧到"豆蔻子啊，丁香花啊，怎不令人梦魂倒颠"时，她不禁"咦"了一声，凝眸含颦地沉思了一会儿，一颗芳心顿时引起了无限的疑窦，暗想："丁香花啊"这不是明明地在说我吗？那么"豆蔻子啊"这又在指点哪个呢？忽然"哦哦"地响了两声，猛可想起了，"豆蔻"这两字不是白豆蔻的名字吗？这样看起来，难道秋航和白豆蔻也认识了吗？奇怪极了，那晚我和他在皇宫剧院里相遇，他对白豆蔻不是还没有认识吗？那么在这几天里，秋航和豆蔻的感情竟也好到如此的地步了吗？或许豆蔻并不是白豆蔻，恐怕是指点李茜珠吧。我且先瞧这张信笺里又写些什么。想着，遂瞧另一张信笺，见是一阕《满江红》词，于是又念了一遍。念完了后，心里这就更加地猜疑不定，暗想："豆蔻花残，丁香子折"，从这两句中看来就大有研究。"豆蔻花残"，前几天在报上登着白豆蔻被枪受伤，那这一句就很贴切。至于"丁香子折"呢？哦，是了，我抛家出走，竟到黄浦江欲自觅死亡，这又不是很贴切吗？想到这里，又觉得奇怪得了不得。我一向疑心他是爱上了李茜珠，不料在这里他却绝对没有提起茜珠这一个人，那么他对茜珠不是并没有一些爱情吗？怪不得那夜狄老太向他说"你可是爱上了李小姐吗"秋航当时就立刻地否认。我以为他是故意假惺惺作态，不过从这一曲歌词和这阕《满江红》词的句子猜想，李茜珠倒真的并非是他所爱的人。丁香不禁暗暗地说道：

"直到今天，我才知道秋航所心爱的却还是这个白豆蔻吧。"

于是她又把这歌曲和词句重新又瞧了几遍，觉得秋航固然是爱着豆蔻，不过对于丁香，也未始没有爱她的意思，因为他提起豆蔻，总也提起丁香的。所不同的地方，是豆蔻在前，丁香在后，那么丁香在秋航的心中，至少是占了百分之四十五的地位，其余百分之五十五的地位，那当然是豆蔻的所有了。一时又觉得这支《蔻香词》中所说的意思，他明明是两个都抛不得；在这阕《满江红》词中，他不但在悲伤我和豆蔻的身世和处境，而且他还在悲愤现实的境遇的凄凉。在"我欲乘风破浪去，痛快时，何患温柔乡，不甜蜜"这几句看来，显然他在说目前这个民不聊生的时候，总不是谈情说爱的年头儿，那么在他意思，虽然目前有这两个恋人，他暂时总不希望有结婚的事情。哦！原来李茜珠并不是秋航心目中的爱人，可是看茜珠的意态，却很有爱秋航的意思，可怜茜珠这一片痴心，恐怕也是落花有意、流水无情的吧。丁香这样想着，本来对于茜珠是存着仇视的心理，但此刻倒又和她表示同情起来，觉得女子总是痴心的多，茜珠她所以爱秋航，也无非是她的一片痴心。现在秋航却另有所爱，那么她心中感到失望是多么伤心啊！丁香想到这里，又感到李茜珠是个怪可怜的，因为她是情场中的一个失败者呀，剩下的是豆蔻和丁香两个人角逐在这情场中，也不知究竟鹿死谁手呢。在丁香的心中，当然也是担忧着恐怕自己失败，所以她忍不住默默地又滴了一会儿泪。偶然回眸瞥见手腕上的白金手表已经是十二点半了，这就不禁"啊哟"了一声，想不到这一阵子思忖，辰光竟过去了这样快，于是又想着秋航是就要回家了，他见我坐在他的房中，翻他的抽屉，他心里不是要不高兴吗？这就慌忙把两张信笺依然好好地藏在抽屉里，把抽屉合上了，站起身子，在开关的机钮上熄了灯光。当她跨步出房的时候，忽然吱的一声，外面推进一个人来，正是狄秋航。丁香的一颗芳心别别乱跳，暗想：幸亏我已步出他的房中了。这时，秋航早已迎了上来，脸上显出很惊异的神气，握了丁香的纤手，说道：

"陆小姐，你怎么还没有睡觉吗？你难道是等着我……咦！你干吗又伤心了？哭过了吗？"

秋航说到这里，明眸向她凝望的时候，忽然在她粉颊上又发现了丝丝的泪痕，于是他又不禁急急地追问。丁香慌忙把手背在眼皮上来回地揉擦了两下，乌圆的眸珠在长睫毛里滴溜地一转，掀起酒窝儿微微地笑了笑，说道：

"我没有哭，你别胡说我吧。我好好儿的为什么又要伤心呢？"

秋航因为在李茜珠那儿受了十分的委屈，此刻瞧了丁香这样娇羞不胜的意态，当然愈感到了她的楚楚可怜，心想：你不用瞒着我，你的伤心原因我哪里还有个不知道吗？遂温柔地抚了她一会儿手，叹了一口气，说道：

"你又在伤心你的身世吧。丁香，你不用伤心，什么事情都有一个定数，你跟我到里面来，我们再谈一会儿吧。"

丁香忽然听他呼自己名字，这实在从认识至今还只有破题儿第一遭，芳心中当然是无限的感激，便装出娇媚的意态，向他频频点了一下头，嫣然笑道：

"你先进去，我倒杯茶你喝。"

这宛然如贤妻的口吻，听进秋航的耳里，心中更加感动得了不得，因为不忍拂她这份情意，于是便先走进自己房中去了。待丁香把茶拿到里面，见秋航已脱了大衣，他向丁香点头说声多谢，又笑道：

"丁香，我们表示亲热些，就直呼你一声名字，不知你愿意我这样喊吗？"

丁香听了，芳心荡漾不止，微红了两颊，把茶杯放在桌上，回眸向他瞅了一眼，似乎有些嗔恨的口吻，说道：

"我若不愿意，还有个随你叫的吗？那除非是你不愿意。"

秋航道：

"你这话不对，我假使不愿意喊，那我怎么会叫你丁香呢？"

丁香意殊不悦，很哀怨地说道：

"那么你又何必问我呢？"

说着，心中一阵酸楚，不禁盈盈泪下。秋航见她这个模样，一时也觉懊悔，走上前去，握住她手，很柔和地说道：

"丁香，我说错了，你饶了我吧！"

丁香听了这话，也不知是悲是喜，那泪更滚滚而下。秋航偎近身子，意欲竟白天未干的事儿，想拥而吻之，不料这时，又听狄老太咳嗽之声不绝。丁香恐怕被狄老太笑为轻浮，于是脱了秋航的手，向外一努嘴，立刻把手背擦干了眼泪，低声儿说句你早些睡吧，便很快地步出房去。秋航眼瞧着她娇小的身子在门框子外消逝了后，情不自禁地轻轻地叹了一口气。

第十一回

花谢花飞身世泪
情长情短总关心

　　人生在旅程的道上慢慢地一天一天地挨过去，除了贫富阶级日常的享受不同外，谁也脱不了早起、吃饭、睡觉这三件事。一年三百六十日，天天就是这么的一套，可是却没有一个人会把这样刻板文章似的生活过厌了。在每个人还未踏进坟墓去安息之前，不管有钱的、贫苦的，还是这样地早起、吃饭、睡觉地活下去，活下去。

　　白豆蔻躺在卡隆医院的病床上，独个儿寂寞的时候，她的明眸总是向着窗外望。窗外是一块很广大的空地，经过了人工一度的设计，已变成了一个很清静幽雅的园林，靠近窗旁的几株垂柳，同时还有几株桃树。白豆蔻记得进院的时候，柳树还只有抽出鹅黄的嫩芽，桃枝还只有结着含苞待放的花蕾，可是到现在，柳丝已是拖得长长的，迎风飞舞，翻动着绿波，仿佛二八女郎显出婀娜的姿态。桃枝上的花蕾也是开放得一树灿烂，每当斜阳西下，笼映在花朵的脸庞，更好像处女那样地娇羞妩媚得可爱。一个娇媚的处女谁也都觉得可爱，但处女的时期是很短促的。流光易逝催人老，在经过一个时期之后，那娇嫩的脸上，便会显出苍老的皱纹来，那和花朵一样，在一度鲜丽之后，也不免要渐渐地凋谢下去。

　　这几天春雨连绵，打得花瓣儿都纷纷乱飞。白豆蔻觉得春已老了，夏之神将降临了宇宙，想不到我在医院里会消磨了一个春天，自然是非常感叹。晨熹冲破了黑夜，满园子里的小鸟儿吱喳吱喳地不绝于耳。白豆蔻一觉醒来，回眸向外一望，只见红日满窗，想不到昨夜细雨绵绵，今日竟有这样好的天气。两臂向上一伸，微启樱口，不免打了一个呵欠，觉得左臂伸缩如常，已经完全复原，芳心很是欢喜，但想着九十春光匆匆已完，不觉又脱口念道：

> 春眠不觉晓，处处闻啼鸟。
> 夜来风雨声，花落知多少？

念毕，忍不住微微地又叹了一口气。近来白豆蔻已能起床，有时候也到院子里去蹓一会儿步，显然人是好了许多。为了便利服侍起见，林英这十天来也住在院里。这时，林英端着面水，放在梳妆台上，回眸望了豆蔻一眼，说道：

"小姐起来洗脸吧。"

豆蔻点了点头，披上一件灰青哔叽的单旗袍，套上一双奶油色半高跟的皮鞋，慢步地走到梳妆台旁，对镜照了一会儿，觉两颊瘦削，眼微凹，不免顾影自怜，轻轻地叹了一口气。林英在旁说道：

"小姐这次的受伤虽然吃了许多苦楚，但有今天这么完全复原的一日，实在已经是不幸中之大幸了。你应该欢喜才是，怎么却叹气了呢？"

白豆蔻并没回答，自管低头洗了一个脸，为了不愿装出病西施那种模样，所以她又用胭脂在颊上微微地涂上了那么一圈儿。待豆蔻梳洗完毕，林英已炖热了牛奶，并装上一盘香蕉夹心饼干，豆蔻略为用了一些。因为今天风和日暖，便慢慢地又蹓到园子里去闲散了。早晨的空气是特别清新，身子被阳光吮吻着，感到了无限的适意。白豆蔻走到那几株桃树的面前，见那花朵已凋零得楚楚可怜，因为昨夜是落着雨，那泥地还有些润湿，粉红色的花瓣遍地皆是。豆蔻睹此落红，一颗善感的心灵就引起了无限的伤感，这就含泪低低念道：

> 花谢花飞飞满天，红消香断有谁怜？
>
> 游丝软系飘春榭，落絮轻沾扑绣帘。
>
> 闺中儿女惜春暮，愁绪满怀无释处。
>
> 手把花锄出绣帘，忍踏落花来复去。
>
> 柳丝榆荚自芳菲，不管桃飘与李飞。
>
> 桃李明年能再发，明年闺中知有谁？
>
> ……

念到这里，再也念不下去，早已声泪俱坠，心中暗想：桃花虽然是凋残了，但明年春来的时候，桃花自然依旧开得非常灿烂茂盛。但是人事沧桑，像我孤苦伶仃的身世，在明年春天的时候，我不知又将漂泊到什么地方去了呢。这样一想，觉得自己的身世真比颦儿还要可怜十分，颦儿虽然父母双亡，到底还有一个外祖母爱惜她，但是我呢，竟连一个亲人都找不出了。想到这里，泪水更加涌了上来。因感自身的可怜，对于那落红自然引起无限同情的悲哀，觉得那落红至少是象征着自己的生命，它掉在污泥之中，正像我之陷身在他们的势力范围下一样。但是我既然努力挣扎，拼命奋斗，打开了一条光明自由的大道，绝不甘心屈服在这班魔鬼的巨爪之下，那么我又怎能忍心眼瞧着落红让人来践踏呢？所谓"质本洁来还洁去"，我岂肯给它受一些污辱吗？于是白豆蔻又到里面去拿了一把扫帚，将那些落红都扫了拢来，就在桃树的底下，掘了一个洞，把落红都葬入里面，又用泥土盖上，默默地站在面前，挥了几点眼泪。忽然又想起那几句"尔今死去侬收葬""他年葬侬知有谁"，心里这就更觉悲酸，忍不住掩面而泣。正在这时，忽见林英匆匆地奔来，一见小姐这个情景，倒是大吃一惊，急忙问道：

"小姐，你……你……怎么啦？樊老爷来瞧望你了呢！"

白豆蔻忙也收束泪痕，说道：

"没有什么，我心里有了感触，便伤心起来了。樊老爷他在哪儿？"

林英瞅她一眼，带了嗔怪她的意思，说道：

"小姐才好了，就要伤心了，那又何苦来呢？樊老爷等在病房里，你快去吧。"

白豆蔻一面拭着眼皮向里面走，一面心中却暗暗地想：我自受伤之后，这一个多月以来，樊宝之从没有来望过我一次，怎么直到今天方才来了？那不是很令人有些奇怪吗？想时，早已推门进房，因为有一个多月没瞧见樊宝之了，今日骤然瞧见之下，心里倒是暗吃一惊。你道为什么？原来樊宝之本是个很胖的脸，现在竟瘦得两眼深凹，两颧凸出，憔悴得实在有些怕人了。他一见豆蔻进来，便迎上前来，笑叫道：

"白小姐，你可大好了，想不到我也会卧了一个多月的病，直到今天才好了一些呢。"

白豆蔻听了这话，方才明白樊宝之所以没有来看望我的伤，原来他也患着病。这话想来不假，因为他的人确实是瘦得一把骨头了，遂很惊异地问道：

"呀！原来干爹也有贵恙吗？怪不得人瘦得多了，不知患的什么病？我就一些都不知道，不然，我总差林英来望望干爹的。干爹，你请坐，想不到女儿卧了一个多月的床，干爹也会病了这么多的日子，那真也可说是爹女儿俩了。"

樊宝之听她这样亲热地说了这许多话，一时心里颇为感动，遂在沙发上坐下，叹了一口气，说道：

"可不是？我患的是湿瘟症，所以日子是非常拖长。当白小姐被狙之前两天，我已病倒了，所以在得知你受伤消息之后，我就只有在床上干急。现在虽然好了，但走起路来，两腿还是软绵绵的。白小姐，你手臂完全好了，我真为你担了许多日子的心事。"

白豆蔻听他语气颇为诚恳，因为他憔悴得可怜，倒也引起同情的悲哀，点头道：

"手臂幸而是好了，干爹既没完全复原，还该好好儿调养才是。叫你亲自抱病来望女儿，女儿心中真是感激哩！"

这时，林英已泡上一杯可可茶，樊宝之见林英退出房去，便向豆蔻招了招手，叫她在隔几的沙发旁坐下，咳了一声，把雪茄烟凑在嘴里吸了一口，却已熄灭了。白豆蔻站起，欲去拿自来火，樊宝之摇了摇手，把烟搁在烟缸上，说道：

"我不吸了，白小姐，你别忙。"

说着，伸手在西服袋内取出一封信，又向豆蔻望了一眼，说道：

"白小姐，那真是笑话，我在病中会接到这样一封信，这真奇怪极了。白小姐，你瞧瞧，你会相信我干这种伤天害理的事情吗？"

樊宝之说着话，把那封匿名信交到白豆蔻的手里。白豆蔻在未瞧信之前，当然感到莫名其妙，及至瞧了那封匿名信后，她那颗芳心是别别地跳跃得厉害，同时两颊也会绯红起来，秋波脉脉含情地凝望着他，颦蹙了眉尖，说道：

"奇怪，这是谁写给你的呢？"

樊宝之低声儿道：

"我想写这一封信给我的人，事先一定是和你商量过的，所以我说白小姐总可以知道一些。"

白豆蔻听他这样说，便正了脸色，说道：

"不，干爹，你误会了，对于这一封信的事，我委实不知道，而且也没有人在我面前曾经疑心你干爹打伤我的，所以那封信倒真是个怪事。"

樊宝之见她这样认真的神气，想来她不会装假，一时更加大奇特奇，想了一会儿，却再也想不出是谁写的，于是他又含了可怜的目光，向白豆蔻望着，说道：

"白小姐，这种事情可是人类干的吗？这真比畜生都不如了。假使我有这样惨无人道的卑鄙手段，我相信这次的病绝不会好起来，至于'借干爹之名，求外室之好'那两句更属放屁之至，我是个六十多岁的人，所谓风前残烛，朝不保夕，岂敢有此存心？况且若存这种的心，也不能算为有理智、有头脑的人了。白小姐，你以为我这话可对吗？"

白豆蔻听他这样赤裸裸地向自己解释着，虽然过去的种种究竟是不是他存着野心，但既然他现在亲口对我表白，心中倒放下一块大石，说道：

"真的，那封信写得奇怪极了。不瞒干爹说，我自海外回国，接近的就是干爹和李大叔这几个人，他自称鸣不平者，当然至少他亦和我认识，不过我既没别的朋友，那又有谁给我鸣不平呢？况且干爹待我完全像儿女一样，我亦视干爹若亲生父，纯洁之爱，可无愧于青天。所以这种匿名信，干爹可以不必挂在心上。"

樊宝之听她这样说，因为过去自己的确有这一种野心，所以内心感到十分羞惭，不免感动得淌下泪来，叹了一口气，说道：

"虽然我有三个儿子，但却没有一个女儿，为了媳妇们都一些没有孝顺之意，所以对于白小姐也更显得特别亲热一些，不料却引起人家的误会，使我遭了这不白之冤。虽然白小姐是明了我的心，但写这封信的究竟太糊涂了。"

白豆蔻见他这个样子，暗想：也许他从前也没有这个野心吗？可怜他是一个年老的人，为了儿媳的不孝顺，对于我因此显出特别亲热来，这也是情理之中，我倒不要误会了他吧。遂柔声儿安慰他道：

"干爹，你不用难受，究竟是谁下此毒手，将来总有水落石出的一天。"

说着，便在肋下抽出一方帕，递给他拭眼泪。樊宝之瞧她这样情意，更加感动，遂又说道：

"起初白小姐问我要一万二千元钱，我以为是白小姐自己真的要用，及至报登出，我才晓得白小姐是为难胞募捐，这样热心过人，真令人肃然起敬。我是身拥百万家产的人，却没有像白小姐那样热心公益的心，我是感到深深地惭愧。现在我被白小姐感化了，像我垂死之人，一旦撒手长逝，把百万家产留给儿孙去享受，那实在太对不住自己良心，而且也被社会上人士笑骂为守财奴，儿孙争气还好，若不争气，败得一贫如洗，更属令人心痛。故而在我未死之前，至少要替社会尽一些义务，使我死后可以安慰九泉。不过这些意思，都是白小姐鼓励我的，我对于白小姐自然也更加敬爱了。"

白豆蔻听他这样说法，不禁眉毛一扬，颊上的笑窝儿又掀了起来，频频地点头，笑盈盈地说道：

"干爹能够这样毁家纾难，不但流芳百世，亦为后人绝好之模范，那真令我欢喜极了。"

樊宝之亦很得意，谈了一会儿，也就告辞别去。豆蔻待樊宝之走后，一颗芳心真感到了无限的痛快。午后，白豆蔻饭毕，洗好了脸，站在窗口晒着暖和的太阳，望着园子里的景色，虽然时已暮春，但桃红柳绿，芳草鲜美，颇为艳丽。正在这时，忽然背后有人伸手把自己两眼扪住，悄声儿说道：

"豆蔻，你猜我是谁？"

白豆蔻冷不防间倒是吓了一跳，及至听了话声，不觉哧地笑道：

"我猜你是一只航船啦！"

原来这人正是秋航，遂放开了手，豆蔻早已回过身子，秋波滴溜地一转，瞟他一眼，笑道：

"可不是一只航船吗？"

说着，竟弯了腰肢咯咯地笑起来。秋航见她如此顽皮的神情，颇为令人可爱，便笑道：

"我是航船，载着你一同向爱河里前进，你瞧好不好？"

豆蔻微红了两颊，啐了一声，抿嘴儿又笑了。一会儿又鼓着脸腮，薄怒含嗔地说道：

"昨天等了你一天，你为什么不来？"

秋航握了她手，央求道：

"你别生气，我原想来的，不料来了几个朋友，把我拖着去瞧影戏了。"

白豆蔻小嘴儿噘了噘，吓了一声，笑道：

"几个你是多说了，我想只有一个吧？"

秋航听她话中有因，因为昨天自己真的和丁香在瞧影戏，想不到无意中被豆蔻说穿了，那两颊不免微微地一红，向她笑了笑，但立刻又镇静了态度，打岔开去，笑道：

"一天没瞧见你，你的气色又好了许多，两颊又透出青春的红晕，嘴唇的血色也好多了。"

今天豆蔻因为涂着胭脂，而且唇上还搽着唇膏，今听秋航这样说，显然和自己在开玩笑，遂恨恨地白了他一眼，不禁又笑了道：

"别假惺惺作态了，你这人真不是个好东西……"

说着，又把手指向他额上一点，但到底觉得自己这举动未免有些难为情，因此又别转脸望着窗外去了。秋航还以为她是生气了，便又走上一步，伸手搭住了她的肩胛，笑叫道：

"豆蔻，你恨我吧？"

白豆蔻见他误会了，立刻回过身子来，娇媚地笑道：

"谁和你生气？"

因为是骤然之间，两人的脸几乎撞了一下。秋航见她眉如春山隐，眼如秋水横，掀起笑窝儿，雪齿微露，口脂微涂，只觉处女幽香阵阵扑鼻，令人真有些想入非非。这就两眼不转睛地呆望着她樱口，正欲放大胆去接吻，不料豆蔻拉了他手，忽然笑道：

"来，我们到院子里去走一会儿，我有话问你。"

秋航心里倒是一跳，但亦只好悄悄地跟她走出病房，到了园子里，沿着那一排高大的槐树，默默地走了一截路。前面有一个池塘，池水是澄清的，绿绿的浮萍漂在水面，殊为可爱。靠西有一个花坞，里面植有芍药花儿，那鲜艳的花朵真叫人爱煞。秋航笑道：

"云想衣裳花想容，瞧了那美丽的花朵，就会叫人想起你的脸容，花的颜色虽好，但怎及得来你那脸容的万分之一呢？"

白豆蔻瞅他一眼，轻轻打他一下，嗔道：

"别叫你信着嘴胡说了，我要问你一件事情呢。"

秋航笑道：

"我倒忘记了，你说吧，什么事情？假使我晓得的，总可以全肚皮地告诉你。"

豆蔻听他说得有趣，便又白他一眼，说道：

"你知道我这次被狙，究竟是谁指使的？"

秋航听了这话，倒是愕住了，呆了一会儿，摇了摇头，说道：

"你问我这话，我却偏一些没有头绪。那么你现在自己可有些明白了吗？"

诸位，你道豆蔻为什么要问他这个话？原来豆蔻心中误会那封匿名信也许是秋航写的，因为秋航他知道包围在我四周的人最努力的是樊宝之和李家瑞，以为宝之和家瑞争风吃醋，所以下此毒手，他心里代为愤怒，故而写信去警告他的。不料现在听他这样回答，一时芳心中的猜想又觉不准确起来，凝眸含颦地想了一会儿，说道：

"我也不知道，所以来问你的呀。"

秋航听她这话，一时也引起了误会，暗想：难道你心中以为我指使的吗？便蹙了眉尖，凝望着豆蔻，说道：

"你这话问得有些奇怪，假使我有这样面前背后的两条心，那我今天走出医院的大门，立刻要被汽车碾死的。"

豆蔻被他这么一说，知道他也误会了，以为自己问他有什么作用了，一时急得把手很快地去扪住他嘴，跳了跳脚，绯红了两颊，说道：

"你为什么要说这个话？我假使疑心是你指使的话，那我也立刻被汽车要碾死的……"

167

说到这里，心中一酸，忍不住眼泪夺眶而出了。秋航到此，也觉失言，急得也去扪她小嘴儿，红了眼皮，说道：

　　"因为我要表白自己的心，所以才这样地说，你又何苦也说死的话呢？"

　　豆蔻含了无限哀怨的目光，向秋航恨恨地白了一眼，淌泪满颊地说道：

　　"谁要你表白？你的心我倒知道了，我的心你却不知道，唉！"

　　说到此，喉间已经哽咽住了，泪水更像雨点儿一般落下来，别转身子，低头走了两步，似有啜泣之声。秋航听她这样说，也觉得她是万万不会疑心我的，一时对于她的问话又感到奇怪，慌忙抢步赶了上去，拉住她的纤手，说道：

　　"豆蔻，我说错了，你就饶了我吧。我委实不知道是谁起的毒心，假使我知道的话，不是早要来告诉你吗？"

　　豆蔻听他这样说，知道这封信也并不是秋航写的了，不过我俩的误会，其实是多事，因为我之所以问他，就是那封信究竟是否秋航写的，是秋航写的也不要紧，不是秋航写的那也不要紧。现在他偏偏误会我疑心他下这毒手，这不是他太不明白我的心吗？但仔细想来，自己不明白地先告诉了他，他自然要生心了，照这样说，我亦有不是，一时也不晓得为什么要这样悲酸，她的泪更如泉水般地涌上来。秋航见她伤心得这个样儿，也觉难受，泪水滴了下来，说道：

　　"你才好的人，我就老叫你生气伤心，那真叫我……"

　　豆蔻不等他说下去，便抢着道：

　　"不，那是我的不好。"

　　秋航对于她这一句话倒是不禁为之愕然，暗想：这姑娘的性情古怪，也不知她又想到了什么，所以竟这样悲伤起来。豆蔻见他这样木然的神情，方才抬手到脸上，擦了眼泪，絮絮地告诉道：

　　"你以为我问你这话，是疑心你指使吗？要如我有这样存心，我还会和你……"

说到这里，顿了一顿，哀怨的目光向他逗了那么一瞥，接下去又道：

"樊宝之你不是也认识的吗？他是我的干爹，当我被狙的时候，他是生着病，一直病到现在才好起来。上午他来望我，并给我瞧一封匿名信，说是他病中接到的，信中意思，说我这次的伤完全是他指使的。樊宝之他向我声明，他绝不会如此丧心病狂地下此毒手，这写信的人太以不了解人心了。我心中暗想，樊宝之既然亲自来声明，也许他真的没有这样狠心，不过这写信的人虽然误会了，究竟也是爱护我的一分子，所以我就疑心这匿名信是你写的，不料你偏又误会了，这不是叫我心中急吗？"

秋航听了这话，方才恍然大悟，遂握了她手，摇了一阵，笑道：

"你为什么不早明白地这样说，倒叫大家误会了一阵子，不过这封信我确实没有写过，假使我写的，我事先一定要来告诉你。"

豆蔻听他这样埋怨，反而破涕为笑，但这一封信究竟是谁所写，两人又研究一会儿，却是研究不出来，遂也丢过一旁，不再说起。两人相对望着，此刻倒又笑了。豆蔻觉得不好意思，垂了粉脸，却一步一步地踱到池边去，秋航也跟着过去，两人静静地望着池中人影出了一会子神。豆蔻忽然回眸过来，瞧他一眼，说道：

"院长说再过三天可以出院了。"

秋航笑道：

"那就叫人喜欢，今天星期三，星期六不是可以出院了吗？那天我陪你回家好不好？"

豆蔻心里荡漾了一下，点了点头，忽然又说道：

"不，也许那天李茜珠小姐来伴我还要到她家里去一次，我想你星期日到我家里来吧，因为被她瞧见了，怪不好意思的。"

秋航听了，点了点头。因为提起茜珠这一个人，自己心里就有些不自在，所以慢慢低下头来。白豆蔻挨近了他的身子，微侧了粉颊，娇媚地笑道：

"怎么啦？你不高兴吗？"

秋航忙抬头望她一眼，笑道：

"没有，我很快乐，你可以出院了，高兴还来不及呢。那么我准定星期日到你家里来。"

白豆蔻扬着眉，味味地一笑，纤手攀着他的肩胛，说道：

"你要来得早，我等你吃午饭。"

秋航因为她的粉脸是凑得很近，鼻中闻到的只是一阵一阵处女的幽香，一时情不自禁，把她的脖子环住了。白豆蔻知道他这举动就是要接吻的一个启示，在一个自己认为心上人的面前，那久压制在心底下的爱火便会像火山那样地爆发出来，当然认为秋航这举动是使自己甜蜜无比。因为白豆蔻一颗处女苦闷而又寂寞的心确实也要秋航的热情来灌溉、来安慰，所以她微仰了娇靥，掀着笑窝儿，期待着他低下头来这甜蜜的一吻。不料就在这个当儿，忽听有人叫道：

"白小姐，你却在这儿散步吗？累我们好找。"

秋航一听，急忙放开了手，和豆蔻一同回过头去，只见那边树梢蓬中钻出一男一女，女的是李茜珠，男的豆蔻并不认识，秋航却记得是那夜维纳斯和茜珠一同吃饭的男子。这时，李茜珠突然见秋航和白小姐在一块儿，芳心好不惊讶，白豆蔻见秋航和茜珠愕住了的神情，便笑道：

"李小姐和狄先生不是从前同学吗？怎么你们就不认识了？"

秋航忙装出毫不介意的神气，笑道：

"我是认识的，不过李小姐现在也许不认识我了吧？"

李茜珠听了这话，陡然想起一个多月前在维纳斯秋航招呼我我不理睬他的事情，可见秋航今天这话是含有些作用的，这就红了脸，微微一笑，并不作答。豆蔻笑着又道：

"那是什么话？同学们怎的会不认识呢？李小姐，请介绍这位是……"

茜珠这才把手一拢，笑道：

"这位是朱惠民先生，乃是我嫂嫂的表哥，因为久慕白小姐芳名，故而今天和我一块儿来拜望你。这位就是白豆蔻小姐，这位是狄秋航先生……"

茜珠既介绍了豆蔻，当然不能不介绍秋航，所以她转过身子，又向秋航逗了那么一瞥。惠民听了，先向豆蔻弯了弯腰，含笑叫声白小姐，一面又和秋航握手，仔细望了一望，觉得好生面熟，猛可想起，不禁"哦"了一声，笑道：

"这位狄先生不是维纳斯里的音乐家吗？"

秋航听了，忙也说道：

"不敢，我记得朱先生和李小姐一个月前曾来维纳斯吃过饭，大概李小姐没有瞧见我，所以我招呼她，她没有理会。"

惠民听了，明明知道这是茜珠瞧他不起，所以不招呼他的，但自己也不得不含糊地说道：

"也许是没瞧见吧。"

秋航暗自冷笑了一声，心想：你明明也回过头来望我一眼的，此刻装什么假惺惺呢？但表面上当然不说什么，微微地一笑。茜珠对于两人的谈话假装不理会，自管和白豆蔻问好。秋航因为站着无味，便先向三人点头别去。豆蔻在茜珠、惠民面前，自然也不好意思强留，只好让他走了。茜珠等秋航走后，便向豆蔻含笑问道：

"白小姐，你和狄先生怎样认识的呀？"

豆蔻听她这样问，自然有些疑心，便显出很洒脱的态度，说道：

"我是很爱好音乐的，狄先生是个音乐家，前天我们在音乐研究会里遇见过，所以便结成朋友了。"

茜珠点了点头，忽然又背着惠民向豆蔻悄悄地说道：

"白小姐，我是实心眼儿人，胸中藏不牢一句话的，不过你听了，别以为我有什么作用。狄先生虽然是个很漂亮的少年，但是他的品性并不十分忠实，据我知道的，他还有一个知心友，名叫陆丁香的，大概很要好，所以你倒要防着他些。"

白豆蔻骤然得知了这个消息，芳心中便起了绝大的疑窦，暗想：茜珠这个话究竟是离间我们的感情呢，抑是真心地好意关照我呢？不过她说的"陆丁香"三字，总不能假造的。同时又因为茜珠旁边有着这个朱惠民，显然她是不会来夺我爱的，因此对于秋航这个人也不信用起来。不过表面上总不能显形于色，遂微微地一笑，假装毫不介意的神气，说道：

"多谢李小姐热心相关，我很是感激，不过我这个人的脾气，对于异性的朋友，根本和同性的朋友一样的。"

茜珠听豆蔻这样说，粉脸倒是绯红起来，笑道：

"白小姐存着这样的意思，那就很好，将来就是发生什么意外，那就减少许多的痛苦。"

白豆蔻觉得她这两句话虽然说得是，但我和秋航的感情明明很好，今听了这样不吉利的话，一颗芳心颇觉不悦，微微一笑，默不作答。茜珠和她又笑谈了一会儿，方才和惠民挽臂别去。白豆蔻送两人走后，独个儿回到病房里，因为有了大半天的起身，此刻感到有些疲乏，于是躺到床上，便休息了一会儿。忽然想起茜珠说的秋航尚有一个知心友陆丁香，两人感情十分好，一时心里又很忧愁，不知陆丁香是个怎样的姑娘，她的才学、她的品貌不知是否比我的好，万一秋航是爱上了她，那么我不是失恋了吗？想到这里，心里仿佛有些空洞洞的，顿时勾引起无限的悲哀。因了茜珠这一句话，可怜又累豆蔻淌了许多的眼泪。

且说茜珠和惠民这一个多月来的相聚，感情是增浓了许多，茜珠把爱秋航的一片热情也完全寄托到惠民的身上去。两人这时走出了卡隆医院，很亲热地在人行道上踱着。惠民笑道：

"你说这个狄秋航很不规矩，我瞧他凭着自己一副漂亮的脸蛋儿，恐怕那个白小姐要上他的当吧？"

172

茜珠道：

"人家白小姐也是个有思想的女子，我想未必会上他的当。"

两人说着话，已步到顾家宅花园的门口，因为大家都有长票，所以便踱到里面去玩了。绿了芭蕉，红了樱桃，暮春将尽，初夏天气十分和暖，云淡天青，风和日暖，园中对对情侣，或携手偕行，或并坐树荫，每个人的脸上无不笑意生春。这真是幸福的乐园，红男绿女都在这爱河中游泳着，领略着这甜蜜的滋味。茜珠拉了惠民同在一棵大树下的长椅上坐下，前面有一座假山，山上尚有瀑布流下，山下有一小池，只听水声潺潺，铿锵动闻。惠民见茜珠望着激流的瀑布出神，便依偎着身子，低声儿问道：

"茜珠，你爸妈对于我的人，不知有什么批评吗？"

茜珠绕过媚意的俏眼，很妩媚地一笑，说道：

"当然有批评的，爸妈说你这个人不好……"

茜珠说到这里，却垂着粉颊味味地笑了。惠民当然明白她是说着反话，因为这一个月来，自己常常在茜珠家里，李太太和家瑞都待自己十分亲热，今见她这样淘气的情景，一颗心未免荡漾了一下，笑道：

"说我不好，那么我到底什么地方不好呢？假使我真有不好的地方，请你教训我，也好叫我改过来。"

茜珠红了两颊，啐他一口，恨恨地白了他一眼，笑嗔道：

"我有资格教训你吗？"

惠民却笑道：

"你当然有资格教训我。茜珠，我不瞒你说，自从认识你后，常常和你在一块儿，我觉得自己的人确实是改好了许多，这真所谓近朱者赤、近墨者黑的了。你说对不对？"

茜珠听他这样说，一颗芳心自然甜蜜无比，但脸上却故意鼓着两腮，噘了噘嘴，逗给了他一个娇嗔。不过内心是太兴奋了，因此别转粉颊，把臂膀伏到椅子背上去。惠民虽然不见她脸部的表情，但猜想过去，她一定是在笑，心里十分得意，那脸上的笑容也会浮了起来。两人静默了一会儿，惠民伸手慢慢地扳转她身子，两人的脸就望了一个正着。茜珠笑了，惠民也笑了，遂又涎皮嬉脸地说道：

"茜珠，你真是我的一个良师，但你心中不知愿意收我做个学生子吗？"

茜珠秋波睃他一眼，露齿嫣然笑道：

"原是愿意收的，但你这个学生子是太顽皮了，叫我做先生的就没法管束你。"

惠民耸着肩膀笑道：

"我一些不顽皮呀，你瞧我在先生面前，可曾淘气过吗？"

茜珠故作娇嗔道：

"你这说话的意态就是淘气呀！在先生面前可以这样涎皮嬉脸一些没规矩吗？"

惠民这就正着脸色，很恭敬地道：

"是，是，那是我的错，下次我再也不敢了。"

茜珠瞧了他这一种神情，把绷住了的脸这就又笑起来，恨恨地白他一眼，还打了他一下手。不料惠民很快地却把她握住了，温柔地抚摸了一会儿，说道：

"笑话只管是笑话，正经的，我们也谈谈，你这学期不是可以毕业了吗？不知你还要读大学吗？"

茜珠觉得他这末一句话至少是问得有些意思的，便笑道：

"我还年轻啦，当然要去考大学的。"

惠民听了，自然有些失望，明眸凝望着她，笑道：

"不过一个女子有高中的学识也就差不多了，你瞧我不是也只有高中毕业吗？假使你进大学以后，只怕我就够不到资格和你做……"

茜珠不待他说完，就接着笑道：

"因为你要我收做学生子，我就不得不进大学呀。"

惠民摇头道：

"那我情愿不做你学生子了。"

茜珠瞅他一眼，笑道：

"你为什么要阻止我进大学？"

惠民红了两颊，凑过嘴去，附着她耳朵，低低说了一阵。茜珠又喜又羞，啐他一口，却垂下头来。惠民见她并无怒意，知道她有同心，这一喜欢，直乐得跳了起来。茜珠见他疯狂意态，便抬起头来，意欲嗔他痴了，不料就在一抬头间，只见对面木桥上走下一女子，手拿一卷书，齐巧和茜珠望个正着，因此两人便不约而同地"咦咦"起来。

第十二回

陌路逢故露真消息
制衣巧勾提旧爱情

那个手拿书卷的姑娘，身穿一件湖色士林布的单旗袍，两袖齐肩，露着白白胖胖的两条玉臂，仿佛嫩得可以榨出水来。她的头发因为是烫久了，所以并不怎样卷曲，长长地拖在脑后，却是非常整洁。她脚下穿的是一双和旗袍同样料子的布鞋，脚梗上是用带子的，虽然是双布鞋，但是非常清爽，衬着那双粉红的丝袜，更显得那双俏脚单薄得可爱，这一种的服装，她的年龄就不会出在二十岁以上的。朱惠民暗想，那个朴素美丽的姑娘，一定是茜珠的同学了。果然在两人"咦"了一声之后，两人的身子便会迎了上去，很亲热地握了一阵手，只听茜珠笑道：

"陆小姐，你一个人在玩吗？我们差不多一个月没见了吧？你一向好？我倒很记挂你。"

原来这个姑娘便是陆丁香，丁香因为秋航出去了，狄老太睡午觉，自己一个人独坐无聊，所以带了一本《妇女杂志》，到公园里来散散心，不料无意中却遇到了茜珠。因为茜珠这一个多月来并没有到秋航家里去一次，那很显明两人感情是破裂了。茜珠和秋航的感情会破裂，这对自己就减少了一个情敌，所以对于茜珠并没十分的恶感，今听她这样说，便也笑盈盈地答道：

"真的好久不见了，我倒很不错，李小姐大概也不见得不如

176

意吧?"

茜珠一撩眼皮,为了要显出自己并不以为失恋的痛苦,故而更显出欢乐得意的神情,笑道:

"这是托你的福,总算并不遭到意外不幸的事。"

丁香秋波瞅她一眼,笑道:

"李小姐说话就太客气,那不是叫我不好意思吗?"

两人说着,都咻咻地笑了。茜珠乌圆眸珠一转,含笑低声儿又问道:

"近来和狄先生常见面吗?"

丁香微红了脸,笑了一笑,遂不得不撒个谎说道:

"也不常见面,今天我去瞧他,他已出去了。"

茜珠觉得这是一个说话的好机会,便点了点头,说道:

"刚才在卡隆医院里我倒遇见他,不约而同地大家都在望白豆蔻小姐的伤。"

丁香对于狄秋航之爱白豆蔻的事情,早已在《蔻香词》和《满江红》中知道了,所以对于茜珠这告诉的消息,倒也并不感到十分的惊异,很自然地一笑,点头问道:

"原来李小姐和白豆蔻也认识吗?"

茜珠听她不问秋航,却问自己,而且脸容并不转变颜色,一时颇为稀罕,芳心很佩服她的涵养功夫,遂点头说道:

"我的爸爸李家瑞,他就是开办那家皇宫歌舞剧院的。"

丁香表面上虽然含笑点头,但心里可就想:谁不知道?这回你可太老实了。朱惠民见两人谈了许多时候,便也走了上来。丁香原早已瞧见茜珠身旁还有一个少年的,今见他走了拢来,为了要避免应酬起见,她便向茜珠弯腰说声再会,便匆匆地向西边树蓬中走去了。惠民问道:

"这是你的同学吗?倒穿得好朴素。"

茜珠兀是望着丁香的后影出神,听惠民这样问,便回眸过来,点头含糊地道：

"我也在奇怪她的服饰，从前她并不这样朴素。"

惠民道：

"是现在同学，还是从前的？她家庭你可知道详细吗？"

茜珠瞅他一眼，绷住了面孔，冷冷地笑道：

"你问得这样详细做什么？哦哦，那我真悔不该把她介绍给你了。"

惠民见她薄怒娇嗔，竟和自己喝起醋来，便急得跳脚道：

"茜珠，你这是什么话？我因为你也在奇怪她，所以我问你意思，也许她家里死了爸和妈，否则，如何突然会朴素起来呢？我若是存着一份儿野心思，那我就不得好死……"

茜珠见他急得这个模样，心里方才涣然冰释，恨恨地白了他一眼，忍不住嫣然地笑了，但既然笑了出来，倒又觉得万分不好意思，红晕了两颊，便别转身子去。惠民见她这样娇羞的意态，内心是感到了十二分的甜蜜，轻轻地走上去，拉了她手，低声儿笑道：

"茜珠，我是曾经向你这样恳切地表白过，你刚才也接受我这一颗血淋淋的心，怎么此刻又向我闹醋劲儿呢？不过我明白你的作酸，原是为了爱我的缘故，所以我的一颗心、我的一个人完全已交给了你，你要我长短，你要我死活，我绝不敢哼一声不肯的。茜珠，我亲爱的，你难道还不相信我吗？"

说着，把手又去抬她的粉颊。茜珠的一颗芳心是充满了无限的甜蜜，她绕过娇媚不胜的俏眼，脉脉含情地瞟他一眼，笑道：

"我相信你的，你快别涎脸了，公园里人多呢，给人瞧了怪不好意思的。"

惠民道：

"那么我们到那边茅亭里去坐一会儿吧。"

茜珠道：

"不，我们沿着那个挺大的湖边踱一会儿步吧。"

惠民怎敢违拗，便挽了她的手，慢慢地踱了过去。两人静静地走了一会儿，惠民忍不住又开口说道：

"茜珠，承蒙你这样地相爱，我不但是感到心头，而且还是觉得荣幸之至。不过我是一个父母全亡而又毫没家产的人，不知你父母愿不愿意你爱上我吗？"

茜珠微红了娇靥，很羞涩地一笑，向他悄悄地说道：

"你别着急，我就老实地告诉了你，看你要喜欢煞人呢！"

惠民听了这话，心里一动，笑道：

"好妹妹，你快告诉我吧！"

茜珠白他一眼，却又低头笑了。一会儿，方才悄悄地说道：

"我俩能够成功这一头婚姻，实在要感谢我的嫂嫂，嫂嫂在我妈的面前，她是怎样赞美你的人好，并且又向我打趣着。母亲见我并没怒意，她老人家就动了心……"

说到这里，顿了一顿。惠民只觉甜蜜无比，憨憨地笑了一会儿，说道：

"这还是全仗你并没怒意，你瞧得起我，我更要努力做一个人。"

茜珠瞅他一眼，笑道：

"同时又因为你在母亲面前故意装得老成一些，所以她也很欢喜。"

惠民这就笑起来叫道：

"那你别冤枉我，我是并没有假装老成的。"

茜珠噘了小嘴儿，啐了一声，笑道：

"我就知道你不是一个好东西……"

说到这里，又感到难为情，低头又笑起来。茜珠说这一句话原属无心，不料听进在惠民的耳中，想起了新都饭店和雪琴违背天良的一幕，他的两颊立刻会热辣辣起来，背脊上和额角上都觉有股热气冒出，心里感到了一阵极度的惭愧，他带了忏悔的口吻说道：

"也许我真有不是的地方，不过能够知错，能够自新，这还情有可原，因为古圣人也未始没有错处，从错的地方去努力奋斗，我想一定可以抵去错的罪恶。茜珠，你说是不是？"

茜珠当然不会晓得他和嫂嫂曾经有这样一度不合法的恋爱，所以认为他的话还是相当对，便频频地点了一下头，说道：

"每个青年都有错的地方，不过只要不错到底，当然还不失是一个好青年。"

这两句话正说到惠民的心坎儿上去，觉得茜珠真不啻是我一个慈爱的良师，她在无意中已饶恕了我这次不道德的罪恶，他心里感到深深的安慰，握着茜珠的手，紧紧摇撼了一阵，说道：

"茜珠，你说的真是不错。我从今以后，将更努力做一个完人，已经过去的一切，譬如昨日死，未来的一切，譬如今日生。茜珠，我将携着你的手，共同步入新的阶段、新的道路，至少替社会谋一些幸福，尽我们贡献整个社会的责任。"

茜珠一撩眼皮，掀起笑容，很得意地笑道：

"对啦！你就应该有这一种思想，那才不愧是个现代的青年，同时也不辜负我对待你的一片深情……"

说到此，哧地一笑，又垂下头来。惠民当然知道她是怕羞的缘故，一时把个茜珠真感激得每根汗毛孔里都充满了她的深情蜜意，遂抚着她纤手，默默地走了一截路。惠民方又含笑问道：

"茜珠，你不是说告诉我一件事，叫我喜欢煞人吗？到底是什么事呢？你快说下去呀！"

茜珠回眸瞟他一眼，说道：

"母亲知道我俩感情很好，前天她对我说，这学期我是毕业了，毕业后也不用考大学了，反正一个女孩儿家有些普通学识也就够了。本来对于我的婚姻原是一桩心事，现在她见你也很不错，所以预备这星期六下午给我们订一个婚，待今年秋凉后，就此完了这桩心头事。不过你的意思如何，还是一个问题，所以等会儿我们回到家里去，母亲还要征求你的意思哩。"

惠民听她这样说，一颗心真乐得心花儿都朵朵地开了，明眸脉脉地凝望着她的脸，表示无限感激的意思，说道：

"承你瞧得我起，又承你母亲抬爱，我哪儿还有个不喜欢的事吗？啊！我真太幸福了！茜珠，我一定勇敢地奋发着做一个人，以报答你爱我的一颗心灵，绝不使你失望的。"

茜珠点头咻地笑道：

"我更希望你能够做一个伟人，你得到幸福，当然也是我的幸福。"

惠民得意地笑了，茜珠也笑起来。两人一个郎情如水，一个妾意若绵，唧唧唧唧谈了一会儿，方才携手走出花园。时已黄昏降临大地，暮色笼罩了宇宙，茜珠笑道：

"我们到对过锦江茶室去吃些点心好吗？"

惠民点头答应，两人于是一同步了进去。从锦江茶室吃毕点心回家，时已万家灯火。雪琴和麒俊都也在上房里，见了两人，便笑道：

"你们在哪儿玩呀？怎不叫我们一块儿去呢？"

惠民却不回答，先向李太太很亲热地叫声妈妈，然后又向麒俊谈了一会儿学校里的事情。茜珠和雪琴姑嫂两人坐在沙发上却缠作一堆，唧唧唧唧地说着话，一会儿娇嗔，一会儿嬉笑，显然雪琴是在打趣着茜珠了。不多一会儿，李家瑞也回来了，他先问茜珠卡隆医院可去过，茜珠点头道：

"白小姐完全复原了，精神也很好，你放心吧。"

茜珠说着，却咻咻地一笑。家瑞被女儿这么一笑，倒是脸一红，不料李太太却逗给了家瑞一个白眼，这就连忙说道：

"为了白小姐的受伤，这一个多月来，皇宫剧院里就要损失一万多元的钱呢！"

李太太道：

"损失一万多元有什么稀奇，你有一百多万的家产呢！有了钱还想要钱，你死了又不好带着去，真也想不开哩！"

家瑞笑道：

"世界上要如个个都像你想得明白，那么也就再没有什么战争了。做人做什么？做来做去还不是为了钱吗？"

李太太正欲再抢白他几句，仆妇们已是开上晚饭，于是众人把话丢开，大家挨次坐下吃饭。茜珠和雪琴吃得最快，便携手匆匆到房中去梳洗了。红桃倒上脸水，放在面汤台上，雪琴瞟她一眼，向茜珠悄悄地问道：

"现在你总可以告诉我了，他待你的情分怎么样？"

茜珠恨恨地白着她笑道：

"好嫂子，你饶了我吧！你这个话叫我回答什么好呢？"

雪琴一面涂着胭脂，一面笑道：

"这也没有什么难回答呀。好，不好，那不是很爽气吗？"

茜珠红着脸，把面巾在桌上一摔，说了一声好，她便哧哧地笑着逃到沙发旁去了。雪琴跟着过去，拉了她手，同在沙发上坐下，向她憨憨地笑了一会儿，说道：

"嫂子给姑娘介绍这么一个多情的姑爷，你该拿什么来谢谢我呢？你瞧他的身体是多么结实，将来新婚之夜，那你真甜蜜快乐哩！"

茜珠听她说出这样话来，直羞得耳根也红了，一颗芳心是跳跃得厉害，啐了她一口，又把纤指去划雪琴的颊上，哧哧笑道：

"嫂嫂，你大概想着新婚之夜哥哥给你的甜蜜了，怎的就在我跟前直嚷出来了？"

雪琴因为想着新都饭店惠民对待自己的一幕柔情蜜意，所以情不自禁地竟说出这两句话来，被茜珠这么一说，也自知失言，这就绯红了两颊，索性把茜珠的娇躯搂在怀中，伸手去呵她的笑。茜珠最怕肉痒，这就笑得花枝乱抖，一面捉住雪琴的手，一面连声地告饶。姑嫂两人正在闹作一团地玩笑，忽见麒俊笑着嚷进来道：

"妹妹，恭喜你！恭喜你！母亲和惠民已经说定当了，星期六下午在家里给你们先订一个婚哩！"

茜珠其实是早已晓得了，所以红了脸只管抿嘴儿笑。雪琴瞟她一眼，说道：

"瞧这妮子，乐得嘴也合不拢来了……"

茜珠不等她说完，又呸了一声，便一骨碌翻身站起，逃到自己的卧房里去了。麒俊笑道：

"惠民和妹妹倒真是一对。"

雪琴听了，冷笑一声。麒俊瞪她一眼，说道：

"你冷笑什么？"

雪琴蹙了眉峰，娇嗔他道：

"只会说说别人家的，那么你我就不像一对吗？所以你要这样难堪我？哼！既然这样难堪我，就不该和我结婚，现在如此局面，你不是害我的终身吗？"

麒俊听了，便走过来，在她身边坐下，喝道：

"你别给我放屁，我可没有死呢，害你什么终身？"

雪琴见他恶狠狠的神气，心想：这也奇怪，为什么我俩一开口，总是面红筋青，这还成什么夫妻？早难道是前世结的冤家吗？想到这里，心中自然万分酸楚，不禁淌下泪来，说道：

"别人家丈夫死了，倒也有一个名目。如今我的丈夫真仿佛是个活死人呢，岂难道还不算是害我的终身吗？"

麒俊这一个月来把赵莲蓉也厌了起来，所以今日瞧了雪琴这种如嗔如恨的意态，倒也感着楚楚可怜，颇觉令人可爱，便笑起来道：

"你的良心真好，倒希望我死吗？"

雪琴见他一会儿恼、一会儿笑，这就愈加惹气，站起身子，白他一眼，说道：

"谁和你涎皮嬉脸的……"

说着，便欲离开他到床边去，不料却给麒俊一把拖下来，雪琴

183

站脚不住，身子这就倒向麒俊的怀里去。麒俊趁势把她脖子勾住了，就在她嘴唇上啧啧吻了两下。雪琴急道：

"这算什么？叫下人们瞧了，岂不是笑话？"

麒俊道：

"我问你，你为什么要咒念我死？"

雪琴恨恨地白他一眼，说道：

"谁咒念你死？你是长命百岁的，外面还常常可以去宿娼了，那你寿命就长哩！"

麒俊听她这样说，便握着她手，笑道：

"我知道你是好意，爱惜我的身子，那么我从此以后就不再在外面留夜了，大家就和好如初吧。"

雪琴听他这样说，芳心倒是一动，但却依然鼓着脸腮，显出很不高兴的样子，默不作答。这时，红桃又走进来说道：

"表舅少爷回去了，他说不来告辞了，叫我来回少奶、少爷、小姐一声。"

雪琴道：

"小姐在自己房中，你去回她一声吧。"

红桃答应一声，便匆匆到茜珠房中去。这里麒俊却站起把房门关了，回身又挨近雪琴坐下，望着她憨笑了一会儿，伸手要去解她的衣纽，说道：

"妹妹，我们睡吧。"

雪琴把他手狠狠地摔脱了，倒竖了柳眉，圆睁了杏眼，嗔道：

"你把我们女子到底瞧得太低微了，我可不是外面的路柳墙花，你今天高兴了，就来亲热亲热，不欢喜便丢过一旁，连正眼也不瞧一瞧。你现在还当我是妻子看待吗？你简直把我当作你的泄欲器具一样了。哼！那可没有这样便当……"

雪琴玉洁可爱的牙齿咬着嘴唇皮子，恨恨地说到这里，便自管走到床边去了。麒俊呆了一会儿，便嬉皮笑脸地跟着到床边，笑道：

"你这话也太愤激了，夫妻终究是夫妻，以前我是错了，反正往后的日子多着呢，雪琴，你就饶了我吧！"

雪琴听他这话倒还像人说的，遂抬头望他一眼，说道：

"我不信你说的话，你要给我起个誓，我才相信你真的改过做人了。要如往后再在外面拈花惹草便怎么样？"

麒俊笑着沉吟了一会儿，说道：

"假使再在外面拈花惹草，那么我便给汽车碾死的……那总好了。"

雪琴想不到他会立了这样重誓，倒反而代为惊慌起来，正着脸色，说道：

"过头三尺有神明，这话可不是瞎说的，你既立了重誓，我劝你千万别违誓才好。"

麒俊点头笑道：

"你放心，我不再胡调是了。雪琴，我们睡吧。"

雪琴听他这样说，方才回嗔作喜，不禁嫣然一笑。经此一笑，那两小口子这才暂时地总算又和好如初了。

陆丁香别了茜珠，独个儿走开，沿着那细碎的沙泥路，一步挨一步地走着，低了头，暗暗地思忖：原来秋航每隔一天要出去一次，他是到医院里望白豆蔻去的。那么这《蔻香词》和《满江红》的句子，益发证实了，虽然秋航和我的感情也不坏，但较之豆蔻，似乎总还差一层吧。当初我心中忧虑的情敌是茜珠，想不到并不是茜珠，却是豆蔻。豆蔻的容貌我是瞧见过的，虽然也不见得胜过我，但到底也没有比我丑，论才艺，当然我是及不来她万分之一，那么我这一个粉红色的美梦，总有一日会给我打得粉碎。唉！丁香，你究竟是败在豆蔻的手里。丁香暗暗地自语了这一句话，她那满眶子里的热泪便滚滚地掉了下来。今天到花园里原是来散心的，不料又受到了这么一个刺激，她的芳心是感到有些疼痛，虽然初夏的风是那样热情，但吹送到她的身上，会感觉无限的凄凉。瞧了手表的时针，

185

已三点二十分了，于是无心再留恋，便步出花园，坐车回家。丁香到了家中，想不到秋航却比她早回到家里，心里不免一愕。秋航走上前来，握着她手，笑道：

"你一个人在什么地方玩？"

丁香强作笑颜，说道：

"怪闷的，在顾家宅花园里去散了一会儿心。"

秋航见她颦蹙了眉尖，说话的意态似有无限的忧郁，遂笑道：

"你烦闷什么呢？"

丁香微红了脸，瞟他一眼，却不作答，一会儿，又说道：

"一个人总有不如意的事……"

说着，又打岔道：

"你多早晚回来？怎的一会儿就回来了？"

秋航道：

"我才回来不到一刻钟点，丁香，我们到里面去说话，让母亲再睡一会儿。"

说着，两人携手到里面一间房中，丁香把手中的杂志依旧放到写字桌上，拿了热水瓶，倒了两杯白开水，笑道：

"今天茶汁还没泡过，你要不泡一碗喝？"

秋航摇头道：

"白开水很好，我就喝杯开水好了。"

说着，握过玻璃杯，微微地喝了一口，两眼却向丁香身上望了一会儿，笑道：

"那件衣服是你自己裁剪自己缝成的吧？刚刚合身，穿着式样很好。"

丁香也拿了玻璃杯凑在红润润的嘴唇上喝着，听他这样说，便扑哧地一笑，说道：

"省几个工钱，反正这种布衣服就自己胡乱地缝成了，还谈得上式样两字吗？"

秋航听她这样说，心里似乎有个感触，说道：

"我几次想给你去剪块哔叽料子，却始终没有实行，真觉得惭愧……"

丁香心里荡漾了一下，掀着笑窝儿，说道：

"你别说这样话吧。现在是什么年头儿？米要卖到一百元一石，还穿得起哔叽吗？只要你有这样存心，我就很感激了。我瞧你自己的衬衫都一件没有新的了，还是去买衬衫要紧，我觉得自己能够布衣暖、菜饭饱，实在已经是心满意足。可怜这个年头儿，全国甚至于全世界，哪一个地方不叹贫穷呢？"

这种贤妻的口吻，听进秋航的耳里，怎不要感到心头呢？遂说道：

"安贫乐道，你真有颜子之风，这就叫人敬爱。现在衬衫都要卖十元以上一件，我也觉得太贵了，所以我想剪料子来，你给我做一做，反正你做的活儿就不错。"

丁香微红了两颊，抿嘴儿一笑，说道：

"你是要穿到外面去的，这些就别省了，这种西式的衣服，我怕做不来吧。"

秋航道：

"房东太太那儿有铁车，我想你定会做的。西式的只有较中式的便当呢。"

丁香笑道：

"你既然要我做，我就不妨试试，但做得式样不好，那你可别怪我。"

秋航笑道：

"又不叫我拿出工钱，难道还要怪人吗？"

丁香听了，把茶杯放在桌上，这就笑得花枝乱抖了。秋航见她这笑的意态，真令人感到可爱，因为她穿了这一双系带的布鞋，更显得娇小玲珑，遂不禁笑道：

"丁香，你穿了这式样的鞋子，仿佛是个小姑娘似的。"

丁香忽然听他这个话，便绕过媚意的俏眼瞟他一眼，哧的一声，笑道：

"你这话，那我难道是个老太太不成？"

秋航情不自禁地把她手拉来，望着笑道：

"不是那意思，我觉得你仿佛只有十五六岁似的。"

秋航说了这两句话，不料却遭了丁香一个白眼，笑得弯了腰肢，却直不起来。秋航同她在一张长沙发上坐下，望着她娇媚的粉脸、倾人的笑窝儿，说道：

"丁香，你此刻很快乐吧？我倒又想着你说的一句话了，一个人总有不如意的事，你到底有什么不如意呢？"

丁香听他提起这一句话，那笑容就平静下来，叹了一声，说道：

"从小就没了爸妈，只跟着姑妈过活，如今为了不肯牺牲我的终身，忍痛抛家出走，弄得无家可归，若没有你母亲留住我，我不知要漂泊到什么地方去了。思想起来，难道还能说如意吗？"

说到这里，只觉有股子辛酸冲上鼻端，几乎又欲盈盈泪下。秋航听她并不说自己留她，显然她心里是怨恨我并没专心爱她，这倒奇怪了，难道她还疑心我是爱上茜珠吗？便安慰她说道：

"母亲不是跟你说把这里要当自己家一样吗？只要母亲喜欢你，你也应该很安慰了。"

在秋航的意思，当然不好明白地说我喜欢你，所以套了那么一个圈子说话。但丁香却有些误会了，她以为秋航心中只有一个白豆蔻，所以故意把他自己避开了。丁香这样一想，自然愈加伤心，因此那眼泪便像雨一般地落了下来。秋航见她海棠着雨般的脸容，也不知她为什么要如此伤心，倒是愕住了一会儿，凄然地道：

"好好儿的，为什么又要这样伤心了？都是我不好，过去的话还提什么呢？真是该打该打。"

秋航说着话，却把手真的打了自己几下膝踝。丁香瞧了，也就不禁破涕为笑，把纤手抬上去擦了一会儿眼皮，很羞涩地瞟了他一下，笑道：

"那么你此刻可以剪料子去了，晚上我可以给你裁衬衫的样子。"

秋航见她又装作毫没事儿一样，便也笑道：

"你和我一块儿去，哪一种花式好看，你给我去挑拣吧。"

丁香想了一会儿，说道：

"回头伯母醒来找不着人可怎么办？你自己去剪吧，反正衬衫料子总是那些条子府绸的。"

秋航道：

"什么颜色好看？你倒说说。"

丁香瞅他一眼，笑道：

"那是你自己穿的，怎么全叫我做主意呢？"

秋航笑道：

"我就少个灵魂，你给我做个灵魂，我才有些头绪。"

丁香撩上手来，恨恨地打他一下肩胛，却又笑了，但到底觉得有些难为情，立刻又别转脸去。秋航笑道：

"最好你和我一块儿剪去，那我才放心。"

丁香听了，站起身子，说道：

"我们出去瞧瞧母亲，看醒了没有？"

于是两人走到外面一间房中，不料床上已没有了狄老太。狄秋航笑道：

"母亲已起来了呢，这回却没有一些声音了。"

话声未完，却见狄老太手拿米淘箩，推进房门来。丁香忙道：

"伯母已在淘米了吗？"

狄老太笑道：

"四点多了，你们回来好一会儿了吧？"

秋航道：

"我先回家，丁香随后也回来了，因为生恐惊醒母亲，所以到里

189

面房中谈一会儿，不料母亲已起来了。"

说着，又把要和丁香同去剪料子的话告诉。狄老太点头道：

"好的，你们快去，回来吃饭。"

丁香听狄老太答应，遂和秋航一块儿剪料子去了。待秋航和丁香剪了衣料回来，狄老太早已把晚餐做好。秋航很得意地把纸包透开，拿出一块妃色条子的府绸，并一块白色的府绸，给狄老太瞧道：

"母亲，你瞧这料子好不好？都是丁香给我拣的。这块妃色我做衬衫，这块白色的我给丁香做短衫裤，丁香不要做，说给母亲做一套衫裤，你瞧好不好？"

狄老太眯着眼睛，笑道：

"我人老了，旧的穿穿已很好了，这块就陆小姐做衫裤吧。"

丁香笑道：

"这料子价钱还便宜，只四角五分一尺，我要做明天不是又可以去剪的吗？"

狄老太笑着，一面瞧衣料，一面连连称赞剪得便宜。丁香乐得眉飞色舞，颊上的笑窝儿这就始终没有平复过了。狄老太说饭已烧好许多时了，别冷了，且先吃饭吧，于是三人便在桌边坐下。匆匆饭毕，收拾碗筷，揩擦桌子。丁香才把秋航洗净的衬衫取出，作为裁剪的样子。狄老太在旁笑道：

"怎的秋航穿妃色的，倒是陆小姐做纯白的吗？"

丁香瞟了秋航一眼，又向狄老太笑道：

"做西服衬衫那就没关系，让他漂亮漂亮吧。"

秋航道：

"那妃色的要一元钱一尺呢，丁香说做短衫裤太好了，所以她拣便宜的。"

狄老太听了，方才明白，心中暗想：这样贤德的女子，真是不可多得呢！不免望着丁香的粉脸，出了一会子神。但丁香却并不理会，把她全副的精神都注意到裁剪的工作上去了。秋航站在桌边，

190

也只管瞧她裁剪，倒是丁香抬头提醒他笑道：

"你不想到维纳斯去了吗？"

秋航这才醒觉，一见时已六点三分，不禁"啊哟"了一声，笑着道：

"我竟忘记时刻了。"

说着，向母亲和丁香一点头，便急急地走了。丁香剪裁好了，狄老太道：

"陆小姐，你也乏了，就息息吧。"

丁香道：

"时候早哩，趁房东太太铁车空着没用，我把衣壳子先去做好了。"

说着，便拿了料子，匆匆地走下楼去。狄老太喝了一杯茶，见丁香下去一个钟点还没上来，有些等不及，就倒在床上睡了。不料待丁香上楼来，狄老太早已睡熟了。丁香也不惊动她，坐在灯下，就一针上一针下地干起活儿来。四周是静悄悄的，只有桌上那座钟嘀嗒嘀嗒地响着。丁香因为心里是十分高兴，所以并无一些倦意，低了头只管做活儿，因此也就忘记了时候。忽然吱的一声，房外推进一个少年，秋航竟已从维纳斯回来了，这就暗叫了一声奇怪，笑道：

"什么？已十二点多了吗？"

秋航似乎也晓得丁香今夜一定赶着做活的，他还带来一盒西点，放在桌上，说道：

"这可好了，倒叫你开夜工干活儿，这我怎能心安呢？快息一息，你肚子一定饿了，我给你带点心来了。"

说着，把盖子打开。丁香早倒了两杯茶，放在桌上，一面把那件衬衫拿着，笑道：

"总算完成了大半，怕式样不好，你要不试试？"

秋航当然含笑点头，遂把西服褂子脱下，穿上了丁香那件完成三分之二的衬衫，觉得颇为合身，笑道：

"好极了，你的手段真快，明天不是可以完成了吗？"

丁香一面把衬衫折好，放在活儿盘上，一面掀着笑窝儿，眸珠一转，说道：

"总不及买来的样子好。"

秋航笑道：

"够好了，你到底不是西式成衣匠呀。丁香，你吃点心。"

说着，自己先拿了一块奶油蛋糕吃。丁香抿嘴哧地一笑，遂也两指夹了一卷奶油螺丝吃。秋航喝了一口茶，望着丁香的粉颊，良久，笑道：

"丁香，你真聪敏。"

丁香哧了一声，逗给了他一个娇嗔，一面把纤手按着小嘴儿，打了一个呵欠，笑道：

"睡吧。"

秋航道：

"你再吃些。"

丁香道：

"留着给母亲吃吧。"

秋航道：

"共有一沓呢，母亲可吃得了这许多吗？平均分，我们三个人也应得每人四件。"

丁香笑着遂吃了一件西点，直待敲子夜一点了，秋航方才道声晚安，自回房去就寝了。次日，秋航没有出外，伴在丁香旁边瞧她干活儿。这件衬衫直到午后三时才完成，丁香要继续做第二件，秋航把她劝阻了，说休息休息，反正又不等着要穿。丁香不忍拂他，遂把针线收拾过去，一面把做好的衬衫叫秋航穿上，看合不合身。秋航一穿，系好领带，对镜照了照，觉得和买来的一式无二，心中这一喜欢，不禁眉儿飞扬，连连赞好。丁香又喜又羞，一颗芳心自然也甜蜜无比。秋航因为白豆蔻关照自己星期六不要去陪她出院，心里未免有些不快，所以这两天他也没有去望她，预备星期日到她家里去了，同时又因为丁香对待自己太好了，良心上感动得了不得，觉得丁香待自己的一片情分，直已超过了做妻子范围。她只不过在我家吃一口苦饭，样样事情都要做到，而且她身上穿的布旗袍也是她自剪自制，这真叫人对不住她，所以这两天下午，不是和她在家里闲谈，就是一同到公园里去散步。丁香对于秋航这份儿柔情蜜意，芳心中自然得到了无上的安慰。

光阴匆匆，这日已到星期日了，白豆蔻在秋航心中到底也占有大半地位，所以他不敢失信，十点钟敲过，就坐车急急到三友小筑。林英一见，便说道：

"狄少爷来了吗？我们小姐正念着你。"

秋航一面点头，一面三脚两步地走到楼上，不料豆蔻坐在沙发上，手托香腮，正在垂泪，见了秋航，便冷笑一声，说道：

"我道你从此不到我这儿来了！"

秋航冷不防听了这话，倒是望着她粉脸，怔怔地愕住了。

第十三回

人皆狂热子独冷观
花本合欢卿何命薄

　　林英端着面盆水笑盈盈地推进病房，把面盆放在梳妆台上，回眸向床上望了一眼，只见白豆蔻拥着那条单被，却在暗暗地淌泪。这就走了上去，瞅她一眼，埋怨似的说道：

　　"小姐，你痴了吗？今天你是可以出院了，这是多么欢喜，你瞧太阳开得暖烘烘的，窗外小鸟儿吱喳吱喳地飞舞着，也在代为你快乐哩，你自己怎么倒反而伤心了？快起床来洗脸，回头李小姐也许就来接你了。"

　　豆蔻把纤手揉擦着眼皮，并不回答，过了好一会儿，方才有气没力地说道：

　　"什么时候了？"

　　林英把她的那双咖啡色丝袜并一套妃色软绸的小衫裤从小皮箱内取出，放在床头旁边，说道：

　　"已十点钟了，你快起床吧。我给你烧牛奶去，衣衫放在这儿。"

　　豆蔻点了点头，便从床上坐起来。林英已步出房去了，豆蔻又说道：

　　"你给我门口站一会儿，别让人进来。"

　　林英当然明白小姐要换小衫裤，生恐有人推门进来撞见了，遂答应知道，便掩上房门，在门口站了一会儿。约莫过了五分钟后，

194

林英听房内小姐说声好了，方才自管走开。待林英烧好牛奶进来，见豆蔻已穿上一件红灰哔叽的旗袍，而且脸也洗过了，今天小姐不但涂上一些胭脂，唇上还搽了一些唇膏。因为病后初愈，风韵更加楚楚动人，林英不免也向她望了一会儿。豆蔻道：

"你把家里带来的东西收拾收拾，回头我到李公馆去，你就坐车回家吧。"

林英点头答应，豆蔻喝完牛奶，林英也一切舒齐。正在这时，忽听一阵咭咯的皮鞋声，从房外推进一个少女来，正是李茜珠。茜珠今天可特别漂亮啦，乌黑的云发是烫成一千九百四十年最新式的样子，脸部经过一度技师化妆之后，本来是美丽的，这就更觉容光焕发，同时她耳朵上还戴着两颗挺大的珠环，愈加雍容华贵。她一推进门，就笑盈盈地握着豆蔻的手，说道：

"白小姐，恭喜你，你今天可以出院了。"

豆蔻也满脸含笑地说道：

"李小姐这样热心相关，真叫我感激。"

茜珠道：

"我们已经姊妹一样了，哪里还用得了这些客气话吗？"

说时，林英已拿上豆蔻的花呢单大衣。茜珠伸手接过，意欲代她穿上，豆蔻如何肯依？连忙伸手接过，自行穿上，笑着道谢，一面向林英关照道：

"那么你自管回家，我下午一两点钟也回来的。"

茜珠忙道：

"林英，你只管放心，白小姐我们会送她回来的，假使晚了，说不定就宿在我家里，你不用着急的。"

林英笑着点头。三人正欲步出房去，只见看护王慧芬含笑进来，手拿一张账单，向茜珠说道：

"进院时付过一千元钱，现在尚欠四百三十五元。"

茜珠接过账单，略瞧了一遍，点了点头，伸手在黑漆皮匣内取出五叠钞票，先拿四叠给她，然后又在一叠内数了五张，交给慧芬，说道：

"这四百五十元，王小姐，你点一点，余下的赏给院中的老妈子和打杂的吧。"

王慧芬点过钞票不错，便说声再见，匆匆地到账房间里去了。白豆蔻一面走出医院里来，一面向茜珠道：

"这些医药费我过两月可以还给你……"

茜珠不等她说完，回眸瞅她一眼，嗔她道：

"白小姐，你说这话太叫人不好意思了。这次的伤，我们实在担着抱歉，这些医药费说它做什么？况且这都是爸爸叫我来办理的，你就不必向我说这些话，倒反叫我听了不受用。"

豆蔻听她这样说，也就罢了。两人跨出医院大门，福根把汽车门儿早已拉开了，白豆蔻回头向身后的林英道：

"那么你讨街车回去吧。"

林英道：

"我自理会得。"

豆蔻、茜珠这才跳上车厢，福根拨动机件，直开到公馆里去，汽车到了李公馆，直达大厅停下。梅心和红桃迎上来开车门，笑喊白小姐恭喜你。豆蔻一面含笑点头，一面和茜珠跳下车厢，回眸见大厅上布置得气象一新，正中有个霓虹灯的大喜字，而且还燃着挺大的红烛，中服、西服的男子有许多许多，都在里面高谈阔论，见了茜珠和豆蔻，便都探首来望。茜珠拉了豆蔻的手，便向东转入内院子里去了。豆蔻心里好生狐疑，瞟了茜珠一眼，奇怪道：

"李小姐，今天府上是谁的喜事呀？"

茜珠听了，却红晕了两颊，默不作答。梅心和红桃在前领路，听小姐不回答，便别转身子来，笑道：

"白小姐，今天咱们小姐固然要恭喜你，但你也得向小姐恭喜吧，因为今天是小姐和朱家少爷订婚的日子呀！齐巧白小姐出院了，你想这事情巧不巧呢？"

豆蔻这才恍然大悟，暗想：怪不得她今天就打扮得天仙化人似的。便"哦"了一声，拉着茜珠的手，摇了摇，咻咻笑道：

"原来今天是李小姐的大好日子，这你就太不应该了，为什么不早些告诉我，却让我闷到现在呢？朱家少爷可就是那天和你到医院里来的一个吗？"

茜珠的两颊是娇红得厉害，但她竭力装作很大方的意态，频频地点了一下头，回眸瞟了豆蔻一眼，不料豆蔻偏送给她一个神秘的甜笑。茜珠这就咻地一笑，又羞得垂下粉脸来。两人步进内院子里，红桃、梅心掀着湘帘，早已笑着报告道：

"太太，小姐和白小姐来了。"

随了这话声，第一个奔迎出来的就是方雪琴。雪琴今天也打扮得花枝招展似的，和豆蔻先握了一阵手，笑喊白小姐恭喜，于是大家步入上房，只见里面有许多女客，年老的太太、年轻的小姐都坐了一房。豆蔻先向李太太鞠了躬，口喊"叔母，恭喜你"。李太太连忙拉了她手，亲热地抚了一会儿，一面向她粉脸望了一会儿，一面很慈祥地笑道：

"白小姐，你恭喜我，我也恭喜你，真是上帝保佑，你完全好了。这也正巧，白小姐出院，齐巧是珠儿的大好日，所以你们两人正是有福气人哩！"

白豆蔻偎着李太太的身子，也显出特别亲热的样子，笑道：

"但愿应了叔母的金口。叔母，李小姐的好日子，她一些没有告诉我呢，今天她自己实在已很忙了，还要来陪我出院，那真叫我感激呢！"

李太太笑道：

"珠儿她也一团高兴，事情碰得这样巧，不是大家都喜欢吗？可怜你这孩子是清瘦多了，想是也住腻了吧？"

说着，一面又把豆蔻向房中众客一一介绍，说这位是张太太，这位是陈小姐。白豆蔻含笑都招呼过了，便坐在一张沙发上。茜珠抓了一把瓜子给她，说道：

"嗑着解会儿闷儿吧。"

豆蔻伸手把她拉到旁边坐下了，望着她哧哧地笑道：

"你也坐会儿，李小姐，今天你觉得热吗？"

茜珠没有细忖，便一撩眼皮，点头笑道：

"比昨天又热一些，想是入夏的天气了。"

豆蔻笑道：

"今天比昨天热一些，明天又要比今天凉一些，因为今天是特殊的，李小姐的心就更觉得热一些。"

茜珠方知她在取笑自己，这就瞅她一眼，啐了一口，把手向她一扬，做个要打的姿势。众人听豆蔻说得有趣，同时又见茜珠娇羞万状的意态，于是大家都笑起来。就在这时，听有人嚷进来，说道：

"你们笑什么？说给大家听听。"

众人望时，见是麒俊。麒俊今天穿了一套簇新的西服，襟上还别着一朵鲜花，他一见白豆蔻，便忙笑道：

"白小姐，你可大好了，今天我原欲和妹妹一块儿来接你的，因为家里客人没人招待，所以我走不开了。"

白豆蔻忙也点头含笑，说道：

"李先生你太客气，怎敢劳你的大驾？在病中累你们常常关心探望我，实在已很感不安了。"

麒俊本欲再搭讪一会儿，因雪琴在旁，所以只微微一笑。李太太问道：

"证婚人到了没有？"

麒俊道：

"还没有到来，也许午饭不来吃了。"

口里说着话，两眼却向豆蔻的脸上呆瞧，瞧了豆蔻这一副倾人的脸庞，使他会想起丁香的人来，觉得丁香实在和豆蔻有同样的美

198

丽，不料已到手的丁香会逃脱了，这真是可惜哩。李太太见他望着豆蔻仿佛失魂落魄的神情，心里很是生气，说道：

"麒俊，你到外面去吧，别叫你爸一个人累得透不过气来。"

麒俊听了，方才含笑退出房去。豆蔻向茜珠问道：

"证婚人是谁呀？"

茜珠悄声儿道：

"是华东银行的总裁樊宝之，他和我爸原是要好朋友。"

豆蔻扑地笑道：

"原来就是樊宝之，他是我的干爹呀！"

茜珠很惊异地说道：

"真的吗？那么你受伤后，他可来望过你吗？"

豆蔻点头道：

"只有星期三那天来望过我一次，因为他也病了一个多月，从前很魁梧的，经这一场病后可瘦得怕人，所以年老人到底受不住病来磨折了。"

茜珠听了，点头道：

"我听爸说他还只有最近出来，他说病后就有人请他做证婚人，他心里很高兴呢。"

两人谈说了一会儿，梅心、红桃进来，说外面已经入席，请各位太太、小姐也好到小船厅里入席去了。李太太、雪琴、茜珠一听，于是含笑站起，招待众宾去入席了。在入席的时候，大家又让来让去地客气了一会儿。茜珠一席都是年轻的小姐们，所以莺莺燕燕地十分热闹，大家都要敬贺茜珠三杯。茜珠虽然十分地得意，但每个人三杯，便要喝三十杯酒，那还了得吗？所以满面含了娇笑，说道：

"众位的美意，我领情谢谢是了，还是大家各喝一杯吧。"

陈小姐不答应，后来还是豆蔻做好做歹地总算每人敬贺一杯。茜珠喝了九杯酒，两颊已经是红得娇艳了。中午散席后早已近两时了，茜珠拉了豆蔻一同到自己的卧房，红桃倒上盆水，给两人洗脸。

豆蔻笑道：

"李小姐，你有些醉了吧？"

茜珠秋波水盈盈地动荡着瞟她一眼，娇媚地笑道：

"真有些醉了，可不是我不会喝酒的吗，今天这酒我真是第一遭喝这样多了。"

白豆蔻笑道：

"本来人生只有这么一次的日子，你当然应该欢饮一个畅快呀！"

茜珠逗给她一个娇嗔，忍不住又得意地笑起来。这时候，梅心忽然来说道：

"樊老爷来了，小姐，你快换衣服吧，人家姑爷是等得心焦了呢！"

茜珠啐她一口，白豆蔻抿嘴儿也笑了。红桃早已给她取出一件银丝绸的旗袍，茜珠换了，只觉身儿一动，耀人眼目，真是艳丽非凡。豆蔻笑道：

"真像一个新娘娘了。"

红桃、梅心也都抿嘴儿笑，茜珠又喜又羞，一面换了银色高跟革履，一面又对镜细细地照了一会儿。这时，雪琴也匆匆来催道：

"珠姑，你怎么啦？还要用飞机来接你吗？"

豆蔻站起，拉了她手，笑道：

"别怕羞了，我伴你出去吧。"

于是大家笑着走出大厅来。待三人出了大厅，只见樊宝之已站在一张方桌的中间，朱惠民站在左边的下首，其余都是男女众宾围在四面，一见豆蔻、雪琴伴着茜珠走出，大家的眼睛顿时会亮了一亮，一半固然是瞧着新娘，而一半还是瞧着新娘旁边的白豆蔻，因为白豆蔻的美色，实在太以动人了。豆蔻把茜珠推了一推，意思是叫她走到桌边去，但茜珠究竟有些怕难为情，所以一定要拉了白豆蔻一同上去。豆蔻向她抿嘴儿一笑，只好陪她走上去。樊宝之抬头见了豆蔻也在，心里倒是一怔，但此刻不是说话的时候，所以只向

200

豆蔻含笑点了点头。这时，便有司仪的口喊行订婚礼的仪式，朱惠民的家长由雪琴父亲方良柏代表，先由家长及新人盖印，然后证婚人盖印，最后新人互换约指。礼毕，证婚人致训词，大概谓：

> 一个是雀屏中目，一个是才高咏絮，这一对天然的玉人，居然珠联璧合地在一起，真可说是天上的美满姻缘了。从今以后，两位将步入新的阶段，不过我很希望你们对于堂上应该永远敬重，对于自身更应该永远地亲亲爱爱才好。

众来宾听了，大家都噼噼啪啪地拍掌不绝。这里李家瑞请樊宝之和方良柏到客厅用西点。大厅前院子里搭着的戏台此刻亦已开锣，于是由招待请众宾入座瞧戏。茜珠向豆蔻笑道：

"你爱听戏，还是喜欢跳舞？那边疑雨厅里完全已布置好一个舞厅模样，你瞧他们爱跳舞的都到那边去了呢。"

豆蔻因为瞧着茜珠订婚的热闹，想着自己和秋航的婚姻还是悬宕着，心里当然颇觉感触，所以一切都感不到什么兴趣，但是人家既然这样问，也就是笑说道：

"瞧戏我怕太闹，还是去听一会儿音乐。"

茜珠点头笑道：

"对啦，你假使高兴，还可以播送几支歌曲呢。"

豆蔻笑着，遂和茜珠一同到疑雨厅里，就有招待到一个座桌上坐下，仆役也送上两杯香茗。豆蔻见里面布置得和舞厅里一式无二，音乐台上正有一班黑人音乐队在演奏着狂热的夏威夷。舞池中都是贺客们在对对地欢舞，正是灯红酒绿，置身其中，也不知再有什么痛苦的事情了。茜珠拉了豆蔻的手笑道：

"我和白小姐去舞一支吧。"

豆蔻不好意思拒绝，遂和她一同步入舞池，两人互搂纤腰，便婆娑地跳着华尔兹的舞步来。舞池里三四十对的来宾，见了两人舞蹈的姿势，真是美到了极点，所以大家索性不跳了，回过头来都向茜珠和豆蔻呆瞧。两人当然很是得意，所以也就愈加舞得起劲了。待一节音乐停止，两人方才携手上来，正欲归座，忽见惠民和麒俊笑嘻嘻地走来，说道：

"白小姐和妹妹的舞艺好极了，我们瞧了多时，真仿佛是仙子凌波呢！"

豆蔻含笑不答，茜珠瞅他们一眼，笑道：

"别褒奖吧。"

说着，又叫仆役泡上两杯清茶，于是四人一同坐下。惠民笑道：

"白小姐是有名的金嗓子，今天肯不肯唱一曲，让我们饱饱耳福？"

豆蔻道：

"有一个多月不唱歌了，怕失音了，唱得不好，反给人见笑的。"

麒俊忙笑道：

"这是哪儿话？白小姐，你太客气了。"

茜珠偎着豆蔻的身子，也央求她上去播送一会儿。豆蔻情不可却，只好答应。麒俊大喜，立刻取出一页日记簿，先给豆蔻点歌。豆蔻握着笔杆，凝眸想了一会儿，便写了"百鸟朝凤"四字给三人瞧道：

"这一支歌可好？今天是李小姐和朱先生的大好日，所以要有些意思的。"

茜珠听了，直乐得眉飞色舞，握着她的纤手，连连称好，一面把那纸交给仆役，吩咐拿到音乐台上去。下一节音乐敲起来，果然是《百鸟朝凤》的调子。豆蔻于是站起身子，向三人含笑点头，姗姗地步到音乐台上去了。惠民觉得机会不可错过，遂站起向茜珠弯了弯腰。茜珠当然很兴奋地起立，和惠民下舞池里去了。只剩下麒俊一个人，心里真有说不出的羡慕，眼瞧着音乐台上的白豆蔻嘴儿凑在麦克风上，歌着那婉转悦耳的歌声，仿佛是百啭流

202

莺，余音袅袅，聆之会觉得头脑一清，全身感到无限的适意，同时那两脚也会痒了起来。正在听得如醉如痴，忽然背后有人一拍，问道：

"这是白小姐在播音吗？"

麒俊回头一瞧，却是雪琴，心里这就大喜，也不及回答，便拉了她手，笑道：

"你来得正好，我们快去舞一支。"

雪琴被他拖着就走，一面笑，一面嗔道：

"跳就跳了，这样要紧做什么？把我拖倒了。"

说时，已到舞池里，于是两人相依相偎地也舞蹈起来。待《百鸟朝凤》成了尾声，全舞池里来宾个个拍手，一时掌声雷动，高兴得了不得。豆蔻笑盈盈地也回到座位来，见雪琴也在，于是含笑招呼，茜珠等又称赞不绝。这时，麒俊很想向豆蔻求舞，但碍着雪琴在旁，所以始终开不出口。这时，李家瑞伴着樊宝之和方良柏也到这里来参观，惠民、麒俊、茜珠、雪琴、豆蔻见了，当然站起来。樊宝之方才向豆蔻问道：

"白小姐何日出院的？"

豆蔻答道：

"我才今天由李小姐伴出院的，想不到竟是李小姐的大好日，那也真巧了。"

说着，又向家瑞笑道：

"李大叔，我也还没有向你恭喜哩！"

家瑞忙道：

"你现在完全好了，我因事情繁忙，所以也没有招待你，好在我们像自己人一样，也就不和你客气了。"

茜珠道：

"爸爸和樊老伯、方老伯要不在这儿坐一会吗？"

方良柏笑道：

"你们坐，我们原来转一转的。"

于是三个人又走出疑雨厅去了。茜珠等方才又坐了下来，麒俊向惠民瞟了一眼，故意说道：

"你们为什么不去跳呀？"

惠民笑道：

"那么你怎不和嫂嫂去跳呢？"

麒俊望了豆蔻一眼，笑道：

"我们要和白小姐做伴。"

豆蔻听了，忙笑道：

"你们都去跳好了，我坐一会儿听听音乐很好，因为在医院里住了一个多月，眼睛就有些茫洋洋的，所以我就要回去了。"

麒俊、雪琴忙道：

"这是哪儿话？晚饭怎可以不吃了去呢？那不是叫茜珠心里不快乐吗？"

豆蔻听了，向茜珠望了一眼。茜珠很亲热地靠着她身子，娇媚地笑道：

"白小姐身子不好，本来我原不好意思留你，不过今天是难得的，你总要吃了晚饭后才可以回家。假使你此刻乏力的话，我可以伴你到房里去休息一会儿。"

豆蔻听茜珠这样说，这就有些委决不下。雪琴道：

"好的，此刻去躺一会儿好了，今天真也乏了。"

豆蔻因为和茜珠跳了一次舞，又唱了一支歌，也觉有些乏力，遂含笑不答。茜珠当然知道她不好意思说要息一息，遂站起，拉了她手，到上房里去。豆蔻一走，麒俊的心里当然是感到十分失望。

且说茜珠和豆蔻到上房里，因为这时候大家都在瞧戏跳舞，所以上房里倒很清静，只有李太太一个人在吸烟卷。茜珠道：

"母亲，你没在瞧戏吗？"

李太太道：

204

"伴着张太太瞧一会儿，但房中也要照顾，况且我也闹得头脑涨了。白小姐和你在疑雨厅里玩吧，怎的又出来了？"

茜珠道：

"白小姐有些乏了，所以我伴到上房里来躺一会儿。"

李太太道：

"白小姐还未十分复原吧，乏力了，就快休息休息。"

豆蔻道：

"我原想回家了，李小姐一定不肯。我想今天是李小姐大好日，只好答应了。"

李太太笑着，遂叫豆蔻到床上去睡。豆蔻不好意思，说在沙发上躺会儿好了。茜珠笑道：

"白小姐睡当然睡不着，还是和母亲谈一会儿吧。"

豆蔻点头道：

"你只管自去，我理会得。"

茜珠因惠民等在那边，自然管不得豆蔻，遂嫣然一笑，匆匆地走了。这里豆蔻和李太太坐在长沙发上，细细谈了一会儿，因为在第一次碰面时，李太太是存着满肚的妒心，所以也没有好好儿谈，今天在细谈之下，也觉得豆蔻确实是个身世可怜的姑娘。豆蔻虽然悲伤，但今天是人家欢喜日子，所以绝对不显形于色。倒是李太太却代为扼腕，引起了同情的悲哀，懊悔上次的误会，几乎丧了一个可怜姑娘的性命。两人谈了一会儿，梅心送上点心，吃了点心，不多一会儿，天已夜了，于是早又摆席。

晚上的戏都是名票登台，当然格外地热闹，但白豆蔻再没有心思参加这热闹了，所以在九点钟以前，她便向李家瑞夫妇等告别回家了。这夜，豆蔻躺在自己有一个多月没睡了的床上，想着茜珠订婚的热闹、排场的奢华，这岂是普通人家的姑娘所享受得到呢？在豆蔻的心中倒并不是羡慕，回忆遍地哀鸿，嗷嗷待哺，她是只有感叹的份儿。

次日，豆蔻想着秋航自从星期三来望我一次后，却一直没有来，因为有了茜珠说的陆丁香这一句话，豆蔻心中当然肯定秋航是伴着丁香在玩，一时觉得天下的男子，总是见一个爱一个的多，像秋航这样少年尚且如此，更何论其他的呢？想到这里，一颗芳心颇觉悲酸，那两行热泪也就滚滚而下。不料正在独自悲伤之间，忽然见秋航匆匆地走上楼来，因为心中有了无限的怨恨，所以向秋航薄怒含嗔地生气道：

"我道你从此不到我这儿来了！"

秋航骤然听她这样说，倒是愕住了一会儿，但立刻又笑起来，挨近豆蔻的身旁，很温柔地说道：

"咦！你不是自己叫我星期六不要来陪你吗？我是完全听从你的话呀。你叫我星期日来吃午饭，那我不是上午赶着来了吗？你这话到底是生气我什么呢？"

白豆蔻被他这么一说，一时倒也弄得哑口无言，意欲问他陆丁香的事情，但到底又觉得不好意思开口。秋航究竟不是自己的未婚夫，我怎么又可以去束缚他的自由呢？这就顿了一顿，默不作声。秋航见她不理，便俯身望着她的粉脸，笑道：

"豆蔻，你要生气我，总要有个道理才是。怎么无缘无故地就给我碰钉子呢？"

豆蔻眸珠一转，微抬脸，向他噘了噘嘴，哼了一声，说道：

"星期四、星期五卡隆医院的大门关着，所以你走不进来了……"

说到这里，两颊一阵绯红，明眸含了无限哀怨之情，在秋航的脸上逗了那么一瞥，竟是淌下泪来。秋航这才明白豆蔻是怨恨我这两天里没有去望她，便伸手去拉住她的纤手，一同走到窗旁去，笑道：

"星期四、五两天我原想来的，后来我想反正星期日要到你家里来的，所以就不来了。谁知你就是为这些事，所以和我生气的吗？

好好儿的又淌泪，这真何苦来呢？"

说着，便在袋内取出一方手帕，亲自给她拭去泪痕。豆蔻低了头，表面上虽然不说什么，心中可就暗想：我是忧愁着你被什么陆丁香夺了去呀！秋航见她兀是一脸的不高兴，便向她搭讪道：

"豆蔻，昨天我在报上瞧见李茜珠和朱惠民订婚启事，那么你昨天不是在她的家里吗？大概很热闹的吧？"

豆蔻这才装作没有事情般地回眸望了他一眼，点了点头，说道：

"在事前我也不知道，后来李小姐用汽车接我到她家里，我瞧了宾客如云的样子，方才晓得。我以为你一定也来的，不料你却不在，李小姐没有通知你吗？"

这也不知是什么缘故，秋航对于茜珠总有些恶感，听豆蔻这样说，便淡淡地一笑，说道：

"李小姐是贵族千金，怎么会和我穷小子来做朋友呢？"

豆蔻道：

"那不是这样说，彼此既是同学，照理就应该通知一声。"

秋航想着那夜在维纳斯里茜珠那种高傲的态度，这就愈加气愤，说道：

"她固然瞧不起我这种穷少年，我也不希望高攀这种有钱朋友，所谓人穷志不穷，我就生成那副贱脾气。"

豆蔻听他这样说，心里自然暗暗敬佩，不过想起茜珠说的秋航这人并不十分忠实的话，这就感到很奇怪，难道两人有什么怨气不成？遂望他一眼，微微一笑，故意说道：

"你这人就没有良心，李小姐在我那里，她倒常常说你的好，你为什么这样地气她呢？照你说来，李小姐是个阶级观念很深的人，不过在我瞧她平日的行为和谈吐，她是个思想很明达的人，所以你这话我就有些不解。"

秋航听她这样说，他的良心不免一动，觉得自己这话未免是偏激了一些。仔细说来，茜珠确实是个没有贫富观念的姑娘，她也确

207

实曾经一度热烈地恋爱过我，虽然我也未始不是不爱她，为了种种的关系，我没有明白地接受她的爱情。所以她是感到失望了，因了失望，便起了怨恨之心，所以那夜在维纳斯里她故意不理睬我，当然她无非气气我罢了。秋航这样一想，心里倒又不怪茜珠的无礼了，觉得总是自己辜负了她，这就深深地叹了一口气，说道：

"这些事也别谈了，李茜珠现在能够得到一个年轻多情的夫婿，这总是叫人感到一件喜欢的事……"

豆蔻听他这样说，细细沉思了一会儿，觉得秋航这两句话至少是含有些意思的，莫非茜珠从前也爱过秋航吗？对了，也许茜珠她知道秋航还有一个情人名叫陆丁香的，所以她感到失望了，从此便和秋航心意不对了吗？不过茜珠当然不晓得除了陆丁香外，还有我一个白豆蔻呢！豆蔻、丁香究竟谁胜谁败，这又哪里能够预料得到呢？豆蔻这一阵子呆想，情不自禁地也深深地叹了一口气。秋航想不到豆蔻也会叹气，便凝望着她粉脸，奇怪地问道：

"你为什么叹气？"

豆蔻听了，接连地又叹了一声，回眸说道：

"叹气当然有叹气的原因，那你为什么叹气呢？"

这句话倒是把秋航问住了，怔了一怔，说道：

"我叹气因为是……别说了，反正叹气大家总有原因是了。"

豆蔻听他说得有些滑稽，反而嫣然笑了，秋波睃他一眼，说道：

"我一定要你说出原因来。"

秋航也笑道：

"那么你说不说呢？"

豆蔻乌圆眸珠一转，娇媚地笑道：

"你先说出原因来，我当然也说给你听。"

秋航道：

"不过你听了，别笑我夸口。"

豆蔻点了点头，说道：

"我绝不笑你，你就说吧。"

秋航忍不住又叹了一声，方才低低地说道：

"和李茜珠的认识，那还是五年前的事情。那时候，她还只有十三岁，但我已经有十七岁了。为了我曾救过她一次伤，不料她竟爱上了我，但是我却把她当作小妹妹一样看待。经过两年的厮混，她已十五岁了，处处都显出爱我的意思。我因为知道她家是非常有钱，同时又因为她的年龄幼小，不忍去叫她小小的年纪就走上了恋爱的途径，所以我便冷淡她，齐巧我因转学到音专里去，从此便和她分手了。虽然她叫我常去走走，但我总没有实行，直到最近，我和她又遇见了。凭良心说一句话，她依旧是很爱我，不过我也并非对她有什么恶感，只不过因为自己力量薄弱，所以不敢和她特别地亲热……"

豆蔻听到这里，方才恍然，暗想：果然不出我的所料。这就情不自禁地脱口说道：

"既然李小姐这样深情地对待你，那你未免有些薄情了。不过一个人当然有一个人的爱的目的，也许你是醉心着陆丁香吧？"

这句话突然听进秋航的耳里，心中这就大奇而特奇起来，也就忘其所以然地问道：

"豆蔻，你这话打哪儿说起的？陆丁香……你……你也认识她吗？"

豆蔻听他这样说，显然茜珠的话是并没说谎，一时心里只觉有股酸溜溜的气味直冲鼻端，冷笑地道：

"那也没有什么稀奇，陆丁香难道只有你一个人可以认识的吗？"

秋航觉得她这话是包含了无限的醋意，心中暗想：怪不得我一进门她就和我生气，原来她是得知了我有个陆丁香女朋友的消息了。这倒奇怪，她如何地晓得呢？凝眸想了一会儿，猛可地理会了，这还不是茜珠告诉她的吗？唉！茜珠自己既然已有对象，那何苦还要来多事呢？这似乎也太想不明白一些了。秋航这样想着，又叹了一声，回身握住了豆蔻的手，两眼望着她娇容，柔和地道：

"豆蔻，你不要说这样生气的话，我和丁香也不过是个朋友的关系，我知道你一定听了李小姐的话，所以觉得我这个人是无赖少年吧？"

豆蔻听了这话，心里就有了一个感觉，他和我声明陆丁香是个朋友关系，那么他和我又何尝不是一个朋友关系呢？既不是他妻子，又不曾经过订婚的手续，难道我就有权力去干涉他吗？于是她两颊又绯红起来，秋波瞟他一眼，摇头叹道：

"我倒没有认为你是个无赖少年，因为你的人太好了，所以才会有这么多的姑娘来爱上你。秋航，你说是不是？"

秋航一听这话，觉得豆蔻真不愧是我的一个知音，情不自禁握了她手，紧摇了一阵，说道：

"豆蔻，你真是我的知音，所以你应该原谅我的苦衷……因为你是个身世可怜的人，我总不忍来刺激你那颗脆弱的心……"

秋航心中感动得太厉害，他的眼泪不禁从眼角旁涌了上来。豆蔻从他这两句话中猜想，显然丁香也是个身世可怜的女子，一时深觉秋航确实是个血性中人，也就不忍再去跟他闹气，明眸脉脉地望着他脸庞，泪珠儿也纷纷地掉下了两颊。豆蔻既然已经谅解秋航的苦衷，所以从此便不再提起陆丁香的事，她希望自然而然地能够给自己有个圆满的结果。

韶光是容易逝去的，宇宙间经过夏之神一度炎热的威胁之后，清凉的秋慢慢地扩展它的势力，终于把暴热的夏在无形之中驱逐了。金风送凉，篱外菊绽，不知不觉间竟已到九月天气了。这两天报上是天天载着樊宝之的美德，因为他在一度考虑之后，居然把三分之二的家产毅然献给慈善的团体。白豆蔻得此消息，是第一个感到痛快。秋航虽然也觉得樊宝之有这种利济为怀的美德而感到欢喜，但是在他个人的环境中而说，他是天天困在愁城里，因为他母亲是已病了将近一个月了。这夜，他从维纳斯回家，想着母亲的病不知会

210

不会发生意外时，他被秋风吹着，全身会颤抖起来。回到家里，轻轻推进房中，母亲是睡着，丁香呆坐灯下，手里却拿了一份喜帖出神。她见秋航回来，便把喜帖递过去道：

"李小姐请你吃喜酒了。"

第十四回

未合眼憔悴把亲侍
暗切心赠银痛痒关

秋航无限凄凉地回到家里，忽然见丁香递过一份喜帖，说李小姐请你吃喜酒，心里倒是一怔，连忙接过瞧了瞧，方知李茜珠和朱惠民在农历九月十一日假座大东酒楼行结婚典礼。今天是初十，还有五天。一时自语了声她倒还请我吃酒，说着，又把喜帖在桌上一丢，一面脱了身上的大衣，一面低声儿向丁香问道：

"母亲今天的病势怎样了？"

丁香伸手接过大衣，替他挂在衣钩上，一面又向他招了招手，一同步到窗口旁，方才悄声儿地道：

"母亲才睡熟一会儿，别惊醒了她。我瞧好是比昨天好一些了……不过我认为大夫总还应该瞧的吧。"

秋航瞧丁香的脸色是笼罩了一层愁容，口里虽然这样说着，她那两条眉峰却是微微地蹙蹙着。从这一点猜想，显然丁香一面要安慰我的心，使我不受惊慌，一面又欲治母亲的病，使她可以好起来。觉得丁香不但多情，而且用心亦苦的了，当然是把她感入肺腑，握着她的纤手，说道：

"这一个月来大夫已换了好几个，喝药仿佛喝水一样，我也糊涂了，不知到底是哪一个大夫好，我想预备改请西医来瞧瞧，不知你的意思怎么样？"

丁香点头道：

"我也这样想，只要母亲的病好起来，用几个钱总是小事情。"

秋航点了点头，明眸向她脸上望了一会儿，这一个月来，丁香是没有涂脂抹粉，两颊是瘦削得多了，显然她起早落夜地服侍母亲病，把她累得憔悴了。人家到底不是母亲的女儿，也究竟不是我的妻子，她肯这样赤胆忠心地料理着一切，那如何不叫秋航感动呢？所以他又低声地道：

"丁香，这一个月来，真是苦了你了。既要服侍母亲的病，又要给我料理家务……那真叫我太对不住你了……"

丁香听他这样说，心里反而有些不快，两眼含了哀怨的目光，在秋航脸上逗了那么一瞥，轻轻地道：

"你说这样话倒反显生分了，母亲待我似己出，现在母亲病了，我怎能不尽心地服侍吗……"

说到这里，心里有些悲酸，眼皮儿不免红起来。秋航见她盈盈泪下的意态，觉得她一半固然是忧愁着母亲的病，一半至少还含有些别的作用，意欲拿几句话来安慰她，但一时里又说不出口，因此不免叹了一口气。丁香见他并不说话，心里自然又有一种感觉，自己能够住在这里，恐怕完全是狄老太的力量，因为秋航的心里是只有白豆蔻一个人，他所以和我亲热，实在是为了他不敢违拗他母亲的心的缘故，那么狄老太的确可以说是维持我俩感情的人。秋航是个孝顺的儿子，若狄老太存在一日的话，他亦终不敢宣布爱白豆蔻的事。现在狄老太是病得这样沉重，那就是我的地位也在动摇，万一狄老太不幸的话，我的命运同时也决定了。总算在这儿住了半年多的日子，以后不是要去度我的流浪生活了吗？想到这里，觉得狄老太的存亡整个关系着自己终身的幸福。因为自己对待秋航的情分，也可说是无微不至了，但秋航始终还是忘不了豆蔻，可见豆蔻待他的情分也许较我更深一层，不过再深要深到何种地步，这实在叫人难了。丁香心中既然有了这一阵子思忖，她那一颗脆弱善感的芳心自然是更觉说不出的悲伤，于是她的泪珠儿终于滚了下来，但她又深怕秋航见怪，好好儿的又伤心什么呢？况且房中还有一个病人在呢。丁香这样想着，她立刻背转身子去，把手去擦着眼泪。秋航见她淌泪而又不敢淌下来的神气，心里似乎也有些理会她的意思，这就感到她的可怜，伸手去按在她的肩胛上，当然是要她背过身子来。丁香很迅速地收束了泪痕，回转脸，装作很自然的样子，向他微微地一笑。在丁香是竭力要避免自己的伤心，但秋航瞧着她这笑是非常勉强，很想说几句知心的话，但哽住在喉咙口，一时又没有这样的勇气。丁香见他欲语还停的样子，意欲自己先搭讪上去，不过奇怪得很，平日常有许多的话会谈着，此刻却再也说不出一句来。两人相对地呆望了一会儿，忽听床上的狄老太"哎"了一声，喃喃地似乎在说什么。秋航、丁香这就轻轻地步到床前去，狄老太已是睁开眼睛来，一见秋航，便很低地问了一声你回来啦，秋航点了点头，悄悄地说道：

"我回来了，母亲，你觉得怎样不舒服？"

狄老太把手指胸口，皱了眉毛，说道：

"好像有什么塞住似的，最好让我深深地吐着气才爽快。"

丁香道：

"母亲，你要不喝一口茶呢？"

狄老太把嘴唇掀了掀，丁香知道她是要的表示，遂拿热水瓶倒了一杯开水，亲自环着她的脖子，给她喝了两口。狄老太摇了摇头，丁香方才又把她轻轻地放到枕上，狄老太望着丁香的脸，悄声地又道：

"秋航也回来了，时候真已不早，陆小姐，可怜的，你休息了吧。"

狄老太说了一句可怜的，倒引起两人心头的悲酸，几乎泪水要夺眶而出。丁香竭力忍住了悲哀，掀着酒窝儿，兀是装着娇媚的微笑，说道：

"我们原要休息了，母亲，你此刻饿了没有？"

狄老太摇了摇头，秋航俯着身子，把手抵在被褥上，脸凑近了狄老太，笑道：

"母亲，我有一个朋友，介绍我一个西医，医理很不错，我明天请来给你瞧一瞧，好吗？"

狄老太听说，又摇了摇头，说道：

"这个月来的医药费已花去两百多了，但却没有一些效验，所以我也不要再瞧大夫了，反正有命的总还可以做几年人，没命的也就……"

说到这里，有些说不下去。秋航、丁香眼圈儿都有些红晕，喉间哽住着，要想安慰她两句，却也说不上来。良久，丁香方才道：

"母亲别那样说，花些钱有什么要紧？不是仍可以去挣来的吗？你不用着急，我那存折上可以用的呢。"

丁香出走的那天，天池给她一百元钱买物，同时丁香自己也有二百元的私蓄，她自住在秋航家里，便把三百元钱去银行存个折子，原叫狄老太藏着的，这些秋航也都详细。狄老太听丁香这样说，心里愈加爱她，手颤抖地抚着她柔荑，点点头道：

"陆小姐，我们究竟给你些什么好处呢？你要这样地爱护我，一天到晚，帮着做活，吃的是口苦饭，我真太对不住你了。陆小姐，你真像我亲女儿一样……"

说着，她已是涌上一颗泪水来。丁香当然也觉伤心，含泪说道：

"你原像我的母亲一样……"

丁香心中是辛酸极了，她再也止不住泪水掉下了满颊。回眸望了秋航一眼，他却背了身子站着，显然他也在哭了，遂忙收束泪痕，向秋航柔声地说道：

"你去睡吧，别累了身子。"

秋航见已子夜一时，遂向母亲丁香道了晚安，拖着沉重的步子回房去。秋航坐在床边，呆呆地出了一会子神，忽见丁香又走进来道：

"你不用难受，快早些睡了，明天起来请大夫去，这折子你拿着，明天你也去取吧。"

说着话，把那个存折放在桌子上，回身又要退出去。秋航猛可站起来，拉住了她手，叫了一声丁香，他的眼泪又落了下来。丁香知道他是感激我的意思，便也含泪说道：

"你睡了吧。母亲的病，吉人自有天相，你放心是了。"

说着，挣脱了他的手，身子便很快地又退出房外去了。这夜，秋航睡在床上，甜酸苦辣各种不同的滋味是充满了他的心头。第二天起来，秋航和丁香的谈话把狄老太惊醒了，问什么事，丁香忙含笑地走近上去，低声儿告诉道：

"秋航昨天不是说有个西医认识吗？今天他预备去请了来给母亲诊一诊脉。"

狄老太叹道：

"医生是医得了病，可是却医不了命，我的意思还是听天吧。"

秋航听说，便欲走过来劝解。丁香却向他丢了一个眼色，朝门外努了努嘴。秋航知道她是叫我只管自去请医生的意思，遂轻步地跨出房门，匆匆地走下楼去了。房东太太见了秋航，便很关心地问道：

"狄先生，老太太的贵恙可好些了吗？"

秋航点头笑着说声"好些了，多谢你"。忽然又想着房东太太和我说话，她一定是有意思的，猛可想着了，我们房金是逾期三天了，当然她是来问我要租金的，因为素来很客气，所以她有些开不出口讨吧。遂停止了脚步，很抱歉地说道：

"为了母亲的病，使我糊里糊涂地也忘记付了租金，很对不起，回头我就付给你。"

房东太太听他这样说，倒不禁为之愕然，微笑道：

"大前天陆小姐已付给我了呀，狄先生没知道吗？"

216

秋航红了脸，"哦"了一声，笑道：

"我这人糊涂得这个样儿……"

只说了这一句话，他的身子已是急急奔出大门去了，心里暗想：家里是已没有钱了，我因发薪还有八天，所以迟付了房金，想不到丁香却已给我代付好了。这当然是她自己的钱，既然她给我代付了，但她却不给我提一声儿，唉！丁香，丁香，你这样体贴入微，委婉多情，完全是做了我妻子的事情了，叫我怎能抛得了你啊！秋航这样想着，那眼泪忍不住又掉下了满颊。待秋航在银行里取了钱，请了林中惠西医到家，时候已近午了。丁香正服侍狄老太喝一口稀粥，见秋航把医生请来，遂离开床边，让林中惠去诊治。林中惠要了一本书，给狄老太搁着手腕，一面按着脉息，一面回头问道：

"这位是密司脱狄的老太太？"

秋航点头道：

"是家母。密司脱林，你瞧……"

林中惠微闭了眼，摇一下头，意思是叫他别问，秋航于是不声张了。林中惠把她诊过脉息，取出听筒，给她又听过胸部，然后又给她量过热度，为一百零二度点六，热势可见颇盛。一切诊毕，便离了床边。丁香忙服侍狄老太躺下，只听林中惠和秋航用英语低低地说了几句，然后坐下桌旁开方子。秋航的眉尖是紧锁着，他愁苦了脸，又很轻地向林中惠低声儿问了一句英语，只见林中惠摇了一下头，秋航的脸色有些变白，又很轻地追问一句英语，方见林中惠点点头。丁香心中又闷又急，这就走近桌边来，向林中惠悄悄地问道：

"林医生，你瞧我妈的病要紧吗？"

林中惠开好方子，把钢笔套上，回眸望了丁香一眼，说道：

"不要紧，密昔司狄，你放心，我先给她注射两枚针。"

秋航、丁香听他误会我俩是对夫妻，一时心里都感到难为情，但这时候也顾不得这许多，一颗心是焦急得别别乱跳，眼瞧着林中惠给母亲注射两针。秋航取出四十九元钱来，交给林中惠，一面送他下楼。待秋航上楼，只听母亲在问丁香道：

"陆小姐，这一次诊金多少？恐怕是很贵的吧？"

秋航偷偷地向丁香摇手，丁香哪有个不知道他的意思，遂柔声儿说道：

"不贵什么，因为是认识的，所以他说待母亲病好了再说吧。"

说着，又向秋航瞟了一眼，谁知他却在暗自淌泪。丁香大吃一惊，知道狄老太这次的病总是凶多吉少，这就心中一酸，泪也如雨般地淌下。狄老太虽然病得很厉害，但心里是很清爽，而且感觉较常人更灵敏，她听两人都没有动静，便叫了一声秋航。秋航急得立刻擦干了眼泪，走到床边，含笑说道：

"母亲，你叫我什么？林医生说母亲这病不要紧的。"

狄老太望着儿子强颜欢笑的神情，分明眼皮还红着，这就长叹了一声。秋航心中悲痛已极，眼泪又欲夺眶而出。丁香忙推他一下身子，说道：

"你可以撮方子去了呀！"

秋航巴不得丁香说这一句话，立刻答应一声，拿了方子，匆匆地奔出房去了。当他步出房门的时候，这才让他满眶子里辛酸的热泪痛痛快快地掉了下来。狄老太见秋航走后，便向丁香望着，很慈和地说道：

"陆小姐，不用伤心，生死大数，非人力可能挽回。别的我倒不记挂，只是你的事情还悬宕着……不过……在我未完这口气之前，我总不使你受一些委屈……"

这两句话触送到丁香的耳里，无限的沉痛激起了心头无限的悲哀。她再也止不住眼泪似泉水般地涌了上来，亲热地伏到床沿边，抚摸着她的瘦黄手，哽咽着道：

"母亲，你快不要说这些话，你的病是会好起来的。我已向上天祈祷，只要母亲病好得快，我愿吃十年长斋。"

狄老太点了点头，含泪笑道：

"好孩子……有这两句话，也就是了……"

丁香不敢过分伤心，便装出笑脸来逗她高兴，又恐劳她精神，所以嘱她闭眼静养，自己坐在沙发上去，手托香腮，却是呆呆地想了一会儿心事。

秋阳是淡淡地显得那么苍白，它从窗外慢慢地爬到房中清辉的壁上，那边花架子上的一盆秋海棠，花朵和叶瓣反映在壁上，显出那黑影子来，静静地仿佛是一张画片。瞧了那有色无香的秋海棠，不知怎的，更会令人勾引起一种悲思，感到了寂寞的凄凉。斜阳渐渐地偏西移过去，那花影子也慢慢地模糊消失了。秋航拖着懒洋洋的步子回来了，丁香擦了擦眼皮，站起身子。秋航悄声儿问道：

"睡着了吗？"

丁香点了点头，一面接过药水，一面说道：

"你也乏力了，坐着息一息，我泡些饭给你吃。"

说着，便在竹橱内取出菜碗，用开水泡热了饭，叫他吃饭。秋航摇头道：

"我却吃不下，你自己吃些，别饿坏了。"

丁香挨近身边来，秋波脉脉含情地凝望他苍白的脸，柔和地说道：

"你说我别饿坏了，那你自己怎可以不吃？多少给我吃些……"

丁香说到这里，伸过手来，拉秋航的手。秋航在万分伤心之余，还有这么一个美丽的姑娘来安慰自己，这就也不禁为之破涕了。两人坐到桌边，低了头默默地吃饭。时候是已经黄昏了，说吃午饭吧，哪有这么晚？说吃夜饭吧，又觉得太早些。这两天来，真弄得有些神魂颠倒，自己也有些莫名其妙了。吃毕饭天已黑了，狄老太也醒来。丁香先服侍她喝药水，问这一会子怎么样。狄老太见秋航也在，仿佛很感安慰，点了点头道：

"这会子倒好得多。"

秋航、丁香见她精神果然好了许多，一时也很欢喜，以为十成中还有四成希望，于是又安慰了她几句。因时已六点多了，秋航方才安心一些到维纳斯里去了。秋航到维纳斯，时候还只六点四十分，忽见那边桌旁坐一女郎，见了秋航，便笑盈盈起立，迎了上来。秋航见是豆蔻，倒是一怔，忙道：

"怎么你在这里？"

豆蔻握住他手，很怨恨似的瞅他一眼，说道：

"你差不多有十多天没来了，我真急得什么似的，想来府上望你，偏又记不起地址。你贵忙啦？还是被丁香小姐缠住了呀？"

豆蔻现在转变了态度，并不老和他赌气，故意显出顽皮的神气，逗给了他一个倾人的甜笑。秋航微叹了一口气，摇了摇头，说道：

"你猜错了，我母亲已病了一个多月，天天心里愁苦得很呢！"

豆蔻听了这话，立刻收起了笑容，很惊慌地蹙起了眉峰，说道：

"伯母病了这么多的日子了吗？那你前次为什么没向我提起呢？大夫可曾瞧过没有？"

秋航道：

"中医瞧了十多次，今天我请了西医，大概不要紧的。"

说着话，两人已走到桌边坐下来。豆蔻很关心地道：

"但愿不要紧才好，那么病中一切谁服侍呢？最好还是住院去诊治。"

秋航道：

"过几天就好了，你吃了晚饭吗？"

豆蔻摇头道：

"我没有，你呢？"

秋航道：

"我吃了。"

说着，回头吩咐侍者点大餐。豆蔻瞟他一眼，低声儿问道：

"李小姐九月十五日在大东酒楼结婚，你那儿帖子可有吗？"

秋航点头道：

"有的，昨天我才接到。"

豆蔻又问道：

"那么你去不去吃酒？"

秋航沉吟了一会儿，说道：

"我想……不去了，因为晚上我没有空，反正你总去的，就给我代为贺贺她吧……这十元钱的贺仪，你也给我带了去吧。"

豆蔻见他说着，又在袋内摸出两张五元的钞票来，便忙又说道：

"晚上既没有空，白天里不是可以去吗？人家既然请了你，你若不去，倒好像真的和她闹意见似的。所以我意思假使在可能范围中，你就不妨抽空去一次。至于你的贺仪，我已和你合送了。"

秋航笑道：

"怎么你和我合送了？你送的什么东西呀？"

豆蔻道：

"那还是半个月前我就在新凤祥银楼里看中了一只银制的兵舰，用红木玻璃框子配起来，倒很美丽。在兵舰的头上镌着李茜珠和朱惠民的名字，下首是你和我的名字，这样不是很好吗？"

豆蔻说着，娇媚的俏眼斜乜了他一眼，向他很甜蜜地一笑。秋航虽然很感激她的深情，但想着自己只拿出十元钱的贺仪，两颊不免绯红起来，感到自己实在太寒酸气了。但他犹竭力装出自然的样子，微微地一笑，说道：

"这样也好，那么我该派出几个钱？"

秋航问了这一句话，不料却引起豆蔻的伤心，眼皮一红，竟淌下泪来。叹了一声，白他一眼，说道：

"我就试着你，看你会不会问出这个话来，谁知你果然这样说，那还叫我说什么好……"

说到这里，垂下头来，淌泪不止。秋航见她如此模样，一时也深感豆蔻之痴心实不下于丁香，望着她的粉颊，愁眉苦脸地倒是愕住了一会子。这时，侍者把菜送上，秋航方喊道：

"豆蔻，你痴了，就是凭我只问一声，你就值得这样伤心吗？菜来了，你快吃呀。"

豆蔻抬起海棠着雨般的脸庞，无限哀怨的目光望了他一眼，叹道：

"我处处把你当作自己看待，你却偏偏分得这样明白，当然我也知道自己是个不齿的歌女，没有资格够得上你的眷恋……"

秋航听到这里，急得涨红了脸，说道：

"豆蔻，你说这话，那真叫我感到无地自容了。你说你是个歌女，那么我是个什么人呢？唉！我觉得我一切都寒酸气，对李小姐固然感到惭愧，对你……"

白豆蔻不等他说完，便急得泪下如雨，说道：

"对我便怎么样？你说，你说！只要你忍心说出来，我就立刻死在你的眼前！"

秋航想不到豆蔻有这两句话，他感动极了，两眼不免也淌下泪来，默不作声了。豆蔻拭泪哽咽道：

"你把金钱瞧得太郑重了，人穷志不穷，那一句话不是你自己说的吗？子路夫子说，衣敝缊袍，与衣狐貉者立而不耻者。贫穷岂难道就惭愧了吗？你说这话，叫我听了心痛。"

说着，又簌簌泪下。秋航听了，自然愈加敬爱，一面点头，一面拭泪，向她说道：

"你待我之情，海无其深，天无其高，我总不忘你的情义。豆蔻，你快别伤心，吃菜了吧。"

说着，伸手递过去一方手帕，豆蔻接过，在眼皮上擦了擦，又交还了他，秋波瞟他一眼，说道：

"你家在什么路呀？我明天来望望伯母。"

秋航因为丁香在家，所以倒吃一惊，意欲叫她不用来望，但又恐她生气，只好告诉了她。这时七点已到，秋航不能久陪，只得点头说不奉陪了。豆蔻一面把十元钱叫他拿去，一面说道：

"我也就要到戏院去的，那么明儿见。"

秋航听了，便点头自到音乐台去。豆蔻吃毕晚餐，便要付钱，侍者道：

"钱已狄先生付了。"

豆蔻于是放一元钱作小账，披上大衣，匆匆到皇宫歌舞剧院里去了。这夜秋航回家，轻轻推进房门，却见丁香伏桌打瞌睡，可见她真也够辛苦的了，遂悄悄地推了她一下身子。丁香骤然惊觉，猛地抬头，显出慌张神气，一面揉着眼皮，一面急问母亲怎么了。秋航见她睡眼惺忪，单听了这句话，显然她心中是时时刻刻记挂着母亲的病，一时更感到她的可怜和可爱，便柔声儿道：

"母亲没有什么，你怎不睡到床上去？已是秋天了，不怕受了凉吗？"

丁香定睛瞧是秋航，方才把一颗芳心安定下来，慢慢站起身子，微微笑了一笑，低低说道：

"你回来了吗？我这人真不中用，才儿还坐着呢，不知不觉竟睡熟了。"

秋航抚着她纤手，很柔和地望着她粉脸，带了怜悯的口吻，说道：

"这也难怪，你真够辛苦了，趁着母亲很安静地睡着，你也快睡吧。"

丁香娇媚地瞟他一眼，嫣然笑道：

"此刻倒又不倦了，你要喝茶吗？我倒杯你喝。"

说着，便倒了一杯，交给秋航。秋航喝着茶，想着丁香、豆蔻的情分，心头真有说不出的甜酸滋味。第二天起来，时已十时了，丁香服侍狄老太喝了药水，便向秋航道：

"前天买的菜都没有了，今天我该到菜市场里去买一些菜了。"

秋航点头道：

"好的，母亲我会照顾的。"

丁香于是提着竹篮到菜市场里去了。秋航走到床边向母亲望了望，却又沉沉地睡去了，暗想：母亲现在这样爱睡，也许是好起来的现象吧。正想时，忽然有很轻微的皮鞋声响进来，秋航回头一瞧，却是豆蔻来了，这才记得了，豆蔻原说今天来望母亲的，遂忙低低叫道：

"豆蔻，你倒找着了，请坐。"

说着，便要倒茶。豆蔻见房中只有秋航一人，遂摇手道：

"别忙，伯母睡着吗？"

秋航遂领她到床边，只见狄老太的脸是向着外面的，鼻息微微地睡着。秋航道：

"你瞧脸色怎么样？我天天见的，也就糊涂了。"

豆蔻见她脸色黄中反光，带有些虚肿的神气，当然是很不好，遂退后一步，蹙了眉尖，说道：

"最好给伯母送医院里去诊治，那就便当得多，省得一会儿请医生、一会儿请医生地麻烦。"

秋航道：

"我也这样说，但母亲她老人家不答应，也不能过分地拗她。"

说着，又叫豆蔻大衣脱一脱。豆蔻却不理会，两眼只管望着桌上的药水瓶、粥碗等物件，觉得秋航家里是正需要一个人来料理家事，假使秋航此刻允许我来给他料理的话，我再也不情愿抛头露脸地到舞台上去了。这样想着，不免叹了一口气，回眸望了秋航一眼，说道：

"你做饭都自己来吗？那么你到维纳斯去，家里怎么办？"

秋航有些脸红，他觉得这话不容易回答，只好含糊地说道：

"不，有人帮助着我，她现在买菜去了。"

豆蔻自然想及不到这些的，她点点头，却没有追问下去。坐了一会儿，这才在皮匣内取出五叠钞票来，放在桌上，明眸含了无限的柔情蜜意，凝望着秋航，说道：

"这里五百元钱你拿着使用，假使你要推却我的话，我立刻就不高兴。"

秋航因为豆蔻已经言明在先，这就弄得开口不得，心中一阵感激，几乎淌下泪来，走上去握着她手，很恳切地道：

"豆蔻，我也不说什么感激的话，心里记着你是了……"

豆蔻掀着笑窝儿，娇媚地笑道：

"我原不希望听你说什么感激的话呀。好哥哥，你别忧愁，吉人天相，伯母自然病占勿药的。"

豆蔻说着，把身子还耸了两耸，红晕着双颊，显出天真的娇憨意态。秋航到此，又不禁为之开颜一笑了。豆蔻见狄老太没有醒来，因为自己这次来的目的，一半固然是来瞧望狄老太，而大半还是赠金来的。她明白秋航的经济不足，世界上因没有钱治病而丢送性命的真不知有多少，所以她特地来送钱，使秋航可以给母亲请医调养。对于探望倒还在其次，故而也不待狄老太醒来，就告别要走。秋航留她道：

"吃了午饭去吧。"

豆蔻道：

"本当我原吃了饭去的，奈伯母病着，家中又没人料理，那我不是加忙吗？待明天伯母好了，我再来吃饭吧。"

秋航不便强留，遂送她走下楼去。豆蔻再三不肯，说伯母醒来要找不着人。秋航听了，和她握了握手，只得罢了。豆蔻走后不到五分钟，丁香却买菜回来了，虽然两人遇见也没有什么办法，但能够不相遇，总比遇见要省事得多，所以在秋航的心中，是仿佛放下了一块大石。

光阴匆匆，秋航在请医撮药的忙碌中，不知不觉地又过去了四天。瞧着壁上的日历是已九月十五日了，猛可想着今天是李茜珠的结婚日子。豆蔻既然叫我去道个喜，那么我何不去应酬一次呢？于是向丁香说道：

"今天是李小姐结婚日子，既然有帖子来了，我就不得不去一次。你假使有什么事情，可以打电话到大东酒楼来找我的。"

丁香点头道：

"我理会得，你只管放心前去。"

秋航遂披上一件大衣，走到床边，又向母亲望了一望，皱了眉毛，说道：

"母亲这两天有些昏沉的样子，不知是好是歹呢？"

丁香道：

"也许是乏了吧。"

一面说着，一面已是跟他走出房来。秋航当跨下扶梯的时候，又向丁香望了一眼。丁香忽然又道：

"现在还只有十点多一些，你可以去理一个发。他们亲戚朋友一定多得很，长着须发怪不好看的。"

秋航把手抬到头上去摸了摸，笑着点头道：

"此刻去理发还来得及吧，那我就去理一个发。"

说时，已走下去了。丁香弯了腰又低头望下去，叮嘱道：

"你可以早，就早一些回来吧。"

秋航答应一声，身子已出大门去了，心里却在体会丁香每说一句话，总带有些贤妻的口吻。照理，这是一件喜欢的事，但为了有个白豆蔻也和她一样痴心，所以倒反感到有些痛苦了。秋航在理发店里理了发，坐车急急到大东酒楼，只见门口高搭了彩牌楼，汽车来去不绝，真是非常拥挤。门口站有许多招待，是专给来宾付车资的。秋航跳下车子，就有招待付了车资，并请入内。秋航正欲登楼，忽听后面有人叫自己的名字，遂回头望去，正是豆蔻。豆蔻今天打扮得花枝招展，真仿佛是天仙化人似的，便笑道：

"你也才来吗？"

豆蔻点头，于是两人到了二楼。二楼陈设着礼堂，就由接引的

226

领到礼堂前鞠了躬，茜珠见豆蔻、秋航一同到来，便亲自招待，笑道：

"你们一块儿来的吗？狄先生，真对不起你，叫你送这样重礼。"

白豆蔻似乎很得意，虽然原和秋航在门口遇见的，但她偏偏承认着笑道：

"我们一块儿来的，李小姐今日可辛苦啦！"

秋航见茜珠今天不如往日那样冷淡，遂也笑着说了一会儿。这时，朱惠民也走过来，秋航、豆蔻忙又向他恭喜，惠民一面还礼，一面递上烟卷，彼此说了几句，他又招待别人去了。茜珠拉了豆蔻的手，也到女宾那儿去了。秋航一个人于是在四周望了一会儿，只见四周都陈列着人家送来的名贵礼物，豆蔻那只银制的兵舰也在其中，秋航见自己名字和豆蔻果然具在一处，而且还是自己上首，心里对于豆蔻当然更加感激。

这时，西面又走来一个少年，和秋航打个照面，两人好生面熟，都怔了一怔。秋航忽然记得了，那不是茜珠的哥哥吗？麒俊也想起了，因为秋航和豆蔻合送贺礼，显然两人感情不错，所以欲探听探听两人的关系，便招呼道：

"这位可是狄先生吗？"

秋航忙拱手还礼，笑道：

"这位是舅爷李先生了。"

麒俊笑说不敢，一面便和他搭讪着说话，后来慢慢说到豆蔻身上去。秋航知道他的用意，所以很大方地说和豆蔻是极普通朋友，麒俊探听不出什么，只好一笑走开。秋航听说三楼搭有戏台，下午二时起，还有精彩堂会，他反正都是陌生的，一个熟人也没有，所以独个儿走到三楼去望望。原来三楼是吃大餐的，早已坐满了客人。秋航懒得再走下去，遂拣个位置坐下，不多一会儿，西菜便开上来了。待吃毕这餐饭，时已两点，戏台上早已开锣。秋航无心瞧戏，便走下二楼来，只见女宾处豆蔻和茜珠匆匆走来，一见秋航，便

笑道：

"碰得正巧，我们到舞厅里去坐一会儿。"

秋航点头，于是三人到了大东舞厅，今天舞厅原给李家包下，所以里面玩的也全是来宾。豆蔻、茜珠、秋航坐在一张座桌上，大家舞了几次，因为时已三点，豆蔻便伴茜珠到化妆室去预备做新娘了。秋航暗自想了一会儿，觉得这样伟大的场面，茜珠若和我结婚，这我哪里来能力呢？不过再也想不到茜珠在临做新娘以前还给我跳两次舞，陡忆前尘，自然不胜感慨系之。正在这时，忽听有人说已在行结婚礼了，于是众来宾又向礼堂里走去。秋航自然也挤在中间，只见证婚人已站在中间，那是华东银行的总裁，自己也认识他。男傧相不知是谁，女傧相却就是豆蔻担任。众来宾瞧了这一个新娘和傧相，真是一对美人，站在一起，仿佛一枝并头莲花，大家无不啧啧称美。秋航耳听着悠扬悦耳的婚礼进行曲，眼瞧着豆蔻身穿礼服的风韵，更是无出其右，一时也不禁为之神往。不料正在如醉如痴想入非非的当儿，忽然麒俊走来把秋航衣袖一扯，说道：

"狄先生，你有电话来了。"

这个消息，仿佛是晴天中的一声霹雳。秋航脑海里的豆蔻、茜珠全都幻灭了，他苍白了两颊，应了一声，便如飞样地急急奔到电话间里去了。

第十五回

遵命从权夙缘今始偿
绝裾而去狂饮气难平

　　秋航因为在家里临走的时候曾关照丁香有事情可以打电话来找我，想不到果然有电话来了，这当然是丁香打来无疑的了。有电话来就是代表家里有事情，什么事情那还用说吗？恐怕母亲的病是已到危险时期了，所以秋航心头是充满了无限的恐怖和悲哀，惨白了脸色，三脚两步地奔到电话间。当他握起听筒一听，果然是丁香声音的当儿，他那颗心的跳跃几乎要从口腔里跳出来了，遂急急问道：

　　"你是丁香吗？母亲怎么了？"

　　不料丁香却用了极缓和的口吻答道：

　　"我是丁香，母亲很好，不过她记惦着你，你就回来吧。"

　　秋航这才定了一定心，忙道：

　　"好的，我立刻就回来。"

　　丁香又道：

　　"你切不要惊慌，在路上走路小心。"

　　秋航"嗯嗯"响了两声，放下听筒，在衣帽间里取了大衣。因为这时人家正在行结婚礼，而且豆蔻又做傧相，所以也没有人那儿可以去告辞一声，就急匆匆地走出大东酒楼去了。心里可就暗想：丁香末了这两句话就叮嘱得有些叫人可疑，因为她心中是惊慌的，恐怕我在路上闯了乱子，所以她叫我切勿惊慌，从这一点猜想，母亲很好这句话是不确实的。但是丁香说话向来是委婉小心的，也许她唯恐我惊慌，所以叮嘱我这两句话，母亲果然是很好吧。秋航这一阵子狐疑，那车子早到了鸿怡坊停下，付了车资，急急奔入弄中，却见丁香泪人儿般地等在十八号大门口。秋航心中仿佛有人拿石块儿撞了一下，只觉有些疼痛，连忙问道：

"丁香，你怎么站在门口？母亲到底怎样了？"

丁香一见秋航，慌忙用手背擦了眼泪，说道：

"母亲吃午饭时候就问你到什么地方去了，我不敢说吃酒去，只说维纳斯老板和你有事商量。后来她时时地念着你还不回家，我没有法子，只好来电话喊你，你见了母亲，千万不要说在吃酒。"

秋航听了，连连点头，一时也深深懊悔自己不该去吃喜酒，可怜病中的母亲，她是时时刻刻需要儿子伴在她的床边呢！秋航一面淌泪，一面和丁香走到楼上，只见房东陈太太也在房中。秋航连忙脱去大衣，拭了眼泪，轻步走到床边，向狄老太柔和地叫了一声母亲。狄老太那双已失神的眼睛望见了秋航，心里似乎得到了一些安慰，瘦黄的脸上微微地掀起了一丝苦笑。丁香也走近床边来，望着狄老太的神色实在已很不好，心里只觉无限悲酸，眼圈儿忍不住又微微地一红。狄老太望着床前秋航、丁香两个人的脸上是含了丝丝泪痕，这就轻轻地叹了一口气。秋航见母亲嘴一掀一掀，似乎欲语不停的样子，遂含泪说道：

"母亲，你有什么话……你只管和我说吧。"

说到这里，只觉有股子辛酸冲上心头，那喉间早又哽咽住了。狄老太沉吟了一会儿，方才有气没力地说道：

"秋航，我这病怕不会好了吧……虽然人生百年，早晚总是脱不了一个死，但我死后，还没有一个媳妇能够在我灵前哭几声，那我总感到遗憾……陆小姐是个孤苦伶仃的姑娘，身世愈可怜，她的人才也就愈出众，我真恨老天……他总不肯给人间有十全十美的事情。陆小姐不但模样儿好、性情好，就是料理家务，也有十成的才干，那不是我给她吹嘘，你当然也是明了的。这样美丽贤德的妻子，在繁华都市享乐惯的上海，恐怕提着灯笼再也找不出第二个了吧……虽然现在儿女的婚姻比不得像我们年轻时代，不过我为你终身的幸福着想，我只好违背时代的进展给你做些主意。在我未完这口气之前，希望你和陆小姐能够权行一个花烛，假使我寿命已完了，那也不必谈，总算我死后已有一个媳妇了。也许经此一冲喜，我的病倒好起来了，这总算是你儿子救了我一条命……至于再请医生给我乱花费钱……这倒反而催我早些死了……秋航，你愿不愿意母亲给你这样做主啊？"

狄老太一口气说了这许多的话，早已气喘吁吁，她似乎费了许多的精神，说到末了一句时，声音是更提得高了一些。秋航和丁香再也想不到母亲会说出这些话来，一时又羞涩又伤心，两人的脸是红着，同时眼眶子里的泪水更像泉水一般涌了上来。在丁香的一颗芳心中，除了羞涩和伤心外，当然还有一些喜悦的成分，所以她垂了粉颊，却是默不作声。但秋航这时心中实在可称为是痛苦到了极顶，他并非不爱丁香，为的是抛不了豆蔻。可怜豆蔻她也是那么痴情，同时她对于母亲的病也是那么关心。假使她不关心的话，她如何会送五百元钱来呢？可见豆蔻确实也是个母亲的好媳妇，不过在母亲心中当然不晓得还有豆蔻那么一个好媳妇在爱护她，那么豆蔻这一片痴心、这一片孝意是完全埋没了，除了我一个人明白，还有谁来了解她呢？现在我和丁香结了婚，豆蔻若知道这个消息，她不是要伤心得有吐血的可能吗？那么叫我这一颗良心如何对得她住呢？不过母亲的语气是多么委婉，是多么可怜，我若不答应她，那我还能算是个母亲的儿子吗？秋航心中这样想着，他觉得伤心痛苦极了，除了默默地淌着悲酸的眼泪外，他再也说不出一句话来。狄老太当然不知道他心里有这一种为难，还以为他是因怕羞的缘故，所以又断断续续地说道：

"你……不用怕难为……情……这是……光明正大的……事

情……"

　　陈太太也有些心酸，含泪说道：

　　"狄先生，你快答应呀！冲冲喜，也许你母亲病真会好了……"

　　秋航经陈太太这么一说，他再也不能挨下去了，只得忍痛答应了道：

　　"母亲，我答应你的话，但愿母亲早日能够好起来……"

　　他说到这里，忍不住又泪落如雨。陈太太是个挺热心的人，她见两人答应了，便很喜欢，遂向秋航要了钱，说一切我给你办理。秋航自然感激不尽，连声叩谢。不多一会儿，陈太太早买来一对挺大的花烛，并一股长香，一面把桌子抬开，放在中间，一面又拿烛台把花烛插了上去。丁香总不好意思眼瞧着陈太太一个人忙碌着，所以事到如此，也只好厚了脸皮，帮着陈太太料理行交拜礼的事情。待一切舒齐，已经是黄昏时候，陈太太燃着花烛并长香，那烛火融融地照映到狄老太的脸上，她是含了一丝微笑。陈太太见秋航、丁香两人坐在椅上，只管呆呆地出神，心中暗想：真是又好笑又伤心。遂催他们说道：

　　"你们可以拜天地了，时候也不早了。"

　　秋航听了，不免向丁香望了一眼，谁知丁香的俏眼儿也在偷瞟自己，四目相对，自然十分地难为情。丁香的两颊是红得娇艳，不禁又低下头来。秋航只好站起身子，走到桌前去。陈太太觉得叫丁香也自己凑上去，这叫一个女孩儿家羞人答答地实在太不好意思了，于是她走到丁香的身旁，也权充了一个喜娘，把丁香拉了上去和秋航站在一起。也许是心有灵犀一点通吧，所以两人便不约而同地跪了下去。黄昏的空气是十分静悄，尤其在秋的季节里。窗外的秋风是飒飒地响着，这仿佛老天在给他们演奏婚礼进行曲。秋航听了窗外的风声，脑海里陡然想起大东酒楼茜珠的结婚，怎想得到刚才还在吃人家的喜酒，没有几个钟点后自己也要结婚了。想着茜珠结婚的热闹，更衬自己结婚的凄凉，觉得和茜珠比较，实在有天壤之别。

想起茜珠结婚时的情形，当然会想着茜珠旁边做傧相的豆蔻，于是秋航的一颗心只觉无限隐痛，眼泪又从眼角旁涌了上来。两人拜过了天地，又祭过了祖先，然后双双地走到床边，因为狄老太太是睡在床上，所以不好行大礼，只亲亲热热地叫了一声妈，丁香还端上一碗茶。狄老太乐得什么似的，脸上的笑容就没有平复过，一面答应着，一面又向陈太太连声地道谢。陈太太见诸事完毕，便笑着走下楼去。这里丁香又服侍狄老太喝了药水，一面把烧好的粥喂给她吃。狄老太却摇着头不要吃，一面叫两人吃饭，一面向秋航说道：

"你今夜维纳斯不用去了，打个电话去请个假吧。"

秋航不敢违拗，遂匆匆下去打电话。待秋航打了电话上楼来，丁香已把泡饭盛出，两人草草吃了饭，伴在母亲的床边，默默地坐着，谁也不说话。狄老太闭着眼，躺了一会儿，然后又睁开来，向两人望了一眼，低低说道：

"时候不早了，你们可以进房里去休息吧。"

秋航这才抬头望着母亲脸说道：

"早哩，母亲此刻可要喝些稀粥吗？"

丁香也柔和地问道：

"母亲，我服侍你吃些好吗？"

狄老太摇着头，那眼皮又慢慢地垂下来。秋航、丁香瞧此情景，心里自然忧煎十分，相互地望了一眼，泪水又涌了上来。

夜是静悄悄的，窗外呼呼的秋风刮得很大，听了大风声，更会令人感到了无限的悲哀。狄老太的精神虽然是散了，但心地是很清爽，她听着桌上的钟已敲十一时了，于是她又睁开眼来，再三催两人去睡，说给你们坐着，我心会不安宁。秋航听母亲这样说，那就没了法儿，只好和丁香一同回房里去。两人到了房中，丁香给秋航又倒上一杯茶，秋航却没有表示，兀是呆坐出神，丁香慢慢地退过一旁，心里这就有了一个感觉。秋航这愁苦不乐的样子，一半固然是为了母亲的病，一半了许为了豆蔻而伤心的吧。丁香既然有了这个感觉，心里自然万分地哀怨。两人呆了一会儿，丁香偷瞟了他一眼，谁知他又在落泪了，因想：秋航他是个孝顺儿子，也许真的因为母亲病危而伤心吧。遂走了上去，含泪叫道：

"秋航，你别伤心，母亲的病是会好起来的。你自己身子也要紧的，还是早些休息一会儿吧。"

秋航点了点头，那眼泪便又滚了下来，一面脱衣，一面便睡到床上去。丁香拉拢了窗帘，回眸见秋航已先睡了，一时觉得自己也要睡到床上去，那真有些难为情。虽然我俩从今是已成夫妇了，夫妇当然有同衾共枕之好，但我俩的婚礼实在太简单了。丁香这样地沉思，当然是呆着出神，不料秋航倚在床栏旁，也不叫丁香一同去睡，却只管叹气。丁香见秋航这样冷待自己的神情，她原是个细心的姑娘，自然引起无限的疑窦，心中暗想：秋航虽然因母病而烦恼，但对我似乎不应该这样冷淡。今日我遵狄老太的命，与你草草结婚，我已是受了多少的委屈，照理，秋航应该要好好儿安慰我几句才是，怎么可以一些不理睬我呢？从这一点猜想，他和我结婚完全是勉强的，当然他心中是只有白豆蔻一个人。我虽然爱他，但他不爱我，不是也枉然吗？这种勉强的婚姻，不但误了秋航和豆蔻的终身幸福，而且也丢了我的一生，这又何苦来呢？那么我何不向他表白一番，也好叫他不用再伤心了。丁香含了无限的惨痛，她决定牺牲自己的幸福，便慢慢地步到床沿边，坐了下来，泪眼凝望着秋航的脸，凄凉地说道：

"秋航，我明白你的伤心了，你可是忘不了白豆蔻的恩情吗？"

丁香这两句话骤然听进秋航的耳里，心中真奇怪得呆了起来，回过头来，满脸显出惊骇的神情，握住了丁香的手，问道：

"丁香，你这话稀奇了，你如何知道白豆蔻有恩情于我呢？"

丁香苦笑着道：

"那有什么稀奇？我这个人的性情就喜欢爽直，我觉得还是明白地来说一说比较痛快。我在那支《蔻香词》和《满江红》中的词句瞧来，我就知道你心中最爱的人就是白豆蔻，同时我在平日你对我的情形看来，也可以晓得你是没有十分意思向着我。不过我并没有半分怨恨你，因为我是一个无家可归的可怜人，承蒙你和伯母留住我，使我暂时安身有所，我确实已感恩不尽，岂敢再有非分的妄想吗？但是伯母待我太好了，我俩仿佛已成娘儿俩一样，所以在那天我不是亦和你声明过吗？假使你不能负情心爱的人，我只希望和你做个亲兄妹也情愿了。现在是很不幸，母亲会病得这样厉害，母亲为了我的孤苦无依，所以想出这个办法。我因为也许这样子真的可以使母亲病体好起来，所以毅然高攀，我明白你也是为了一些孝心，所以出于无奈，不过内心痛苦，当然难以形容。我并不是个自私自利的人，同时我也不希望你为了我做个负心的人，所以我现在有个两全的办法。因为我俩的结婚，大半还是为了医治母亲的病，母亲病好了，这当然是个天大的喜事，从此我就侍奉母亲的终身。万一母亲不幸，反正这种婚礼外界又没有知道，我俩就认个兄妹，那么你仍可以去娶白豆蔻做夫人，你如愿以偿，当然非常安慰。就是我成人之美，内心也是非常痛快，因为我牺牲我个人，可以使世界上多有一对美满的姻缘，这是多么的……"

丁香滔滔不绝地说到这里，她一颗芳心好像刀在惨割一样，但是她竭力忍住了悲痛，忍住了眼泪，脸部还是含着失常的苦笑。秋航究竟不是铁石心肠，他再也听不下去了，伸手扪住了丁香的嘴，猛可抱住了丁香的身子，没有说话，先是闷声儿哭了起来。丁香突然被他抱住了，倒吃一惊，同时又见他哭了，心里这就惨痛极了，忍不住辛酸的悲泪滚滚地也掉了下来。两人哭了一会儿，秋航偎着她粉颊，低低说道：

"丁香，你说这个话，是叫我太惨痛了。固然豆蔻是有一片痴情对待于我，但你也未始没有像豆蔻那样地痴心向着我。你叫我不做负心人，这是你的明达超人处，但反转来说，你却叫我做世界上真正的负情人了。负了豆蔻，那我还有情可原，因为我到底还没有和豆蔻订过什么婚约。如今我已和你正大光明地结了婚，我再抛弃你，那我还能算为一个有理智、有情感的人吗？至于和你认个兄妹，这更属笑话奇谈，我和你已行过了婚礼，这岂又是儿戏的事情吗？何况我原是爱着你啊！你既然瞧过《蔻香词》，你当然明白我的苦衷，不过豆蔻是确实太可怜了，那天你买菜去，她送来五百元钱，待你回来，她已走了，所以没有遇见。本来我是两个都抛不得，但是现在我只好负了豆蔻了。丁香，你放心，你始终是我的爱妻……"

秋航说到这里，把丁香紧紧搂抱着，但他又哭了起来。丁香听秋航这样安慰自己，虽然是很欢喜，不过听着秋航说的豆蔻待他一片情意，仔细为豆蔻设想，也是无限伤心，因此倒在秋航怀中，也是默默地淌泪。两人是很悲伤地哭着，但是两人却都不敢哭出声音来，这种吞声饮泣，自然倍觉痛苦。不料正在这时，忽然哗嗒的一声响自室外，这把两人大吃一惊，顿时毛发悚然。秋航推开丁香，立刻披衣下床，和丁香携手奔出房去。只见室中灯光，惨淡苍茫，母亲的脸白似死灰，口边吐着白沫。两人伏到床上，哭喊母亲，狄老太听了两人的喊声，似尚有知识状，微微地睁开眼来，向两人凝望着。秋航想不到母亲会去得这样快，他跌足哭道：

"母亲！母亲！你……去不得啊……"

丁香听了这话，不觉失声哭泣。狄老太魂魄虽已散了，但心里很清楚，她听了秋航这句"你去不得啊"，她的心像刀割，意欲说几句话来勉励秋航，但已经口不能言，她的眼皮又低垂下来，同时眼角旁涌出两行热泪，很迅速地淌到颊上。秋航、丁香摸着她手早已凉了，这就高喊了两声母亲，不禁号啕大哭。从此世界上就没有了狄老太这个慈祥的人了。

这是狄老太死后的第三天，秋航因为丁香时时哭泣，也没有心思做事，所以雇用了一个老妈子。这日下午，秋航到会馆里去探望母亲的桐棺，并带些锡箔纸钱去烧烧。丁香本来一同去的，但为了几天来伤心过度，所以她和衣躺在床上养息着，心里想起狄老太的

236

音容，仿佛犹在眼前，不料人已经幻灭，不免暗暗又淌了一会儿泪。正在这时，只见张妈进来报告道：

"少奶，有客来了。"

丁香慌忙从床上坐起，回眸望去，见一个很美丽的姑娘已经走进房中了。因为在舞台上曾经有一次的见面，当然还认得这个姑娘便是白豆蔻，遂跳下床来，把旗袍扯扯好，套上那双薄呢的鞋子，含笑叫道：

"你不是白小姐吗？请坐。"

豆蔻那天在大东酒楼做傧相，待婚礼完毕，时已五点多了，因为秋航已没有了，想来他已到维纳斯去，遂也不去管他。这夜回家已十二点多了，次日又被李太太接了去，因为亲戚朋友们闹着公馆，所以在公馆里又接连闹了两天。豆蔻也没有回家，和茜珠厮混一块儿，倒颇亲热。原来李公馆房屋甚大，茜珠虽然出嫁，新房却做在公馆西面的松雪小筑里，以便彼此有了照顾。

且说到了今天，豆蔻见秋航没有来，心里记挂他母亲的病，所以午后就急急来了。不料跨进房门，就听张妈口喊"少奶，有客来了"，一时心里已经奇怪得了不得，待丁香下床向自己招呼，这就更加大奇而特奇了，凝眸含颦地望着丁香，问道：

"这位小姐贵姓？狄先生没在家吗？他的母亲不是有病吗？现在可是送到医院里去了？"

丁香拿手帕拭了一下眼皮，点头道：

"敝姓陆。狄先生的母亲不幸已在十六那天死了，此刻狄先生是到会馆里去的。"

豆蔻一听狄老太已死，不禁失声哭泣，淌下泪来，急急问道：

"什么？十六那天死的吗？如此说来，已有三天了。上星期我还来望过她，想不到竟死得这样快啊！"

豆蔻说着，扑簌簌地淌泪不止。丁香见豆蔻哭泣，可见她和秋航的情深，一时也伤心落泪。张妈端上两杯玫瑰茶，放在桌上，同时又拧上两把手巾，一把给豆蔻，一把给丁香，同时还喊声少奶洗脸。豆蔻这次是听得清清楚楚的，她心里感到奇怪极了，怎么喊她少奶呢？这"少奶"两字从何而来？就在这三四天中，难道她和秋航已经结婚过了吗？因此放下手巾，再也忍不住地开口问道：

"陆小姐的芳名可就是丁香吗？你和狄先生是亲戚吗？"

丁香当然知道她是听了"少奶"两字在怀疑，不过我的名字她也会知道，显然我和狄秋航的交谊她也是早晓得的。事到如此，也不用隐瞒，她微红了脸，说道：

"不错，草字正是丁香，秋航就是我的外子……"

豆蔻听到"外子"两字时，眼睛一阵昏花，几乎要跌倒地上去，但她还生恐自己没有听清楚，暗自念了一声"外子"，忙又问道：

"原来你就是狄先生的夫人吗？哟！这奇怪了，为什么我一向不曾听见他说过呢？咦！咦！那你们是几时结婚的呀？"

丁香见她花容失色，把身子退到桌边去，似乎摇摇欲倒的神气，显然她芳心是受了极度的刺激。虽然是代她表示十分同情，但又有什么用呢？为了减轻秋航的不情的罪恶，她红了两颊，告诉道：

"白小姐，你当然要感到奇怪，因为我和秋航的结婚，是在十五的夜里，这完全是狄老太的意思，因为狄老太感到没有媳妇的遗憾，同时预备冲冲喜，可以使她病好起来。秋航是一个孝顺的儿子，他不敢违拗已将死母亲的一颗心，所以他的和我结婚，也完全出于无奈的。"

豆蔻听了这一篇话，方才明白了。她心里是只觉空洞洞的，仿佛失却了一件什么东西似的，她只觉心头是有千万枚的针在猛刺，疼痛得使她有些发晕。丁香见她这个如醉如痴的神情，使她疑心豆蔻有发狂的可能，于是丁香心中开始有些害怕，两眼凝望着豆蔻灰白的脸色，叫道：

"白小姐，你……坐一坐……你……怎么啦？"

豆蔻被丁香这么一喊，她模糊的神志方才有些清醒过来，她定了一定心，觉得在丁香的面前，实在不应该有这种态度，于是她脸色又转红了一些，微微地苦笑了一笑，方欲回答一句我没有什么，忽然见秋航已很伤神地回来了。秋航在母亲棺前哭了一会儿，懒洋洋地回家，已经很感到疲乏，骤然见了豆蔻和丁香相对立着，心中这一吃惊，顿时把他呆呆地愕住了。豆蔻见了秋航，她心中是更增加了惨痛，猛可把身子向外直奔。秋航见她这发狂的意态，遂急得把她拦住了。素来娇弱的豆蔻，此刻也不知打哪儿来的这许多气力，竟把秋航的身子狠命地推了，自己夺门而走，匆匆下楼而去。秋航生恐她发生什么意外，一时也管不得丁香喝醋，身子也向楼下急急地追赶下去，没命地奔出了弄口，只见豆蔻已跳上一辆人力车，向前拉去了。秋航情急智生，也跳上一辆人力车，向车夫说道：

"你快给我跟着前面那辆车子跑，他拉到什么地方，你也拉到什么地方，他停下，你也停下。你知道吗？快拉快拉！"

车夫答应一声，便紧紧地跟随在豆蔻那辆人力车的后面。这时，秋航的视线只集中在豆蔻的后脑上，他别的什么都没有瞧见，他只晓得车夫在前飞奔，也不知是穿过了几条马路，走过了多少路程，忽然间，豆蔻那辆人力车在一家舞厅的门前停下，眼瞧豆蔻急急地奔进舞厅里去了。秋航一见，把两脚乱蹬，连喊停下，伸手摸了一张一元钱的钞票，向车夫手中一塞，他的脚也直奔进舞厅里去了。秋航走进舞厅，齐巧正在演奏那支黑灯舞，所以秋航两眼只觉一片漆黑，瞧不到一些人影，一时又恐豆蔻向别的地方走出，心中正是叫苦连天，遂定了一定神，用足目力，先向左边找去。因为匆促的缘故，竟和一个侍者撞了一下，秋航伸手一把抓住，那侍者倒吃了一惊，方欲问什么事，只见灯光明亮，黑灯舞已奏毕。秋航定睛见侍者手中拿着的一件大衣正是豆蔻的，心中这就大喜，忙问道：

"这位小姐坐在哪里？"

侍者见他手指大衣，当然是问穿这件大衣的小姐了，遂向那边第四张座桌上一指道：

"你瞧，那不是吗?"

秋航向他一点头，三脚两步地奔到豆蔻的面前去。其实豆蔻是并没知道秋航跟在后面，如今突然见了秋航，她倒是怔了一怔。秋航已在沙发上和她并肩坐下来，望着她的脸，叫道:

"豆蔻，你应该原谅我的苦衷……你应该可怜我的处境……"

豆蔻见他坐下来，便猛可站起身子，倒竖了柳眉，圆睁了杏眼，娇喝道:

"你还跟着我做什么? 原谅你也罢，可怜你也罢，反正一切都完了。完了，完了，什么都完了! 你跟着我做什么啦?"

秋航把她身儿拉住了，含了眼泪，十分可怜地望着她，说道:

"我爱你，我爱你，并不是我故意负了你，这是母亲的意思，可怜她是垂死之人……她……她……"

秋航再也说不下去，眼泪都滴在豆蔻的手背上。这回豆蔻的勇气消失了，她被秋航拉着，身子竟又坐了下来，明眸里是贮满了泪水，她不再说话，她已痛痛快快地淌下泪来。这时，侍者送上一瓶香槟酒，原是豆蔻刚才进来就吩咐他拿来的。侍者欲把香槟倒入玻璃杯去，却被豆蔻阻止了，她伸手把酒瓶拿来，凑在嘴边，咕嘟咕嘟地直喝。急得秋航连忙把她夺下了，愁苦着脸，央求道:

"豆蔻，这酒是很厉害的，你怎能这样大喝? 况且你原是个不会喝酒的人，伤了身子，这又何苦来呢?"

豆蔻气得火星在眼中乱冒，她浑身是在发抖，咬紧着银齿，咯咯地作响，恨恨地把酒瓶又从他手中抢过来，怒嗔道:

"谁还是你的豆蔻? 我伤了身子，又关你什么事? 哼! 哼! 我到今天才认识你是个狠心的东西! 我愿意醉死，你能束缚我的自由吗? 反正你已娶了夫人，这也是你的自由啊……"

豆蔻说到这里，又哈哈地狂笑了一阵，把瓶口凑向嘴中，又是一阵子狂喝。秋航第二次又把她酒瓶夺下了，淌泪满颊地望着她绯红的脸，说道:

"豆蔻，你就可怜我，饶了我的罪恶，别这样喝呀！"

豆蔻这回实在刺激得太厉害了，她原预备来喝一个烂醉的，希望最好能够醉死了，因为失恋原是看到人的末路啊！此刻她已喝下小半瓶的香槟，她只觉全身的血液仿佛在火样地沸滚，一颗心更觉像油中在熬煎，她是痛苦极了，两手捧着秋航拿着的酒瓶，也泪下如寸地泣道：

"秋航，你也可怜我吧！你不给我喝酒，那你简直是要我死了。因为我此刻心中实在比死要更难受着十分，你快放手呀！你再不放手，别怪我失礼，我要捶你！"

豆蔻的两颊是更涨得血红，她捏紧了纤拳，向秋航一扬，做个要打的姿势。秋航握着酒瓶，兀是不肯放手，也泣道：

"我明白你的痛苦，我知道你的难受，但我不愿你喝酒，我只情愿给你捶死……"

豆蔻心中到底还清楚，她听了秋航这样说，心头倒是一软，但她实在气愤怨恨到了极点，遂真的向他肩上狠狠地打了一拳。秋航负痛，手一松，那只酒瓶竟又被豆蔻夺了过去，她背过身子，这回是喝得痛快。待秋航再抢下瓶来的时候，瓶里的酒已经是没有了。豆蔻把身子摇了几摇，哈哈地狂笑着，便向舞池里直奔了，她拉了一个舞女，一面跳着华尔兹的步子，一面口里悲悲切切地又唱起她自身的《漂泊歌》来道：

　　我本天涯一歌女，自幼漂泊走异乡，家毁于难父死劫，可怜老母亦遭丧。

　　既无姊妹伶仃苦，更无兄弟手足行。唯有胞叔抚我长，相提相挈奔南洋。

　　旧家园，在沈阳，隔断春秋历九霜，沧桑兮沧桑，身世何凄惶……

241

豆蔻唱到这里，其歌喉之哀怨动人，实令人辛酸触鼻，因此一班舞女们无不引起同情的悲哀，大家都想着身世何凄惶，各人的眼泪便如雨点儿一样地滚了下来。但豆蔻这时再也支持不住了，她的身子竟跌倒在舞池里了。一时众舞客、舞女都围了上去，秋航含了满颊的泪水，早已发狂般地奔入舞池中，分开众人，把豆蔻从地上抱起，走了上来。忽然豆蔻哇了一声，小嘴儿微张，把午餐吃下的东西都吐了出来。秋航一时也顾不及这许多，先把豆蔻抱在沙发上，一面拿手帕给她拭了嘴旁的污渍，一面把手揉擦她的胸部。豆蔻神志模糊了，一会儿哭，一会儿笑。舞场负责人忙来问秋航，她是你什么人，秋航道：

"是我朋友，她喝醉了酒，我可以送她回去。"

舞场负责人听了，于是也自管走开。秋航一面付了账，一面把豆蔻大衣取来，并叫侍者喊辆汽车。待汽车到来，豆蔻已昏沉睡去，秋航把大衣裹着她的身子，抱她出了舞厅，遂送她回家。林英见小姐这个样子回来，心中大吃一惊，急问怎么了。秋航道：

"喝醉了酒，先她到楼上去躺会儿。"

于是两人到了楼上，急忙把豆蔻放到床上，只见豆蔻脸白如纸，酒气冲人。林英一面拿被给她盖上，一面叹息道：

"怎的喝得这个样儿？狄少爷，你为什么不劝阻她呢？"

秋航眼皮有些润湿，低声道：

"我原劝过她……"

说了一句，喉间已经哽住，再也说不下去。因为豆蔻烂醉如泥，遂匆匆作别，说明天来望小姐，他便到维纳斯去了。这夜，秋航回到家，见张妈已睡，丁香却坐在灯下暗暗淌泪，一见秋航回来，立刻拭去泪痕，装作没有事儿一样，照常地含笑相迎，叫声你回来啦，说着，便给他倒上一杯茶。秋航见丁香这样楚楚可怜的意态，想着刚才跟豆蔻奔出，一直到此刻回家，良心上说，确实也很对不住她。握住她手，凄凉地道：

242

"丁香，我对不住你……"

丁香眼皮有些红晕，但依然掀着笑窝儿，娇媚地说道：

"别说这些话，时候不早，休息了吧。"

说着，温柔地服侍秋航睡下，她熄了灯光，自己也在秋航身边悄悄地躺下来。秋航初以为丁香必定要问豆蔻的事，谁知她绝对地没有提起。想着和丁香虽然结婚已有五夜，但为了母丧，彼此依然还是个童身，在丁香当然还不晓得我究竟存着什么心思，她如何能不伤心？这夜秋航想着豆蔻、丁香竟是一样可怜，独个儿暗暗地又淌了半夜的眼泪。次日，秋航想着豆蔻的酒醉，便匆匆穿上大衣，欲去探望。丁香轻轻地跟出房来，柔声儿问道：

"你午饭回来吃吗？"

秋航回眸过去，齐巧和丁香接个正着，觉得丁香两眼是含了无限哀怨的目光，向自己脉脉地凝望。因为丁香不问自己到哪儿去，只问午饭回来吃吗，从这一点看来，正是丁香的大度容人处，心里不免有些羞惭，微红了两颊，说道：

"也许回来，也许不回来，你不用等了。"

说着，已很快地走下楼去了。丁香听他这样回答，心头自然万分悲伤，回身进房，在狄老太的遗像面前，不禁又悲悲切切地哭了一场。秋航坐车到三友小筑，敲门进内，急急问林英道：

"你小姐可曾起身吗？昨夜几点钟醒来的？"

林英关上门，引他入客室坐下，说道：

"这次小姐醉得实在厉害，昨夜十点钟醒来，兀是吐个不停。狄少爷坐会儿，我去瞧瞧小姐醒了没有。"

说着，便走上楼去。约莫一刻钟后，林英匆匆下来了，手里拿着一张字条，交给秋航，道：

"小姐说，她今天病了酒，不愿见客，所以她写几个字给你。"

秋航伸手接来，见墨水还未干去，纸张上尚有几滴泪渍，显然是刚刚写的，只见寥寥数语道：

狄先生：

　　多谢你昨天的送我回家，很是感激。我已完全明白你的苦衷，你可以不必再对我解释，过去的种种，我们不用回忆，只当它是一个梦。从今以后，请你把所有的热情全爱到你的新夫人身上去。我不希望再见你的面，免得彼此心中痛苦。社会是需要我们年轻人来出力的，我们还是来奋斗一下各人的前程吧！

豆蔻手启

即日

　　秋航瞧完了这张字条，他的眼泪也跟着大颗滚下来，他觉得豆蔻是多情的，是纯洁的，是可敬的好女儿。他拖着沉重的步伐，懒懒地跨出了三友小筑，当秋风吹到身上时，感到了无限的凄凉。秋航回到家里，丁香想不到他会回来得这样早，倒是愕住了，含笑望他一眼，脸上却尚留着丝丝泪痕，遂柔声问道：

　　"你没有碰着朋友是不是？我恐怕你回来吃饭，所以买了牛肉丝，还买了大蟹，因为这都是你喜欢吃的。"

　　秋航感动极了，猛可抱住丁香的身子，捧着她的脸，叫道：

　　"丁香！丁香！你……真是我的爱妻……"

　　丁香突然见他这个样子，一时在万分伤心之余，也不禁破涕笑了。从此以后，秋航便专心地爱着丁香了。

　　流光如驶，一年容易，不知不觉间又到第二年的春天了。丁香已怀了四个月的身孕，秋航喜欢得了不得，叫她不要做笨重的事，反正一切都有老妈子在着。丁香又羞涩又甜蜜，自然含笑点着头。

　　这天下午，秋航送一个朋友上火车到苏州去，忽然在二等车厢里发觉三个人，两个西服少年，一个年轻姑娘。使秋航感到奇怪的，是那姑娘戴着一副黑眼镜，坐着一动也不敢动，仿佛是被两个少年监视着一般。秋航在窗外望进去，良久良久，忽然"咦"了一声，这姑娘不就是白豆蔻吗？觉得那事情定有蹊跷，我不能坐视，遂也跳上另一节二等车厢，但想着我这一追随下去，什么时候可回到上海？当然不知道，别的倒不要紧，岂不叫丁香急死人了吗？意欲再下去打电话给丁香，偏站上已报告火车将开，秋航觉得那是无论如何也来不及了，一时情急智生，拿了钢笔，取出一页日记簿，簌簌写了几行，并又拿出一张五元钞票，一并交给车窗外站着兜卖糖果的小孩子手里。说道：

"你给我把这张纸条送到吕班路鸿怡坊十八号的狄秋航家里去，那五元钱就送给你作车资……"

说时迟，那时快，秋航话才说完，那火车已轧隆轧隆地开去了。

第十六回

得秋航逢凶化吉
忙麒俊见色招殃

姑苏城外有一个荒僻的小村，村的西首是一丛阴森森的树林，林丛中隐现着数间朱古力色的茅屋。屋里面是黑漆漆的一片，这当然是因为没有窗子的缘故，但那茅屋是太破旧不堪了，四周的壁上全是一个一个的小窟窿，所以屋外的太阳光也都从那小窟窿里透漏进来。从那几百圈的小光线照射之下，还可以瞧清楚屋内是有三个人在着。两个西服少年坐在那张破桌的旁边，一个把那条腿搁在长凳上，胳臂撑在膝踝上，手托着下颚，仿佛在做沉思的样子。一个是年轻的姑娘，她还是戴着那副黑眼镜，两手却被反缚着，静静地倚在那靠壁的一只板铺上。室中已经是这样黑暗，再兼之戴着这副黑眼镜，那姑娘的眼前实在可说是一物无睹，完全成个瞎子一样了，她的眼睛虽然没有看见一样东西，但她的感觉还是相当灵敏。她心里在奇怪着，今天我从李公馆走出，突然会被人拖上汽车，乘火车绑到这里，那真叫人意想不到的事情。这里到底是什么地方？他们绑的目的究竟是什么？我问他们，他们却哑声儿并不回答。这葫芦里卖的什么药？不是使人纳闷吗？唉！去年今日被人枪击，今年今日又被人绑票，我白豆蔻真好命苦啊！她暗自想到这里，两行热泪不禁为之盈盈下矣。就在这个静悄悄的当儿，豆蔻忽然听一个男子的声音说道：

"李小开他说下一班火车准时到的，我想大概不会误事吧。"

又听另一个说道：

"他对我说好，最迟夜车赶到，今夜总无论如何放不了她。"

豆蔻骤然听了"李小开"三字，芳心倒是一动，凝眸沉思了半晌，不禁暗暗点头，心里就料到了八分，暗想：原来是追求不遂，他竟想出如此卑鄙龌龊的手段来，那真是可杀之至。凭着我豆蔻一条苦命，就和你拼了吧！她既存了这个不怕死的决心，于是胆子会大了一半，便开口问道：

"你们说的李小开是谁呀？他绑我到这里究竟为了什么呢？"

不料豆蔻一问，他们就大声喝住了，豆蔻也只好不响了。这时，又听一个说道：

"小孙，你瞧这个雌儿真不错，无怪李小开要想尽方法来吃了她。假使今夜李小开赶不到的话，我们俩先来尝一尝甜味儿怎样？"

只听小孙啐他一口，骂道：

"你真也是个色鬼，明儿李小开知道了，那你我两人的三千元钱还能拿得到手吗？"

那人笑道：

"我原说着玩玩，哪里真有这个意思吗？小孙，回头天黑了，晚饭怎么办？你好生儿看守着她，我去买些点心来。"

小孙答应一声，那另一个男子便匆匆地走出屋子外去了。当他步出树林向小镇上去的时候，那边村梢蓬中也钻出一个少年来。这个少年谁也知道就是秋航，秋航一路上追随在后，见他们把豆蔻带到茅屋子里去，意欲就此奔上去营救，又恐众寡不敌，所以在一株大树下的石块上坐着，两手抓着头发，苦苦地沉思了一会儿。忽然耳听瑟瑟走路的声音，连忙抬头一望，只见其中一个男子很快地向镇上走去。一时心中大喜，凭着他一个人，我也就可以对付他了。想着，便站起身子，很快地奔进树林，轻步地走到茅屋的门前。他凝眸想了一会儿，方才伸手去敲了两下门。屋内的小孙以为同伴回来了，遂忙来开门，口里还说道：

"阿陈，你点心买来了吗？怎的这样快啊？"

随了这两句话声，那门已是开了。就在这一刹那间，秋航眼快手快，挥起拳，狠命地就向小孙下颚一拳打去。小孙冷不防经此一拳，身子就仰天跌倒。秋航飞步奔入，向他身上扑了下去，两人就在地上扭作一团，大打起来。两人这一打不要紧，把个豆蔻真弄得莫名其妙，眼睛又瞧不见，只听有人哼着打着，闹成一堆，显然是打得十分厉害。一时心中真奇怪得了不得，暗想：这到底是怎么一回事啦？难道两个狗奴才自相残杀起来了吗？意欲除下黑眼镜来向他们望一望，但是两手既然被绑着，事实上又哪里办得到？正在暗自奇怪，忽听有人大叫一声"啊呀"，接着便是两脚甩在地上的声音，显然一个人的喉咙已被扼住了。经过这一阵厮打的声音后，静悄悄地又寂寞了一会儿。这才有人走到自己的身边来，急急把缚着的绳儿解开了，拉了自己的手，向外便奔，口中还说道：

"豆蔻，你快跟我逃吧！"

豆蔻一听这话声好生耳熟，但却想不起到底是什么人，不过他既然是来救我的，于是也不管是谁，就心慌意乱地跟着他急奔出了茅屋。在奔出了茅屋之后，豆蔻的眼睛才瞧到了一些光线，这就猛可想到我还戴着这劳什子的眼镜做什么，于是撩上手，把那副眼镜脱下，向地上一丢，只觉眼前大放光明，连忙回眸向身旁拉着自己手的人望去，这一望，正是应着那不望犹可的一句话，"咦"了一声，可是她心中却奇怪得再也说不出一句话来。秋航这时并不向豆蔻问话，同时也不向她瞧望，拉了她的手，只管拼命地向前狂奔。奔出了那丛树林，前面就是一条广阔的道路。那时斜阳已向西边慢慢地下沉，宇宙间笼罩了一层暮霭的薄雾。两人此刻的心中都仿佛惊弓之鸟，又仿佛从虎穴中逃出似的，一时糊里糊涂地也不知打哪一条道路走好。不料正在这时候，忽听一阵嗒嗒的马蹄声从西响来。秋航回头一瞧，却是一辆马车，心中这一快乐，真是难以形容，遂急急招手大喊。原来那赶马的原是在火车站接客送客的，因为他今天晚了一些到车站，所以没有兜着生意，他正在懊丧地赶回家里去，忽见有客人叫他，心里这才又欢喜起来，急把马鞭子一挥，就很快地放过马来，向秋航问道：

"先生，你可是要马车吗？到哪儿去？"

秋航因生恐那个男子醒转来，万一他同伴也从镇上回来，那我如何抵敌？所以也不及回来，就拉了豆蔻，先跳上去坐下，方才把手向前一指，说道：

"前面过去是什么地方？"

赶马的说道：

"是桃花坞。"

秋航把头一点，说道：

"我们就上桃花坞去。"

赶马的答应一声，把鞭子提起，只见马蹄嗒嗒，早已很快地向前跑去了。秋航和豆蔻差不多有半年没见面了，各人心中原是抱着今生永不再见面的决心，免得各人的心中引起了无限的悲痛，但是做梦也想不到今天在苏州城外，两人会并肩坐在一辆马车上，竟毫无目的地向前跑过去。豆蔻虽然对于秋航的相救是十二分感激，同时对于秋航为什么也在苏州、怎么知道我被绑在茅屋里，这些都要急切地知道一个详细。不过自己和秋航完全已成陌生人一样，想起半年前的失恋痛苦，对于秋航这个人心中尚有余恨，所以她极端地不肯先向秋航开口说话。虽然两人是并排地坐着，但各人的身子还是离得很开。豆蔻别转着粉脸，明眸望着右边路旁绿叶满张的街树，只见那街树是只管一株一株地向着后面退去，她自己也不明白在想什么似的却呆呆地出了一会子神。秋航不听她有什么动静，遂回眸向她偷偷地望了一眼，只见豆蔻的脸容白里透红，因为是丰腴得多，所以更像剥出鸡蛋一样可爱。秋航有了半年的相隔，此刻在夕阳余晖笼映之下，更感到豆蔻是那么妩媚动人。想不到自己还会和豆蔻有同车并坐的时候，心里未免荡漾了一下，虽然也很想问一问豆蔻究竟如何被绑的话，但豆蔻既然不开口，秋航竟也没有勇气说上去。两人静静地坐了一会儿，四周是十分沉寂，只有车轮和马蹄的声音是很调匀地响着。秋航觉得这样太无聊，于是他撮起嘴，微微地吹起华尔兹的曲子来。豆蔻听他吹曲子，便掉转头来，很神秘地用俏眼向他望了一眼，因了这一望，豆蔻突然发觉秋航的左手虎口上是染有一堆鲜红的血渍，这就"啊哟"了一声，情不自禁地扭过身子来，纤手握起他的手，很感动地悄悄叫道：

"秋航，这是刚才你被强徒打伤的吗？"

豆蔻这骤然来的举动，当然是出乎秋航的意料之外的，他似乎感到了无限的兴奋，很快地也回过头来，面对着豆蔻，微微地一笑，说道：

"这一些伤要什么紧？你倒是受了许多的惊吓了吧？"

豆蔻听他这样说，明眸里的泪水慢慢地满了起来，几乎要盈盈泪下，但她又觉得太不好意思，同时也感到太懦弱了，所以她立刻避过了秋航柔和的视线，在肋下抽出一方白绢的手帕，无限柔情蜜意地把秋航手轻轻地包裹着。包裹完毕，又微抬粉颊，望他一眼，悄悄地问道：

"你觉得痛吗？"

秋航这时心头是充满了甜蜜，摇了摇头，也把豆蔻手抚摸了一会儿，笑道：

"豆蔻，我想不到今天还会和你有握手的日子，你半年来一切都好？"

豆蔻当然十分感触，叹了一声，说道：

"当然很好，新婚中还有个不好吗？"

秋航听她这样说，殊觉黯然，不禁怔住了一会儿，但一会儿后，他又笑了，说道：

"豆蔻，过去的事我们别谈，现在我问你如何会绑到这儿来啊？"

豆蔻心内也希望竭力忘却已往的痛事，遂点了一下头，说道：

"这个我当然要告诉你，不过在未告诉之前，我得向你问一声，你怎样会知道我被绑在这儿呀？"

于是两人便把经过互相诉说了一遍，豆蔻听秋航是从上海车站追随到此，一颗芳心自然感激万分，便笑道：

"今夜恐怕是回不到上海了，你的夫人不是要急死了吗？"

秋航道：

"我也想到这一层，所以已写信给她了。豆蔻，照你所说，绑你的人定是李麒俊无疑了，这小子太可恶了，竟干出这等下流的勾当，真丢尽了我们青年的颜面了。"

豆蔻叹了一声，说道：

"半年前假使我能脱离舞台生活的话，这哪里还有今天的事呢？"

说罢，不禁凄然泪下。秋航是个聪敏人，回味她这两句话，显然是包含了无限的意思，一时也不免勾引起了旧情，偎过了身子，把手臂环住她的肩胛，叹道：

"豆蔻，我总觉得太对不住你了。"

豆蔻听了这话，内心蕴藏良久没透露出来的伤心，此刻再也忍不住了，因此倒在秋航的怀中，情不自禁地哭了起来。秋航回首前尘，觉豆蔻爱我之情，真所谓天高地厚，遂也落了不少的眼泪。两人偎在一起，哭了一会儿，豆蔻忽然又坐正了身子，泪眼模糊地望着秋航，掀着娇媚的笑窝儿，苦笑着道：

"秋航，别难受吧！我们切勿作无谓的伤心，现在我们既然又能够遇在一起，我就希望你给我一些现实的安慰。"

说着，微仰了粉脸等着他。秋航还有什么话说吗，凑过嘴去，两人接了一个甜甜的长吻。就在这一吻的当儿，马车已停，车夫回过头来，哈哈笑道：

"桃花坞到了，先生，你们下车吧。"

两人慌忙分开唇，见车夫脸上那种神秘的微笑，两人也不禁赧赧然起来。秋航于是在袋内取出二元钱来，交给了车夫，和豆蔻携手急急跳下。桃花坞的风景是十分幽美，有良田美池桑竹之属，阡陌交通，鸡犬相闻，芳草鲜美，落英缤纷，真不愧是"桃花坞"三个字的名称，兼之时正黄昏，斜阳西沉，玉兔东升，炊烟四起，笼罩了远处的垂柳，更加娇绿得可爱。豆蔻瞧此美景，羡慕不止，说道：

"若能与知心人终身在此度悠闲生活，我不想都市的繁华了。秋航，不知你亦有同情吗？"

秋航听了，心里一动，但微微一笑，却不作答。豆蔻猛可想着自己失言，秋航一定疑心我有什么作用，因此又不胜羞涩。秋航却不理会，向那边一个院落指了指，说道：

"这家仿佛是村中的大户人家，我们不妨前去借宿一宵，待明天再行回上海吧。"

于是两人步到门前，只见院门旁植有五株柳树，迎风起舞，似有不胜娇弱之意。秋航遂叩门而入，即有一老仆出迎，见了两人，脸含惊讶之色，问客官何往。秋航忙弯腰说道：

"我们从上海到此，因贪赏风景，来不及回上海，意欲在宝庄借宿一宵，不知老丈可行个方便？明日定当重谢。"

那老仆沉吟一会儿，说道：

"客官且进里面，待我报与家主，再行定夺吧。"

秋航连声道谢，遂和豆蔻跨步进院，只见古木参天，怪石兀突，树林阴翳，鸣声上下，奇异花卉，芬芳扑鼻，竟似别有洞天。两人随在老仆后在，穿过几重院落，方到一个小院子里，正中一排三间平屋，湘帘下垂，却是寂寂无声。那老仆回头说道：

"客官少待片刻，待我入内报告。"

说完，方欲掀帘步入，忽闻丝竹之声自内传出。老仆聆此，便即停步，秋航、豆蔻听这丝竹之声，知系古乐七弦琴，其声铿锵，令人悠然悦耳，为之神往。秋航暗想：主人定是隐士无疑，其清高不俗之态，不见其人，先闻其声矣。回眸望了豆蔻一眼，两人都觉惊异。细聆了一会儿，乐声已止，即有一老者，白发童颜，呵呵自内笑出，说道：

"我知有贵客来临了。"

那老仆见主人迎出，遂上前告诉缘由，秋航亦慌忙鞠躬道：

"与舍妹冒昧来此借宿，有扰老丈雅兴，殊觉抱歉。"

老者向两人望了一眼，笑道：

"说哪里话，贵客自远道而来，降临草舍，不胜荣幸。"

于是请入室内坐下，老仆送上香茗，秋航觉窗明几净，微尘不染，四壁中西乐器全备，一时惊为异人，彼此各道姓字，方知老者姓徐名伯坚，年少曾居留海外，后因洪杨之乱，家庭骤遭惨变，只剩下他一身，因此看破红尘，隐居于此。秋航、豆蔻听了这话，屈指一算，觉那老者年龄至少已在百岁之上，面面相觑，颇感惊异。彼此闲谈一会儿，时已掌灯，伯坚遂请晚餐，笑道：

"荒村之地，并无佳肴以待嘉宾，不恭之罪，还请海涵。"

秋航、豆蔻见他这样客气，口里虽然连说太客气，但身子却反感局促不安。匆匆饭毕，伯坚见两人似有倦意，遂命老仆伴他们到西厢安寝。秋航、豆蔻在房中坐了一会儿，一时哪里睡得着，两人谈着伯坚的清高，又感叹一会儿。豆蔻抬头见窗外，碧天如洗，月圆如镜，遂笑道：

"今日到此，真千载一时之机会，趁此良宵，我们何不到院子里去踱一会儿步？"

秋航点头同意，两人遂携手出外。只见月白风清，照着整个院子的景致，春色显露无遗。两人相对站在一株槐树下，凝望良久，秋航笑道：

"久未聆你的歌声，今夜当给我洗耳静听一曲可好？"

豆蔻雪白的牙齿微咬着鲜红的嘴唇皮子，嫣然一笑，说道：

"我唱歌，你该给我合拍子。"

秋航笑道：

"主人房中不是满挂中西乐器吗？我去向他借梵婀玲一用如何？"

豆蔻称妙，秋航遂向伯坚室中走去了。不一会儿，秋航借梵婀玲到来，豆蔻兴奋十分，掀着酒窝儿，笑道：

"我作词，你作曲，好不好？"

秋航笑道：

"再好没有。"

于是两人各取钢笔、日记簿，就在一块大石上放着，低头簌簌写起来。约莫一刻钟后，两人都已作好。豆蔻先把日记簿拿给他瞧，俏眼瞟他一眼，脸上却浮现了娇羞的红晕。秋航遂瞧了一遍，心里不免荡漾了一下，明眸向她凝望着，点了点头，一面把钢笔在"秋航啊，我爱你！"的后面加上了"豆蔻啊，我爱你！"两句，同时注了"男唱"两字。豆蔻瞧了，一颗芳心又羞涩又甜蜜，望着他只是咻咻地娇笑。秋航于是也把乐曲的调子告诉她一遍，先把词和曲配合起来，秋航拿起梵婀玲，先演奏了一次。豆蔻原是个绝顶聪明的姑娘，当然早已领会了，待秋航第二次演奏梵婀玲的时候，豆蔻她那珠圆玉润的喉咙也随着唱了起来，只听她唱的道：

> 满眼繁华，紫姹红嫣，群芳灿烂，春色无边。
>
> 好一片良辰美景，引逗得我俩旧爱情复燃烧。
>
> 明月下，携素手，当着那笼烟芍药，燕舞莺迁，
>
> 卿卿我我永相怜……
>
> 秋航啊，我爱你！（豆蔻啊，我爱你！）
>
> 请你牢记，不要忘怀了今夜间。
>
> 秋航啊，我爱你！（豆蔻啊，我爱你！）
>
> 请你牢记，不要忘怀了今夜间。

这清脆的歌声，在热情的春的静夜空气中流动，是更觉得婉转

悦耳，令人爱花怒放。秋航放下梵婀玲，伸手搂住了豆蔻的细腰肢，两人便在满园子里翩翩地舞起华尔兹的步子来。两人是面对面地望着，各人的眼都像水样地动荡着，热血都在周身沸滚，脸上都浮现了青春的红晕。欢舞着，欢舞着，豆蔻娇喘吁吁，香汗盈盈，不胜娇弱。秋航闻着她口脂微度，直令人心神欲醉。虽然晓得豆蔻已经是很乏了，但故意不让她休息，仍是欢然作舞，旋转得更加快速。豆蔻再也支撑不住了，这就把身子扑向秋航，两臂搂住了他的脖子。秋航也方才把她身子横倒，一手挽在她的膝曲处，像孩子似的抱了起来。豆蔻的粉脸这就仰在秋航的眼前了，秋航略一低头，两人的嘴唇于是又接在一处了。豆蔻并不拒绝，尽让他热烈地甜吻，她蕴藏在心头的爱火完全爆发了，全身是发烧得厉害，她希望自己的身子立刻和秋航融化在一块儿，永远永远地不离开。因了这一夜的欢舞，在下面又引出可歌可泣的故事来。

第二天，秋航、豆蔻辞别主人，坐火车匆匆地回到上海。秋航送豆蔻回家后，方才急急回家来瞧丁香了。豆蔻到家，林英急急道：

"小姐，你昨夜在什么地方？戏院里来了好几个电话，我说找不着她，那又有什么办法？"

豆蔻只说在朋友家里，却把绑票之事瞒住了，一面换了一身衣服，匆匆坐车到李公馆去了。豆蔻今天到李家，原是和麒俊、家瑞办交涉去的，不料一到李公馆，只见个个人愁眉苦脸，方雪琴更在号啕大哭。豆蔻倒吃一惊，经茜珠含泪告诉，这才知道麒俊昨天下午被汽车碾死了。作者的笔只有一支，说了这个，就忘了那个，诸位欲明白麒俊如何会被汽车碾死，那么暂时且先丢了李家的事，我先来说一说可怜的丁香吧。

陆丁香那天是知道秋航送一个朋友上火车去的，但秋航临走的时候，原说一会儿就回来，不料一个钟点后，秋航没有回家，却来了一个不速之客，那就是个卖糖果的孩子。这孩子受了秋航的五元钱，觉得事情非给人家做到不可，所以他毫不迟延地把纸条送到秋航家里来。当时丁香接到这个纸条，遂急急念道：

丁香：
　　今有要事向苏州一行，不日就可回来，请勿焦急，是
为至盼！

秋航留字

丁香瞧了这短短几句话，一颗芳心别别乱跳，同时又好生狐疑，急向那孩子问话，那孩子却摇头说道：

"我见他坐火车去的，在火车将开的时候，他方才从窗口递给我这张纸条，叫我送到这儿来。其他的事情我一些都不知道。"

说着，便匆匆地走了。丁香这时心头正苦闷得难受，暗想：既然要和那朋友同行到苏州去，为什么事先不告诉我，竟这样局促地临时写张字条来，那不是太奇怪了吗？想着和秋航半年夫妻以来，他一向是非常诚实，虽然我亦几次曾疑心他和豆蔻的恩情未断，后来他给我再三地解释，并且还把豆蔻写给他的绝交信也给我瞧过，那当然我也不再去疑心他了。那么今天这究竟又是怎么一回事呢？在丁香的心里，总不会把秋航突然来字条的事儿当作一件喜欢的事情看待，所以想到后来，又引起了万分的悲思，忍不住滚滚地淌下泪来。人到无聊已极，她的思想也会无聊起来，所以丁香便想到庙里问签书去，虽然她素来是绝对不相信迷信，但今天她也居然要问菩萨了。于是她披上一件单大衣，坐车到南京路的红庙里，跪在菩萨的面前，拿了签书筒，虔虔心心地摇着，口里还暗暗祈祷着道：

"弟子陆丁香今日前来求签，问夫君狄秋航到底往苏州做什么去，请菩萨明白地示知，感激不尽。"

说着，已是摇着一根签子出来。丁香拾起，瞧是五十四签，于是向庙里对号取签书。丁香付了钱，接过一瞧，遂念着道：

256

　　　　造物于人多鹘突，纷纷成败难稽核。

　　　　无心插柳柳成荫，有意种花花不发。

　　丁香念毕这张签书，凝眸含颦地沉思了一会儿，觉得后面这两句话仿佛在说我和豆蔻的事情。签书中的词句本来是很隐约的，我觉得这两句话也有正反的两层意思可说，若照狄老太的立场而说，恐怕秋航又去爱上豆蔻了。不过照秋航立场上说，豆蔻当然是失败了，因为秋航心中爱的是豆蔻，他有意种花，可是现在他反和我结婚了，那不是花不发吗？秋航本无心于我，不料无心却是柳成荫了，那照眼前情形说，实在很贴切。不过秋航今天忽然留字到苏州去，恐怕那意思又相反了。因为狄老太是爱我的，她并不爱豆蔻，可怜老人家有意栽培我，那不是有意种花吗？谁料秋航偏爱上了豆蔻，你想，狄老太种下的花怎么还能够发出来吗？丁香既然这样解释着，她便疑心到秋航一定和豆蔻是双双情奔了，心中这一悲酸，她几乎失声要哭泣起来，于是她又想：也许我解释得不对吧，我倒再求一签看看。丁香想定主意，遂收束泪痕，又求了一签，是六十三签，丁香对号取来，急急又瞧道：

　　　　道旁有李不可餐，望梅止渴不救饶。

　　　　耐着石莲心里苦，这回甘蔗老头甜。

　　丁香瞧了这一张签书，因为先苦后甜，那么至少还有甜蜜在后头吧。丁香自己安慰着自己，也只好慢慢地踱出了红庙，跳上一辆人力车，拉回家里去。当人力车拉到跑马厅路的时候，丁香坐在车上，却被对马路人行道上走着的一个少年发觉了。这个少年就是李麒俊，他原是赶到火车站往苏州去的，不料却被他又发现了丁香，远远地望去，见丁香的脸儿愈加美丽，暗想：好一个妮子，今日居然也被我撞见了。麒俊想着，他就不管一切没命地追奔了上去。说时迟，那时快，不料这时候有一辆汽车由西向东疾驰飞来。麒俊躲避不及，早已被撞倒地，车夫冷不防他会奔穿马路，所以也是刹车不住，四轮竟由麒俊腹部碾过。可怜一个翩翩的佳公子，今天竟要做了车轮下的鬼了。那时，巡捕立刻把汽车号码抄落，一面打电话喊救护车到来，将李麒俊车送大仁医院救治。李麒俊已经脸如死灰，他还告诉家中住址，于是医院当局立刻打电话到李公馆去。这时，家瑞没有在家，只有李太太、雪琴、茜珠三人在房中闲谈，因为茜珠腹中也有四个月的身孕了，大家正在说笑，不料骤然得此噩耗，这仿佛是晴天中起了一个霹雳。大家脸儿失色，几乎要哭出声来，于是吩咐阿三备车，三人急急到大仁医院里去了。方雪琴虽然和麒俊感情不好，但近四个月来，两人忽然亲热得了不得，麒俊也时常伴雪琴到外面去玩，雪琴要什么吃，他总买来给她吃，雪琴要什么用，他总也无不依从。雪琴芳心暗自喜欢，还以为麒俊回心转意了，所以对待他也格外体贴温存。谁晓得麒俊一面又竭力追求豆蔻，一面在外面还是任意胡调哩！

话说三人急急赶到医院，只见麒俊已是奄奄一息了。李太太早已号啕大哭，雪琴和茜珠亦泪下如雨。麒俊拉着母亲的手，也淌泪道：

"母亲，你白疼我一场了……"

说到这里，已是哭了。李太太撞撞颠颠地口喊："儿啊，我是只有你一个儿子呀，你怎么会被汽车撞的呀？唉！天啊，你真恨我……竟要丧我的儿子吗？"李太太所以这样痛心疾首，她实在还含有说不出的苦衷，以为今天麒俊的被汽车碾死，还是自己枪击白豆蔻的报应，所以她更哭得惨痛。麒俊见母亲这样伤痛，一时良心发现，觉得自己的品性实在太恶劣了，所以有此下场，因此也大哭不止。倒是茜珠劝住母亲，说道：

"母亲，你快不要这样子，哥哥瞧着不是更心痛吗？他和嫂嫂要说几句话呢！"

李太太听了，方才收束泪痕，推雪琴上去。麒俊见了泪人儿样的雪琴，更加惨痛，紧紧拉了她的手，泣道：

"雪琴，我太对不住你……唉！我竟遭此横祸了……"

雪琴听了，还说什么好呢，早已呜咽而哭。这时，麒俊脑海里还映现着人力车上的陆丁香的脸，他到此有些恨了，觉得丁香是害了自己，她虽不杀我，但我到底因她死了，可是在丁香的心里，她做梦还不知道是怎么一回事呢。雪琴突然见麒俊眼皮合上了，遂急急喊了两声，把他身子乱推，但麒俊一缕幽魂也早已飞向天际去了。雪琴等见麒俊真的死了，大家不禁抚尸号啕痛哭起来。待李家瑞闻讯赶到，麒俊早已死了多时，想起自己只有一个儿子，也不免痛哭了一场。茜珠因为哥哥已死，要料理后事，谁知大家都哭着不干事，于是她打电话给惠民，叫他请假回来。惠民得此消息，想起雪琴今后的身世，不免也向麒俊尸体大哭。茜珠淌泪急道：

"我叫你回家原来做事的，怎么反大哭了呢？"

惠民听了，只好收束泪痕，把麒俊遗体车送上天殡仪馆。这夜，大家都伴在殡仪馆里，惠民瞧雪琴披头散发、发狂痛哭之情，想起新都饭店的一幕，这仿佛是一个污点，因此也眼泪没有干过。这时，李家瑞又得皇宫剧院电话，说白豆蔻人失踪了，家瑞此刻也不管这许多了，说随便哪一个演员充代表好了，假使观众不答应，就全数退票好了。

到了第二天，因各亲友已得丧报，纷纷前来吊孝，瞧着麒俊的儿子连雄并女儿月眉活泼可爱，却各穿麻衣，又听雪琴哀号之声，令人辛酸触鼻，无不叹息扼腕。下午入殓，把棺椁暂寄殡仪馆的后面寄棺所里，因为雪琴等都一夜未睡，便坐车回家休息。齐巧白豆蔻到来，骤然聆此消息，心中这就暗暗称快，但替雪琴设想，也不免落了许多眼泪。这时家瑞问白小姐昨夜在哪里，豆蔻因麒俊已死，也就不宣布他的阴谋了，只说在朋友家里喝醉酒了。家瑞想着儿子会突遭惨死，觉得一半固然是他自己荒唐太甚，而一半总也是自己伤些阴骘，故而有此结果，从此对于豆蔻也不敢存着非分的妄想了。豆蔻见他们全家哭哭啼啼地好不伤心，也无心久留，遂告别回家去了。

话说秋航回到家中，丁香正在暗暗淌泪，突然见秋航回来，这仿佛是又获到了一件珍宝样欢喜，立刻破涕为笑，迎了上去，伸了手，把秋航脖子抱住了，娇媚地嗔道：

"秋航，你太不应该了，既然要跟那朋友一块儿同到苏州去，为什么事先不告诉我，却偏喜欢临时写这么一张字条子，这不是叫我心中焦急吗？"

秋航淡淡地道：

"我不是叫你别焦急吗？那是你自己多事，怎么反怪我呢？"

在平日秋航也早抱住丁香接吻了，但照今天这种态度看来，当然更引起丁香的疑窦，以为秋航到苏州去一定是假的，昨夜恐怕和豆蔻在做不正当的事儿呢。丁香这样一想，觉得昨日问的签书是很确了，心中万分悲酸，放开了手，忍不住又淌下泪来。秋航却反嗔怪她不该伤心，一面便到维纳斯去了。从此以后，秋航又时常和豆蔻在一块儿游玩，对待丁香颇为冷淡。丁香素来柔弱，也只好自叹命苦罢了。

光阴匆匆，又过半月，这日豆蔻到李家去望茜珠，不料茜珠含泪告诉，说嫂嫂于前天已服毒自杀了。这消息送到豆蔻耳中，当然又惊骇得心别别乱跳了。

第十七回

疑幻疑真柔肠寸断
若即若离魂滞天涯

　　一转眼间，李麒俊死后已有二七了。这日，家瑞又请了雪窦寺和尚来给他诵经超度，整整热闹了一天。夜里，雪琴独个儿坐在房中，想起麒俊在世的时候，虽然要拈花惹草，但有时候对待我也总算不错，年轻人花天酒地，那是在所难免，夫妻终究是夫妻，所以近来几个月他不是待我很好吗？现在他是死了，春闺寂寂，我的年纪还只有二十一岁啦，往后做人还有什么趣味呢？想到这里，自然痛断肝肠，不免伤心地又哭了一场。红桃在里面一间房中，听了少奶的哭声，便来劝她说道：

　　"少奶，人死不能复生，多伤心于死者既然无益，于是你本身倒有许多不利。你说晚上时常失眠，那就是多伤心的缘故，所以少奶还是想开一些吧。"

　　红桃说着，拧了一把面巾给雪琴擦泪，一面又倒了杯热气腾腾的玫瑰茶。雪琴道：

　　"我这几天会时常梦见你的少爷……"

　　红桃道：

　　"那是少奶心里记挂的缘故，这也没有稀奇。"

　　雪琴暗想：你又不知道梦中事情。因为麒俊在梦中常对她笑道："我虽然害了你，但你到底也做了对不住我的事情呀！"

雪琴一想到这两句话，她的内心会感到极度的痛苦，觉得自己实在是做过违背良心的事情，那在一个头脑清楚的女子是绝不肯这样干那寡廉鲜耻的勾当。唉！我怎样对得住自己的良心呢？红桃见雪琴呆呆地出神，便说道：

　　"时候不早，少奶，你睡了吧，今天哭了一日，也够疲乏了。"

　　雪琴也觉倦怠，于是脱衣就寝。红桃给她放下紫罗纱帐子，熄了电灯，她也自到后面房中去睡了。雪琴睡在被中，又暗自想道：惠民他虽然也显出很可怜我的样子，但他如今有了茜珠那么一个爱妻了，他还会来给我一些安慰吗？唉！我真悔不该和他……想到这里，又伤心一会儿，也就蒙眬地睡着了。仿佛房中有人走路的声音，雪琴回眸去一望，原来是惠民，这就惊道：

　　"表哥，你深夜到我的房中做什么来呀？"

　　惠民笑嘻嘻地坐到床边，很温柔地道：

　　"表妹，你真可怜，如今你是孤零零的一个寡妇了，多么寂寞啊，我是特地来和你做伴的。"

　　雪琴忙正色地道：

　　"表哥，你这话错了，我前次因一时气愤，所以如此。现在麒俊死了，我还有两个孩子哩，怎么再能够含糊做此勾当？况且你已有爱妻了，万一被茜珠知道，那你我的名誉不将扫地了吗？你快走吧，红桃在里面房中呢！"

　　惠民听了，却不走开，反而伸手来掀被，望着她很神秘地一笑，说道：

　　"表妹，麒俊活着时候，你尚且约我到新都饭店去，如今麒俊死了，那还怕什么呢？你的年纪正轻啦，难道从此以后就一辈子不想再享人生的甜蜜了吗？那你真是傻子。来来，春宵一刻值千金，我们快不要辜负了如此良辰吧！"

　　惠民说着，身子已是钻进被来，他把嘴在雪琴的唇上甜甜地吻着。雪琴被他这一吻，理智又模糊了，她竟没有勇气向惠民拒绝

262

了，不料正在这个当儿，床边突然又站着一个黑影子。雪琴定睛一瞧，却是麒俊，只见他怒目切齿，狠视雪琴。雪琴这一吃惊，顿时大声地喊了起来，经此一喊，雪琴却是醒了转来，方知是做了一个梦，但已惊出一身冷汗。急忙开了电灯，见时正子夜两点，四周寂寞无声，雪琴那颗芳心犹别别乱跳，回忆梦境，则历历如绘，想起自己意志不决，又觉好生惭愧，但听惠民所说，也是实情实理，我还年纪轻啦，难道就一辈子过着枯槁的生活吗？那太使人痛苦了。假使我为麒俊守一辈子的节，那我还不如早些死了干净吗？雪琴这样一想，她竟起了厌世之念，遂从床上坐起，在梳妆台的抽屉里取出一瓶安神药片，这是因为前几天失眠买来的，预备每夜在临睡时吃一片，现在她索性做一次吃了，吞完了后，方才又钻身到被里去，死心贴地地预备做那长眠不醒之梦了。

第二天早晨，红桃起来，见少奶静悄悄地躺在床上，以为她因伤心过度，身子自然是乏力了，遂不敢惊醒她，自管悄悄地到上房里去了。吃午饭的时候，茜珠从松雪别墅来上房请安，因不见雪琴，便问嫂嫂在哪里，李太太道：

"红桃说睡得正浓哩，可怜这孩子也真怪不得她这样伤心了。"

茜珠叹了一口气，说道：

"我想不到嫂嫂会这样的命薄。唉！造物忌人也太残酷了。"

说罢，不觉又淌下泪来。母女两人正在伤心，忽见红桃脸色苍白地奔进房来，急急地报告道：

"啊哟！不好了，少奶竟吞安神药片自杀了。"

李太太和茜珠一听这个报告，吓得浑身乱抖，茜珠早已三脚两步地奔到雪琴卧房，只见嫂嫂脸白如纸，僵卧在床，以手抚其颊，却冷如冰了。茜珠连喊两声嫂嫂，不觉悲从中来，放声大哭。这时，李太太及奶妈抱了连雄和月眉亦已到来，见雪琴真死，因媳想儿，李太太也大哭起来。一时雪琴的房中充满了一片哀号之声，令人触鼻辛酸，凄然落泪。这里红桃早已打电话到大中银行给家瑞，同时又打电话给惠民。两人得此消息，方寸已碎，立刻驱车回家。两人齐巧在公馆门口相遇，慌即奔进雪琴房中，听了李太太哭媳之声，和连雄、月眉哭娘之哀，实过巫峡啼猿，两人还未开口，两行热泪早已滚落了颊上。家瑞跌足叹道：

"琴儿，可怜，你真可谓贤德极了。"

说毕，也不禁挥泪不已。惠民这时内心的哀痛比任何人更要厉害十倍，他很想痛痛快快地哭一场，但是可怜他又没有勇气哭出来。因为舅嫂死了，要一个做姑爷的如此悲伤，这在茜珠心中固然要起疑，就是别人瞧着也不是要感到奇怪了吗？所以他把胸中无限的沉痛是竭力地压制着，但这种强迫不许伤心的事情，那是更增加内心的惨痛，所以他在房中再也站不下去，悄悄地溜到院子里的假山后面，呜呜咽咽地偷哭了一会儿。他想着和雪琴幼年时青梅竹马地两小无猜，及长，两人同校共读，携手偕行，心心相印，但是造物忌人真太残酷，他不愿人间有美满的事情，姑爸竟给她强迫地嫁人了。唉！想起新都饭店里的一幕，他觉得生命中最可耻、最痛伤的一件事。今日雪琴的自杀，对于这一件事在她内心一定也是深深地感到了惭愧，那么推其原因，至少一半是我害死了她。想到这里，忍不住又哭了一会儿，但他又不敢多哭，深恐他们找人，因此收束泪痕，只好重回屋子来。只见已把雪琴遗体移到大厅上，姑爸方良柏亦已闻讯赶到，老泪纵横，先向雪琴遗容望了良久，大有如醉如痴之态。李家瑞便请他到会客室闲谈，方良柏叹道：

"我儿有此烈心，亦可谓是同命鸳鸯了。"

说罢，泪下如雨。家瑞也淌泪不已，说道：

"媳妇的死，完全是小儿害她，今死得如此伤心，怎不令人心痛？"

两人说着，都觉感伤万分。这时，账房间早已把衣衾棺椁办理舒齐，惠民进来，请两人去过目一回。于是家瑞和良柏又到大厅来，见一切衣衾都是上等刺绣，尤其那具桐棺更是精致，只见帮底皆厚八寸，纹若槟榔，味若檀麝，以手叩之，声如玉石。大家称奇，却不识是什么材料。家瑞问账房此木何名，账房含笑忙道：

"这副木板，却不知何名，他们只说是铁纲山上出的，做了棺材，可以万年不坏。我因为老爷嘱咐只拣好的，不论价贵，所以我就买了来。"

家瑞又问其价若干，账房道：

"一万二千元，还是族中五老爷介绍的，否则，要一万五千元呢！"

家瑞听了，点头不语。良柏见家瑞如此花费，较麒俊死时更加奢华，一时也无话可说。因为不忍再瞧爱女入殓，就匆匆别去。家瑞知道他心中悲痛，自然也不便强留，遂含泪握别。这时，大厅上早已挂灯结彩，亲朋纷纷前来吊孝，午后入殓，李太太、茜珠等又大哭一场，大厅上立刻又换素彩。家瑞和李太太商量，预备把雪琴的棺材暂时放在麒俊一块儿，且看定地基，筑墓安葬，李太太点头称好，于是主意打定，便准定这样办理。一天光阴从匆忙中悄悄地溜走了，晚上，大家回家，只剩下连雄、月眉哭娘之声，倍觉凄惨。

雪琴死后第三天，豆蔻匆匆到李家来，一听到这个消息，自不免也落了几点眼泪。豆蔻今天到李家来，原是有原因的，因为皇宫剧院里的音乐队已经合同满期，她预备和秋航天天可以见面，所以向家瑞来介绍秋航到皇宫剧院里去。家瑞听豆蔻介绍，自然无不答应，于是豆蔻遂很喜欢地回去，在六点钟的时候，便坐车到维纳斯去找秋航。两人见面，自然亲热异常。豆蔻告诉已把秋航介绍到皇宫剧院去演奏音乐的话，更加雀跃不止。

这夜，秋航回家，见丁香还没有睡，她坐在灯下，正在裁剪婴孩儿的衣服，见秋航回来，便照例笑盈盈地站起，给他脱大衣、倒茶，很柔和地道：

"你辛苦了，快早些休息吧。"

一面又把活儿收拾过去，一面又服侍秋航睡下。秋航因为这半

265

个月来自己也觉得态度有些变了，处处地方对待丁香总显出淡漠的样子，但是柔顺得像一头绵羊似的丁香，可怜她始终没有和秋航吵过一回嘴，同时也没有一些表示怨恨的态度，依旧和颜悦色地对待着秋航。秋航可不是一个没有感情的人，他想着和豆蔻亲热的情形，虽然彼此是毫没有一些苟且的行为，但良心上到底有些对不住爱妻。今天又见她这样柔顺地服侍，心里更感到不安，遂伸手把她拉到身边坐下，向丁香凝眸望了良久。丁香被他这一阵子呆瞧，倒不好意思起来，乌圆的眼珠在长睫毛里滴溜地一转，掀着酒窝儿嫣然地一笑，说道：

"你痴了，难道做了半年多的夫妻，还不认识我吗？再过五个月，你恐怕是要做孩子的爸哩……"

丁香说到这里，又羞涩起来，秋波瞟他一眼，便垂下粉颊来。丁香这几句话是无形中打动了秋航的心弦，他觉得自己和丁香已经是成功一对夫妻了，而再过几个月，丁香确实又要给我产生孩子了，在她是竭力地做着妻子的责任，那么我如何可以不担负起做丈夫的责任呢？秋航想到这里，他内心是感到惭愧极了，他觉得这半个月来，实在是太对不住丁香了。丁香见他听了自己的话，也不回答，只管呆呆地出神，一时又恐怕他要不乐意，因为这半个月来丁香觉得的确是太难侍候丈夫了，所以她不敢再说话，把秋航的身子轻轻地推进被窝儿里，自己脱了旗袍，也在外面躺下来，伸手欲熄去了电灯，不料却被秋航阻止了，两手捧着丁香的脸，笑道：

"别关灯，我想和你谈谈。"

秋航这举动倒是出乎丁香的意料之外，不免怔了一怔，也娇媚地笑道：

"你要跟我谈什么？我想还是不谈的好，谈起来恐怕又要引起你的不快乐。因为近来我觉得自己的举动和说话是太会惹人气了，回头怕又要冲撞了你，所以还是不谈好……"

秋航不等她说完话，便伸手扪住了她的小嘴儿，故意扪得快一些，仿佛是打了她一下小嘴儿，笑着道：

"你说话别这样刁，谁曾经讨厌过你呢？"

丁香瞅他一眼，故作娇嗔道：

"可不是？我才说了一句话，你就动手打我了。"

秋航急道：

"这哪里可以说是打你，你不怕被天打吗？"

丁香又笑道：

"不过话又得说回来，我自己也感到近来人有些变样了，觉得一举一动都会叫自己讨厌，况且凸了肚子，走在马路上又怪难看的，所以我倒也不怪人家要惹厌了。"

秋航听丁香这几句话好生厉害，那颗心就仿佛有人在针刺模样，两颊不免有些发烧，说道：

"丁香，你别说那样尖刀似的话了，爽爽快快的，你还是打我几下比较好吧。"

丁香听了，却嫣然地一笑，说道：

"那你怪不得我，因为我原预先向你声明过了，叫你不要和我谈吗？如今话还没说两句，你就不要听了，是不是？所以，大家还是别说话，早些睡吧。"

丁香说着，又把她粉嫩的玉臂伸出来，要去熄灯光。秋航却又把她拉住了，望着她红晕的两颊，觉得少妇的风韵较之处女时代更加妩媚得可人，遂情不自禁地勾住了丁香的粉颈，在她嘴唇上甜甜蜜蜜地接了一个长吻，笑道：

"你就索性再说吧，今夜我就听你说个痛快。"

丁香绕过媚意的俏眼，瞅他一眼，故意噘着嘴，撒娇似的说道：

"我不说了，反正你又不喜欢听，我的话只有冲撞你，惹你的气，哪里来像人家那样温柔动听呢？"

秋航把她搂在怀里，打她一下玉臂，笑问道：

"你说的人家，到底是指点哪个呢？像我这样忠实的丈夫，你难

267

道还有什么疑心的吗？"

丁香点头笑道：

"各人心里自己明白，要别人家来说穿了，那就觉得没有味儿。虽然我也明白你确实是好丈夫，不过好丈夫有时候也会使些性子来磨难人罢了。"

秋航听她这样说，心里反感到她的可爱，忍不住也笑道：

"各人心里自己明白，那句话就奇怪，你明白，我可不明白呀。你还是爽快地说一说，别叫人家闷着吧。"

丁香见他假装含糊，便也不肯吐实，只笑道：

"我原和你说着玩玩，哪里真疑心你去爱上别人吗？假使你真爱上了别人，对不住我那还是小事，对不住已死的母亲，这倒真的。因为你我的婚姻，原是母亲临死时候做的主意，万一往后发生了什么事情，母亲魂而有知，当然要痛哭九泉，所以我相信你是一个孝子，绝不肯有违母命的。"

秋航觉得丁香的话句句是含了锋儿似的，令自己感到惶恐，因此只好安慰她道：

"你放心，真如你所说，再过几个月我可以做孩子的爸爸了，你想，我怎么会去爱上别人呢？"

丁香听秋航这样说，方才感到无上的安慰，明眸含了无限的柔情蜜意的目光，凝望着秋航的脸庞，频频地点了一下头。她那娇躯躺在秋航的怀里，正仿佛柔顺得一头驯服的羔羊。秋航知道她是感激自己的意思，一时把豆蔻对待自己火样的热情又全忘怀了，吻着她红润润的嘴儿，却是默默地温存了一会儿。丁香见时已一点多了，遂熄了灯光，这回秋航并不阻她，正欲各自睡去，秋航忽然想着一件事情，在丁香耳边悄悄地告诉道：

"下星期我们要转到皇宫剧院里做乐队去，薪水大概可以增高一些，你想这不是很好吗？"

丁香闭眼方欲蒙眬入睡，一听这话，芳心立刻又笼罩了一层忧虑，急急地问道：

"是谁介绍你们进去的？"

秋航也知道丁香这话是明知故问，一时支吾了半晌，方才说道：

"是白豆蔻介绍的。"

丁香奇怪道：

"上次你不是说豆蔻永远不和你见面了吗？怎的她又介绍你到皇宫剧院里去了？"

丁香这句话倒把秋航问住了，顿时目瞪口呆，却是回答不出。良久，方才说道：

"后来因为又遇见她了……我想……彼此交个朋友……那原没有关系的……"

丁香听他吞吞吐吐地说着，显然内里必有无限的隐情，觉得那天秋航不回家，故意说到苏州去，实在一定是宿在豆蔻家里的。本来一颗芳心倒很安慰，此刻听了这个消息，不禁又悲伤起来，意欲再向秋航问话，但秋航鼻声微微地故装睡着了，因此丁香独个儿又暗暗地泣了半夜。

光阴如箭，日月如梭，一转眼间，那九十春光早又匆匆逝去。秋航进皇宫剧院做音乐师也有了三个多月的日子，在这三个月中，丁香见秋航的态度一会儿和自己亲热，一会儿和自己憎厌，捉摸不定，虽然明知是为了豆蔻的缘故，但又不敢和他争论，为的是生恐彼此更伤感情，所以她始终含辛茹苦地脸上浮着娇笑，温情蜜意地去对待秋航，她要把自己一片真挚的情意去感化做丈夫的一颗心。她又天天地向狄老太遗像祈祷着，希望丈夫总有回心转意的一日。

红了樱桃、绿了芭蕉的四月里长夏天气，那是最闷人的季节。丁香整日地情思睡昏昏，想着夫君究竟能不能回心转意，自然更加地烦闷，瞧着秋航今天的态度又很不好，他上午出去后，直到此刻还不回来，显然又和豆蔻在一块儿玩了。一时十分怨恨，见黄昏已近，房中沉闷恼人，于是她换了一件派力司的旗袍，吩咐了张妈几句，就到附近法国公园里去散心了。

斜阳西沉，凉风拂拂，这个时候，一班年轻的男女或携手偕行，或促膝柳下，大家都在公园里活动了。丁香迎着晚风，自觉遍体皆爽，然而瞧着对对男女，尤其手携活泼的小孩儿，更是触景生情，一颗芳心又觉十分伤心，不免暗暗淌下泪来。丁香低了头，一面感伤，一面慢慢地向池边踱来，只见沿池边的坐椅旁都有人坐着，或独自瞧书，或两个人谈话，也有凝眸沉思的，不过大多数总是脸含笑容，十分得意。丁香站在池边，只见池水澄清，浮着绿萍，十分鲜丽。同时瞧着水中人影，想起秋航此刻和豆蔻沉醉爱河，愈觉辛酸，遂又离了池边，向西慢步而行。正在这时，忽然有个四五岁的小孩子急急向前奔来，丁香因为是低头沉思，所以也不顾及，竟把那孩子撞倒了，说丁香撞倒那孩子，其实是冤枉的，原是孩子自己去撞丁香，只不过孩子力小，自己跌倒罢了。孩子跌在地上，便哇的一声哭了，这才把丁香惊觉，慌忙蹲下身子去，把他扶起来，回眸瞧前面，原来那男孩子后面尚追着一个年纪仿佛的小女孩儿，她见哥哥跌倒哭了，便定住乌圆的小眼睛，呆呆地怔住了。这时，就有两个老妈子奔上来，一个来抱那男小孩儿，叫他别哭，偏他哭个不停。丁香见那孩子生得可爱，心里有些疼他，便说道：

"你瞧瞧，他膝踝头可跌痛了没有？"

那老妈子把他两脚挽起，果然见他膝踝上擦起一些皮肉。丁香很过意不去，便拿一方小帕儿，叫老妈子把小孩儿放到地上，亲自给他包裹了。那孩子经丁香一包裹，也许因为丁香是陌生的缘故，所以孩子带着眼泪也不哭了，小眼睛呆呆地望着丁香出神。丁香因为自己是快要分娩的人了，见了孩子，就更觉欢喜，遂香了他一个面孔，含笑说道：

"小弟弟，好勇敢，不哭了，将来长大了，还去做将军呢！"

正说时，忽听后面有女子的声音娇声地问道：

"王妈，什么事情啦？"

270

那老妈子方欲告诉，丁香站起已回眸望去，齐巧和那女子打个照面，两人这就不约而同地"咦"了一声，抢步上前，很亲热地握了一阵手。原来那女子正是李茜珠呢。这时，两人却不说话，都在暗暗地打量着。丁香见茜珠全身缟素，腹部和自己一样，也是高高地耸着，想起这两个小孩子，那就觉得很奇怪，便先急急问道：

　　"李小姐，好久不见了，差不多一年多了吧，去年我已晓得你和朱先生结了婚……你……穿的是谁的孝呀?"

　　茜珠听丁香凝眸含颦地问着，心中猛可想起去年春天和丁香也在此地相遇，那时候我和惠民正享受恋爱甜蜜的滋味，因为再过几天是要订婚了，谁料到曾几何时，我竟已做了未亡人了。想到这里，眼皮一红，几乎已淌下泪来，说道：

　　"陆小姐，人事沧桑，浮生若梦，谁又岂能料及? 去年我和你此地相逢，那时我和朱先生正欲订婚，是何等喜欢? 今年我和你在此地二次相逢，不料朱先生已亡故了……你想……"

　　茜珠说到此，喉间已经哽住了，真的落下泪来。丁香得此消息，因为自己也是个失意人，不免勾引起同情的悲哀，眼角旁也涌出一颗泪水，遂又急急问道：

　　"那么这两个孩子又是你的谁呢?"

　　茜珠因为见丁香也代为她伤心落泪，心中无形中就和她发生好感，似乎遇见了知己一般，把前时仇视的心理早已忘怀，长长地叹了一口气，说道：

　　"陆小姐，要谈起了这两个孩子，那真是一言难尽……想不到我俩别后一年，我家竟遭此惨变……"

　　说罢，又不胜感伤。丁香低声道：

　　"我俩今日相逢，也可说难得，彼此能否尽情一吐?"

　　茜珠道：

　　"有何不可?"

　　说着，回头吩咐老妈子好生照顾小孩儿，她便携丁香之手，同坐椅上，先叹了一声，方才告诉道：

"这两个孩子便是我哥哥的儿女，今年春天，我哥哥忽然被汽车撞伤，虽经医生救治，然因伤重，终于死了。哥哥死后半月，嫂嫂也许感身世之可怜，竟偷偷地服毒自杀，等丫头发觉，已经气绝。你想，半月之中，突然死了两人，岂不叫人心痛吗？我那惠民原是嫂嫂的表哥，他俩感情听说从小很好，起初因哥哥死了，他已痛哭了几次，后来又见嫂嫂自杀，他更伤心得了不得，从此他便郁郁寡欢，而且睡梦中常常哭醒，不到半月，便恹恹病了。我虽百般劝解，他却又说这次病并非为你哥嫂死了而生的，也许身子乏力缘故，所以静养几天，也会好的。我听他这样说，以为他办理两次丧事，所以累乏了，这也情理之中，于是放心许多，请医调养。谁知喝药如喝水一样，病一天加重一天，不到十天，两颊瘦削，全身只剩了一副骨头。那时我心里真急了，天天请中西名医诊治，但是医生只能医病，不能医命的，从十三日生病起，到第二个月十八日止，他竟与世长辞了。临死的时候，他拉了我的手，连喊对不住我，说他的罪恶太深了。我觉得他这次病，似乎有什么隐情，仿佛他是做了愧心的事，所以郁郁死了。我虽问他、安慰他，但他始终没有讲，现在他死了，还打哪儿去知道呢……唉！我想不到自己竟命苦如此，结婚未到一年，就做了未亡人，现在我的心如灰死，一面静待着腹中的小生命下地，一面抚养哥哥的两个孤苦的孩子成人，这就是我此生中的职务了……"

茜珠说到这里，两行热泪早已滚滚掉下了两颊。丁香听了这一遍话，方才知道茜珠穿的是丈夫的孝，一时心中十分伤心，不免也陪她落了不少的眼泪，遂只好劝慰她道：

"事到如此，伤心也没有用，好在李小姐是个有学问的人，况且年纪正轻，待小孩子落地后，还可以继续求学，将来为教育服务，岂非亦是终身乐事吗？"

茜珠听丁香这样安慰，觉得这话正是，猛可伸手把她握住了，十分亲热地说道：

"陆小姐这话不错，我正糊涂，竟想不到这一层，今听你的话，使我顿开茅塞，关切之情，终身感激呢！"

丁香见她这个样子，也不禁为之破涕。茜珠这时忽又问道：

"陆小姐，我还没有问你哩，你和谁结婚啦？"

丁香听她提起了自己的事情，也是触鼻辛酸，不觉长叹一声，说道：

"我和狄秋航结婚了，结婚的日子，恐怕和你是同一日吧。"

茜珠不胜惊奇，急急问道：

"这话打哪儿说起？我结婚那一天，狄先生他不是还在我这里吃酒吗？"

丁香点了点头，说道：

"不错，后来他回家遵母亲的命和我结婚的。李小姐，你一定感到稀奇吧，我告诉了你，你当然会明白了。"

丁香说着，遂把狄老太病危，自己在他家服侍，狄老太意欲死后有一媳妇，故嘱我们权行花烛的事情，详详细细地告诉了一遍。茜珠这才恍然大悟，但她忽然又薄怒含嗔地生气道：

"那真是岂有此理！秋航既然和你结了婚，他怎么还可以和白小姐这样亲热呢……"

说到这里，猛可理会自己失言了，遂忙又说道：

"陆小姐，我这人心直口快，胸中知道的事情，就会大嚷出来，并不离间你们夫妇的感情，那你倒不要误会……"

丁香淌泪说道：

"李小姐，秋航和白小姐的亲热，我是早已知道的。在秋航的心中，他本来最爱的就是白豆蔻，不过他母亲很喜欢我，在临死的时候，偏想出这个办法来。秋航他是很孝顺母亲的，所以只好答应了。在他对于这头婚姻，当然是十分勉强，所以婚后我俩的感情甚为淡薄，他和白小姐依然相亲相爱的事，我原早有耳闻的。"

茜珠这才知道丁香虽和秋航结了婚，也是整天过着不如意的生活，可见世上的人们，都是烦恼的多，一时更加看破红尘，觉得千般恩情全是假，我为惠民死了而伤心，丁香又为活着丈夫有野心而伤心。唉！真是造物弄人，一班世人真太可怜了。想到这里，也伤心地淌泪不已。两人泣了一会儿，茜珠又愤愤地道：

　　"秋航这人真是太无心肝了，既然不爱你，为什么要听从母亲的话，同时又何必要和你同床？如今你已快将给他养孩子了，他竟忍心丢弃了，这种少年真正可杀，他们把我们女子真太不当人看待了……"

　　说着，大有不胜愤激之意，但她立刻又拉了丁香的手，很柔和地安慰道：

　　"陆小姐，你也想明白些，为了这种没心肝的丈夫而伤心，那是太不值得。能够劝他回心转意，这固然是好，就是他执迷不悟，你也不必过分自伤身子。我们女子没有了丈夫，难道就会做不了人吗？哼！那无怪做男子的更加要骄傲了。陆小姐，我和你虽然情形不同，但可怜则一样的。现在我拿你劝我的话，我来转劝你，我们年轻啦，际此变幻莫测之时局，社会还需要我们青年来尽一些责任，所以你待产下孩子后，也可以继续你的求学，至于学费一层，你不用忧愁，我可以负完全的义务。"

　　丁香听茜珠这样说，一时直把她感到心头，紧紧地握了她纤手，却是说不出一句话来。茜珠知道她是感激自己的意思，便又安慰了她一会儿，两人经此一谈，倒成了闺中腻友，所以日后便自相过从，两人亲热得仿佛姊妹一样。

　　光阴如水一般地流去，丁香和茜珠都已分了娩，两人都产了一个男孩儿，在产褥期中，丁香、茜珠各通书信，在信中得知彼此身子都甚健康，所以大家颇快乐。秋航见丁香产了一个男孩儿，心里十分喜欢，所以不常出外，时伴床边，和丁香谈谈笑笑，以解她的寂寞。丁香对于这些，一颗芳心自然也深深地得到了安慰。

凄凉的秋风带走了炎热的长夏。光阴匆匆，早又到了十月天气了，丁香的儿子荷生也有五个月了，五个月的孩子是最令人可爱的时候，兼之荷生活泼美丽，更是惹人喜欢。丁香瞧了儿子的白胖，那颊上的笑窝儿就会掀起来，但是瞧着丈夫的脾气，又觉暗自伤心。因为这两天来，秋航的态度更加不好，动没动就使性子给丁香瞧，丁香忍气吞声，也只有暗自泪抛罢了。

这天，秋航起来，自管坐在写字台旁，作那华尔兹的乐曲。丁香一面给孩子穿衣服换尿布，又给他哺乳，一面又急急烧牛奶，装盘威士忌饼干，很小心地拿到桌上放下，给秋航用早点。秋航放下笔杆，握着杯子，凑到嘴边去喝，因为是刚烧热的牛奶，所以烫了他的嘴巴，秋航立刻皱了双眉，把杯子放到桌上，恨恨地白了丁香一眼，说道：

"你要烫死我了！"

丁香听了，自然万分伤心，红了眼皮，低声说道：

"才滚热的牛奶，不免烫了嘴，你就冷一冷喝吧。"

秋航道：

"那你为什么不早关照我？可见你存心捉弄我。你不情愿服侍我，你只管说一声，何必这样呢？"

丁香听他这样说，心里真悲伤极了，但她犹竭力忍住了眼泪，娇媚地笑道：

"你别这样火气旺，我是你的妻子，为什么我不情愿服侍你？好啦好啦，我们可不是一月两月的夫妻，孩子也这么大了，我处处地方爱护你还来不及，如何会捉弄你吗？秋航，你怎么现在愈弄愈孩子气了？这一些细微的事情，何苦生气呢？"

丁香说着话，掀起了笑窝儿，纤手按到秋航的肩胛上，轻轻地拍了两下。照理，这样贤惠的妻子，秋航应该要如何地爱她，但是现在秋航变了，他猛可摔脱了丁香的手，冷笑了一声，说道：

"你是人家的妻子，可不是窑子里的姑娘，用不到装那种媚态的。"

丁香再也忍不住了，她的眼泪已纷纷地落了下来。秋航见丁香哭，更加惹气，便站起身子，披上大衣，也不喝牛奶，向外便奔，口里还连说"你不用哭，我让你，我让你"，说着，早已怒气冲冲地奔下楼去了。丁香灰心已极，自然也不去拉他，倒在床上，不禁呜呜咽咽地哭起来了。张妈从菜市场里买菜回来，她在弄中遇见秋航，见秋航一脸怒容的神气，喊他少爷，他也不应一声，心中就料到又和少奶在吵闹了。如今一脚跨进房中，就听少奶的哭声，暗想：果然不出我之所料。遂把菜篮子放到桌上，呆了一会儿，然后倒了一盆面水，拧了一把手巾拿给丁香，说道：

"少奶，别哭了，少爷的脾气既然这样不好，你就什么地方都让他三分，那不是省却了许多的事情吗？"

丁香一面从床上坐起，一面揩了泪痕，叹道：

"你叫我再让他还让到如何地步呢？唉……他无事寻有事，那就真叫我没有办法了。"

张妈自然也知道少奶的性情是那么温柔，少爷有了野心，就把少奶视作眼中钉了，一时代少奶设想，也是非常气愤和伤心，但也只好安慰道：

"少奶，你瞧瞧小少爷的分儿上，也就别伤心了。"

这时，荷生齐巧哭了，于是丁香抱起了他，解开纽子，给他哺乳，心中可就暗想：照此下去，秋航欺我娘家无人，他一定是要心存抛弃，那么我举目无亲，向谁去诉苦好呢？还是仍回到姑妈家里去吧。但是自己不别而行，一年有余，今日狼狈而回，不但被他们所笑，而且我也没有这个脸皮呢。想到伤心地方，忍不住又抽噎地哭了一会儿。这天，秋航自早晨走出后，一直到傍晚，没有回家。丁香吃了半碗饭，心里放不下，就打电话到皇宫剧院里去探问。那边是舞台监督蒋子清接电话的，他说"秋航已在剧院里了，你可要找他听电话吗"，丁香心中这才放下一块大石，因为恐怕秋航又要着恼，所以说不要叫他听电话了，便放下听筒，很安心地回到家来，和孩子逗玩了一会儿，待哄孩子睡着后，时已十时了。忽然一阵皮鞋声响进来，丁香急急回眸望时，却是茜珠来了。这样夜深，茜珠会到我家里来，丁香自然好生奇怪，遂含笑迎上去，和她握了一阵手，问道：

"茜珠姊姊，你敏儿没有带来吗？好多天没见了，想来一定更活泼了吧？"

说着，便亲自给她倒了一杯茶。茜珠今天的态度似乎有些异样，她脸上笼罩了一层忧愤之色，对于丁香的话仿佛不曾听见，她向丁香粉脸呆望了良久，方才说道：

"丁香妹妹，今天我到你这里来是报告给你听一个消息的……"

丁香不等她说完，芳心猛吃一惊，立刻抢上一步，携着茜珠的手，急急问道：

"姊姊，你快说，你快说，到底是恶消息，还是好消息呢？"

茜珠用很怜悯她的目光在她脸上逗了那么一瞥，低声儿说道：

"妹妹，本来我原不管这种闲事，因为豆蔻也是我同情她的一个好朋友，不过我想着妹妹到底是秋航的妻子，所以我既然得知这消息，若不来告诉你，我的良心会感到极度的不安。不过你千万别伤心，今晚秋航和豆蔻剧终以后，他们双双下安达轮船要同赴南洋去了……"

丁香听了茜珠这个告诉，她的一颗芳心好像是被豆蔻挖去了，两眼一阵昏花，身子便跌了下去。

第十八回

相约同奔凄其泪落
河梁分手黯然魂销

茜珠见丁香听了这个消息，芳容立刻失色，气得浑身乱抖，仿佛摇摇欲倒的神气，心中也吃一惊，连忙伸手把她扶住了，急急叫道：

"妹妹！妹妹！你怎么啦？你怎么啦？你定一定心，他们此刻还没有落船呢，你此刻快快地赶到皇宫剧院里去，把秋航拖着一同回家是了。"

丁香偎在茜珠的怀里，长叹了一声，摇了摇头，不禁泪如雨下，说道：

"他的心既然已在豆蔻的身上，纵然我赶了去，岂不也是枉然吗？姊姊，我心灰极了，我决定放弃了他，就这样地过我的残生吧⋯⋯"

说到这里，心酸已极，离了茜珠，把身子伏到沙发上去，呜咽不止。茜珠听丁香这样柔弱得可怜，也引得泪似泉涌。两人泣了一会儿，茜珠忽然把脚一顿，鼓起了脸腮，愤愤地说道：

"香妹，不，你不能这样柔弱，秋航是你的丈夫，你已给他生了孩子，他是有相当的责任，岂能抛弃了你？天下没有这样容易的事情，你得快快地赶到皇宫剧院里和秋航交涉去。他若不跟你回家，你就在剧院里大闹起来好了，看人家怎么批评！香妹，你放心，法

278

律是不会纵容他的。唉！我们身为女子的太可怜了……"

丁香听茜珠这样说，便从沙发上愤然站起，拭了眼泪，满脸娇嗔地说道：

"姊姊这话不错，我绝不能这样地懦弱，我此刻就去，就去……"

说着，已是站起身子，在玻璃橱里取了大衣，披在身上，向张妈叮嘱好生看守小少爷，她便携了茜珠的手，急急出了鸿怡坊。夜是静悄悄的，秋风是一阵一阵地吹着，丁香全身感到了无限的凄凉。茜珠说道：

"妹妹，我回家了，恐怕敏儿要吵娘，姊姊给你默默地祈祷着，但愿你俩今夜双双回家。你瞧，月亮是那么圆，希望你俩也永远地跟月亮一样圆……"

丁香听茜珠这样说，不免又感激得淌下泪来，紧紧摇撼了茜珠的一阵手，点头微笑道：

"姊姊爱我之情，没齿不忘。倘然有一日如你姊姊说的那样圆满，我定向姊姊叩头……"

茜珠微微一笑，于是各自跳上一辆人力车，分手别去了。丁香到了皇宫剧院，付去车资，三脚两步地奔上石阶，因为时候已十时半了，售票处已停止售票，丁香便直向正厅里走进去。只见舞台上正是一幕伟大的场面，白豆蔻身披银白的舞衣，翩翩地正在婆娑地作舞，而且口里也在正歌着婉转悦耳的歌声，衬以秋航的音乐声音，更觉幽幽动听，真所谓珠联璧合、相得益彰。丁香心头猛可若有所悟，觉得秋航之所以如此热恋白豆蔻，实在是因为和豆蔻志同道合的缘故，那么我和秋航的确不是一对美满的婚姻，今天我若把秋航拖回家去，秋航的心中一定是万分痛苦，因痛苦对于我自然也格外地怨恨了。这种勉强结合，绝不会有好的结果，与其是往后再闹出不幸的惨剧，那我何不现在让步，索性放弃了，他们如愿以偿，当然很安慰，就是我成人之美，也是多么痛快啊！不过我应该向豆蔻去声明一声，也好叫她知道我是为了他们的幸福，情愿牺牲我个人的终身了。丁香打定了主意，便又匆匆地走到后台来。舞台监督蒋子清见了丁香，便上前问道：

"请问贵姓？你是找谁来的？"

丁香一撩眼皮，含笑点了点头，说道：

"敝姓陆，我是找白豆蔻小姐来的，请你通报一声好不好？"

蒋子清向丁香身上打量了一会儿，说道：

"照这儿规则，演员在上演时间，任何人不能接客，不过白小姐今天只有这最后的一幕戏了，请陆小姐先在会客室里坐一坐，等白小姐下台后，我通知她吧。"

丁香听了，道了一声谢，便自到一间会客室里去坐下了。这里蒋子清待豆蔻下台后，便向她告诉道：

"白小姐，刚才有一位陆小姐来找你，她现在会客室里等着你，你快卸了妆，去和她见面吧。"

豆蔻听了"陆小姐"三个字，芳心倒是一怔，凝眸含矍地想了一会儿，猛可理会了，莫非是陆丁香吗？啊哟！她无缘无故地怎么今夜突然会来找我了？难道她已知道今夜我和秋航要同赴南洋了吗？但是这事情除了李茜珠我曾和她说起，别人就一个都不知道，那么她如何会晓得呢？豆蔻心中虽然这样猜疑着，但表面上却绝对不露痕迹，向蒋子清含笑点了点头，说声知道了，便自回化妆室先卸了妆，穿上旗袍，然后洗了一个脸，便匆匆地走到会客室里来。豆蔻跨进会客室，同时随手把门先关上了。丁香一见豆蔻，便站了起来，含着惨痛的苦笑，把无限哀怨的目光在豆蔻脸上逗了那么一瞥，叫道：

"白小姐，我们一别，齐巧是一年了吧，你身子一向好啊？"

豆蔻忙也点了点头，把手一摆，竭力镇静了态度，说道：

"我倒很好，多谢你记挂。陆小姐，你请坐，今夜你来瞧我，不知有什么贵干啊？"

丁香全身是在发抖，她脸是由红渐渐地在变白，但是她也竭力忍住了愤怒和伤心，脸上兀是显出一丝苦笑，手摸着桌沿，却并不坐下。她向豆蔻望了良久，方才点头说道：

"白小姐，我想你也不用假装含糊，事情已到这个地步，大家还是爽爽快快地来谈一谈比较好。我和秋航的结合，你当然在去年是已经知道了。这是狄老太的主意，虽然是权行花烛，却是正大光明。如今和秋航结婚到现在，十足已有一年多的日子了，在这一年中，我已给秋航生了孩子，在当初秋航是待我很好，自从今年春天他到苏州去一次后，感情便和我一天冷淡一天。我探听出秋航所以冷淡我的原因，是为了白小姐的缘故。从前我听说秋航和白小姐爱情确实很深，而白小姐爱秋航之情更加真挚，不过秋航既然和我已经结婚，在明达的人着想，她一定是要放弃秋航，不该再热烈地去爱上他，因为他已经是个使君有妇的人了。你若热烈地迷恋着他，就是破坏他和妻子的爱情，假使白小姐是秋航妻子的话，你心里恨不恨呢？爱情虽然是自由的，不过应该是要自由得合法才对。现在你把我夫君硬生生地夺了去，使一个可怜的女子成为寡妇，使一个柔弱的婴孩儿成为孤儿，那你虽然成功，于良心上说，岂能安吗？我素来知道白小姐是个博学的人，同时也是个具有优美道德的女子，当然拆散人家的姻缘，你也有些不忍心吧？所以今天我来找你，是希望你能够发个慈悲，千万不要携同秋航一块儿到南洋去，不知道你能够答应我的要求吗？"

白豆蔻听她滔滔不绝地说出这一篇话来，那两颊热辣辣地烧得厉害，望着丁香可怜的芳容，却是默默地呆住了一会子。丁香说到最后的两句话，显然是带了哀求的口吻，今见豆蔻并不回答，当然知道豆蔻是不答应的表示，心中这一阵悲酸，几乎要滴下泪来。但她在豆蔻的面前，绝对不肯过分地暴露自己的弱点，她竭力把泪水又忍熬住了，脸由惨白渐渐地变红了，她咬紧银齿，"好"了一声，又说道：

"白小姐，我既然这样地软求你，你却兀是不答应，显然你是个毫无心肝的女子。你不要以为我是个好欺侮的女子，秋航虽然是被你迷住了，不过他和我在未办离婚手续之前，秋航还是属于我的，你今夜要把他带着一块儿上南洋去，那恐怕没有这样容易的事情吧！你要明白，不合理的恋爱是法律所不允许的啊！不过我也是个明白的人，白小姐所以不肯答应我的要求，当然是为了真心爱秋航的缘故。也好，既然你这样爱他，我当然也可以成全你们，不过你要知道，我之所以不阻你们往南洋去，这并不是我不爱秋航，情愿把自己的丈夫让别的女人夺了去，我正为了爱我的丈夫，所以放你们同行的。白小姐，你觉得这样办，你心里可痛快吗？"

豆蔻听她又说出这许多话来，她的心头是把丁香的话一句一句地牢记着，但是她始终还没有表示什么，也没有回答什么。良久，方向丁香微微地一笑，说道：

"陆小姐，你太瞧轻豆蔻的人格了，你要明白，我和秋航的相爱，到现在还是一万分的纯洁，丝毫没有一些苟且的行为。"

丁香冷笑了一声，说道：

"当然啰！我也知道白小姐的人格是伟大的，是清高的，现在我只问你两句话，你到底愿意答应我的要求，还是愿意做那有丧天良的事情把我丈夫带到南洋去？凭你说一句话，我立刻就走……"

豆蔻听她说话好凶恶，一时心里亦是非常愤恨，不料正在这个时候，门开处，忽然推进一个少年，正是狄秋航。豆蔻一见秋航，便笑盈盈地奔到秋航的面前，把身子紧紧偎到他的怀里，纤手搭着秋航的肩胛，显出格外亲热的样子，同时再回眸过去，在丁香的脸上逗了一个得意的甜笑。秋航把手臂环住豆蔻的背部，向丁香瞪了一眼，说道：

"你到这儿来找我做什么？"

豆蔻和秋航这种亲热的样子，瞧在丁香的眼里，她心里这一阵疼痛，几乎要吐出血来。她不相信眼前的事情会是真正的事实，她

282

奇怪自己的心爱丈夫会被别个女人那样相依相偎地亲热着，她的神志有些模糊了，她觉得自己是在做梦。但理智很清楚地告诉她，这不是梦，这完全是事实，她内心惨痛极了，她觉得一颗心是被人一刀一刀地割着。她倒竖了柳眉，圆睁了杏眼，粉脸由红变青，由青转得惨白了，银齿咬得咯咯作响，戟指着秋航骂道：

"秋航，你这个毫无心肝的人啊！你丢了我，那就不去说它，连自己的一滴骨血都不要了，你真忍心，你真狠心！好吧，我成全你们，让你们一同上南洋度甜蜜生活去吧！秋航，你真是个无母无妻无子的丧心病狂之徒啊！我到死都忘不了你呀！"

丁香狠狠地骂到这里，她便疯狂似的拉开门，向外直奔了。秋航被丁香这一阵子痛骂，他的良心受了正义极度的谴责，一颗心也是疼了一阵。今见丁香发狂似的奔出，他便回过身子，意欲跨步追出去把丁香拉住了，但豆蔻却将他手先拉住了，望着他娇媚地笑道：

"你到底舍不得她呀！"

秋航听豆蔻这样说，便把心肠一硬，立刻又回过身子，把豆蔻的脖子搂住了，面对面地望着，微微地一笑，说道：

"负心也只好负到底了，豆蔻，你放心，我总抛不了你！"

秋航说到这里，心中忽然又有了一个感觉，顿时有一股子辛酸冲上鼻端，他的眼角旁立刻又涌上一颗晶莹莹的泪水来。但他又怕被豆蔻发觉了，立刻低下头去，把嘴凑在豆蔻鲜红的唇上，默默地接了一个长吻。豆蔻对于秋航的淌泪，当然是瞧得很清楚，便掀着笑窝儿，娇媚地微微地一笑，说道：

"秋航，我生命中唯一的爱人啊！你快不要伤心淌泪吧，回头我立刻就可以给你快乐如意的。时候到了，我们走吧……"

豆蔻说到"走吧"两字，喉间有些哽咽，但她慌忙又显出娇媚的意态，向秋航逗了一个倾人的甜笑。两人臂挽臂，悄悄地走出了皇宫剧院。预先叫好的那辆汽车已停在人行道上的马路边，车夫开了车厢，让两人跳了上去。秋航向车夫说声开到安达轮船码头去，车夫答应一声，拨动机件，四轮便向前疾驰了。在车厢里，两人默默地都不说话，各人的脸是相对着，四目也是凝望着，秋航的脸上是浮了得意的微笑，明眸望着豆蔻的粉脸，真是愈瞧愈美，心里爱极欲狂，情不自禁地握住她手，笑起来说道：

"豆蔻，有情人终究成眷属，我们果然也有如愿以偿的一日了。"

豆蔻把她的娇躯倾斜到秋航的怀里去了，纤手捧着秋航的两颊，咯咯地狂笑着道：

"秋航，可不是吗？我心中太兴奋了，我心中太快乐了……"

说到这里，把小嘴儿自动地凑上去，甜甜蜜蜜地又和秋航接了一个长吻。秋航在她这样柔媚的手腕之下，他的神魂有些飘荡，全身的血液是流动得快速，每个细胞都感到紧张，他觉得整个的身子已被豆蔻火样的热情所融化了。就在这个郎情如水、妾意如绵的当儿，忽然汽车停下，安达轮船码头已经到了。两人这才离开了嘴唇，秋航付去车资，和豆蔻前后跳下车子。秋航正欲同豆蔻步上船舱去，忽然豆蔻回转身子，在清辉的月光之下，绕过无限哀怨的目光，向秋航脉脉含情地望了一眼，握住了他的手，紧紧地摇撼了一阵，苦笑着道：

"秋航，谢谢你送我动身下船，我心里十分感激……假使我们有缘的话，也许将来还有见面的日子……"

豆蔻这两句话骤然听到秋航的耳中，这仿佛是晴天中起了一个霹雳，把他一颗甜蜜的心顿时震得粉碎，"咦"了一声，脸上显出惊奇的神气，急急说道：

"豆蔻，你这话打哪儿说起？你不愿我和你同上南洋去吗？"

豆蔻的心头是充满了无限的悲哀和伤心，但是她竭力地熬住了那满眶子的眼泪，又微微地苦笑了一下，说道：

"秋航，自从得知你和丁香已经结婚的消息，我心头感到失恋的痛苦，几乎有些痛不欲生了，所以有此狂饮的举动，在我初意是最好把自己能够醉死了，但是酒到底不是杀人的东西，所以我在酒醒之后，便立刻有一个猛省的感觉，同时明了你的苦衷，预备彼此在今生永远再不希望有见面的机会，以免去各人心中的痛苦。但事情偏偏出人意料之外，我被绑到苏州，齐巧又会给你在无意中发现了，承蒙你的侠义心肠，追随在后，奋身相救，得脱此难。我虽铁石心肠，亦岂能无动于衷吗？因此在桃花坞里那夜，我俩的已熄爱火复又燃烧。我明白我俩所以有今日同奔南洋之计划，这完全是被火样热酒样浓的情感所蒙蔽了。刚才你的夫人来找我，她向我说了许多的话，她先责我不该迷恋她的丈夫，后来她又向我哀求，说我把她的丈夫同带了南洋去，使一个可怜的女子成为寡妇，使一个柔弱的婴孩儿成为孤儿，那我虽然成功，于良心上也有未忍吧！你夫人这几句话说得很不错，在未听到你夫人说的这几句话之前，我仿佛是被四面崎岖的山峰迷住了路，但听了你夫人这几句话之后，我又仿佛听到了声声的暮鼓晨钟，使我一颗迷糊的心有一个深切的猛省，所以我对你夫人是只有表示无限的惭愧，我觉得和一个有妻儿的男子相爱着，确实是太不应该。虽然我俩原有深厚爱的基础，但到底不及人家已成为夫妇了。不过你的夫人有些地方措辞不免太愤激了一些，她疑心我俩已有了暗昧的勾当，所以我心中有些气愤，虽然在你夫人的面前，我偏要和你显出特别亲热的样子，这在我是有心气气她的意思，不过在你夫人想着，当然以为我这个女子真所谓是个狐媚子了。我瞧了你欲追出去拉住你的夫人，并和你淌泪的情形看来，我已明白你不是完全不爱你的夫人，你这依恋不舍之情，我不怪你，我觉得假使是一个有真性情的少年，理应有此现象，倘然你对你夫人竟无一些情意，这种负心的少年也不值得我的爱恋啊！秋航，话是说得许多了，最后，我应该有一个结论，豆蔻是个身世可怜的女子，正因为身世可怜，觉得人海茫茫，知音难找。自从和你相遇，我的一缕情丝方才有所寄托，但是薄命的女子绝不会有团圆的结果，这是一定的道理。虽然承蒙你情愿抛弃爱妻，立志随我同奔南洋，但豆蔻也是个胸中雪亮的女子，人虽低微而品自高，岂肯做些丧心病狂的事情吗？况且你的夫人确实也是个身世可怜的人，天下唯有可怜人能够爱惜可怜人，所以叫我怎么能够忍心拆散你们一个美满的家庭呢？唉！秋航，你我的姻缘，且待来生吧！我默默地祈祷着，希望来生能够给我俩有个圆满的结果……秋航，你应该原谅我的苦衷……你回家去吧……"

豆蔻滔滔不绝一口气地说到这里，她觉得已有些气喘，明眸中贮满了泪水，再也忍不住滚滚地掉下来了。秋航的一颗心仿佛有人在一刀一刀地割着，他疼痛极了，他觉得既对不住丁香，又对不住豆蔻，除了默默地淌着无限辛酸的悲泪外，他如醉如痴地却再也说不出一句话来。两人泪眼凝望了一会儿，秋航哽咽道：

"那么你一个人到南洋去了？"

豆蔻沉吟了一会儿，说道：

"也许不……我想船到香港，假使时间上可能的话，我要游览一下，借以稍稍解除自己心中的抑郁。"

秋航把手环住了她的背部，淌泪泣道：

"那么你难道就这样独个儿地去了吗？"

豆蔻掀起酒窝儿，挂着满颊的泪水，微微一笑，说道：

"别伤心，天下无不散之筵席，譬如去年我被人枪击死了，那也完了。"

秋航道：

"你应该给我一些纪念……"

豆蔻摇了摇头，淌泪说道：

"那没有意思，瞧着也徒然增加你的伤心罢了，我希望今夜分别，你能够忘记我吧。"

秋航抱住她的脖子，头枕在她的肩上，忍不住泣道：

"不，我一定要你留些纪念给我……"

豆蔻没法，只好把她项下那个金链子的鸡心框子脱下来，亲手挂到秋航的脖子上去。秋航拿来鸡心框子一瞧，只见里面嵌着豆蔻

286

一页小影，美目流盼，浅笑含颦，仿佛不知世界上有什么悲痛的事情一样。秋航的眼泪早又雨一般落下来。豆蔻却嫣然笑道：

"秋航，别伤心，别淌泪，这些都是懦弱的表示，最后，我希望大家努力前进!"

秋航听了，若有所悟，点了点头，抱住了豆蔻的脖子，两人的脸慢慢地接近，终于嘴对嘴地又吻住了。这一个长吻，并没有充满甜蜜的滋味，却是包含了无限的辛酸和伤心。就在这个依恋不舍之时，忽然一声汽笛冲破了静夜寂寞的空气，同时更震碎了离人的心灵。豆蔻轻轻地推开了秋航的身子，在喉咙的底下说了一声再见，便匆匆地踏上了铁扶梯，站在白漆栏杆的旁边，拿了手帕，向站在码头上的秋航摇了一摇。秋航的手里紧紧捏着豆蔻的鸡心框子，两眼是充满了泪水，模糊地望着那船身渐渐地离开了码头，向着黑茫茫的浦江驶行了。夜是那样静悄悄的，凄凉的秋风一阵一阵地吹刮着宇宙，江水在脚底呼号，忽然一阵哀怨凄切的歌声在静夜空气中很清晰地流动着：

> 满眼繁华，紫姹红嫣，群芳灿烂，春色无边。
> 好一片良辰美景，引逗得我俩旧爱情复燃烧。
> 明月下，携素手，当着那笼烟芍药，燕舞莺迁。
> 卿卿我我永相怜……
> 秋航啊，我爱你!
> 请你牢记，不要忘怀了今夜间……

秋航听到这里，把那句"豆蔻啊，我爱你"的歌词，却再也接不上去，心头是只觉空洞洞的，他那满眶子里的眼泪又大颗地滚了下来，暗自想道：彼一此，此一时，昔何欢，今何酸？他脱口自语："豆蔻，我爱你! 我始终忘不了你今夜间……"暗念到此，泪又雨下。

船身慢慢地去远了，歌声也渐渐地模糊了，只剩下夜半悲风，激起了江水在澎湃地怒吼。秋航拖着沉重的步伐，垂头丧气地回到家里。在他还未跨进房中的时候，耳中就听到丁香呜呜咽咽的哭泣之声，同时又听丁香在说道：

"荷生，你这苦命的孩子啊！从今以后，你是已变成一个没爸的孤儿了……"

秋航听了这话，心痛犹若刀割，虽然欲立刻奔进房去向丁香跪求饶恕他的罪恶，但是他始终没有这个勇气，站在房门口却是木然地呆住了。约莫三分钟后，又听张妈说道：

"少奶，你也别哭了，少爷既然这样狠心，真可说是恩断义绝，你若悲痛出什么病来，岂非自己身子受苦吗？好在小少爷是那样活泼可爱，但愿小少爷长命百岁，那少奶将来的后福亦无穷的呢。"

秋航听了这话，头脑一阵昏花，几乎跌倒在地，连忙靠在壁旁，定了一定神。不料秋航一阵皮鞋脚声却惊动了张妈，她立刻走出房来瞧看，一见是少爷，心中这一惊奇，她不禁呆了起来，还以为自己眼花，连忙用手去揉擦眼皮，定睛细望，不是少爷是谁？一时惊喜欲狂，回身奔进房中，向丁香大喊道：

"少奶，少奶！少爷没有去，少爷回来了啦！"

丁香抱了荷生，坐在床边，正在伤心，骤然聆了此话，惊得抬起头来，不料果然看见秋航从室外匆匆奔入，走到丁香的面前，突然跪了下来，两手抱住丁香的膝踝，不禁呜咽而哭。丁香冷不防睹此情形，几疑犹置身梦中，倒也怔怔地愣住了。张妈是个很灵巧的人，她伸手把丁香怀中的孩子抱去，便悄悄地走到自己房中去了。这里秋航泣了一会儿，抬起满颊是泪的脸凝望着丁香海棠着雨般的芳容，说道：

"妹妹，你可怜我，你饶恕我，我真太狠心了，我真太罪恶了……你……你……"

说到这里，忍不住又呜咽起来。丁香定了一定神，她方才明白这不是做梦，这是事实，想不到已经绝望之后，丈夫突然会回心转意了。她一颗芳心是充满了各种不同的滋味，她除了默默地淌着欢喜与悲伤交流的热泪外，她再也回答不出一句话来。秋航抚着她纤手，又说道：

"白小姐听了妹妹这一篇话，她是完全感动了。在临上船的时候，她叫我回家，她说绝不情愿拆散人家的夫妻，她明白妹妹是个可怜的女子……不过妹妹你也应该明白，白小姐也是个可怜的女子，她的心地是光明的，她的人格是伟大的，现在她预备独个儿上南洋去，为艺术去出一些力……妹妹，请你不要怨恨着豆蔻，请你把怨恨豆蔻的心来怨恨我，我实在是个不情的丈夫……但是我很心痛，因为我也有说不出的苦衷啊……妹妹，你快不要伤心了，你相信我，我始终是妹妹的忠实丈夫……"

说到这里，伏在丁香的膝上又哭了起来。丁香这才明白秋航的回家，还是豆蔻的深明大义，原来豆蔻早已心存不拆散我们的夫妻，所以我对她说了许多的话，她却始终不回答一句。后来她和秋航相依相偎地装出亲热的样子，大概是因为我有话冲撞了她，所以她故意气气我的吗？丁香这样想着，一颗芳心对于豆蔻真是又恨又爱。因为自己确实也知道豆蔻和秋航原有不可磨灭的爱情，为了我的结婚在先，所以豆蔻终于失败了，假使我是豆蔻的话，亦岂不是要哀痛欲绝了吗？现在豆蔻深明大义，劝秋航回家，给我夫妻俩团圆，这一份情意，自然使我无限地感激，不过为豆蔻的身世着想，也不免伤心泪涟。纤手抚着秋航的头发，慢慢地扶他起来，柔声儿叫道：

"哥哥，我不怨恨豆蔻，我也不怨恨哥哥，我只怨恨老天，为什么天地间要生我和豆蔻两个人？假使只有我，或者只有豆蔻的话，如何再会演出今天的悲剧来呢？唉！我总觉得是对不住了哥哥……"

秋航听丁香这样说，觉得丁香是慈爱的，是贤德的，他不愿再引起爱妻的伤心，他从今以后，将把整个的心全献给了丁香。他慢慢地也坐到床沿边，环住了丁香的肩胛，破涕笑道：

"妹妹，你快不要说这样的话了，你瞧窗外的明月吧，是多么光圆啊！它不是象征着我俩今夜的生活吗？"

丁香在无限伤心之余，听到了丈夫这样柔情蜜意的话，也不禁掀起酒窝儿嫣然地笑了，绕过无限媚意的俏眼，在秋航脸上逗了那么一瞥。一层一层的甜蜜，蒙蔽了她悲酸的心灵。

附　录

从鸳鸯蝴蝶派谈到冯玉奇小说

裴效维

《民国通俗小说典藏文库·冯玉奇卷》将收录冯玉奇的百余种小说作品，此举极其不易。现在，我愿以这篇文章给出版者呐喊助威。尽管我人微言轻，但我毕竟是一个中国文学的研究者，为鸳鸯蝴蝶派说些公道话是我的责任。

冯玉奇是一位鸳鸯蝴蝶派作家，因此我们要想了解冯玉奇，必须首先厘清有关鸳鸯蝴蝶派的一些问题。

一、何谓鸳鸯蝴蝶派

鸳鸯蝴蝶派作家平襟亚在《关于鸳鸯蝴蝶派》（署名宁远）一文中对鸳鸯蝴蝶派的来历说得很清楚：

> 鸳鸯蝴蝶派的名称是由群众起出来的，因为那些作品中常写爱情故事，离不开"卅六鸳鸯同命鸟，一双蝴蝶可怜虫"的范围，因而公赠了这个佳名。
>
> ——载香港《大公报》1960 年 7 月 20 日

可见鸳鸯蝴蝶派并不是一个有组织有宗旨的小说流派，而是因为当时流行的言情小说多写一对对恋人或夫妻如同鸳鸯蝴蝶般相亲相爱，形影不离，因而民间用鸳鸯蝴蝶小说来比喻这种言情小说，那么这种言情小说的作家群当然也就是鸳鸯蝴蝶派了。这种说法应该是可信的，因为民间常用鸳鸯和蝴蝶来比喻恋人或夫妻，很多民间文学作品中不乏其例。这一比喻非常形象生动，但并无褒贬之意，因此不胫而走。

传到新文学家那里，便加以利用，并赋予贬义，作为贬低对手的武器。但新文学家对鸳鸯蝴蝶派的界定并不一致，大致有两种看法。

一种看法认同民间的比喻说法，即将鸳鸯蝴蝶派小说局限为通俗小说中的言情小说，将鸳鸯蝴蝶派局限为言情小说作家群。鲁迅是这种看法的代表，他在 1922 年所写的《所谓"国学"》一文中说："洋场上的文豪又作了几篇鸳鸯蝴蝶派体小说出版"，其内容无非是"'卿卿我我''蝴蝶鸳鸯'"（载《晨报副刊》1922 年 10 月 4 日）。又于 1931 年 8 月 12 日在社会科学研究会做了《上海文艺之一瞥》的长篇演讲，其中对鸳鸯蝴蝶派小说更做了形象而精辟的概括：

> 这时新的才子＋佳人小说便又流行起来，但佳人已是
> 良家女子了，和才子相悦相恋，分拆不开，柳阴花下，像
> 一对蝴蝶、一双鸳鸯一样。

——连载于《文艺新闻》第 20、21 期

此外，周作人、钱玄同也持这种看法。周作人于 1918 年 4 月 19 日在北京大学文科研究所小说研究会做《日本近三十年小说之发达》的演讲中，就说现代中国小说"还有《玉梨魂》派的鸳鸯蝴蝶体"（载《新青年》第 5 卷第 1 号）。次年 2 月，周作人又发表《中国小说里的男女问题》（署名仲密）一文，认为"近时流行的《玉梨

魂》，虽文章很是肉麻，（却）为鸳鸯蝴蝶派小说的鼻祖"（载《每周评论》第 5 卷第 7 号）。与周作人差不多同时，钱玄同在 1919 年 1月 9 日所写的《"黑幕"书》一文中也说："人人皆知'黑幕'书为一种不正当之书籍，其实与'黑幕'同类之书籍正复不少，如《艳情尺牍》《香闺韵语》及'鸳鸯蝴蝶派小说'等等皆是。"（载《新青年》第 6 卷第 1 号）这种看法后来被人称之为"狭义的鸳鸯蝴蝶派"看法。

另一种看法却将鸳鸯蝴蝶派无限扩大，认为民国年间新文学派之外的所有通俗小说作家都是鸳鸯蝴蝶派，他们的所有通俗小说都是鸳鸯蝴蝶派小说。这种看法的代表人物是瞿秋白和茅盾。瞿秋白从小说的内容方面来扩大鸳鸯蝴蝶派小说的范围，他在《财神还是反财神》一文中说，"什么武侠，什么神怪，什么侦探，什么言情，什么历史，什么家庭"小说，都是鸳鸯蝴蝶派小说（见人民文学出版社 1953 年 10 月版《瞿秋白文集》）。茅盾则从小说的形式方面来扩大鸳鸯蝴蝶派小说的范围，他在《自然主义与中国现代小说》一文中认定鸳鸯蝴蝶派小说包括"旧式章回体的长篇小说""不分章回的旧小说""中西合璧的旧式小说""文言白话都有"的短篇小说（载 1922 年 7 月《小说月报》第 13 卷第 7 号）。这种看法后来被人称之为"广义的鸳鸯蝴蝶派"看法，而且逐渐成为主流看法，以致后来的文学研究者都接受了这种看法。

新文学家不仅在鸳鸯蝴蝶派的界定问题上分成了两派，而且在鸳鸯蝴蝶派的名称上也花样百出。如罗家伦因为徐枕亚等人好用四六句的文言写小说，便称其为"滥调四六派"（见署名志希的《今日中国之小说界》，载 1919 年《新潮》第 1 卷第 1 号），但无人响应。郑振铎因为《礼拜六》杂志为鸳鸯蝴蝶派的主要刊物之一，便称其为"礼拜六派"（见署名西谛的《新文学观的建设》一文，载1922 年 5 月 21 日《文学旬刊》第 38 号）。这一说法得到了周作人、茅盾、瞿秋白、朱自清、阿英、冯至、楼适夷等人的响应，纷纷采用，以致使用频率越来越高，知名度越来越大，终于成为鸳鸯蝴蝶派的别称了。于是"鸳鸯蝴蝶派"和"礼拜六派"两个名称便被新文学家所滥用。如郑振铎在《新文学观的建设》一文中称"礼拜六派"，而在《〈文学论争集〉导言》一文中却称"鸳鸯蝴蝶派"（见上海良友图书公司1935年10月出版的《新文学大系·文学论争集》卷首）。还有人在同一篇文章里既称鸳鸯蝴蝶派，又称礼拜六派。如阿英在1932年所写的《上海事变与鸳鸯蝴蝶派文艺》一文中说：张恨水的所谓"国难小说"，与"礼拜六派的作品一样，是鸳鸯蝴蝶派的一体"，"充分地说明了鸳鸯蝴蝶派的作家的本色而已"（见上海合众书店1933年6月出版的《现代中国文学论》）。

茅盾在20世纪70年代觉得统称鸳鸯蝴蝶派或礼拜六派都不合适，于是提出了一个折中的看法，他在《紧张而复杂的生活、学习与斗争（上）——回忆录（四）》中说：

> 我以为在"五四"以前，"鸳鸯蝴蝶派"这名称对这一派人是适用的。……但在"五四"以后，这一派中有不少人也来"赶潮流"了，他们不再老是某生某女，而居然写家庭冲突，甚至写劳动人民的悲惨生活了，因此，如果用他们那一派最老的刊物《礼拜六》来称呼他们，较为合式。

——载1979年8月《新文学史料》第4辑

事实是该派在"五四"前后没有根本变化，都是既写言情小说，又写其他小说，将其人为地腰斩为两段，既显得武断，又无法掩盖当时的混乱看法。

这些混乱的看法导致后来的文学研究者无所适从：或沿用"鸳鸯蝴蝶派"的说法（如北大本《中国文学史》和《中国小说史稿》、

复旦本《中国文学史》和《中国近代文学史稿》等);或沿用"礼拜六派"的说法(如山东师院本《中国现代文学史》等);或干脆别出心裁地称之为"鸳鸯蝴蝶—礼拜六派"(见汤哲声《鸳鸯蝴蝶—礼拜六小说观念的价值取向及其评价》,载《苏州大学学报》1992年第2期)。这可真算是中国小说史上的一出有趣的滑稽戏了。

二、如何评价鸳鸯蝴蝶派

鸳鸯蝴蝶派的开山作品是1900年陈蝶仙的言情小说《泪珠缘》,因此鸳鸯蝴蝶派应该是指言情小说派,这也就是后来的所谓"狭义的鸳鸯蝴蝶派",但被新文学家扩大为"广义的鸳鸯蝴蝶派",实际上也就是民国通俗小说派。

鸳鸯蝴蝶派与同时期的"南社"不同,既没有组织,也没有纲领,而是一个在思想倾向和艺术风格上大体相同或相近的小说流派,连"鸳鸯蝴蝶派"这一招牌也是别人强加给它的。然而客观地说,鸳鸯蝴蝶派确实是一个产生过巨大影响的小说流派。在"五四"以前的近二十年间,它几乎独占了中国文坛;在"五四"以后的三十年间,虽然产生了新文学,但新文学只是表面上风光,而鸳鸯蝴蝶派却一派兴旺发达景象。我对"广义的鸳鸯蝴蝶派"做过不完全的统计:该派作家达数百人,较著名者有一百余人,所办刊物、小报和大报副刊仅在上海就有三百四十种,所著中长篇小说两千多种,至于短篇小说、笔记等更难以计数。在此前的中国文学史上,还没有哪个文学流派有过如此宏大的规模,产生过如此巨大的影响。

鸳鸯蝴蝶派由于规模宏大,又处在历史的一个巨变时期,其成员的确鱼龙混杂,其作品也良莠不齐,但总体来说,它形象地记录了中国二十世纪前五十年的历史,为中国读者提供了丰富的精神食粮,对中国小说的传承起过积极作用,因此应该给予充分的肯定。

鸳鸯蝴蝶派小说已经不是中国传统通俗小说的复制,而是一种改良的通俗小说。在形式方面，它既采用章回体，也采用非章回体，甚至采用了西洋小说的日记体、书信体等，至于侦探小说则更是完全模仿自西洋小说。在艺术手法方面，受西洋小说的影响非常明显，如增加了人物形象和景物描写，结构与叙事方式也趋于多样化，单线和复线结构并用，第三人称和第一人称叙述法兼施，还采用了倒叙法和补叙法。在内容方面，鸳鸯蝴蝶派小说已经扩大了描写范围，反映了当时社会生活的各个方面，甚至已经紧跟时事，及时反映当前的社会现实，被称为"时事小说"。如李涵秋的《广陵潮》描写辛亥革命，而他的《战地莺花录》则描写五四运动，这种及时反映当时发生的重大政治事件的小说，与多写历史故事的古代小说完全不同，显然是一大进步。鸳鸯蝴蝶派的言情小说，也不同于古代的才子佳人小说，而是一种新才子佳人小说。古代的才子佳人小说因面对森严的封建礼教，只能写才子与佳人偶尔一见钟情，以眉目传情或诗书传情的方式进行交流，最后皆是有情人终成眷属的大团圆结局。而这种大团圆结局完全是人为的：或出于巧合，或由于才子金榜题名，皇帝御赐完婚，这就完全回避了封建包办婚姻的问题。而民国年间的封建礼教已经在一定程度上松绑，尤其像上海、北京等大城市得风气之先，恋爱自由和婚姻自主思想已经渐入人心。因此有些鸳鸯蝴蝶派的言情小说也突破了古代才子佳人小说的窠臼，才子佳人已经敢于"相悦相恋，分拆不开，柳阴花下，像一对蝴蝶、一双鸳鸯一样"。其结局也不再全是有情人终成眷属的大团圆，而是"有时因为严亲，或者因为薄命，也竟至于偶见悲剧的结局……这实在不能不说是一个大进步"（鲁迅《上海文艺之一瞥》，连载于1931年7月27日、8月3日《文艺新闻》第20、21期）。言情小说由大团圆结局到悲剧结局的确是一个大进步，因为前者是回避封建包办婚姻礼制，而后者是控诉封建包办婚姻礼制。而这一进步的开创者是曹雪芹和高鹗，他们在《红楼梦》里所写的婚姻差不多都是悲剧。因此胡适称赞《红楼梦》不仅把一个个人物"都写作悲剧的下场"，而且最后"作一个大悲剧的结束，打破了中国小说的团圆迷信"（《〈红楼梦〉考证》，见 1923 年亚东图书馆版《胡适文存》）。可见鸳鸯蝴蝶派的言情小说在一定程度上继承了《红楼梦》开创的爱情婚姻悲剧模式，因而具有相当的反封建意义。我们可以徐枕亚的《玉梨魂》为例加以说明，因为该小说被新文学家指为鸳鸯蝴蝶派的代表性作品。

《玉梨魂》的故事很简单——清末宣统年间，小学教员何梦霞与年轻寡妇白梨影相爱，但两人均认为他们的这种行为是不道德的。为了得到感情的解脱，白梨影想出个"移花接木"的办法，即撮合何梦霞与自己的小姑崔筠倩订了婚。然而何梦霞既不能移情于崔筠倩，白梨影也无法忘情于何梦霞，结果造成了一连串的悲剧——白梨影在爱情与道德的激烈冲突下郁郁而死；崔筠倩因得不到何梦霞之爱而离开了人世；白梨影的公公因感伤女儿、儿媳之死而一病身亡；白梨影的十岁儿子鹏郎成了孤儿。何梦霞为排遣苦闷，先赴日本留学，继又回国参加了辛亥武昌起义（即辛亥革命），壮烈牺牲。

《玉梨魂》不仅描写了一个爱情婚姻悲剧，而且不同于一般的爱情婚姻悲剧。一般的爱情婚姻悲剧都是由封建势力造成的，即由包办婚姻造成的；而《玉梨魂》所写的爱情婚姻悲剧，其原因却是何梦霞和白梨影自身的封建道德。他们既渴望获得恋爱自由和婚姻自主的权利，又不能摆脱封建道德和封建礼教的束缚，两者激烈冲突，造成三死一孤的惨剧。从而揭露了封建道德和封建礼教的影响力是多么巨大，它已深入人们的骨髓，使其不能自拔。因此，它的反封建意义比一般的爱情婚姻悲剧更为深刻。

其实，新文学阵营也不是铁板一块，虽然大多数新文学家对鸳鸯蝴蝶派全盘否定，但也有少数新文学家态度比较客观，他们对鸳鸯蝴蝶派也给予一定的肯定。鲁迅是其中最突出的一位，他不仅认为某些鸳鸯蝴蝶派的悲剧言情小说是"一大进步"，而且不同意某些新文学家对鸳鸯蝴蝶派消极影响的夸大其词。他说：

至于说他流毒中国的青年，那似乎是过虑。倘有人能为这类小说所害，则即使没有这类东西也还是废物，无从挽救的。与社会，尤其不相干，气类相同的鼓词和唱本，国内非常多，品格也相像，所以这些作品也再不能"火上添油"，使中国人堕落得更厉害了。

——《关于〈小说世界〉》，载《晨报副刊》

1923 年 1 月 15 日

这种客观的观点与前述周作人无限夸大鸳鸯蝴蝶派作品能使国民生活陷入"完全动物的状态"乃至"非动物的状态"的观点形成了鲜明对比。当抗日战争爆发后，鲁迅更提倡文学界的抗日统一战线，主张团结鸳鸯蝴蝶派一起抗日。他说：

我以为文艺家在抗日问题上的联合是无条件的，只要他不是汉奸，愿意或赞成抗日，则不论叫哥哥妹妹，之乎者也，或鸳鸯蝴蝶都无妨。但在文学问题上我们仍可以互相批判。

——《答徐懋庸并关于抗日统一战线问题》，

载《作家》月刊第 1 卷第 5 期

鲁迅不仅提倡团结鸳鸯蝴蝶派一起抗日，而且主张新文学派与鸳鸯蝴蝶派在文学问题上"互相批判"，这种平等对待鸳鸯蝴蝶派的度量，也与那些视鸳鸯蝴蝶派如寇仇，必欲置诸死地而后快的新文学家形成了鲜明对比。

对鸳鸯蝴蝶派给予肯定的不只鲁迅，还有朱自清和茅盾。朱自清认为供人娱乐是中国传统小说的特点，因此不赞成将"消遣"作为罪状来批判鸳鸯蝴蝶派小说。他说：

> 在中国文学的传统里，小说……更是小道中的小道，就因为是消遣的，不严肃。不严肃也就是不正经，小说通常称为"闲书"，不是正经书。……鸳鸯蝴蝶派的小说意在供人们茶余酒后的消遣，倒是中国小说的正宗。
>
> ——《论严肃》，载《中国作家》创刊号

茅盾也承认鸳鸯蝴蝶派小说也"写家庭冲突，甚至写劳动人民的悲惨生活"。他还从艺术性方面对鸳鸯蝴蝶派小说给予一定肯定。他认为鸳鸯蝴蝶派的有些长篇小说"采用西洋小说的布局法"，如倒叙法、补叙法，以及人物出场免去套语、故事叙述"戛然收住"等等，这一切是对"旧章回体小说布局法的革命"。还认为鸳鸯蝴蝶派的有些短篇小说学习了西洋短篇小说"截取一段人生来描写，而人生的全体因之以见"的方法："叙述一段人事，可以无头无尾；出场一个人物，可以不细叙家世；书中人物可以只有一人；书中情节可以简至只是一段回忆。……能够学到这一层的，比起一头死钻在旧章回体小说的圈子里的人，自然要高出几倍。"（《自然主义与中国现代小说》，载1922年7月10日《小说月报》第13卷第7号）

鲁迅、朱自清、茅盾毕竟属于新文学派，因此他们对鸳鸯蝴蝶派的肯定是有限的。我们应该摆脱成见与束缚，从中国文学史的角度，对鸳鸯蝴蝶派做出客观公正的评价。

三、如何看待冯玉奇的小说

我们澄清了以上有关鸳鸯蝴蝶派的三个问题，等于为介绍冯玉

奇的小说提供了一个坐标，也等于为读者提供了一把参照标尺。读者用这把标尺，就可自行评判冯玉奇的小说了。

冯玉奇于 1918 年左右生于浙江慈溪，笔名左明生、海上先觉楼、先觉楼，曾署名慈水冯玉奇、四明冯玉奇、海上冯玉奇。据说他毕业于浙江大学（一说复旦大学）。1937 年九一八事变后寄居上海，感山河破碎，国事蜩螗，开始写作小说以抒怀。其处女作为《解语花》，由上海春明书店出版。出版后旋即由东方书场改编为同名话剧，演出后轰动一时。那时他才十九岁。由此一发而不可收，至 1949 年 7 月《花落谁家》出版，在短短十来年时间里，他创作的小说竟达一百九十多种，平均每年近二十种，总篇幅应该不少于三千万字，只能用"神速"来形容。这时他只有三十一岁。近现代文学史料专家魏绍昌先生（已去世）所编《鸳鸯蝴蝶派研究资料（史料部分）》（上海文艺出版社 1962 年 10 月出版）开列的《冯玉奇作品》目录只有一百七十二种，也有遗珠之憾。不过我们从这一目录中仍可确定冯玉奇是一位以写言情小说为主的通俗小说作家，因为在一百七十二种小说中，言情小说占有一百二十二种，其他小说只有五十种：社会小说三十四种、武侠小说十四种、侦探小说两种。

冯玉奇不仅是一位写作神速且极为多产的通俗小说作家，还是一位热心的剧作家和剧务工作者。早在他二十六岁（1944 年）时，就担任了越剧名伶袁雪芬的雪声剧团的剧务，并为之创作了《雁南归》《红粉金戈》《太平天国》《有情人》《孝女复仇》五大剧本，演出效果全都甚佳。在他二十七到二十八岁（1945～1946）时，又与他人合作，前后为全香剧团和天红剧团编导了《小妹妹》《遗产恨》《飘零泪》《义薄云天》《流亡曲》等二十多个剧本，演出效果同样甚佳。可见冯玉奇至少写过十几个剧本。

冯玉奇一生所写的小说和剧本总计不下两百五十种，总篇幅可能达到四千万字以上，是名副其实的"著作等身"，是当之无愧的中国最多产的作家，号称多产的同派小说家张恨水也难望其项背。当时的文学作品已是一种特殊商品，冯玉奇的小说如此畅销，其剧本演出又如此轰动，这足可以证明其受人欢迎，这就是读者和观众对冯玉奇的评价，它比专家的评价更为准确，也更为重要。遗憾的是，我们无法看到他的剧作和三十岁以后的作品，也不知其晚景如何，卒于何年。

从冯玉奇的生活年代和创作时段来看，他显然是鸳鸯蝴蝶派的后起之秀，所以尽管他作品如此之多，影响如此之大，而同派的老前辈却很少提到他，这也是"文人相轻"的表现之一。

按说要介绍冯玉奇的小说，应该将其全部小说阅读一遍，但我没有这么多时间，也没有这么大精力，因而只向中国文史出版社借阅了《舞宫春艳》《小红楼》《百合花开》三种，全都是言情小说。因此我只能以这三种言情小说为例加以介绍，这可能会犯以偏概全的错误，因此只能供读者参考。

《舞宫春艳》写了两个纠缠在一起的爱情婚姻悲剧故事：苏州富家子秦可玉自幼与邻居豆腐坊之女李慧娟相恋，由于门第悬殊，秦可玉被其父禁锢，二人难圆成婚之梦。不幸李慧娟生下了一个私生女鹃儿，只好遗弃，自己则郁郁而死。鹃儿被无赖李三子收养，长大后卖到上海做伴舞女郎，改名卷耳。中学生唐小棣先是爱上了姑夫秦可玉家的婢女叶小红，不料叶小红失踪，于是移情于卷耳，但无钱为卷耳赎身，两人感到婚姻无望，于是双双吞鸦片自尽。

《小红楼》的故事紧接《舞宫春艳》：曾经被唐小棣爱过的叶小红的失踪，原来也是被无赖李三子拐卖为伴舞女郎，小棣、卷耳自杀后，小红才被救了回来，并被秦可玉认为义女。经苏雨田介绍，与辛石秋相识相恋而订婚。同时石秋的姨表妹巢爱吾也爱石秋，但石秋既与小红订婚在先，便毅然与小红结婚。爱吾为了摆脱难堪的地位，离家出走，下落不明。石秋奉父命赴北平探望二哥雁秋，在火车站被人诬陷私带军火，被军人押到司令部。可巧爱吾此时已成为张司令的干女儿兼秘书，便设法救了石秋一命。但张司令强迫石秋与爱吾结婚，二人既不敢违命，又固守道德，便以假夫妻应付。后来石秋回到家里，终于与小红团聚。

《百合花开》写了两个紧密相关的爱情婚姻故事：二十岁的寡妇花如兰同时被四十二岁的教育家盖季常和十八岁的革命青年盖雨龙叔侄俩所爱，而盖季常的十六岁侄女盖云仙又同时被三十六岁的银行家杨如仁和十九岁的革命青年杨梦花父子俩所爱。经过许多曲折后，终于两位长辈让步，盖雨龙与花如兰、杨梦花与盖云仙同场结婚。

由以上简单介绍可知，冯玉奇的这三种小说共写了五个爱情婚姻故事，其中两个是悲剧结局，三个是有情人终成眷属。这正如鲁迅所说："有时因为严亲，或者因为薄命，也竟至于偶见悲剧的结局……这实在不能不说是一个大进步。"其次，这三种小说的五个爱情婚姻故事，倒有四个是三角爱情婚姻故事，但它们的情况并不雷同。唐小棣、叶小红、卷耳的三角恋是一男爱二女，辛石秋、叶小红、巢爱吾的三角恋是两女爱一男，而盖季常、盖雨龙、花如兰和杨如仁、杨梦花、盖云仙的三角恋更为异想天开，竟然都是两辈嫡亲男人（叔侄、父子）同爱一个女子。可见冯玉奇极有编故事的才能，从而使作品更具吸引力和娱乐性。又次，这三种言情小说的描写极为干净，没有任何色情描写。除了秦可玉与李慧娟有私生女外，其他人都非礼勿言，非礼勿行。如辛石秋与叶小红因婚礼当天石秋之母去世，为了守孝，新婚夫妻在百日之内没有圆房。而辛石秋与姨表妹巢爱吾为了对得起叶小红，虽被张司令强迫成亲，却只做了几天假夫妻。

从表现形式和艺术手法来看，我觉得冯玉奇的小说与当时新文学的新小说都受了西洋小说的影响，基本相同。譬如：两者都突破了传统小说书名的套路，不拘一格，尤其采用了一字书名和二字书名，如冯玉奇有《罪》《孽》《恨》《血》和《歧途》《逃婚》《情奔》等；而巴金有《家》《春》《秋》，茅盾有《幻灭》《动摇》《追

304

求》。两者的对话方式也突破了传统小说的套路，灵活自如：对话既可置于说话者之后，也可置于说话者之前，还可将说话者夹在两句或两段话之间。至于小说的结构法、叙述法与描写法，更是差不多的。譬如人物描写不再是"沉鱼落雁""闭月羞花""倾国倾城"之类的千人一面，景物描写也不再是"落红满地""绿柳成荫""玉兔东升"之类的千篇一律，而加以具体描绘。这里随便举一个例子：

> 小红坐在窗旁，手托香腮，望着窗外院子里放有一缸残荷，风吹枯叶，瑟瑟作响。墙角旁几株梧桐，巍然而立。下面花坞上满种着秋海棠，正在发花，绿叶红筋，临风生姿，可惜艳而无香，但点缀秋色，也颇令人爱而忘倦。

这是《小红楼》对莲花庵一角的景物描绘，虽然算不上十分精彩，但作者通过小红的眼睛描绘了院中的三样东西——风吹作响的"枯荷"、巍然挺立的"梧桐"、正在开花的"海棠"，从而衬托出莲花庵幽静的环境，曲折地表明了时在秋季。频繁使用巧合手法是冯玉奇小说的显著特点，可以说把所谓"无巧不成书"用到了极致。巧合手法有助于编织故事，缩短篇幅，增加作品的吸引力等，但使用过多则时有破绽，有损于作品的真实性。冯玉奇的某些小说也采用了章回体，但只是标题用"第×回"和对偶句，"却说""且听下回分解"之类的套语已不再经常出现，因此并非章回体的完全照搬。况且章回体并非劣等小说的标志，它在我国小说史上发挥过巨大作用，产生过杰出的四大古典小说。因此用章回体来贬低冯玉奇的小说，也是毫无道理的。

冯玉奇的小说也有明显的缺点。它们与其他鸳鸯蝴蝶派小说一样，主要注重小说的娱乐性，而忽视小说的社会性和艺术性，因此没有产生杰出的作品。他是南方人而小说采用北方话，加之写作速度太快，无暇深思熟虑，导致语言不够流畅，用词不够准确，还有许多错别字和语病。还有使用"巧合"法太多，有时破绽明显，这里不再举例。

总而言之，冯玉奇既不是"黄色"和"反动"小说家，也不是杰出小说家，而是一位勤奋多产、有益无害的通俗小说家，他应在中国小说史尤其是中国现代小说中占有一席之地。

2017 年 6 月 4 日于北京蜗居

图书在版编目（CIP）数据

豆蔻女郎续集／冯玉奇著. — 北京：中国文史出

版社,2018.3

（民国通俗小说典藏文库·冯玉奇卷）

ISBN 978 - 7 - 5034 - 9978 - 4

Ⅰ. ①豆… Ⅱ. ①冯… Ⅲ. ①长篇小说 – 中国 – 现代

Ⅳ. ①I246.5

中国版本图书馆 CIP 数据核字（2017）第 009884 号

点　　校：清寒树　旷　野

责任编辑：牟国煜

出版发行：**中国文史出版社**

网　　址：http：//www. chinawenshi. net

社　　址：北京市西城区太平桥大街 23 号　邮编：100811

电　　话：010 - 66173572　66168268　66192736（发行部）

传　　真：010 - 66192703

印　　装：廊坊市海涛印刷有限公司

经　　销：全国新华书店

开　　本：720 × 1020　1/16

印　　张：19.75　　　字数：252 千字

版　　次：2018 年 3 月第 1 版

印　　次：2018 年 3 月第 1 次印刷

定　　价：58.00 元